퇴계로의 숲·2

1부 순결은 악덕이다·2

조선작 장편소설

퇴계로의 숲·2

1부 순결은 악덕이다·2

民音社

차례

제 8 장

이 이야기를 시작하며 처음에 나는 세상의 모든 사내를 두 가지 종류로 분류할 수 있다고 했다. 돈을 주고 산 여자를 안을 수도 있는 사내와 전혀 그럴 수 없는 사내. 겉보기만으로 나는 용코없이 전자가 되어 있었다. 조그만 사랑의 기미도 없이 여자를 안아 버린 한심한 사내인 것이다. 뿐이랴. 돈을 주고 산 여자의 그곳에도 정액을 쏟아 버린 더러운 녀석이었다.

그곳에서 돌아온 뒤 나는 극심한 자기 모멸에 빠져 있었다. 식욕도 떨어졌고 잠도 잘 오지 않았다. 또 침상에 가만히 누워 있으면 그날 밤의 지긋지긋한 영상이 눈앞에 자꾸만 오락가락했다. 이를테면 그것은 가혹한 지옥도(地獄圖)였고 악마의 영상이었다. 자청해서 그런 곳에 굴러 떨어져 젊음을 더럽힌 가련한 영혼…….

나는 스스로에게 몇 번씩 다짐하기도 했다. 그런 나를 한 번만 용서하고 새 출발을 하자고. 그러나 그날 밤의 영상은 지독해서 좀처럼은 그곳으로부터 날개를 뗄 수 없었다. 그래서 다시 그 여자를 찾아갔다면 이해할 수 있을는지. 몸을 판 여자와 그 몸을 돈을 주고 산 사내로 버려 두고는 나를 결코 자기 모멸의 수렁에서 건져낼 수 없을 것 같은 조바심. 그런 견디기 힘든 조바심이 나를 다시 그곳으로 떠박지른 것이었다.

두번째로 그 여자를 찾아가며 나는 양품점에 들러 스웨터 하나를 샀다. 얼핏은 어릿광대의 행위처럼 우스꽝스럽게 보일 수도 있었다. 그러나 나는 그 여자를 두번째로 찾아가는 다른 손님과 스스로를 차별화시킬 필요가 있었다. 즉 단순히 돈을 주고 사기 위해 여자를 찾아가고 있는 것이 아니었다는 말이다.

내가 봄스웨터를 고르고 있는 동안 양품점의 주인 아주머니는 「애인한테 선물하려고 그러죠?」 하고 아는 체를 했다. 그러나 나는 수줍음만 탔을 뿐 자신 있게 그렇다고 대답하지는 못했다. 다만 마음속으로, 그랬으면 좀 좋으랴, 그럴 수만 있다면 전날의 그 더러운 행위로부터 나를 구제할 수 있을 것이다, 하고 중얼거렸을 뿐이었다. 양품점 아주머니는 가슴에 반짝이의 꽃무늬가 수놓인 하얀 색 스웨터를 골라 주었다. 나는 그 스웨터가 마음에 들었다. 눈처럼 하얀 색에 꽃무늬도 에델바이스였던 것이다. 예쁜 포장지로 포장을 해 다시 종이 봉투에 넣은 선물을 들고 내가 그 여자를 찾아간 것은 그 거리가 어둑어둑해질 무렵이었다.

거리의 표정은 맹관호 등과 함께 왔을 때나 똑같았다. 손님을 끌기 위해 거리로 쏟아져 나온 속눈썹이 긴 여자들과 펨푸 아줌마들이 끈질기게 유혹하는 터널을 뚫고 말라깽의 집까지 흐트러

짐없이 가야만 했던 것이다.

눈에 익은 쪽문 앞에 다다르자 그 쪽문 옆에 서 있던 여자 하나가 재빨리 내 팔짱을 끼었다. 그러고는 성큼 쪽문 안으로 들어갔다.

나는 그 여자의 자존심에 타격을 입히지 않도록 조심하며 팔짱을 풀었다. 그리고는 말했다.

「난 누굴 좀 찾아왔는데요」

「누군데요?」

여자는 내 얼굴을 빤히 바라보았고, 나는 작업모의 챙으로 그 여자의 시선을 피했다. 그리고는 턱으로 모퉁이에 있는 방을 가리키며 「전에 저 방에 있던 아가씬데요」 하고 말했다.

그러자 그 여자는 「저 방에 있던 여자 누구?」 했다가는 「이름이 뭔데요?」 하고 물었다.

「이름은 모릅니다」

나는 조금 의기소침해져서 고개를 떨구었다. 불과 1주일만이었지만 이런 식으로는 찾을 수 없을지도 모르는 것이다.

그런데 그때였다. 내가 지목했던 방문이 벌컥 열리며 여자 하나가 윗몸을 내밀었다. 그러고는 미간을 좁히며 「누굴 찾는데?」 하고 나를 상대하고 있는 여자를 향해 물었다.

「근순이 너 아니니?」 나를 끌어들였던 여자는 방문 안의 여자에게 그렇게 물었다가는 이내 김이 샌다는 투로 「이름도 모른다잖아」 하며 다시 쪽문 밖으로 나가 버렸다.

방문 안의 여자는 물론 1주일 전의 그 말라깽이가 아니었다. 나는 암담한 느낌이었다. 방문 안의 여자도 도로 문을 닫아 버릴 기세였으므로 나는 서두르지 않을 수 없었다. 「저, 1주일 전에 그 방에 있던 아가씬데요. 좀 말랐구요」

　그제서야 방문 안의 여자는 「아, 애희 말이구나. 좀 마른 게 아니라 명태처럼 비쩍 말랐잖아요?」 하고 말했고, 내 대답은 들을 것도 없이 모퉁이 옆의 고샅을 향해 「애희 언니, 애희 언니」 하고 소리쳐 불렀다. 그러나 애희는 나타나지 않았다. 대신 다른 목소리 하나가 「애희 없어. 미자하고 쇼 구경 갔잖아?」 하고 받았을 뿐이었다.

　「애희 언니 손님 찾아왔는데 ……」 하고 방문 안의 여자는 볼멘 소리로 불평부터 하다가 비로소 문턱을 타고 넘어왔다. 그러고는 뜰에 놓인 슬리퍼를 끌며 「올 때 됐어요. 이리 오세요. 기다릴 거죠?」 하고는 나를 블럭담과 방들 사이로 난 고샅 깊숙히 데려갔다.

　그 고샅은 나도 알고 있었다. 맹관호 등과 함께 왔을 때 그와 김인철이 들어갔다가 나보다 먼저 나온 고샅이었다. 블럭담과 방들 사이의 고샅은 비좁고 길었으며 툇마루도 없이 방문들은 고샅을 향해 열리도록 되어 있었다. 여자는 그 중 맨 마지막 방문을 열고 들어가 전등불을 켜주고는 말했다. 「들어와서 기다리세요」

　그런 다음 여자는 종종걸음치며 가 버렸다. 그러나 나는 선뜻 안으로 들어가지 못했다. 주인 없는 방이어서가 아니었다. 기다린다는 사실 자체의 황당스러움 때문이었다고나 할까. 도대체 내가 왜 이곳에 와서 쇼 구경 간 여자를 기약없이 기다리고 있어야 한단 말인가.

　그러나 그것은 한순간의 느낌이었을 뿐 나는 곧 평정을 되찾았다. 누군가를 기다린다는 것은 역시 좋은 일이었다. 더구나 나는 선물까지 사 가지고 와서 여자를 기다리고 있는 것이다. 비록 전에 한 번 돈을 주고 산 여자였지만 여자를 기다리고 있는 시간이란 역시 아름다울 수밖에 없는 것이다.

나는 잠시 방문 앞에 서 있다가 문턱에 엉덩이를 걸치고 앉았다.

선물이 든 종이봉투는 손에 들고 있다가 방안에 들여 놓았다. 그러고는 돌아갈 때까지, 여자가 발견하고 묻기 전까지는 아는 체하지 말아야지 하고 허튼 생각도 했다.

뿐만 아니었다. 나는 또 회의에 빠지기도 했는데, 이 여자를 다시 찾아와서 무엇을 어쩌자는 말인가, 결혼이라도 하자고 조를 것인가 하며 자탄도 했다. 그렇게 엎치락뒤치락하며 넉넉히 20분은 기다린 다음이었다. 고샅 밖이 수선스러워지며 「애희 언니, 이제 오면 어떡해?」하고 핀잔하는 목소리와 「왜, 누가 왔어?」하고 놀라 반문하는 목소리, 그리고 이어서 「어쩐지 그럴 것 같더라. 그래서 미자한테 빨리 가쟀더니 고년이 어찌나 궁둥이가 무겁던지 ……」하고 즐거운 목소리로 떠들며 바로 그 말라깽이가 고샅 안으로 들어서고 있었다.

나는 여자가 즐거워한다는 사실에 얼마쯤 고무되어 문턱에서 엉덩이를 떼었다. 내가 기다리고 있다는 사실이 누군가에게 희망을 준다면 그것은 나를 기쁘게 할 수도 있는 것이다.

그러나 고샅 안으로 들어선 말라깽이는 조금 뜨악한 표정으로 내게 다가왔다. 기다리고 있는 내가 기대했던 인물이 아니거나, 1주일 전의 나를 기억하고 있지 못한 것이 분명한 표정이었다. 그러나 가까이 다가와서는 「난 또 누구라구. 왜 들어가지 않구 여기 서 있어? 어서 들어가요」하며 가볍게 내 손을 잡았다.

「내가 누군지 알겠어?」실망 반 기대 반으로 내가 물었고, 말라깽이는 대수롭지 않게 「전에 한 번 왔었잖아?」하며 내 얼굴을 다시 한 번 쳐다보았다. 그 눈빛으로 나는 여자가 나를 똑똑하게 기억하지 못한다는 사실을 알 수 있었다. 그러나 불평할 게제는 아니었고, 여자가 이끄는 대로 방으로 들어갔다.

여자는 전처럼 또 내 워카를 방 안으로 들고 들어왔다. 그러고는 출입문 위의 선반에 얌전히 올려 놓고 돌아서며 물었다.

「정말 1시간씩 기다린 거야?」

「1시간은 아니구……」

「의리 있는데?」여자는 전처럼 또 내 목에 팔을 걸고 매달렸다. 「미자가 어찌나 졸라대는지 쇼 구경 갔었어」

사내의 목에 두 팔을 걸고 매달리는 버릇은 그녀의 전매특허인 모양이었다. 처음에도 그랬지만 여자의 그런 행위만으로도 나는 바지 속의 내 남성이 괴롭게 꿈틀거리며 일어서는 모습을 느껴야만 했다.

그러나 그런 직설적인 본능은 본능이었고, 나는 그녀가 사용한 두 말, 의리 있다는 말과 쇼 구경 갔었다는 말에 실망하고 있었다. 쇼 구경에 관해서는 그 집의 다른 여자가 말해 주었을 때부터 이미 나는 실망하고 있었다. 쇼 구경이란 내 기준으로 정말 수준 낮은 취미인 것이다. 코미디언과 만담가들이 나오고 뽕짝을 부르는 가수들이 사랑 타령이나 늘어 놓는 것이 지방도시를 순회하는 쇼단인 것이다. 그런데도 그녀는 그것이 마치 최상급의 취미라도 되는 것처럼 떠벌이고 있었고, 재미가 똑똑 떨어진다는 표정이었다. 또, 의리라는 말 역시 암흑가의 불량배들이나 사용하는 저급한 단어였다. 그런 단어를 아무렇지도 않게 입에 올리는 여자는 적어도 내 상대는 아니었다.

그러나 그런 사소한 감정 때문에 실망하고 돌아서서는 안 되었다. 사랑을 확인하겠다는 데까지는 아니었지만, 그녀와 나의 정사가 단순한 거래만은 아니었다, 적어도 그런 정사가 가능할 수 있었을 만큼 따스한 교류가 있었고, 먼훗날에도 아련하게 떠올릴 수 있을 아름다운 추억이 되지 않으면 안 되는 것이었다. 그래서 나는 마음에도 없는 소리로「쇼 재미있었던 모양이지?」하고 아첨을 떨었고, 그녀는 내 목에서 팔을 풀며「뭐 별루……. 요샌 텔레비에서 하는 게 더 재미있잖아?」하고 나름대로 그런 구경거리에 관한 한 일가견을 갖추었음을 과시하는 것이었다. 하긴 나도 흑백 TV가 나온 뒤 쇼단들이 적자에 허덕인다는 기사를 주간지 같은 데서 본 적이 있었다. 그렇더라도 그런 지식까지 동원해 가며 그녀에게 계속 아첨을 떨 수는 없었고, 나는 아첨의 메뉴를 바꾸었다. 만난을 무릅쓰고 애희를 기다렸다는 식으로.

「아까 문간에 서 있던 아가씨 말야. 내가 애희를 찾아왔다니까 이만 저만 실망하는 눈빛이 아니던데? 왜 키가 크고 몸매가 늘씬한 아가씨 있잖아?」

「누군가? 정횐가……. 걔가 이방에 데려다 줬어?」

「아니, 그건 근순이라는 아가씨였구」

「그럼 정희 맞아. 걔가 어떻게 실망했는데?」

「입을 삐죽하더라구」

「고년, 내 이따가 혼내 줘야지. 남의 애인을 함부로 넘보고 자빠졌어. 그건 그렇구 긴밤 잘 거지?」

애희가 갑자기 말했고, 나는 움칠했다. 가까스로 분위기를 잡아가고 있는데 산통이 깨지는 느낌이었다. 긴밤이란 그런 곳의 은어로 여자를 밤새 사 버리는 것을 의미했다. 그러나 그때까지 나는 그런저런 작정도 없었다. 다만 따스함 만들기라고나 할까, 그녀와 나 사이의 어떤 인간적인 교류에만 신경쓰고 있었고, 그런 노력의 하나로 그녀의 시선이 등뒤의 선물에 가 주도록 빌고 있기도 했다.

그녀가 다시 서둘렀다. 「긴밤 잘거야?」

나는 은근히 화가 치밀었다. 그러나 드러내 놓고 화를 낼 게제는 못 되었고, 나는 뜨악한 목소리로 「긴밤은 얼만데?」 하고 물었다. 애희는 반색을 하며 손가락 두 개를 펼쳐 보였다.

그 순간 나는, 이런 거래는 빨리 해치우고 잊어 버리는 편이 상책이라고 생각하며 바지주머니에서 지폐 두 장을 꺼냈다. 그녀는 마치 횡재라도 한듯 즐거운 표정으로 그 돈을 받아 가슴에 쑤셔 넣었다. 그러고는 개어 놓았던 침구를 아랫목에 펼치며 말했다.

「여기 좀 누워 있어. 실은 나 아직 저녁밥도 못 먹었거든……」

「……」

「싫어?」

「싫은 게 아니라……」

「봐줘요. 배고파서 그래. 멋지게 서비스를 받으려면 먹여 가지고 해야 할 거 아냐?」

그녀의 적나라한 표현에 나는 딱 기가 질리는 느낌이었다. 그러나 그녀를 놓아 주지 않을 수는 없었고, 나는 시무룩한 목소리로 「갔다 와」 하고 말했다. 그리고 그녀가 돌아서 나가려고 할 때 비로소 생각났다는 듯 출입문 옆에 세워 놓은 종이봉투를 가리키며「그것 좀 꺼내 봐」했다.

「뭔데?」애희는 봉투를 들어 전등불 밑으로 가져왔다. 그러고는 그 안에 든 물건을 꺼내 보며 다시 물었다.「뭐야아?」

「풀어 봐」

「뭔데 그래?」

그녀는 호기심 반 기대 반의 표정으로 바스락거리며 포장지를 풀었다. 포장지가 벗겨지자 하얀 스웨터가 나타났다. 애희는 믿기지 않는다는 표정으로 그 스웨터와 나를 번갈아 바라보았다.

「양품점 앞을 지나다가 예뻐 보이길래 샀어. 꼭 애희를 주겠다고 산 것은 아니니까 너무 감동하지는 말구」

「……」

그래도 애희는 믿기지 않는다는 표정으로 나를 그윽하게 내려다보기만 했다.

내가 다시 말했다.

「입어 봐, 맞나?」

「입어 봐도 돼? 정말 내가 입어 봐도 되는거야?」

애희는 그것을 입고 거울 앞으로 갔다. 그런 그녀의 뒷모습을 바라보며 내가 말했다.

「잘 맞는데?」

그 순간 그녀는 몸을 날려 내게 덤벼들었다. 그 기세에 나는 방바닥으로 쓰러졌고, 그녀는 내 얼굴에 쪽쪽 소리가 나도록 무수히 많은 키스 세례를 퍼부었다.

스웨터 한 장으로 여자를 이렇듯 감동시킬 수 있다니 나는 도무지 어리둥절할 지경이었다. 그 순간만은 적어도 그녀가 거리에서 몸을 파는 여자가 아니었다. 키스 한 번 정사 한 번을 돈과 맞바꾸는 최악의 여자가 아니었으며, 내가 전에 알았던 그 어떤 여자들보다는 더 순수한 느낌이었다.

애희가 저녁밥을 먹고 돌아온 것은 10분쯤 뒤였다. 그녀는 내 코에 하아 하고 입김을 불어내 보이더니「김치 냄새 나지 ?」하고 물었고, 윗목에 놓인 조그마한 상자에서 치솔과 치약을 꺼내 칫솔에 하얀 치약을 뜸뿍 짜낸 다음「이빨 좀 닦고 올게」하고는 또 밖으로 나갔다.
저녁식사를 하러 가서도 오래 기다리게 하지는 않았고, 이를 닦으러 나간 것도 청결한 입으로 나를 맞겠다는 배려에서였으므로 기다리지 못할 이유는 없었다. 뿐더러 나로서는 돈을 주고 산 여자의 일상생활, 밥 먹고 이 닦고 하는 일상의 구체적인 생활을 가까이에서 느끼고 있었고, 그것도 나로서는 신기한 체험이었다. 조그만 선물에 감격하고, 김치 냄새 나는 이빨에 칫솔질을 하는 평범한 여자였다고나 할까. 좀전에 내게서 받은 지폐 두 장을 블래지어에 쑤셔 넣고, 쇼 구경을 다녀와서는 내게 의리 있는데 어쩌고 했던 영락없는 창녀로부터 그녀를 어느 만큼은 거리가 있는 곳으로 옮겨 놓은 느낌이었다. 즉 그때 나는 그녀의 일거수일투족에 일희일비하고 있었는데, 적어도 내가 함께 잔 여자에게는 나름대로 이유가 있지 않으면 안 되었으며 그것이 아름다워야만 했던 것이다.
애희가 다시 돌아온 것은 5분쯤 뒤였다. 그런데 이번에는 대야에 데운 물을 담아 들고서였다. 전에도 정사가 끝났을 때 그런 것을 들고 들어와 나를 씻겨 주었으므로 생소한 물건은 아니었다. 그런데 이번에는 시작도 하기 전이었고, 나는 딱 기가 질렸다.

「그건 뭐야?」

나는 베개 두 개를 포개놓고 비스듬이 기대었던 윗몸을 일으키며 불만스럽게 물었다. 그러나 애희는 당연하지 않느냐는 듯 「깨끗이 씻어야지」 하고 쉽게도 말했다. 나는 봄스웨터 등으로 애써 가꾸었던 분위기를 망쳐 버린 느낌이었다.

「뭘 씻어?」 나는 여전히 툴툴거렸다. 애희는 그런 나를 빤히 바라보며 「씻어야지. 목욕했어, 오늘?」 하고 추궁했다. 물론 나는 그 날 당장 목욕을 하지는 않았으므로 거짓말은 하지 못했다. 대신 내 발치에 놓은 대야를 발로 지그시 밀어 버리며 「오늘 밤 난 안 할거야. 그러니까 씻을 필요도 없구, 그거 치워」 하고 버텼다.

「피이」 애희는 먼저 그런 표정으로 웃고 나서 「애기처럼 또 왜 그래? 전에도 안 한다구 그러다가 젤 늦게 나간 게 누군데?」 했고, 내가 어이없는 표정을 짓자 물대야를 다시 끌어당기고는 「그러지 말고 바지 벗어. 잠자코 있기만 하면 돼. 내가 다 알아서 씻겨줄 거니까」 하며 달려들어 바지의 허리띠부터 풀었다.

나는 이게 아니다 싶었다. 하지만 잠자코 있을 수밖에 없었다. 이런 방에서는 별수없이 그네들의 법칙에 따라야 하는 것이었다. 나는 알 수 없는 슬픔을 반추하며 그녀에게 몸을 맡기고 있었다. 그녀는 나를 대야 위에 걸터앉게 하고는 내 그것을 뽀드득 소리가 나도록 몇 번이고 닦았다. 그리고는 마른 수건으로 물기까지 닦아내며 「됐어요」 하고 만족한 미소를 지었다.

잠시 후 그녀와 나는 요 위에 나란히 누웠다.

나는 잠자코 생각에만 잠겨 있었다. 이런 신분의 여자와도 사랑이 가능한 것일까. 사랑까지는 몰라도 진정 인간으로서의 따스함의 교류는 가능한 것일까. 이런 여자에게도 우정 연민 등의 감정을 간직할 수 있는 것일까. 그리고 먼훗날 그녀를 아름다운 추억으로 돌이킬 수 있는 것일까 등등.

그러나 그것은 쉽게 풀 수 없는 수수께끼였다. 비록 실패로 끝났지만 한유미에게서도 문지윤에게서도 나는 그것을 느끼고 있었다. 책갈피 속에 잘 펼쳐져 보관된 은행잎처럼 문득 문득 아름다운 추억으로 그녀들이 다가서고 있었던 것이다. 뿐만 아니었다. 지원씨에게도 나는 그것을 느끼고 있었고, 멀리는 찻집 종업원이었던 아니 죽은 친구의 애인이었던 진미경에게서마저도 그것을 느끼고 있었다. 추억의 책갈피 속에서 짙은 향수와 함께 은행잎을 꺼내 보듯 그녀들을 꺼내 보고는 했던 것이다.

그러나 애희는 달랐다. 아무리 지워 버리려고 해도 그녀는 돈을 주고 산 여자였고, 그 거래 명세서가 수하물의 꼬리표처럼 붙어다닐 것이 분명했다. 이를테면 그것은 나에게 고통이었다. 먼훗날 결코 기억하고 싶지 않은 악몽으로 남겨두고 싶지 않아 그녀를 다시 찾아왔는데 결코 자신이 서지 않는 것이었다.

그때 나는 또 문득 생각했다. 그녀와 오늘 밤은 진실로 하지 않는 수도 있지 않은가 하고. 에델바이스를 수놓은 봄스웨터는 벌써 희미해져 있었다. 그것만으로는 나를 구원할 수 없을 것 같은 느낌이었고. 그네들의 말마따나 긴밤을 위한 막대한 화대를 지불하고도 그 구상권(求償權)을 요구하지 않아서만이, 그러고서나 무엇인가 이룰 수 있을 것 같은 강박의식이 나를 사로잡기 시작한 것이었다.

그러나 그것은 한갖 헛된 망상이었을 뿐이었다. 그것이 아름다웠다면 상상으로서만 그랬을 뿐 나는 곧 독향(毒香)처럼 풍겨 오는 애희의 지독한 애무에 휘말리고 말았다.

그녀와 나란히 누운 뒤 나는 많은 생각을 했고, 그 시간은 30분쯤 걸린 것 같았다. 그러나 그것은 착각에 지나지 않았다. 단 1분 또는 2분쯤 생각을 했을 뿐이며, 그것도 지루했던 듯 그녀는 「무슨 생각해?」하고는 나를 향해 돌아누웠다. 그런 다음 「스웨터 사 준 거 본전 생각해?」하고 키득 한 번 웃고 나서 곧 행위에 들어갔다. 그녀의 행위는 그 전까지 나로서는 얼핏 말로만 들었던 종류의 것이었다. 그녀는 입을 사용했고, 시작한 부위는 가슴이었다. 내 가슴의 작은 돌기 하나가 그녀의 입안으로 들어간 순간 그녀의 민첩한 혀가 그 작은 돌기를 여러 방향에서 빠르게 핥아 간 것이었다.

물론 그것은 내게 커다란 충격이었다. 뿐더러 놀라운 자극이었고, 고통스런 쾌감이기도 했다. 그것이 너무도 충격적인 나머지 나는 반사적으로 손 하나를 가져가 그녀의 턱을 밀치기도 했다. 그러나 그녀는 그런 내 손을 떼어 본디 자리로 옮겨 놓으며 「잠자코 있어. 우리 애기 착하지 응?」하고는 곧 좀전의 동작으로 되돌아 갔다.

가슴 한 쪽을 마친 그녀는 반대편 가슴 쪽으로 갔다. 새로운 자극에 놀란 나는 또 그곳으로 얼른 손 하나를 가져갔다. 그러나 이번에는 스스로 손을 내리고 말았다. 가슴까지는 참아 줄 수 있다고 생각하며. 나도 지윤이나 유미의 가슴에 도전한 일이 있었고, 그녀들이 참아 주었던 것처럼 나도 참아 주어야 한다고 생각한 것이다.

그러나 그녀의 애무는 가슴으로 끝나지 않았다. 그녀는 마치 내 몸의 어느 곳이 자극에 민감한가 모조리 알고 있는 듯했다. 가슴에서 내려온 그녀의 입은 겨드랑이 선을 따라 내려가다가 배를 받친 뼈와 무릎뼈에서는 이빨까지 사용했다. 그 순간 나는 엉덩이까지 들썩해질 만큼 놀라고 말았다. 그렇게 지독한 자극을 느낄 때마다 나는 그녀를 말려야 한다고 생각했다. 그런 종류의 애무는 도무지 짐승의 행위일 뿐이며 인간의 품위를 모독하는 짓이었다. 그러나 그것도 생각만 그렇게 했을 뿐 내 속의 또 다른 나는 조바심치며 그녀의 또 다른 애무를 기다리고 있었다.

정말 모순덩이가 아닐 수 없었다. 나라는 놈은……. 돈을 주고 여자를 사 버린 행위로부터 스스로를 구원하겠다고 찾아와서는 보다 더 큰 나락으로 굴러떨어지고 있는 것이었다. 애희는 나로 하여금 본전 생각이 나지 않도록 나름대로 최선을 다 하고 있음이 분명했다. 그러나 그런 정황을 알고 있기 때문에 내 자책감은 더 컸으며, 그 이후 나는 결코 거래가 아닌 사랑은 할 수 없으리라는 암담한 절망에 빠지기도 했다. 그랬음에도 불구하고 마침내 나는 내 그것이 그녀의 입속으로 들어가는 데까지 허용하고 말았다.

그 순간을 변명하자면 이랬다. 나는 정말 거기까지는 가지 않을 생각이었다. 그녀가 입을 가져가자 나는 격렬하게 저항하며 말했다. 「이러지 마, 싫어」「싫어?」「그래, 싫다기보다 인간이 이럴 수는 없는 거 아니야?」「순진하긴……. 그럼 어쩌지?

손으로 해줄까?」 애희는 가느다랗게 한숨을 내쉬며 손으로 내 섹스를 잡았다. 그러고는 「나 오늘 손님 받으면 안 되는 날이거든. 미안해서 어떡하지?」 하며 코맹녕이 소리를 냈다. 그제서야 나는 그녀를 한꺼번에 이해할 수 있었다. 몸으로 안 되니까 입으로라도 만족시켜 줄 수밖에 없었던 정황. 그러기 위해서 그녀는 나를 씻기기부터 한 것이었다.

「속이려구 그랬던 것은 아니야. 내일 모레는 일수도 찍어야 하고 내 사정 좀 봐줘, 응?」 그녀는 내 귓가에서 또 속삭였고, 그때 나는 이미 혹독한 비극의 주인공이라도 된 듯한 느낌이었다. 이런 곳에는 도대체 인생의 이런 악착스런 국면도 다 있는 것이었다. 나는 마음속으로 울고 있었다. 그런데 그녀는 군더더기처럼 내 귓가에 대고 되풀이 속삭이는 것이었다. 「잘 해줄게 응? 후회 안 하게」

그 이후 나는 그녀가 시키는 대로 대도구(大道具)처럼 몸을 맡기고 있을 수밖에 없었다.

세번째로 애희를 찾아갔었다는 이야기를 하기 전에 릴케의 『문학을 지망하는 청년에게』로 되돌아 가자. 병영생활을 하는 동안 나는 그 문고본을 네 귀가 나달나달 해질 때까지 읽고 또 읽었다고 했다. 문학과 인생의 실제에 있어서 그 책만큼 좋은 충고가 되었던 글은 그때까지 없었다고도 했다.

그러나 애희를 알기 전까지는 그런 깨달음도 다분히 추상적이었다.

〈육욕〉에 관해서만도 그랬다. 〈육욕이야말로 우리의 가장 크고 한없는 경험〉이라고 했지만 또 〈세계를 깨닫는 일〉이라고 말했지만, 애희를 만나기 전까지는 그녀가 마침 생리중이어서 나를 변칙적으로 만족시키려고 들기 전까지는 그것이 왜 〈세계를 깨닫는 일〉인지, 또 왜 〈우리의 크고 한없는 경험〉인지 알쏭달쏭 했을 뿐이었다.

〈슬픔〉에 관해서도 그랬다. 책에는 소개되어 있지 않기 때문에 카프스씨의 슬픔, 그 슬픔의 내용이 무엇인지는 알 수 없었다. 또 릴케가 〈슬픔이란 우리 안에 어떤 새로운 것, 미지의 것이 들어오는 순간〉이라고 알려주었어도 그 〈새로운 것〉, 〈미지의 것〉이 무엇인가도 종잡을 수 없었다. 즉 애희를 알고 나서야 그녀가 손님을 받을 수 없는 몸임에도 손님을 받은 정황의 슬픔 따위를 구체적으로 느낄 수 있었고, 그런 〈슬픔〉이 내 안의 깊은 곳을 관통하며 나를 새로운 차원의 나로 변모시키고 있음도 깨달을 수 있었다.

사실 나는 한유미와 문지윤에게서도 배운 것이 많았다. 그러나 지원씨나 진미경에게서 더 많은 것을 배운 것 같았으며, 애희를 알고 나자 그런 막연한 느낌은 더욱 확실해졌다. 이른바 순수한 사랑이라는 것은 인생의 너비와 깊이를 가늠하기에 다분히 수박 겉 핥기에 불과했다. 보다 인생의 악착스런 국면을 동반한 지긋지긋한 사랑이야말로 릴케가 지적한 대로 〈자기 안에서 무엇을 형성하고, 세계를 이루며, 다른 한 사람을 위하여 자기만의 세계를 이루기 위한 숭고한 동기〉의 사랑으로 발전될 수 있다는 사실을 깨닫게 된 것이었다. 애희를 알고 나서야 〈숭고한 동기〉로서의 사랑을 짐작할 수 있었다는 말이다.

그렇다고 세번째로 그녀를 다시 찾아간 내 행위를 숭고한 동기에서였다고 강변하지는 않겠다. 그녀의 일수가 걱정이었던 것은 사실이다. 그날 밤 나는 지나가는 말로 그녀의 일수에 관해 물었었다. 그녀의 일수 원금은 내가 가지고 있는 돈의 절반도 못 되었다. 그런 돈을 3할이 넘는 이자까지 합쳐 백 일 동안 매일 갚아 나간다는 것이었다. 그것도 몸을 판 돈으로. 나는 마음이 아팠고, 그 일로 내내 고민하다가 마침내는 그녀의 일수 원금만큼 뚝 떼어 호주머니에 넣고 병원을 나섰던 것이다. 그러나 그녀와 자지는 않겠다고 작정하고 있었던 것은 아니었으므로 그 동기가 매양 숭고했다고는 할 수 없었다. 또 나는 좀 비싸게 그녀를 사는 거지 뭐, 하고 자조적인 생각도 했다. 그것은 내 행위가 아무래도 낯설기 때문이었는데, 가서 보니 그런 내 생각은 처음부터 암초에 부딪쳐 있었다.

그럴 수도 있으리라는 상상을 내가 전혀 못 했다고는 할 수 없었다. 애희는 창녀였다. 그러므로 그녀에게는 나 이외에도 다른 손님이 있을 수 있었고, 그 손님들을 범죄 심리학적 용어로 지적한다면 불특정 다수에 해당할 것이다.

이렇게 털어놓으면 금방 짐작이 가겠지만 내가 세번째로 애희를 찾아갔을 때 그녀에게는 손님이 있었다. 그럼에도 불구하고 그 순간의 충격이 너무 커서 나는 기절이라도 할 뻔했을 정도였다.

그때의 상황은 이랬다. 그 집으로 들어섰을 때 나는 자못 비장했었다. 애희의 빚을 갚아 주기 위해 나는 가지고 있는 돈의 절반을 뚝 떼어 가지고 나왔으며, 그것은 부모님이 피땀을 흘려 번 돈이었다. 또 특별한 목적에 쓰라고 보내 준 것이기도 했다. 때문에 나로서는 부모님을 배신하는 듯한 괴로움에도 시달리고 있었다.

일수에 관해서만도 그랬다. 부모님이 동대문시장에서 장사를 하고 있기 때문에 나는 그 일수돈의 생리에 관해 너무도 잘 알고 있었다. 부모님들도 급하면 더러 그런 급전을 빌려 쓰고 있었으며, 그런 돈 때문에 의견 차이로 부모님이 다투는 모습을 어려서부터 보고 자랐던 것이다. 그런데 나는 그렇게 귀한 돈을 창녀의 일수를 갚아 주기 위해 가지고 온 것이었다. 이만하면 그때 내가 왜 비장했었던가 짐작할 수 있을 것이다.

또 나는 엉뚱한 공상에 빠져 있기도 했다. 즉 그 돈으로 애희를 악의 구렁텅이로부터 건져 낼 수도 있지 않을까 하는. 빚만 없다면 언제든지 새출발을 할 수 있는 것이 그녀들의 형편일 듯 싶었다. 그렇게만 될 수 있다면 그녀를 위해 추가 투자도 할 수 있다고 생각했으며, 그렇게 내 공상은 끝간 데 없이 나아가고 있었다.

뿐만 아니었다. 애희는 그 이름만으로도 사랑스러웠다. 아니, 사랑받기에 나무랄 데 없는 이름이었다. 뿐더러 그녀는 이름만큼 예뻤다고도 할 수 있었다. 비록 쇼 구경이나 다니고 의리 어쩌구 하며 저속한 단어를 입에 올렸지만, 그만큼 천박하고 머리가 비어 있기는 했지만 그녀는 오똑한 코와 쌍거풀이 진 이국적인 큰 눈을 가진 미인이었다. 또, 근순이였던가, 한 집에 있는 다른 아가씨의 지적대로 명태처럼 비쩍 말랐기는 했다. 그러나 하지장(下肢長)이 긴 특이한 서구적인 체격을 가지고 있었으며, 가슴도 엉덩이도 나무랄 데 없을 만큼 바짝 올려 붙여져 있었다.

말씨, 교양 따위는 어디까지나 후천적인 소양이었다. 지금부터라도 갈고 닦는다면 얼마든지 변신할 수 있으며, 그런 모든 과정을 내가 주도적으로 돕는 것이다.

　그렇게 해서 전혀 다른 여자가 된 애희. 그런 그녀와 결혼이라도 한다면 나는 성자(聖者)가 되는 게 아닐까. 아니, 성자 따위는 상관없었다. 모든 위대한 작가들에게는 괴팍한 인생이 있고, 나는 내 괴팍한 인생의 하나로 애희를 맞아들이는 것이다.

　옛날에 창녀였던 여자와 함께 사는 괴팍한 작가. 그쯤 되면 나는 계약결혼 따위 괴팍한 짓을 하고 사는 J.P. 사르트르와 맞먹는 위대한 작가가 되는 것은 아닐는지. 그런 사실이 세상에 알려지면 참새들은 입방아를 찧을 것이다. 아무개가 옛날에 창녀였던 여자와 사는데 그것은 그 여자의 테크닉이 뛰어나기 때문이라고. 그래도 좋았다. 비록 참새들의 입방아에 불과할 망정 그것은 진실의 한 면을 꿰뚫어 본 말이었으니까. 내 섹스를 최초로 입에 넣어 준 여자. 그 입안에 사정을 하도록 도와 준 여자에게 그만한 반대급부는 너무도 당연하지 않은가 등등. 내 상상은 그렇게 그칠 줄을 몰랐고, 그런 상상 또한 나를 비장감 속에 가두었다고 할 수 있을 것이다.

　아무튼 그때 나는 그렇게 잔뜩 비장해져서 그 집으로 들어섰다. 나를 처음 본 것은 그 집의 포주 겸 펨푸인 영주댁이었다. 벌써 여러번째 그 집을 찾아가는 나를 알아보고 그녀는 「왔능교? 이리 들어온나」하며 가까이 있는 빈 방 앞으로 데리고 갔다.

　쭈뼛거리다가 나는 물었다.

　「애희 없어요?」

　「맞다, 애희지? 내 정신 좀 봐라」영주댁은 먼저 그렇게 수선부터 떤 다음 어쩔수없다는 듯이 털어놓았다. 「어쩌꺼나, 애

흰 지금 손님 있는데 ……」

그 순간 충격이 너무 커서 기절이라도 할 뻔했다는 말은 앞서 했다. 때문에 되풀이하지는 않겠으며 다만 나는 넋이 달아난 녀석처럼 잠자코 제자리에 서 있기만 했을 뿐이었다. 그런데 정신을 차리고 보니 어느덧 눈앞의 빈 방에 들어가 앉아 있었다. 영주댁이 「딴 애 불러 줄까?」했던 말과 「이 방에 들어가서 쪼매만 기다리소」했던 말이 어렴풋이 귓가에 남아 있었지만 결코 나는 영주댁의 권유에 따른 것이 아니었다. 그냥 나도 모르는 사이 그 방에 들어가 앉아 있었을 뿐인 것이다.

생각해 보니 기가 막혔다. 꿈에서 깬 것도 같았고, 반대로 악몽을 꾸고 있는 것도 같았다. 나는 담배를 피워 물었다. 그렇게 얼마나 시간이 흘렀는지 모른다. 방에 재털이가 없어 나는 담배 꽁초를 문턱에 문질러 껐고 새 담배를 피워 물었다.

개잡년.

아마 나는 그렇게 중얼거리고 있었을 것이다. 애희의 방에 뛰어들어 년놈의 머리채를 휘잡아 끌고 나오는 공상도 했다. 흉기를 숨겨 가지고 들어가 두 년놈의 배를 가차없이 쑤셔 버리는 공상에도 빠졌다. 그러나 그것은 어디까지나 공상이었을 뿐, 그런 짓을 실행에 옮길 만큼 무모한 나는 아니었다. 내 지성적 자아는 이미 충분히 성숙해 본능이 시키는 대로 움직일 만큼 야만적이지는 않았다는 말이다.

그런데 시간이 얼마나 지났을까. 문득 방문이 열리며 애희가 얼굴을 디밀었고, 그녀는 왼쪽 뺨에 볼우물을 파며 「자기 왔어?」하고 웃었다. 그 한마디에 그 전까지의 분노는 어느덧 사그러지는 듯싶었으며, 그래서 나는 그런 곳에 아주 익숙한 오입장이처럼「도대체 언제까지 기다려야 하는거야?」하고 투덜거렸다.

애희는「쬐금만, 5분만……」하고 진정으로 미안한 표정을 지었다. 그녀가 방문을 닫고 돌아가자 비로소 깨달은 바이지만, 그녀가 손님을 받고 있건 말건, 또 그 사실에 기절이라도 할 만큼 충격을 받았건 말건 나는 2순위로 그녀를 기다리고 있음이 분명했다. 때문에 두 년놈의 머리채를 잡아 끌어내겠다느니, 두 년놈의 배를 가차없이 칼로 쑤셔 버리겠다느니 하는 분노는 어디까지 가식일 뿐이었고, 나는 애희의 그곳에 내 그것을 꽂기 위해서 2순위로 기다리고 있는 한심한 놈팡이에 지나지 않았던 것이다.

그러나 그런 인식은 실타래처럼 얽히고 설킨 내 복합적인 의식 가운데 미세한 한 부분이었다. 보다 주도적인 의식은 애희를 위해 과연 내가 그 많은 돈을 버릴 필요가 있는가, 내가 찾아온 순간에 다른 손님을 받고 있는 그녀를 위해 내가 순교하듯 굴 이유가 있는가 하는 것들이었다. 그것은 정말 어려운 선택이었고, 쉽게 결론을 내릴 수도 없는 문제였다.

잠시 후 그녀는 내가 기다리고 있는 방으로 왔다. 쫓기듯 부리나케 방안으로 들어오며 애희는「아이 추워. 꽃샘바람인 모양이야」했고, 아랫목에 깔려 있는 요 밑에 두 손바닥을 넣어 보고는「방바닥이 뭐 이래? 아줌마, 이 방 탄불 어떻게 된 거예요?」하고 소리쳤다. 어딘가에서 영주댁이 듣고「쎈불로 갈았스이 금방 따사질끼다」하고 대꾸했어도 애희는「은제요?」라고 일부러 경상도 억양으로 투정을 부렸다. 그런 다음「우리 자기 동태되겠네」하며 두 팔로 내 목에 매달렸다.

나는 그녀가 나를 그녀의 방으로 데려가지 않는 게 불만이었다. 그러나 그 방의 사정이 어떤지 잘 몰라 「이 방에서 자는거야?」라고 뜨악한 목소리로 물었고, 애희는 그런 내 희망 사항을 묵살한 채 「우리 따져지게 빨리 한 번 하자」하며 내 목 뒤에 깍지를 끼었던 손으로 성급하게도 내 윗옷의 단추를 풀었다.

그녀가 사용한 꽃샘바람이라는 말에 나는 공감도 했고, 가능성도 점쳤다. 그런 어휘를 사용할 줄 아는 여자라면 매양 천박하지만도 않은 것이다. 또 우리 자기 동태되겠네라는 말도 나를 흐뭇하게 했다. 애희는 그저 무심히 했겠지만 이만저만 적절한 표현이 아닌 것이다. 그러나 나는 그녀가 고샅에 있는 그녀의 방으로 나를 데려가지 않는 태도만은 분명히 해두고 싶었다. 그래서 나는 그녀가 내 옷을 벗기도록 내버려 두면서도 「어떻게 된거야? 그 방 손님 아직 안 간거야?」하고 따졌다.

그제서야 애희는 「좀 잊어 주라. 그런 걸 뭘 꼬치꼬치 캐묻고 그래?」하고 그 방에 손님이 있음을 인정하고 나서 조금 뒤에 덧붙였다. 「오늘따라 재수없게 긴밤 들었지 뭐야? 부두 노동잔데 술에 잔뜩 취해 가지고 와서 빨아라 핥아라 어찌나 귀찮게 구는지 살짝 도망쳐 왔다니까」

「……」

너무 어이없어서 나는 잠자코 있었다. 술에 취한 개차반의 부두 노동자와 하룻밤에 같은 구멍을 사용해야 하다니 울고 싶을 지경이었다. 그러나 애희에게 그런 내 기분 따위는 아랑곳없었다.

그녀는 내 옷을 다 벗기고 나서 지갑이 든 것처럼 느껴지는 작업복 상의를 주며 「계산해야지」하고 조금은 염치없는 표정으로 말했다. 아니, 염치없기는 하지만 그래도 계산할 것은 해야 하지 않겠다는 듯 당당하게 말했다.

그 순간 나는 알 수 없는 배신감에 치받쳐 올랐다. 내가 저를 어떻게 생각하고 왔는데 고작 화대 독촉이란 말인가 싶기도 했던 것이다. 그래서 나는 복수하듯 숏타임 화대로 알려진 만큼만 지갑에서 돈을 꺼내 그녀에게 주었다. 그래도 그녀는 말없이 그 것을 받애 블래지어 사이에 쑤셔넣고 「잠깐만」 하고는 밖으로 나갔다. 그러나 오래지 않아 다시 들어왔고 「탄불 잘 피고 있는 데 ……. 금방 따셔지겠다」 하며 몇 가지 입지 않은 옷을 홀렁 홀렁 벗어 버리는 것이었다.

그녀가 잠시 밖에 나갔다 온 것은 내게서 받은 화대를 영주댁 에게 맡기기 위해서였다. 그리고 그것은 그곳 여자들의 불문율 인 모양으로 내 옆에 들어와서는 「아줌만 긴밤 잘 줄 알았다가 찍 쌌다」 하고 킬킬거렸다. 나는 그것이 좀 마음에 걸렸다. 그 래서 「저 방에 긴밤 손님 있다면서 ……」 하고 항의했고, 애희 는 「나 말고 아줌마 말야」 하며 미안한 듯 내 가슴으로 파고 들 었다.

그런 그녀의 몸짓마저도 내게는 슬픔이었다. 그냥 단순한 슬 픔이 아니라 내 안에 어떤 새로운 것, 미지의 것이 들어오는 슬 픔이었으며, 나를 새로운 차원의 나로 변모시키는 슬픔이었다. 인생의 보다 악착 같은 국면을 깨닫게 해주는, 더럽게도 괴로운 슬픔…….

그런데도 관능이라는 놈은 막무가내였다. 슬픔의 한가운데에 서도 내 그것은 그야말로 염치없이 일어서고 있었으며, 그것은 다른 방에 긴밤 손님을 두고도 또 내가 긴밤 화대를 지불하기

바랐던 애희의 탐욕만큼이나 더러운 탐욕이었다. 아니, 더러운 탐욕일 뿐더러 생의 악착같이도 괴로운 국면, 즉 그 비극적 의미를 통째로 깨닫게 해주는 사건이기도 했다. 손님을 받을 수 없는 몸이기 때문에 나를 변칙적인 방법으로 만족시키려고 했던 먼젓번에도 그런 깨우침이 있었다. 그러나 이번에는 먼젓번에 비교도 되지 않았다. 도무지 이렇게도 여자와 자야 하는 것일까. 관능이라는 놈이 그렇게도 절대절명의 문제인가, 하는 탄식에 신음이 저절로 흘러 나왔을 정도였다.

그런데 그 신음소리가 현실로서 애희의 귀까지 들렸던 모양으로 그녀는 「어디 아퍼?」 하고 물었고, 나는 짜증스럽게 「아니야」 하며 크게 한숨을 내쉬었다. 몸이 아픈 게 아니라 마음이 아픈 거다, 라고 덧붙이고 싶었지만 그녀가 알아들을 것 같지 않아 그만두었다.

애희는 콜라병을 잡듯 내 그것을 잡았다. 그러고는 「컸네?」 하고 나서 「해」 하고 재촉했다. 너는 하는 것밖에 모르니, 하고 싶었지만 그 말도 애희가 이해할 수 있을 것 같지는 않아 그만두었다. 대신 그녀에게 기울었던 몸을 바로 해 천장을 향하고 누웠다.

그것을 애희는 다른 뜻으로 오해한 모양이었다. 그녀는 불평하듯 「나보고 올라오라구?」 하고는 그래도 돈을 받았으니 어쩔 수 없지 않느냐는 듯 「참 내……」 하며 내 위로 올라왔고, 눅눅하게 젖은 자신의 그곳에 내 섹스를 손으로 잡아 끼웠다. 그리고는 곧 몸 전체로 마치 내연기관의 피스톤처럼 빠르게 상하운동을 시작했다.

여자가 위로 올라오는 체위는 나도 이미 경험한 바 있었다.

그러나 그때는 두 몸이 포개진 상태였다. 서로가 얼굴을 얼굴 가까이 붙임으로써 부끄러운 표정을 감춘 것이다. 그런데 애희는 내 위에 홀소리의 〈ㅗ〉자 모양으로 앉았고, 내 얼굴을 빤히 내려다본 채 마치 그런 종류의 무슨 체조를 하듯 아래위로 빠르게 움직이는 것이었다.

애희의 빤히 뜬 눈도 눈이었지만 도무지 너무도 뻔뻔스런 자세가 아닐 수 없었다. 불과 1, 2년 전에 나는 여자가 위로 올라온다는 사실만으로도 경악을 금치 못했었다. 그런데 이번에는 나를 타고 앉은 것이다. 그러고는 몸을 필요한 부분만 최소한으로 붙이고 행위를 벌이는 것이었다. 도대체가 너무도 뻔뻔스런 체위였으며, 그래서 성행위란 인간으로 하여금 햇빛이 안개를 거두듯 마지막 수치심까지 모두 거두어 버리는 짓이 아닐까 싶었을 정도였다.

햇빛 이야기가 나왔으니까 말인데 애희는 방의 불도 끄지 않고 있었다. 비록 낡은 일구(一球) 형광등이었지만 그 불빛은 내 얼굴을 정통으로 비추고 있었다. 그래서 나는 고통을 호소하듯 「불 좀 꺼 줘」 하고 말했다. 그러나 애희는 장난하듯 「왜? 전에도 불 켜 놓고 했잖아?」 했고, 내가 다시 「제발 좀 꺼 줘, 응?」 하고 재차 호소한 다음에야 「왜 그래? 난 자기 하는 거 보고 싶은데 ……」 하고 불평하면서 몸을 일으켜 형광등에 매달린 끈을 잡아당겼다.

그 순간 나는 몸을 재빨리 돌아 뉘었다. 더 이상은 애희의 그런 체위를 견딜 수 없었기 때문이었다. 비단 수치심 때문만이 아니었다. 애희에 대한 연민 같은 감정도 작용했는데 뻔뻔스럽게 누워서 그녀에게만 중노동을 강요하는 듯한 분위기가 너무

낯설었기 때문이었다.

불을 끄고 다시 이불 속으로 들어온 애희는 내 자세가 바뀐 것을 더듬어 확인하고「으응, 왜 그래?」하며 나를 다시 젖혀 뉘려고 했다. 그러나 나는 힘주어 그녀의 손을 거부하며「도대체 인간이 그럴 수는 없는 거 아니니?」했다. 그러나 그녀는 이해할 수 없다는 듯「뭐가?」했다가 곧「여자가 위에서 하는 걸 싫어하는 모양이구나」하고 혼잣말 비슷이 말했다.

「싫고 좋고 문제가 아니란 말야」내가 또 말했지만 못 알아들었는지 애희는 잠자코 있었다.

우리는 나란히 누워 한동안 그런 모습을 유지하고 있었다. 그러나 애희는 언제까지나 기다리고 있을 수만은 없었던지 자세를 만들며「그럼 자기가 올라와」라고 귓가에 속삭였다. 나는 그런 그녀에게도 연민을 느꼈다. 돈만큼 빨리 한 번 끝내 주어야 부두 노동자에게로 되돌아 갈 수 있는 것이었다.

「난 안 해도 돼」내가 냉정한 목소리로 말했다.「그러니까 바쁘면 가봐」

「그럼 자긴 어떡할 건데?」

「어떡하긴 ……. 좀 누워 있다가 가는 거지」

「본전 생각할려구?」

「벌써 몇 번쨌데, 그 말 좀 그만둘 수 없니?」나는 조금 화를 돋구었고, 애희는 재미있다는 듯 키르륵 웃었다.

그녀는 내 가슴으로 파고 들었다.

「그럼 가지 말고 그냥 있을거야? 저 방에 갔다가 부두 아저씨 잠들면 다시 올게」

「……」

나는 잠자코 애희를 보듬어 안기만 했다.

그녀가 다짐을 주었다. 「안 갈 거지?」

그러나 나는 대답할 수 없었다. 곧 통금시간이 될 터였고, 그 전에 어딘가에서 잠자리를 구해야만 했던 것이다. 그런 사정을 눈치챈 애희가 다시 「여기서 나가면 어디서 잘 건데? 돈 더 내라고 안 할게」 하고 코맹녕이 소리를 내며 매달렸다.

그래도 나는 잠자코 있었다. 애희가 다시 「안 갈 거지? 나도 오늘 밤 자기하고 자고 싶단 말야」 했다. 그제서야 나는 그녀에게 약속하지 않고는 그녀를 내보낼 수 없다고 생각했다. 그래서 나는 「알았어」라고 짐짓 거짓말을 했고, 그녀가 방을 나가자 곧 옷을 주워 입고 도망치듯 그 집을 나왔다.

돌이켜 볼 때 애희와의 세 번 만남은 내 젊음의 용광로였던 셈이다. 강철이 용광로 속에 들어가 더 강한 쇠가 되어 나오듯 그렇게 더 강한 내가 되었다고는 할 수 없었다. 그러나 그 이후 나는 상당히 이질적인 사내로 다시 태어났다고 해도 지나친 말은 아닐 것이다. 또 그것은 어디까지나 자아 확대의 한 과정이었다고도 할 수 있었다. 돈을 주고는 여자를 살 수 없었던 사내로부터 그럴 수도 있는 사내로, 비록 돈을 주고 산 여자였지만 에델바이스를 수놓은 봄스웨터 따위 선물을 사 들고 다시 찾지 않고는 견딜 수 없었던 사내로부터 그녀의 빚을 갚아 주겠다고 작정하고 가지고 갔던 돈을 행여 그녀에게 주어 버릴까 두려워 매몰차게 도망쳐 나온 사내로, 그리고 여자의 입속에도 사정을 해버린 사내와 옆방의 부두 노동자랑 하룻밤에 여자 하나를 공유한 사내로…….

그게 무슨 자아 확대의 과정이냐고 질책할 사람이 있을 지도 모르겠다. 그러나 나는 그런 사람들을 긍휼히 여기고 싶다. 도무지 인생의 가차없이 비극적인 국면을 눈치도 못 챈 채 무덤 속으로 갈 불쌍한 존재들인 것이다. 그런 그들을 위해 에필로그를 붙이겠지만 내가 마지막으로 애희를 찾아갔을 때 그녀는 그곳에 없었다. 대신 두번째 찾아갔을 때 나를 그녀의 방으로 데려가려고 했다가 실망한 정희라는 여자와 잤는데, 그녀의 입을 통해 애희가 그날 밤의 그 부두 노동자와 살림을 차려 나갔다는 사실을 나는 알았다.

제 9 장

 군대에서 내가 동숭동 캠퍼스로 돌아 온 것은 제○ 육군병원
에서 퇴원한 뒤에도 1년 가까이 지나서였다. 그 동안 나는 동부
전선 최북단의 포병부대에서 근무했다. 보직은 애초의 주특기대
로 GOP의 관측병이었다. 포대경으로 군사분계선 북쪽의 목표물
들을 감시하고 그것들의 이동 상황을 암사지도 위에 작도하는
일이 내게 주어진 임무였다. 나는 그 임무를 충실히 수행했다고
자부한다. 6개월 이상 제○ 육군병원에서 놀아먹은 댓가로 남은
복무 기간만이라도 성실하자고 스스로에게 다짐했던 것이다.
 군대에서 돌아와 보니 연대가 바뀌어 있었다. 60년대가 70년
대로 이행한 것이다. 그러나 동숭동 캠퍼스는 아수라장이었다.
어느 날 학교 정문 앞에는 탱크가 진주해 있었고, 무기한 휴업
을 알리는 총장의 광고문에는 〈제군들은 이성을 찾으라〉고 시작
되는 협박이 맨 앞줄을 차지하고 있었다. 우리들의 낭만이 미라

보 다리라고 이름붙여 부르던 곳에도 중무장을 한 군인들이 도열해 있었고, 탱크의 포신은 발기한 남근처럼 거리 쪽을 향해 그 앞을 지나는 행인들을 위협하고 있었다. 바야흐로 유신 독재의 캄캄한 터널이 시작되고 있었던 것이다.

휴업이 끝나고 개강이 되어서도 상황은 마찬가지였다. 멀쩡하게 학교에 다닌다는 사실이 부끄러워 우리들은 서로가 얼굴 보기를 꺼렸다. 야 인마, 아직도 안 잡혀가고 뭘 우물거리고 있는 거냐, 하고 서로가 서로를 경멸하는 듯했으며 그래서 우리들은 고개를 숙인 채 말없이 서로를 지나쳤다.

내가 갑자기 그 암울했던 시절을 돌이키는 것은 그 시절이 그러잖아도 한껏 마모되어 있던 내 젊음을, 그 기개를 뿌리째 뽑아 버리는 데 기여했기 때문이다. 복학생들에게는 좀 관대했던 것이 캠퍼스의 분위기이기는 했다. 군대까지 갔다왔는데 또 감옥에 가라고 떠밀 수는 없었던 것이다. 그렇지만 아우들이 착착 감옥으로 끌려가는 판에 떳떳이 공부할 수도 없었다. 그리하여 나는 또 새로운 아우 하나가 감옥으로 끌려갔다는 소식을 들을 때마다 한 장 한 장 벽돌을 쌓아가듯 비굴을 쌓아간 셈이다.

정말 개 같은 세월이었다. 그렇게 비굴을 쌓아가다 보니 어느덧 내 젊음의 기개는 사라졌고, 왜소한 자아 한껏 축소된 자아만이 부릅뜬 눈으로 나를 쏘아보는 것이었다.

여기서 나는 그즈음의 내 가정 형편에 관해서도 털어놓는 편이 좋을 것 같다. 아버지는 누군가에게 사기를 당하고 가게를 날렸다. 수출업자라고 했다. 당시에는 정부가 수출드라이브 정책을 시작해 전국민을 미친 듯 수출 일변도로 몰아붙이던 시기였다. 너도 나도 수출업자였고, 구멍가게 주인도 일약 사장으로

불리던 시절이었다. 그런 와중에서 아버지도 일확천금의 야망에
들떴으며, 어떤 수출업자에게 속아 와이셔츠 5천여 장을 선적했
는데 그가 외국으로 도망쳐 버린 것이었다. 그 후유증으로 아버
지는 쓰러졌다. 그러잖아도 혈압이 높았던 그 분은 결국 세상을
달리한 것이다.

아버지의 장례식장에서 있었던 에피소드 한 가지.

대전 출신의 송영수를 기억할 것이다. 죽은 소철규를 매개로
우의를 다진 캠퍼스 친구. 뿐더러 다방 레지 진미경을 공유한,
그래서 속된 표현으로 서로 〈구멍 동서〉임을 확인한 웃지 못할
관계. 그는 나보다 몇 달 늦게 군에 입대해 서울에 없었고, 그
의 동생 영호가 복학생인 나와 한 클라스에서 공부하고 있었다.
그러나 그는 진작부터 도피 행각에 들어가 캠퍼스에서는 얼굴을
볼 수 없었다. 그런데 어딘가에서 듣고 아버지의 장례식장에 나
타난 것이다.

「너 어떻게 된 거니? 괜찮은 거니?」

「괜찮긴 ……. 나 잡혔어요, 형」

「그게 무슨 말이야? 그런데 여긴 어떻게 왔어?」

그러자 영호는 나를 그의 등 뒤에 서 있는 점퍼 차림의 중년
에게 소개했다.

「인사해요, 형. 내 담당인 박형사님이우」

「그래애?」 나는 놀라 그를 건너다보았고, 박형사라고 소개된
그 중년 사내는 깍듯이 고개를 숙여 보였다.

「박범식이라고 합니다. 삼가 조의를 표합니다」

「네」

그래도 나는 어리둥절해 영호와 박형사를 번갈아 바라보았다.

영호가 경위를 설명했다.

「오늘 아침에 잡혔는데 내가 형네 문상을 가야 한다니까 봐준 거유」

「그래애?」 나는 또 한 번 놀랐고, 박형사에게는 가볍게 눈으로 사의를 표했다. 영호는 몇 달 전 우리 집에서도 잠시 숨어 있은 적이 있었다. 그래서 나는 녀석의 귓가에 「어디서 잡혔니?」 하고 안타까운 목소리로 물었다.

「태민이네 집에서요」 영호는 심드렁하게 대답했다.

오태민은 북한산 기슭의 평창동에 사는 역시 같은 과친구였다. 영호는 태민의 집에서 1주일 이상 숨어 있었다고 했다. 그 전에는 정릉의 청수장에 사는 과친구의 집에서도 신세를 졌고, 또 그 전에는 고시공부를 하는 고등학교 동창생을 따라 용문산의 고시원에도 가 있었다고 했다. 그렇게 석 달 이상 숨어 다니다 이제는 지쳐 자수해 버릴까 싶었는데 고맙게도 박형사가 찾아와 준 것이라고 했다. 내가 부친상을 당했다는 소식은 태민이한테 들었고, 태민은 이따 저녁 때 과친구들을 몰고 밤을 새우러 올 것이라고도 했다.

영호는 궤연에 분향을 하고 나서 말했다.

「우리 형 제대해 오면 말유, 제발 감옥에는 들어오지 말라구 하슈. 형제가 둘 다 잡혀 들어가면 시골에 계신 부모님이 얼마나 상심하겠수?」

그러고는 박형사를 따라 장례식장을 떠났다.

이렇게 아버지 장례식장의 에피소드를 소개한 것은 내가 마음속으로 끊임없이 변명을 만들고 있었다는 사실을 고백하고 싶어서이다.

대학로는 단 하루도 조용할 날이 없었다. 최루탄이 터지고 돌들이 날아 가게들은 모두 철시를 한 상태였다. 게다가 불행히도 우리 집은 대학로와 바로 이웃한 이화동에 있었다. 데모에 참가하지 않고 집에 있어도 쫓고 쫓기는 발자국 소리들이 집 바로 옆 골목을 훑고 지나갔다. 곤봉에 맞아 머리가 터진 후배가 집 안으로 뛰어들기도 했다. 그런 와중에서 잡혀가지 않고 버티는 길은 마음속으로 변명을 만드는 수밖에 없었고, 그 변명의 종류는 치사찬란할 만큼 다양했다.

첫째는 건강상의 이유였다. 내 폐는 다른 학우들처럼 튼튼하지가 못 했다. 군병원에서 완치되었다고는 해도 흠집은 남아 있었다. 뿐더러 기관지도 약해 최루가스에 너무 민감한 것이다. 그것이 내가 데모에 적극적으로 앞장서지 못하는 이유였고, 감옥 생활을 견딜 수 없다는 변명이었다.

둘째는 가정 형편이었다. 어쩌면 아버지의 사별마저 내게 변명을 마련해 주기 위한 사건이 아니었나 싶었을 만큼 우리 집의 생활은 급전직하로 곤궁해졌다. 어머니는 가계를 위해 하숙업을 시작했다. 그러나 대학생들은 걸핏하면 휴학이었고, 감옥으로 끌려갔다. 일반 월급쟁이들도 대학가가 시끄러우면 최루가스 냄새로 우리 집을 기피하는 것이다. 때문에 어머니의 하숙업이 잘 될 까닭은 없었다.

등록금을 마련할 수 없어 동생은 자원 입대를 해버렸다. 나도 학업을 계속한다는 게 여간 힘들지 않았다. 그러나 단순히 학업을 계속할 수 없을 만큼 집안이 곤궁해졌기 때문이라는 변명만으로는 감옥에 끌려가지 않고 버티는 이유로 불충분했다. 도대체 이런 시대에 학업이 뭐 말라빠진 짓이란 말인가. 하지만 나

는 장남으로 편모와, 벌써 십수 년째 우리 식구와 동고동락해
온 친척 할머니의 생계를 책임져야만 했던 것이다.

이런 내 변명은 고등학생 때 소철규의 권유로 읽은 『실존주의
는 휴머니즘이다』에도 비슷한 경우가 소개되어 있었다. 어머니
냐 레지스탕스냐는 갈림길에서 사르트르를 찾아온 청년의 경우
말이다. 우리는 그것을 외설이라고 지적했었다. 그 책에서 가장
서툰 부분이라는 뜻으로.

그러나 그즈음 나는 그것이 결코 철학의 개념서가 인용한 서
툰 사례가 아니라는 사실을 깨닫고 있었다. 더구나 실존철학의
해설서에서는. 실존주의, 그 중에도 무신론적 실존주의는 존재
의 당위와 행동의 선택을 그 내용으로 하고 있다. 즉, 존재의
이유는 무엇이고 어떤 행동을 선택해야 하느냐가 실존사상의 핵
심이라는 말이다. 때문에 어머니냐 감옥이냐는 꽤 실존적인 고
뇌이고, 어머니를 선택하는 것도 존재의 당위를 증명하는 한 행
동으로서 가치 부여를 할 수 있다는 뜻이다.

그러나 사르트르 방식의 무척 난해한 논증 과정을 거쳤음에도
불구하고 그것은 역시 변명에 지나지 않았다. 친구가 옆에서 죽
어가고 있는 판에 폐가 좀 나쁘다고 몸을 사리는 비굴이나 똑같
이 어머니 역시 비굴한 변명을 앞세우고 있는 짓이었다. 그래서
나는 또 다른 차원의 변명을 만들어 갔다.

변명의 변증법이었다고나 할까.

그렇게 해서 내가 또 다시 만들어낸 변명은 E. H. 카아의 〈역
사란 과거와 현재와의 대화〉라는 지적을 인용한 것이었다. 즉
우리가 현재의 암울한 군사 통치와 유신의 터널을 겪는 것은 다
그만한 과거를 지녔기 때문이라고.

또 우리는 아무에게도 〈역사의 미래나 사회의 미래를 믿어야할 의무〉가 없다는 변명도 있었다. 과거의 역사는 결코 옳은 방향으로만 진행되어 온 것이 아니었다. 미래에도 그것은 담보되어 있지 않다. 이런 판에 진흙탕 역사의 수레바퀴에 깔려 죽는다는 것은 무의미할 뿐이다.

그러나 그런 변명은 다분히 거칠고 아전인수 격이었다. 그래서 나는 그 다음, 그 다음의 변명을 또 만들어 갔는데, 그것들은 궤변에 궤변을 더하고 왜곡에 왜곡을 더하는 짓이었다. 예컨대 통치 권력의 연원을 바로잡는 투쟁만이 역사는 아니지 않는가. 그것은 역사의 광범위한 작용 가운데 지극히 작은 일부분일뿐이며 E. H. 카아도 그 점에 관해 설명하고 있다. 입헌적 자유와 정치적 권리가 목표이던 시대의 역사가들은 과거를 헌정적, 정치적 견지에서만 해석했다. 그러나 그런 자유와 권리가 확보된 뒤의 역사가들은 인류 발전에 있어서 보다 넓고 진보된 단계인 경제적, 사회적 해석으로 개방되었다. 그러므로 코앞의 투쟁에만 집착한다는 것은 다분히 근시안적이라고.

그러나 그런 변명도 역사에 있어서의 시급한 목표, 그것이 바로잡히지 않고는 다음 단계의 목표마저 공염불에 불과하다는 E. H. 카아의 또 다른 목소리에 의해서 부정되었다. 그래서 또 나는 역사는 나쁜 상태로부터 좋은 상태로, 저급한 상태로부터 고등한 상태로 전진한다는 낙관론에서 변명을 찾아냈다. 이것이야말로 E. H. 카아가 『역사란 무엇인가』에서 일관되게 주장한 테마였고, 그래서 나는 나까지 나서서 싸우지 않고도 현재의 저급한 유신 독재는 곧 고등한 민주 시대로, 현재의 나쁜 군사 통치또한 곧 좋은 문민 통치로 바뀔 것이며, 그 동안 나는 투쟁하는

성미 급한 사람들의 제2선에 정신적인 후원자로 남아 있는 것이
다라고 위안했다.

그러나 그런 느긋한 낙관론에도 고비는 있게 마련이었다. 송
영호처럼 느긋한 투사를 만나는 경우. 잡혀 가면서도 저렇게 느
긋할 수 있는데 제2선의 후원자란 얼마나 비겁한 이름인가. 그
렇게 고뇌하다 보면 어느덧 나는 실존의 선택으로 되돌아와 있
게 마련이었고, 어머니냐 레지스탕스냐고 고뇌하던 청년처럼 어
머니냐 감옥이냐 하고 처음부터 다시 시작하는 것이었다.

그렇게 세월을 죽이다 보니 나는 어느덧 대학을 마치게 되었
다. 그러고는 곧 취직 전쟁에 휩쓸리게 되었는데, 여기서 내가
〈취직 전쟁에 휩쓸리게 되었다〉고 한 표현에 유의해 주기 바란
다. 어떻게 보면 대한민국의 거의 모든 대졸자들이 걷는 보편적
인 길을 선택한 셈이었다. 그러나 졸업을 바로 눈앞에 두었을
때까지도 취직 따위는 나에게 안중에도 없었다.

한 장 한 장 벽돌을 쌓아가듯 비굴을 쌓아갔느니 젊음의 기개
가 그 뿌리부터 송두리째 뽑혀 버렸느니, 또는 왜소한 자아, 한
껏 축소된 자아가 부릅뜬 눈으로 스스로를 쏘아보았느니 했지만
내 내부에서 타오르고 있던 열정의 불길은 결코 꺼지지 않고 있
었다. 무슨 말인가 하면 그때까지도 나는 내 안에 한 명의 창조
자, 한 명의 작가를 가꾸는 문학청년이었다는 뜻이다. 그것은
내 인생에 있어서 대단히 중요한 의미를 지니는 사안(事案)이므
로 함부로 털어놓을 성질의 것이 아닐 정도이다.

흔히들 그 안에 사랑의 아름다움을 가꾸고 있는 젊은이의 진
지함이나 방황하며 신을 찾고 있는 젊은 사도의 고행에 관해서
는 아낌없는 찬사를 보낸다. 그러면서도 문학청년 어쩌고 하면

그 의미가 다소 축소되고 폄하되고는 하는데 내 내부에서는 그
런 현상마저 맹렬히 거부하고 있었다. 도무지 내게 있어서는 신
도 사랑도 그것의 일부일 뿐이었고, 그것이 절대자이며 우주의
전부였다. 어떻게 보면 병적인 집착일 수도 있었다. 그러나 그
즈음 나를 중심잡게 했던 것은 그것뿐이었고, 그것이 아니었다
면 나는 신을 잃은 파탄자처럼 또는 사랑을 잃은 실연자처럼 쓰
러졌을 것이다. 어쩌면 그것은 절망을 이기게 한 약(藥)이었다.
절망⋯⋯. 실연, 폐결핵, 의미없는 대학 생활, 아버지의 죽음,
집안의 몰락 등이 내게 있어서 절망의 메뉴였다면 그런 수없이
많은 절망을 겪으면서도 나는 무엇인가 위대한 것, 남길 만한
멋진 것을 써낼 자였으므로 살아 있었다. 뿐더러 그것은 그즈음
의 나에게 있어서 최고의 변명이기도 했다. 어머니냐 감옥이냐
는 너무도 하찮은 고뇌였다. 역사도 내가 써낼 것 자체가 역사
였으므로 E. H. 카아의 주장도 그런 내 열망의 하위개념에 불과
했다. 그랬던 내가 남들이 다 걷는 범속한 취직의 길로 선뜻 나
서지 않았던 것은 너무도 당연했다.

현실적으로는 취직이 그다지 시급한 문제도 아니었다. 군대에
가기 전부터 아르바이트로 학비를 벌었다는 사실은 앞서 이야기
했다. 군대에 다녀온 뒤에도 나는 계속 아이들을 맡아 가르쳤으
며 졸업을 전후해서는 수입도 만만치 않았다. 대졸자들이 선호
하고 있는 어떤 대기업에 입사해도 그만한 임금은 기대할 수 없
었다.

그렇다고 내가 그런 수입에 만족하고 취직을 기피한 것은 아
니었다. 그것은 어디까지나 본말이 전도된 우리 사회의 병리현
상을 단적으로 드러낸 본보기였다. 어두운 곳에서 기생하는 기

생충 같은 존재였다고나 할까. 더구나 나는 세계의 변혁에 기여할 메시지를 창조할 사람이었다. 기생충 같은 생활은 현실 인식의 한 방편으로서 잠정적인 선택은 될 수 있을지언정 어두운 생활 그것 자체를 목적으로 삼을 수는 없었다. 때문에 내가 취직을 서두르지 않은 것은 단순히 보장된 수입 때문이 아니었다. 막연히 공부를 더 하고 싶었다고나 할까. 대학원에 등록할 수도 있었고, 외국 유학의 길을 모색할 수도 있었다. 아니, 딱이 그런 공식적인 출세 코스에 흥미가 있었던 것도 아니었다. 보다 자유롭게 책도 읽고, 밤과 낮을 뒤바꿔 살며 미래의 나를 만들어 가는 데 필요한 사색의 시간들을 갖고 싶었을 뿐이었다.

여기서 나는 종묘와 비원으로 이어지는 녹색 띠에 관해 이야기하겠다.

내가 도심 속의 그 찬란한 녹색 띠를 발견한 것은 한 아파트의 창에서였다. 여의도가 개발되어 고층 아파트가 들어서고 도심의 한복판에도 상가와 아파트를 공유한 복합건물이 들어서며 서민들로 하여금 선망의 눈으로 바라보게 하던 시대였다. 아파트가 도시 생활의 새로운 패턴으로 마악 자리를 잡아가던 시절 ……. 그 시절 나도 독신의 아파트 생활을 동경하고 있었다.

취사나 세탁 또는 청소를 도와 줄 파출부는 있어도 좋고 없어도 좋았다. 한 끼는 빵으로 한 끼는 매식으로 때우고 변덕이 나면 손수 밥을 지어 먹을 수도 있었다. 세탁은 전자동세탁기가 해결해 줄 터였으며 청소도 혼자 살고 있으면 부담되지 않을 것이었다. 더러 여자 친구를 불러 들이면 그녀가 소매를 걷어 붙이고 묵은 일을 도와 줄 수도 있을 것이다.

그러나 중요한 것은 내가 독신이라는 것, 어떤 여자와도 결혼 따위는 하지 않으리라는 것, 밤과 낮에 구애받지 않고 책을 읽고 글을 쓰며 한껏 자유를 누리리라는 것 등이었다. 글을 쓰다가 배가 고프면 슬리퍼를 끌고 내려가 스테이크집에서 칼질을 하고, 심하게 외로움을 타는 밤에는 친구를 만나 술을 마시거나 사귀고 있는 여자를 불러 섹스를 하면 되었다. 거기까지가 내가 동경하고 있는 아파트 생활이었다. 아니, 아파트 현관문을 걸어 잠그고 여행을 떠날 수도 있었다. 1주일씩 열흘씩 아파트는 아무일없이 비어 있을 터이고, 고작 신문과 우편물들만 현관 앞에 수북히 쌓일 것이다. 그러나 어쨌든 아파트는 여행의 자유도 보장해 줄 것이었으며, 여행에서 돌아왔을 때 묵은 우편물들을 가위로 잘라 하나하나 개봉해 보는 재미도 만끽할 수 있을 것이었다.

여자 친구가 문제인데, 결혼하자고 조를 여자는 아예 사귀지 않으면 되었다. 아니, 처음부터 내 생활 철학을 분명히 밝혀 두는 방법도 있었다. 헤어지고 싶을 때는 지체없이 헤어질 수 있을 만큼만 담백하게 사귈 수도 있었고, 미안하지만 여자 친구로 하여금 스스로 물러나도록 냉담하게 구는 방법을 구사할 수도 있었다. 즉 어떤 경우든 길게 끌어서는 재미없었다. 그 시한을 1년으로 할까 6개월로 할까가 그즈음 나의 즐거운 고민이 되고 있었다. 그러나 아파트의 독신 생활은 내게 먼 미래였고, 여자 친구와의 교제 기간을 설정하는 문제도 미래의 고민을 가불해다 앓고 있는 것에 불과했다.

아파트도 그랬다. 여의도의 시범아파트냐 반포아파트냐, 아니면 도심 한복판의 세운상가 아파트냐 하고 선택의 고민에 빠져 있었는데 그것도 먼 미래의 고민을 앞당겨 앓고 있는 꼴이었다. 도무지 언제 그런 경제적인 성공을 거둘는지 알 수 없는 것이다. 그런데 그러던 중에 나는 세운상가 복합건물의 한 아파트에 아르바이트 자리를 구해 다니게 되었고, 그 아파트 창 밖으로 종묘와 비원을 잇는 녹색의 띠를 발견한 것이었다.

〈창 밖으로〉라는 표현에는 약간의 어폐가 있다. 그 아파트는 11층이었다. 그러니까 바로 창 밑으로부터 그 녹색의 수림대는 시작되고 있었다.

종묘의 퇴락한 문이 마치 미니튜어처럼 내려다보이고, 녹색의 수림대는 바로 그 뒤부터 시작되어 멀리 북악의 능선까지 이어지고 있었다. 군데군데 고궁의 전각들이 보였지만, 그리고 그것들은 짙푸른 숲 가운데 액센트를 찍은 것처럼 돋보였지만 숲만큼 감동적이지는 못했다. 그랬다. 그 숲은 이상하게도 도심의 한복판을 차지하고 장관을 이루고 있었던 것이다.

그것은 어쩌면 퍽 개인적인 감동이랄 수도 있었다. 서울에만 도심 한가운데 그런 멋진 숲이 있는 것은 아닐 것이다. 런던에도 뉴욕에도 있고, 서울의 그것은 하이드 파크나 센트럴 파크에 비해 오히려 규모가 작을 지도 모른다.

그러나 서울에 있다는 사실이 중요했다.

내가 나고 자란 서울…….

아니, 단순히 나고 자랐을 뿐만 아니라 바로 그 녹색의 띠를 둘러싼 고궁의 담장을 끼고 걸어서 학교에 다니고, 탁구 치러 다니고, 소풍을 가고, 산책을 즐기고, 여자를 쫓아다니고, 또 그 여자와 잠을 자기도 한 것이었다.

식별이 또렷했던 것은 아니지만 정읍 출신의 찻집 종업원 진미경에게 동정을 잃었던 2층의 여관이 종묘의 오른쪽에 미니튜어처럼 내려다보였다. 한유미와 함께 다섯 번쯤 찾았던, 그래서 그 이름마저 똑똑히 기억하고 있는 〈백송여관〉은 종묘의 왼쪽, 비슷한 기와지붕들이 즐비한 한옥들 중의 하나였다. 〈백송여관〉의 아침 밥상…… . 밥상 하나 가득 밑반찬들이 차려진 가운데 그것만으로는 혹시 손님의 식성에 부족할지 몰라 날계란 하나를 더 얹은 밥상의 아주 사소한 기억까지 그 녹색의 띠는 나로 하여금 함께 내려다보도록 했다. 그래서 내게는 특별하게 더 감동적이었다.

그러나 내가 그 녹색 띠의 감동에 관해 이야기를 꺼낸 것은 그것과 맞물려 있는 추억들, 그 추억들에 대한 연민 때문이 아니었다. 여의도의 시범아파트냐 세운상가 아파트냐는 선택의 문제, 아니면 반포아파트냐 세운상가 아파트냐 하는 선택의 어려움에서 세운상가 아파트가 승리했음을 말하고 싶은 것이다. 물론 먼 미래의 고민을 가불해서 앓고 있는 것에 불과했지만 말이다.

그즈음 우리 집은 이사를 하기도 했다. 어머니의 하숙업도 신통치 않아 생활이 곤궁해진 우리는 집을 줄여야만 했고, 집을 팔아 빚을 갚고 보니 남은 돈으로는 변두리의 아주 작은 집밖에 살 수 없었다. 그랬음에도 불구하고 나는 세운상가 아파트의 집값을 알아보았을 정도이다. 세운상가 아파트의 집값은 물론 가장 작은 평형도 우리가 가진 돈의 3배가 넘었다. 더구나 그런 평형의 아파트는 종묘와 비원으로 이어지는 녹색의 띠를 부감(俯瞰)할 수 있는 위치에 있지도 않았다. 또 설령 그런 아파트를 살 수 있었다 해도 당장은 어머니와 동생 그리고 친척 할머니까지 함께 살아야 했으므로 내가 희망하고 있는 독신의 아파트 생활과는 거리가 멀었다.

이화동의 집을 판 나는 수유리 화계사 밑 동네에서 분수에 맞는 집을 찾아냈다. 대지 20평에 건평 13평, 방 두 칸에 뜰도 없는 집이었다.

무슨 그런 집이 있으냐고 할 사람이 있을 지 모르겠다. 그러나 수유동 84번 버스 종점 부근에는 분명히 그런 집이 있었고, 그 집에서 15년 이상 혼자 산 어머니가 몇 해 전에 돌아가셨으므로 그 집은 지금도 실재해 있으리라고 나는 확신한다.

인간에게 돌연한 행동이란 없는 법이다. 많고 많은 변두리 동네 가운데 나는 하필이면 84번 버스 종점 부근에서 새로 살 집을 구했으니 말이다. 84번 좌석버스는 전에 내가 이용했던 노선이었다. 흑석동의 동원네 집까지. 집을 보러 다니고 그 집을 계약하기까지 나는 전혀 깨닫지 못하고 있었는데 이사 들어가 보니 그 동네에 84번 좌석버스 종점이었다.

정말로 공교로운 일이 아닐 수 없었다. 버스를 타고 집을 나올 때면, 또는 밤늦게 집으로 돌아가고 있을 때도 나는 문득 동원네 집으로 달려가고 싶은 충동을 느끼고는 했다. 아주 조그마했던 지윤의 젖꼭지가 떠올랐고, 「빼지 마」 하고 외쳤던 지원씨의 날카로운 그러나 간절했던 목소리도 너무나 생생했다. 얼굴은 모두 파스텔 톤으로 희미해 있었다. 그러나 성교의 순간만은 너무도 생생했고, 지금이라면 지원씨에게 그토록 안타까운 비명을 지르도록 하지는 않았을텐데 하고 아쉬워하기도 했다.

이제는 돈을 주고 산 여자도 안을 수 있는 부류의 사내가 되어 버린 나였다. 그런 사내가 아니고는 인생의 보다 가혹하게 비극적인 곳을 알 수 없으리라고 생각하고 있는 나였으며, 그런 내가 이제는 지원씨를 두고 연상의 여인이니 뭐니, 사랑을 할 수 있느니 없느니 하며 성교 자체를 망쳐 버리는 짓은 되풀이하지 않을 것이기 때문이었다.

여기서 또 고백하는 바이지만 그즈음 나는 월중행사처럼 여자를 사고 있기도 했다. 그것을 꼭 배설과 같은 행위였다고는 강조하지 않겠다. 그러나 어느 만큼은 그런 단계에 다다라 있었다는 사실을 숨길 필요는 없을 것이며, 여자를 사고 나면 아니 사기 전부터 엄밀한 대차대조표를 가지고 여자를 고르는 것이었다.

여자를 샀다고 해서 꼭 종3 같은 곳에서만 여자를 산 것은 아니었다. 상대생 김순구를 기억할 것이다. 군대에 다녀온 뒤 그는 줄곧 우리 집에 하숙을 정하고 있었고, 어머니가 하숙업을 폐업한 뒤에도 화계사까지 쫓아와 몇 개월을 함께 기거했다. 순구가 그렇듯 줄기차게 우리와 기거를 함께 했던 것은 어머니의 신통찮은 하숙업을 돕기 위해서였을 것이다. 뿐더러 그는 같은 상대생이나 인천 출신의 중학교 동창생들을 영입해 오기도 했는데 그럴 때는 「어머니, 나 이쁘죠?」 하고 애교를 떨기도 했다. 어머니가 「그래, 이뻐」 하면 「그렇죠? 후섭이보다 더 이쁘죠?」 했고, 어머니가 웃으며 「그래, 더 이뻐」 하면 「그럼 이따가 저녁 때 내 밥에 계란 하나 깨뜨려서 숨겨 넣어주세요. 후섭이는 주지 말구, 네?」 하고 웃겼다. 또 「오늘부터 난 이 하숙집 영업부장이야」 하고 기고만장해서는 「하숙비 밀린 사람 누구야? 김군, 하숙비 밀렸지? 빨리 집에 전보쳐」 하고 어머니가 말 못하고 있는 부분을 대신하기도 했다. 그런 김순구가 나에게 무교동의 여자도 알려주었던 것이다.

순구에게는 필요할 때 함께 자 주는 애인도 있었다. 물론 나도 그녀를 잘 알고 있었다. 청평 사건 때 나와 유미가 방갈로에서 밤새 실갱이를 벌인 뒤 이튿날 순구와 함께 나타났던 윤영란이 바로 그녀였다.

피부가 좀 검기는 해도 갸름한 얼굴의 미인형이었고, 나와는 십수 대 위에서 선조가 갈렸지만 성씨와 본관이 같은 친척 아주머니 뻘이었다. 한 번은 내가 호칭이 마땅치 않아 「아주머니 ……」 어쩌구 했더니 그녀는 나를 곱게 흘겨보며 「그럼 조카는 ……」 어쩌구 했고, 그 뒤 내가 「제수씨 ……」 어쩌구 했을 때는 싫지 않은 기색으로 「형수씨 아녜요? 순구씨는 자기가 위라던데 아녜요?」 하고 만만찮게 눈을 치떴다.

그들은 같은 인천 출신으로 중학생 때부터 사귀었다고 했다. 첫경험은 중3 겨울방학 때로 둘 다 어떻게 하는지도 모른 체 껴안고 뒹굴었는데 그것이 되어 버렸고, 임신까지 되어 두 집안 사이에 작은 풍파가 일었다고도 했다. 순구가 고등학교 때부터 서울로 유학을 온 것은 그 때문이며 고등학교 3년 동안은 영란의 집 감시가 심해 만나지 못했다고 했다.

그들이 다시 만난 것은 영란이 서울로 진학한 뒤였다. 그녀가 E 여자대학교 영문과에 그리고 순구는 나와 함께 광화문통에서 재수를 하던 시절이었다. 그때 영란은 순구에게 있어서 아주 똑 떨어지는 재수생활 관리자였다. 순구가 대학으로 찾아가도 아주 냉정하게 굴며 「날 보고 싶으면 대학에 합격하고 와. 아니, 순구씨 아버지 희망대로 상과대學에 합격하면 순구씨가 귀찮아할 만큼 내가 찾아다닐거야」 했다는 것이다. 그러고도 영란은 이따

곰씩 학원으로 찾아와 공부가 끝나고 나오는 순구를 근처의 레스토랑으로 데려가 비싼 양식도 사주고, 찻집으로 데려가 커피도 사 주었다는 것이다. 그러나 그것은 재수생활을 격려하는 의미 이상도 이하도 아니었고, 영란과의 신체 접촉이 그리워 몸이라도 치댈라치면 냉정하게 등을 떠밀어 하숙으로 밀어 넣은 것이다.

그들이 다시 몸을 나누어 가진 것은 순구가 대학에 합격한 뒤 그들의 고향인 인천에서였다고 했다. 인천의 올림푸스 호텔. 그녀는 준비하고 있다가 순구의 작은 금의환향을 맞이한 것이었다. 그곳 클럽에서 밤늦게까지 술도 마시고 춤도 춘 그들은 함께 방으로 올라갔고, 겨울의 칙칙한 밤바다를 내려다 보며 실로 5년만의 입맞춤을 나누었다고 했다.

그러나 순구는 입맞춤만으로 만족할 수 없었다. 그가 서둘자 영란은 그를 밀어 놓으며 「서둘지 마. 난 앞으로 평생 자기만 알고 살 여자잖아? 그러니까 어렸을 때처럼 사고 치지 말고 날 소중하게 간직해 줘」하며 금박지로 포장한 물건을 손에 쥐어주었는데 당연히 그것은 남성용 피임기구였다고 한다.

그 이후 영란은 순구가 원할 때 한 번도 거절한 적이 없었다. 서울에서 함께 대학에 다닐 때는 물론 순구가 군대에 갔을 때도 주말이면 꼬박꼬박 면회를 와 병촌(兵村)의 한적한 여인숙에서 함께 자 주었다는 것이다.

순구가 복학생의 신분일 때 영란은 대학을 졸업하고 취직이 되었다. 주식의 51퍼센트를 미국 기업이 투자한 정유회사였고, 그곳 사장실의 비서로 채용이 된 것이었다. 당연히 보수가 높았고, 그때까지도 학비를 부모님의 송금에 의지했던 순구에게는 새로운 물주가 생긴 셈이었다.

그렇다고 영란이 헤프게 돈을 주었다는 뜻은 아니다. 영란은 규모 있는 여자였다. 나는 순구가 영란을 만나는 자리에 함께 있었던 적이 여러 번 있었는데 그때마다 용돈 문제로 실갱이하는 모습을 구경하고는 했다. 그렇다고 몹시 다투거나 한 것은 아니었다. 씀씀이가 헤픈 순구의 소비 행태에 관해 영란이 꼼꼼하게 따지면 순구는 「남자에게는 체면 유지비라는 게 필요한거야」 하고 넌즈시 애인의 시선을 비키고는 했다. 「이러다가 우린 결혼도 하기 전에 파산하겠어요. 안 그래요?」 하고 영란은 옆자리의 내게 호소하기도 했다.

그러나 나에게는 그들의 그런 실갱이마저 부러운 게임이었다. 순구는 인천시의 연료 소비량 15퍼센트를 감당하는 연탄공장의 상속 예정자였다. 그러고도 일반 대졸자 임금의 두배에 가까운 월급을 받는 애인을 두고 있었고, 그녀로부터도 용돈을 얻어 쓰고 있는 것이다. 그렇다고 내가 그것 때문에 순구와 우정을 유지해 나가고 있었던 것은 아니었다. 순구의 처지가 부러움의 대상이기는 했지만 녀석의 호주머니를 넘보지는 않았다. 함께 술을 마셔도 그가 두 번 사면 나도 한 번은 샀고, 그가 밥을 사면 나는 차를 샀다. 당구 게임 같은 것으로 내기를 걸었을 때 내가 지면 당연히 내 호주머니를 털었다. 즉 돈에 관한 한 순구와 나 사이의 우정에는 분명한 손익 계산서가 붙어 있었다는 말이다.

그렇게 몇 년을 붙어 지내면서도 그와 내가 함께 여자를 산 적은 없었다. 그것은 너무도 당연했다. 순구에게는 영란이 있었으므로. 그는 내가 이까끔씩 돈을 주고 산 여자와 잔다는 사실을 알고 있었고, 「그런 여자들은 더럽잖니? 병도 옮길지 모르고……」라고 충고한 적도 있었다. 물론 나는 그런 충고 따위한 귀로 듣고 한 귀로 흘렸다. 부유한 집안의 아들로 태어나 중학교 때부터 사귀는 여자가 있는 녀석에게는 이해할 수 없는 경지가 있는 것이다. 그런데 그것이 그에게 마음의 부담이 되었던 모양으로 어느 날 내게 여자 하나를 조달해 주었는데 그 여자가 바로 무교동의 여급이었다.

이 대목에서 나에게 오해가 있었음을 털어놓아야겠다. 순구가 영란하고만 잔다는 그 전까지의 인식 말이다. 그러니까 녀석이, 그런 여자들은 더럽잖니 어쩌구 했던 충고도 그로서는 영란과 그런 여자들을 비교한 것이 아니었다. 그즈음 그가 또 다른 섹스의 상대로 삼고 있던 무교동의 여급을 두고 한 말이었고, 그에게 진짜로 마음의 부담이 되었던 점은 내가 병까지 옮길지 모를 너무 낮은 등급의 여자를 산다는 사실이었다.

그날 밤의 일을 여기에 시시콜콜 묘사한다는 것은 그닥 내키는 일이 아니다. 그러나 삶의 한 성층(成層)에 대한 시각으로서, 구체적으로는 남자가 여자를 골라 잠자리를 함께 하기까지 의식의 단계를 점검하며 무엇이 더 성숙한 태도인가를 가늠해 보는 한 척도로서 그날 밤의 사건은 나에게 퍽 의미 있었다고 할 수 있다.

청진동 골목의 민속풍 술집에서 막걸리를 마신 우리들은 근처의 생맥주집에서 입가심까지 했다. 그러고 나서 거리로 나온 것은 밤 11시쯤이었다. 다툰 것은 아니었다. 그런데도 그와 나는 마치 다툰 사람들처럼 따로 걸어갔고, 그대로였다면 인사도 없이 헤어질 판이었다. 그는 새로 하숙을 정한 신촌 쪽으로, 나는 수유리 방면으로 ……. 그런데 그가 다가와서 불쑥 물었다.

「너 돈 얼마 있니?」

나는 바지 뒷주머니에서 지갑을 꺼내 몇 장의 지폐를 가늠해 보이며 「왜, 필요해?」라고 반문했다.

그는 고개를 저었다. 그런 다음 「지금부터 너 묘한 데 가려구 그러지?」 하고 빙글거리며 내 얼굴을 똑바로 바라보았다. 나는 별로 기분이 좋지 않았다. 그의 추측이 틀리기도 했지만 깔보는 듯한 그의 시선과 〈묘한 곳〉이라는 표현이 마음에 걸린 것이다.

「짜식」 나는 돌아서려고 했다. 그런데 그가 달려들어 내 어깨를 낚아채더니 어깨동무까지 했다. 그리고는 나를 억지로 밀고 가며 「우리 저기 가자, 존 데 있어」 했다.

「어디?」

「가 보면 알아」

「어딘데?」

나는 저항했지만 그는 나를 끌고 마침 신호가 열린 횡단보도를 뛰어서 건넜다.

청진동 쪽에서 종로를 건너면 무교동이었다. 그는 무교동에서도 또 청계천을 건넜고, 미로 속처럼 복잡한 술집 골목을 한동안 요리조리 빠져나가다가 마침내 한 맥주홀 앞에 섰다. 맥주홀의 상호는 〈알렉산드리아〉였다. 천연가죽인지 인조가죽인지 모를 검고 두터운 소재로 겉을 꾸민 출입문이 굳게 닫혀 있었음에도 불구하고 그 안의 밴드 소리가 은은히 흘러나오고 있었다. 그가 출입문을 열기 전 나는 손목시계를 들여다보았다.

「벌써 11시 10분이야」

내가 말했고, 그는 그런 내 팔목을 잡아끄는 한편 출입문을 밀고 들어갔다. 출입문을 열자마자 밴드 소리가 고막을 찢어낼 듯이 달려들었고, 웨이터 하나도 부리나케 달려와 순구에게 허리를 굽혀 보였다.

「사장님, 어서 오십시오. 오랜만에 오셨네요, 이쪽으로 오시죠」

사장님? 나는 순간 순구의 얼굴을 힐끗 바라보았다. 그러나 그는 눈도 꿈쩍하지 않은 채 거드름을 피우며 웨이터를 따라 칸막이들 사이의 통로를 걸었다.

나로서는 난생 처음 들어가 보는 본격파 맥주홀이었다. 그 전까지는 생맥주집이 고작이었다. 아니, 더러 맥주집도 들어가 보았지만 칸막이가 되어 있고, 그 칸막이의 입구마저 커튼으로 가려진 맥주홀은 처음이었다.

홀의 한가운데에는 요란한 색깔의 조명등도 있었다. 그리고 그것은 빙글빙글 돌아가며 오색찬란한 광채를 뿌리고 있었다. 밴드도 생음악이었다. 베사메 무쵸……. 악기의 편성은 단순해 보였다. 그러나 칸막이들 뒤편에 무대가 꾸며져 있었고, 그 무대 위에 드럼을 치고 있는 사내와 섹스폰, 트럼펫 따위를 불고 있는 악사들이 얼핏 보였다.

순구와 나는 곧 빈 칸막이 하나로 안내되었다. 순구는 자리를 잡자 마자 웨이터에게 지폐 몇 장을 쥐어주며 호기 있게 말했다.

「맥주 몇 가져 오고, 멤버씨 좀 불러 줘」

「네, 사장님」

멤버씨도 나로서는 처음 들어보는 용어였다. 그러나 그보다 순구가 계속 사장님이라고 불린다는 게 어색해 나는 물었다.

「너 여기서 사장님 행세를 하는 거니?」

「이런 데서는 누구나 다 사장님이야, 인마」

순구는 대수롭지 않다는 듯 대꾸했고, 그때 마침 커튼을 떠들고 대머리가 조금 벗겨진 중년이 상체를 디밀었다.

「사장님 오셨어요? 미스 오 불러야죠?」

그는 바쁜 지 몹시 허둥댔고, 순구는 그런 그의 팔목을 잡았다. 「미스 오는 물론 부르고, 또 하나 말요. 내가 VIP를 모시고 왔거든」

「아, 그러세요?」

멤버씨는 비로소 내게 시선을 돌렸고, 고개까지 숙여 보였다. 그는 내게 명함도 한 장 꺼내 주었는데 〈알렉산드리아〉라는 상호와 〈멤버 유관중〉이라는 이름, 그리고 가게의 전화번호가 박힌 것이었다.

순구가 다시 말했다. 「유씨가 다 알아서 하겠지만 윤사장은 좀 까다로운 편이야. 눈에 안 차면 문전축객을 당할지 모르니까. 그리고 잠깐……」

그런 다음 순구는 멤버씨의 어깨를 잡아당겨 귓가에 뭐라고 소곤거렸다. 유씨는 고개를 끄덕인 다음 커튼을 들치고 나갔다.

나는 불안을 느끼며 「뭐라고 그런 거니?」 하고 투덜거렸다. 그러나 꼭 대답을 듣자는 것은 아니었으므로 그 질문은 그냥 넘어갔다.

「이 집에다 그 동안 돈깨나 부렸지. 너 오걸이라고 알지? 임오걸……」

순구가 물었고, 나는 끄덕였다. 임오걸은 몇 년 전 우리 집에서도 잠시 하숙을 한 적이 있는 순구의 인천 친구였다. 부친이 여러 척의 연안 여객선을 가지고 사업을 하는 부유한 집안의 아들이라고 했고, 바다에서 사업을 하는 집안의 아들답게 호걸풍의 거친 사내였다.

순구가 계속했다. 「그 친구 땜에 첨 여기 왔는데 그 동안 역사가 많았다. 계집애들끼리 머리채를 잡고 싸움질을 하지 않았나 ⋯⋯」

「너 땜에?」 나는 녀석을 핀잔하듯 말했고, 그는 무람도 타지 않은 채 「물론이지, 인마. 이 집에서 나 인기깨나 끌었어 ⋯⋯」 하고 자랑했다.

그러나 난 그것이 어디까지를 의미하는 지는 짐작할 수 없었다. 여자들끼리 머리채를 잡고 싸웠다면 잠자리까지 함께 했다는 뜻일 것 같았지만 영란을 두고도 그랬단 말인가 싶어 알쏭달쏭했다.

내가 「영란씨가 불쌍하다」 하자 그는 정색을 하고 「영란이한테는 말하면 안 돼. 그래서 내가 지금껏 널 이런 데 데려오는 걸 망설인 거야」 하고 입장 곤란한 표정을 지었다.

「늬들 사생활에는 관심없다, 인마」 내가 말했고, 순구는 「너 이르지 않을 거지? 맹세해」 하고 다짐을 주었다.

그러나 내가 채 맹세를 주기도 전에 커튼이 떠들리더니 멤버 유씨와 함께 여자 둘이 얼굴을 디밀었다. 그 중 하나는 순구의 파트너로 아까 멤버씨가 말한 미스 오인 모양이었다. 미스 오는 한눈에도 잘 빠진 미인이었다. 키가 늘씬한 게 노출된 피부는 모두 잘 익은 수밀도 색이었다.

미스 오는 선을 뵈고 말고 할 것도 없이 토끼처럼 팔짝 뛰어 순구 옆에 앉았다. 그러고는 반대편 쪽의 내게 「오수진예요. 잘 봐주세요」하고 재빠른 말씨로 인사를 하더니 순구의 가슴에 안기며, 안기기만 한 게 아니라 가볍게 쥔 주먹으로 그의 가슴을 때리며 「그 동안 왜 안 왔어? 어디 가서 바람 피고 다녔지?」 하고 투정을 부렸다. 순구는 그런 그녀를 조금 밀어내며 「바람 피긴, 니가 언제 나 바람 피라고 돈 줬냐?」 하고 건성으로 대꾸하며 나와 아직도 멤버씨 앞에 서 있는 또 다른 여급을 번갈아 바라보았다.

그녀는 오수진 같은 미인은 아니었다. 키도 작고 피부도 검었다. 그러나 그런 대로 균형잡힌 체격이기는 했고, 겁을 집어먹은 듯한 커다란 눈이 약간의 매력을 뿜어내고 있었다. 아니, 매력이라기보다는 연민이었다는 편이 옳겠다. 그 큰 눈에 담긴 불안, 선택이 안 될지 모른다는 순간의 불안을 나는 읽을 수 있었던 것이다.

순구는 내가 그 큰 눈의 여급이 마음에 안 든다고 판단했는지 멤버씨를 상대로 「뭐 이래?」 하고 불평했다. 그 순간 멤버씨는 「휴가철이라 아가씨들이 많이 안 나와서 그렇습니다」 하고 허둥지둥 변명했고, 오수진도 나와 순구를 번갈아 보며 「귀엽잖아요? 얼마나 착하다구요. 여기 나온 지 얼마 안 됐어요」 라고 거들었다. 사태가 그쯤 되자 그 큰 눈의 여급은 돌아서려고 했다. 그 순간 내가 끼어 들었다.

「난 맘에 드는데 ……. 혹시 아가씨 쪽에서 내가 마음에 들지 않는 게 아닌지?」

커튼 밖 여급의 얼굴에서 일순 불안이 사라졌다. 순구도 「너 이 자식, 단수가 보통이 아니구나」 하고 긴장을 풀었고, 멤버씨도 오수진도 모두 안도한 표정이었다.

커튼 밖의 여자는 내 옆에 와서 앉으며 「설희예요. 잘 부탁드립니다」라고 말했다.

「설희? 성이 설 가야?」 그렇게 물은 것은 순구였고, 나는 짐짓 그를 노려보며 「넌 미스 오한테나 신경 써. 괜히 이쪽까지 넘보지 말구」한 다음 설희에게 「난 윤후섭이라고 합니다」하고 손을 내밀었다. 설희도 손을 내밀었고, 우리는 악수를 나누었다.

그 모습을 보고 순구가 비아냥거렸다. 「잘 논다. 얌전한 강아지 부뚜막에 먼저 올라간다더니 ……」

「맞아요. 첨 인상은 무슨 학자 같으셨는데 보통 아니셔」오수진도 말했고, 그 순간 나는 「악수 정도 가지고 보통 아니라니, 정말 보통이 아닌 모습을 보여줄까요?」하며 설희를 끌어당겨 가슴에 안았다. 그리고는 전격적으로 키스를 퍼부었다.

「얼씨구?」 순구가 떠드는 소리와 「어머 어머 어머」하고 오수진이 놀라 비명을 지르는 소리를 귓등으로 들으며 나는 설희의 입술을 찾았다. 얼결에 당하는 일이어서 잠시 고개를 도리질하던 설희는 곧 내 열정적인 몸짓에 말려들었고, 입술을 열어 내 입술을 맞이했다. 나로서는 정말 엉뚱한 객기였고, 순발력이었다. 그렇게라도 하지 않고는 그런 곳의 어색함을 견딜 수 없었던 것이다.

내가 그런 쇼를 벌이는 동안 웨이터는 과일 안주와 함께 맥주를 가져왔다. 이를테면 웨이터는 침입자였다. 그가 들어서자 설희는 나를 밀어놓고 조금 떨어져 앉았는데, 그가 나가자 어디서 꺼냈는지 손수건으로 그녀의 루즈가 문지러진 내 입가를 닦아주었다. 나는 그런 그녀의 세심함에도 이끌렸다.

11시 10분부터 폐점 시간까지는 너무도 빨랐다.

설희만 빼고 셋은 모두 술꾼이었다. 시간을 아끼기 위해 우리는 빨리 마셨는 데도 웨이터는 네 병씩 두 번밖에 더 가져오지 못했고, 마지막 네 병은 그 중 두 병의 맥주가 절반씩이나 남았을 때 스윙 밴드가 올드 랭 사인을 연주하고 있었다.

웨이터가 전표를 가져오자 순구는 그 뒤에 사인을 했다. 「전 것도 남아 있는데요」 하며 웨이터는 미간을 찌푸렸다. 그러나 순구는 화를 돋구며 「알고 있어, 인마. 낼 모레면 인천에 배가 들어오니까 걱정 마」 하고는 자리에서 일어났다.

순구를 잡는 사람은 또 있었다. 오수진이었다. 그가 일어서자 수진은 그의 허리를 잡으며 「쟤는 줘야지」 하고 눈으로 설희를 가리켰다. 순간 나는 그것이 팁을 의미한다는 사실을 깨닫고 바지 뒷주머니에서 지갑을 꺼냈다. 그러나 순구는 재빨리 내 지갑을 밀치며 미스 오한테 두 눈을 부라렸다. 「2차 갈 건데 네가 왜 초를 치냐? 미스 설, 갈 거지?」

설희는 우물쭈물 순구의 시선을 피했다. 나는 그런 설희와 순구를 번갈아 바라보다가 「야, 12시가 다 됐는데 2차는 무슨 2차냐?」 하며 다시 지갑을 펼쳤다. 순구는 그런 나를 다시 밀치며 「가만 있어, 짜샤」 하고는 오수진에게 「제과점 앞에서 기다릴께 빨리 옷 갈아 입고 나와. 미스 설도……」 했다. 그런 다음 뒤에서 나를 떼밀며 알렉산드리아를 나왔다.

통금 시간이 거의 다 된 무교동 거리는 시끌벅쩍했다.

택시 정류장이 따로 있는 것도 아니었다. 길의 끝에서 끝까지 보넷 위에 노란 방범등을 켠 택시들이 즐비했고, 술집에서 쏟아져 나온 사람들과 여급으로 짐작되는 젊은 여자들이 차도 한가운데까지 뛰어들어 소리치며 택시를 잡고 있었다.

택시뿐만이 아니었다.

택시 사이에 검정색 자가용 승용차들도 끼어 있었고, 자가용도 영업을 하는지 보도 위로 호객을 하러 다니는 나팔바지를 입은 음험한 눈의 청년도 보였다. 골목 입구에 쭈그리고 앉아 토하는 사람, 어깨동무를 한 채 노래를 부르며 지나가는 취객들, 「야, 너 나하고 여관 가자」 하고 마침 그 옆을 지나는 여자한테 시비를 거는 사람도 있었고, 그녀가 깜짝 놀라 도망치자 그녀의 뒤꼭지에 대고 소리쳤다. 「야 이년아, 뭘 그렇게 놀래, 이 시팔년아」

정말 엉망진창이었다. 통금 시간이 다 되었는데 그 많은 사람들이 모두 어디로 가는 것일까, 나는 의문이었다. 통금 시간까지는 불과 5분 전, 거리를 메우고 있는 사람들도 의문이었지만 나 자신도 의문이었다.

믿거라 싶은 구석이 없었던 것은 아니었다. 물론 순구였다. 순구는 2차 운운했고, 나는 그것이 근처의 여관이나 호텔이 아닐까 생각하고 있었다. 방 둘을 잡아 짝을 맞춰 들어가는 것이다. 혹시 밤을 새워 영업을 한다는 나이트 클럽일지도 몰랐다. 새벽 4시까지 고고와 블루스를 추고 청진동에서 해장국으로 해장을 한 다음 근처의 숙박업소로 잠을 자러 간다는 풍속에 관해서도 나는 들은 바가 있었던 것이다.

그러나 나는 그것을 순구에게 확인하지는 않았다. 여관이 됐든 나이트 클럽이 됐든 최종 목적지는 어차피 숙박업소일 것이었으므로.

솔직하게 고백하자면 나는 설희와의 밤에 기대를 품고 있었다. 그것은 퍽 감각적인 문제이고 예민한 부분이므로 간단히 설명할 수는 없다. 그런 여자들은 더럽잖니라고 충고했던 순구의 말을 나는 기억하고 있었다. 그리고 오수진이 했던 말, 여기 나온 지 얼마 안 됐어요라고 설희를 소개했던 말도 기억하고 있었다. 그리고 그 두 개의 말은 서로 보완하며 설희가 뜻밖에도 순수한 여자일지 모른다는 기대를 품게 했다. 그러나 그것만으로는 너무도 막연했다. 뿐더러 불확실성 투성이였다. 순구도 설희는 처음 보는 여급이었고, 오수진도 책임질 수 있는 발언을 한 것이 아닐 것이다. 알렉산드리아에는 나온 지 얼마 안 되었을지 몰라도 그 전에 다른 곳, 더 야한 술집에서 함부로 몸을 굴렸을지 모르는 것이다.

그러나 내게는 몸으로 느낀 섬세한 감각이 있었다. 알렉산드리아에서 불과 1시간도 못되는 짧은 시간 동안이었지만 나는 그녀를 두 번 안았고, 그 두 번 모두 그녀가 남자에게 안기는 데 있어서 익숙하지 않은 여급이라는 사실을 간파할 수 있었다.

떨고 있었다고는 과장하지 않겠다. 그러나 그녀는 분명 내가 그 전까지 돈을 주고 샀던 여자들과는 달랐다. 신선함 같은 것을 느꼈다고나 할까.

처음 다짜고짜 키스를 퍼부었을 때, 그리고 내 열광적인 몸짓에 휘말려 잠깐 입술을 열고 났을 때 그녀는 내 귀에만 들리도록 속삭였다. 「어머, 내가 미쳤어」 조금은 얼굴을 붉히고 탁자 밑으로 그런 얼굴을 숨기며 그녀가 그렇게 속삭였을 때 나는 신선한 충동을 느꼈다. 뿐더러 그녀는 내 입술 주변에 루즈가 묻은 것을 발견하자 어머 싶은 표정으로 재빨리 그것을 닦아 준 것이었다. 아주 짧은 순간의 행동이었지만 그것은 이를테면 복병술(伏兵術) 같은 것이었다. 숨겨져 있다가 갑자기 나타난 환희 같은……

두번째 안았을 때 그녀는 내 가슴을 밀쳤다. 키스는 성공하지 못했다. 그러나 그녀는 그런 내 손을 깍지까지 끼어 잡으며 「초면이니까 우리 얌전하게 시작해요. 네?」하고 알쏭달쏭한 메시지를 던졌다. 그러나 그것은 나를 퍽 안심시키는 종류의 메시지였고, 어쩌면 오늘 밤 역사가 이루어질지 모른다는 기대를 품게 했다.

성교 따위는 없어도 좋았다. 밤을 함께 보낼 수만 있다면 ……. 비록 맥주홀의 여급이고 미인도 아니지만 착 가라앉은 음성과 화법이 마음에 들었고, 그녀를 안았을 때의 탄력 또한 좀처럼 잊혀지지 않는 감각이었다.

「이것들이 왜 이렇게 꾸물대?」

제과점 앞에 서서 5분쯤 기다렸을 때 순구는 꽁초가 된 담배를 길바닥에 집어던지며 투덜거렸다. 나는 그가 구사한 삼인칭 대명사가 마음에 들지 않았다. 〈이것들〉이라니……. 오수진은 몰라도 나는 설희까지 그것에 포함시키고 싶지 않았던 것이다.

팔목시계를 보니 자정이 다 되어 있었다.

그때 골목 입구에서 오수진이 튀어나왔다. 그녀는 나와 순구를 번갈아 보며 「어쩌죠? 걘 그냥 갔어요」하고 낭패한 표정을 지었다.

「뭐야?」순구가 소리쳤다. 「멤버씨, 그 자 왜 그래?」

그런 다음 그는 나를 향하며 「2차 갈 애 불러 달라고 특별히 부탁했거든」하고 변명했다. 그제서야 나는 순구가 멤버 유씨한테 귀엣말로 뭐라고 했던가 짐작할 수 있었다. 뿐더러 그곳 여급들의 생태에 관해서도 어느 정도 눈치챌 수 있었다.

「요즘 내 주머니 사정이 허약하니까 유씨까지 날 우습게 보는 모양인데 내 이 자식 두고 보자」하고 순구는 또 투덜거렸고, 미스 오가 변명했다. 「정말 아가씨들이 안 나와서 그래요. 실은 아까 걔 나도 첨 보는 애예요. 오늘 처음 나온지도 몰라요. 그건 그렇고 걔 팁값은 어떡허지? 내가 받아놨다가 줘야 하는데……」

나는 다시 지갑을 꺼냈다.

그러나 순구는 그런 나를 또 제지하며 「팁값 좋아한다. 가, 가서 얘기하자구」하며 오수진을 앞장세워 차도를 건넜다.

통금 시간은 이미 지나 있었다. 어디서인가 방범대원의 호루라기 소리가 들리기 시작했고, 그때까지 거리에 남아 있는 사람들의 발자국 소리도 부산해졌다.

그날 밤의 일을 이야기하기 시작하며 처음에 나는 그닥 내키지 않는다고 했었다. 뿐더러 삶의 성층에 대한 한 시각으로서, 구체적으로는 남자가 여자를 골라 잠자리를 함께 하기까지 의식의 단계를 점검하며 무엇이 더 성숙한 태도인가를 가늠하는 한 척도로서 퍽 의미 있다고도 했었다.

그러나 나는 여기서 그 둘을 분리시켜 이야기해야겠다. 왜냐하면 뒤엣것, 즉 삶의 성층 어쩌고 한 것은 그날 밤만이 아니고 그 뒤 상당 기간 동안 진행된 사안이기 때문이다. 요컨대 그 뒤 나는 설희를 만나기 위해 상당 기간 동안 무교동에 다녔다는 말이고 그러면서 배운 것도 많았다는 뜻이다.

그럼 그 이야기는 뒤로 미루고 그날 밤의 전말, 나로서는 그닥 털어놓고 싶지 않는 사건으로 되돌아 가자. 그러나 그것 역시 삶의 성층에 대한 한 시각, 즉 인생의 지층을 잘라 보여주는 데 전혀 의미가 없었다고는 할 수 없을 것이다.

차도를 건넌 순구는 나와 오수진을 이끌고 청계천과 종로 사이에 거미줄처럼 뚫려 있는 골목길 속에서 여관 하나를 찾아냈다.

아니, 찾아냈다는 표현은 옳지 않을는지 모른다. 여관의 현관으로 들어선 순구는 그곳의 조바여인과 익숙한 사이인 모양으로 「아줌마, 방 있지?」하고 반말 비슷히 지껄였고, 조바여인도 웃으며 「없어」하고 반말로 대꾸했던 것이다.

조바여인은 자꾸만 순구 등 뒤쪽의 나를, 아니 내 뒤쪽의 현관문을 눈여겨 보았다. 그러다가 「둘?」하고 물었고, 그런 그녀에게 순구는 「둘이 없단 말요, 하나도 없단 말요?」하며 구두를 벗고 마루 위로 올라섰다. 그러고는 눈깜짝할 사이 조바여인의 손에 지폐 한 장을 쥐어주었다. 조바여인 역시 그것을 눈깜짝 사이 월남치마 말귀 속에 감추더니 「정말예요. 2층에 특실 하나밖에 없어」하고는 앞장서 나무계단을 올라갔다.

순구는 그런 조바여인을 서너 걸음 뒤쫓다가 돌아보고 「올라와. 무슨 수가 있겠지」했고, 그때 이미 구두를 벗고 마루 위로 올라서고 있던 오수진도 나를 돌아보고는 「올라오세요. 난 근처 친구들 자취방으로 가면 되니까」하고는 내가 올라서기를 기다렸다.

그래도 나는 머뭇거렸다. 설사 오수진이 그녀 말대로 한다고 해도 나는 그들 두 사람의 훼방꾼 노릇밖에 못하는 것이다. 그래서 나는 「내가 어디 딴 여관을 찾아볼게」하며 돌아서려고 했다. 그러자 순구가 달려와 「얀마, 말 들어. 지금 이 시간에 어디 가서 딴 여관을 잡는다는거야? 웃기지 말고 올라와, 짜샤」하며 내 팔목을 잡아 끌었다. 하는수없이 나는 순구에게 이끌려 나무계단을 올라갔다. 그리하여 순구와 나 그리고 오수진 세 사람이 한 방에서 잠을 잔 엉뚱한 사건이 생겨난 것이다.

조바여인이 안내해 준 특실은 다행히 매우 넓었다. 비록 낡았지만 문갑과 병풍 따위까지 갖춰진 한실이었고, 방 한쪽에는 욕실도 딸려 있었다.

조바여인이 플라스틱 쟁반에 물주전자와 컵을 받쳐 가지고 와 방값을 받아 가지고 나가자 오수진이 순구의 턱밑에서 말했다.

「순구씨, 나 샤워 좀 하면 안 될까?」

아까는 친구들 자취방으로 가면 되느니 어쩌고 하며 나를 안심시키더니 전혀 딴소리를 하고 나온 것이다.

나는 신경이 곤두섰다. 그러나 순구는 무신경하게 「해라」했고, 그 말이 끝나기가 무섭게 그녀는 욕실로 가며 「아까 어떻게나 땀을 많이 흘렸는지 온몸이 끈끈해 죽겠어요. 윤사장님, 미안해요」하고 나에게도 고개를 까딱해 보였다.

욕실 앞에서 그녀는 속옷 바람이 되었다. 그러고는 욕실로 들어가 그것마저 벗어 밖에 내놓았다.

나는 그날 밤의 일이 어떻게 진행될지 불안했다. 그래서 오수진이 물소리를 내기 시작하자 순구를 바라보았다.

「방 하나 더 없을까?」

「방은 왜?」

「인마, 셋이서 어떻게 한 방에서 자니?」

「나 이거야. 그럼 안 자면 되잖아? 별 걸 다 가지고 시비야」

「아까 미스 오 그러던데 ……. 근처에 친구들 자취방이 있다구」

「있겠지. 저두 한때 이 근처에서 자취를 했으니까. 그래서 쟬 쫓아내자구?」

「쫓아내자는 게 아니라 ……」

「짜식, 그럼 너 왜 그러니? 우리가 한 방에서 잠을 잔 게 어디 1, 2년이냐? 왜 그래?」

「오늘 밤은 다르잖아?」

「다르긴 뭐가 달라, 인마? 잔소리 말고 그냥 자. 알았어? 잠자는 데 무슨 커트라인 있냐?」

핵심을 회피하면서 순구와 나는 그 뒤에도 한참 더 입씨름을 했다.

욕실에서 나온 오수진은 숫제 속옷 바람이었다. 머리까지 감았는지 터번처럼 수건도 썼고, 그런 차림으로 그녀는 화장대 앞에 앉아 얼굴을 매만졌다.

「물 시원해요. 샤워들 하세요」

그녀가 말했고, 순구는 「그럴까?」 하며 일어섰다.

순구가 욕실로 사라지자 나는 더욱 난처한 입장이었다. 오수진으로부터 애써 시선을 피했지만 등과 가슴 쪽으로 노출이 심한 그녀의 몸이 자꾸만 눈에 들어왔고, 그러자니 나는 무슨 악몽을 꾸고 있는 듯한 느낌이었다.

벽에 기대어 앉은 채 나는 눈을 감았다. 하루의 일이 주마등처럼 스치고 지나갔다.

설희가 떠올랐고, 나는 그녀가 너무도 현명했다고 생각했다.

그리움도 잠시 머물렀다. 나긋나긋했던 그녀의 입술, 그 촉감도 떠올랐고, 초면이니까 우리 얌전하게 시작해요 했던 그녀의 촉촉한 목소리도 귓가에서 닝닝거렸다.

팁도 떠올랐고, 그것은 내 마음을 무겁게 짓눌렀다. 까딱 잘못했다가 나는 그것을 떼어먹은 손님으로 그녀에게 기억될지 모르는 것이다. 순구에게는 기대할 수 없었다. 오수진에게도 내가 느끼고 있는 만큼의 책임감은 없어 보였다.

팁의 전달을 오수진에게 맡겨도 온전히 전해질지 의문이었다. 그렇다면……. 나는 공연히 암담한 느낌이었다. 그러나 그때까지만 해도 설희를 찾아 다시 알렉산드리아에 간다고는 상상도 하지 못했다.

순구는 욕실에서 한참만에 나왔다. 그는 팬티 바람으로 방안을 어정거리며 「섭이 너 샤워 안 해?」했고, 그런 그에게 미스 오는 「배 안 고파요? 난 배고파 죽겠는데……」하고 딴청을 피웠다.

「아줌마한테 물어봐. 전에 김밥 같은 거 팔았잖아?」

「맞아」 하고 오수진은 반색을 하며 전화기를 집어 들었다.

그들이 그런 대화를 주고 받는 사이 나는 욕실에 들어가 세수를 하고 나왔다. 세수를 하고 발도 닦고 나와 보니 조바여인이 김밥을 가지고 와 있었다. 그녀는 순구가 팬티 바람으로 앉아 있건 말건 내외도 안 하며 태연히 수작을 붙였다.

「셋이 한 방에서 어떻게 잔다니?」

「전에 언젠가는 넷이도 잤는데요 뭘」

「언제?」

「지난 겨울에 고릴라하고 왔을 때 아줌마가 이 방밖에 없다구

넷을 한 방에 몰아넣었잖수?」

「맞아. 그래도 그때는 짝이 맞았잖아? 그리구 새벽에 방이 나서 옮겨갔구」

「그래요. 자다가 우리가 아래층으로 내려갔어」 오수진도 끼어 들었고, 조바여인은 다시 「방 넓은데 짝만 맞으면 무슨 상관이 유, 그치?」 하고 한술 더 떴다.

「아줌마가 짝 좀 채워줄래? 우리 사정 좀 봐줘요 응?」

「그럴까?」

순간 웃음판이 벌어졌고, 조바여인은 김밥값을 받아 가지고 나가며 「생각해 봐서 이따 올게 문 잠그지 말아요」 하고 윙크까 지 했다. 물론 장난말이었고, 순구도 어디까지나 장난으로 「꼭 이죠?」 하고 다짐하고 나서 나를 돌아보았다.

「너 들었지? 싫으면 내가 아줌마하고 잘게 넌 수진이하고 자」

그래도 오수진은 웃기만 했고, 나는 얼굴을 붉히며 「미친 놈」 하고 씨부렸다.

김밥은 오수진만 먹었다. 미스 오는 김밥을 먹고 나서 잠자리 를 만들었다. 그녀는 문갑 쪽으로 바짝 붙여 자신의 잠자리를 만들고 창문 쪽으로 남자들의 침구를 깔아 주었다. 그리고는 순 구를 향해 「오늘 밤은 절대로 사양할 거니까 그쪽에서 얌전히 자요. 공연히 집적거리면 이걸로 콱 찌를 거예요」 하며 옷핀 하 나를 꺼내보였다.

나는 그런 오수진의 선언에 다소 안도했다. 그러나 순구는 킬 킬거리고 웃으며 「난 걱정 안 해도 돼. 나보다 이 친구가 문제 라구. 누군가 올라탔다 싶으면 내가 아니라 이 친구일 테니까 그땐 사정 좀 봐주라」하고 나를 돌아보았다.

「미친 놈」나는 또 씨부렸고, 오수진도 화를 냈다.「장난 좀 그만쳐요」

우리들은 곧 불을 끄고 자리에 누웠다.

나는 오랫동안 잠들지 못했다. 옆에서 순구가 먼저 잠들었고, 그는 가볍게 코까지 골았다.

미스 오는 잠들었지 어쨌는지 짐작할 수 없었다. 그만큼 그녀는 멀리 떨어져 자고 있었던 것이다.

통금이 된지 1시간이 넘었을 텐데도 여관 안은 부산했다. 아직도 술에 취해 떠드는 손님이 있는가 하면 복도의 마루장을 쿵쾅거리며 밟고 지나가는 소리, 화장실 문 여닫는 소리도 끊임없이 들려오고 있었다.

뿐만 아니었다. 정말 통금시간이 되었는지 의심이 들 만큼 창문 바로 밑의 골목길에서도 꾸준히 발자국 소리가 들리고 있었다. 발자국 소리만이 아니라 술에 취해 고래고래 고함을 치는 술꾼의 목소리도 들렸고, 그런 취객을 토끼몰이라도 하는 듯 방범대원의 호루라기 소리도 멀리서 들렸다.

밤이 없는 곳, 통금도 없는 곳의 낯선 잠자리……. 게다가 2대1의 불안한 혼숙……. 그런 것들은 그러잖아도 잔뜩 피폐해져 있는 내 신경줄을 팽팽하게 긴장시키고 있었고, 그것이 내 숙면을 방해했다.

인생에 대한 성찰도 있었다. 우정에 대해서도 생각하게 했고, 이쯤에서 순구를 친구의 연명부에서 지워 버리는 게 어떨까 심각하게 고민도 했다.

쾌락만이 목적인 친구. 중학교 때부터 사귄 애인을 두고도 무교동의 여급과 자는 친구. 그것도 그 둘을 잘 알고 있는 나까지 같은 여관방에 끌여들여 태연히 나를 모독시키고 있는 친구였다.

불가피했던 사정이 인정되지 않았던 것은 아니었다. 그러나 그 불가피했던 사정 이상으로 나는 내 인생의 성찰에 빠지지 않으면 안 되었으며 그것은 흐트러진 내 삶의 축과 관련된 뼈아픈 반성이기도 했다. 즉 이런 종류의 잠자리 따위는 진작에 피했어야만 했던 것이다.

그런데 시간이 얼마나 지났는지 모른다. 깜짝 놀라 깨어났더니 수상쩍은 소리가 들렸다. 창쪽으로는 새벽이 부옇게 밝아오고 있었다. 아니 아직 방안은 캄캄했다. 그런데 어디서인가 말소리가 들려오고 있었다. 성대를 죽인 급박한 말소리.

「가만히 좀 있어」

「친구분 깨잖아 ?」

「쟨 한 번 잠들면 귀신이 잡아가도 몰라」

「피이」

「조용히 해. 네가 떠들어서 오히려 깨겠다」

비로소 나는 그 말소리의 주인공이 순구와 오수진이라는 사실을 깨달았다. 순구가 기어코 오수진의 이불 속으로 기어 들어가고 만 것이었다.

그러나 나는 그를 비난할 수도 없었다. 아니, 비난은커녕 숨도 크게 쉴 수 없었다.

그들은 곧 정사를 시작했고, 처음에는 망설였던 듯싶던 오수진이 오히려 더 적극적이었다. 그녀의 신음소리가 높이지자 순구가 「야, 좀 조용 조용 하자」 하고 나무랐을 정도였다.

그들이 정사를 끝내자 나는 잠자코 일어나 방을 나왔다. 순구가 눈치채고 「야 인마, 어디 가?」했지만 나는 아무 대답도 하지 않았다.

무교동의 거리는 밝아져 있었다. 그러나 새벽이 되어서야 비로소 모두들 잠든 듯 고요했다.

제10장

『논어』의 〈경이원지(敬而遠之)〉를 줄여서 〈경원〉한다고 한다. 겉으로는 공경하는 체하나 속마음으로 꺼리어 멀리 한다는 뜻이다. 그날 밤 이후 나는 김순구를 한동안 경원했다.

그가 나를 모독했기 때문만은 아니었다. 그가 망가진 것처럼 나 자신도 망가뜨릴 수 없다는 최후의 경계심 같은 것이 나로 하여금 그를 멀리 하도록 했고, 그것은 내 안에 아직도 순수한 그 무엇이 남겨져 있다는 증거이기도 했다.

나는 군병원에서 알게 된 맹관호를 메피스토라고 말한 적이 있다. 그러나 김순구야 말로 나에게 진정한 메피스토였다고도 할 수 있을 것이다.

그가 어쩌다가 그런 사내가 되었는가에 관해 천착하는 것은 무의미하다. 실은 세상이 온통 그런 사내들 투성이고 살아가면서 나는 수도 없이 그런 사내들을 보아온 것이다.

나이를 먹는다는 것은 곧 타락을 의미한다고도 한다. 그러나 남자들의 경우 부(富)도 그것을 재촉질하는 요소로서 너무 긴요하다. 필요 이상의 돈이 있으면 일찍부터 타락을 사게 되는 것이다. 꼭 김순구를 예로 들지 않아도 내 주위에는 그런 친구들이 흔해 터졌다. 또 요즈음에도 오렌지족이니 로데오 거리니 하며 신세대의 타락이 사회 문제가 되고 있다. 이를테면 그런 것이 내가 깨달은 삶의 성층에 대한 한 이해인 셈이다.

각설하고, 설희 이야기로 되돌아 가자. 물론 내가 설희를 다시 찾아간 데에 타락에의 경사가 아주 없었던 것은 아니었다. 그런 점에서 순구는 나에게 진정한 메피스토였던 셈이다.

그러나 나는 그와는 조금 달랐다. 적어도 친구를 옆에 누여두고 여급과 성교를 할 수 있을 만큼 뻔뻔스럽지가 못했던 것이다. 아까는 내 안에 순수한 그 무엇이 남겨져 있다고 했지만 그것을 단도직입으로 말하자면 그런 차이이다.

내가 설희를 다시 찾아간 것은 나흘 뒤였다. 그것도 나로서는 최선을 다한 결과였는데, 알렉산드리아로 찾아가 그녀를 만나려면 최소한의 술값과 팁도 그 전 것과 합쳐 두 배가 있어야만 했다. 뿐인가. 그녀와 함께 여관에라도 가려면 그 이후의 경비도 필요했다. 그래서 나흘을 기다렸고, 시간제 아르바이트로 다니고 있는 한 집에서 월급이 나오자 곧바로 무교동으로 진출할 수 있었던 것이다.

사전에 나는 김순구의 하숙으로 전화를 걸어 그날 밤 설희의 팁이 어떻게 되었는가 알아보기도 했다. 내가 설희를 찾아 다시 그곳에 가겠다는 뜻은 숨긴 채.

그러나 순구는 태평하게도 「그날 밤 걔 팁값 안 줬던가?」했고, 이어서 「신경쓰지 마, 인마. 언제 내가 가면 갚아줄게」 하고 전화를 끊었다. 그랬다가 얼른 다시 전화를 걸어 「너 그날 밤 일 영란이한테 눈치채게 하면 절대 안 돼? 그러잖아도 요즈음 미스 오 개 때문에 잔뜩 신경쓰고 있단 말야」 하고 알렉산드리아에서도 했던 다짐을 또 주었다. 나는 「인마, 그렇게 영란씨가 무서우면 그러지 않으면 될 거 아냐?」 했고, 「자가용 있다고 영업용 안 타냐? 자가용, 공장 들어가면 별 도리 없잖아?」 하며 녀석은 킬킬거리고 웃었다.

아무튼 설희의 팁 문제가 아직도 해결되지 않았다는 사실을 알아낸 나는 다소 안도되었다. 그녀를 다시 찾을 명분이 생긴 것이다.

그날 밤 나는 10시 반쯤 알렉산드리아의 출입문을 밀고 들어갔다. 밴드가 귀에 익은 음악을 연주하고 있고, 마치 그 음악에 춤이라도 추듯 오색의 샹드리에가 빙글빙글 돌아가고 있었다. 그런 풍경은 나흘 전과 똑같았다는 말이다. 그러나 느낌은 조금 달랐는데, 나흘 전에는 어리둥절하리만큼 황홀했던 그곳이 어딘가 조금 초라하게 느껴졌다고나 할까. 첫눈에 황홀한 것일수록 한꺼풀 벗겨보면 오히려 더 처량하게 느껴진다더니 알렉산드리아는 나로 하여금 너무 일찍 그런 것을 깨닫게 해준 셈이었다.

웨이터도 나흘 전의 미남 청년이 아니었다. 와이셔츠에 보타이를 맨 똑같은 복장이기는 했지만 시골에서 막 상경한 듯한 촌스런 인상이었고, 남쪽 지방의 독특한 사투리를 쓰고 있기도 했다. 그러나 나는 오히려 그런 웨이터가 더 마음 편했다. 나 역시 알렉산드리아의 손님으로는 익숙하지가 못했으며, 더구나 혼자 찾아와 그다지 환영받을 입장이 못 되었던 것이다.

내가 혼자라는 사실을 알자 웨이터는 나를 아주 구석진 곳의 비좁은 칸막이 안으로 안내했다. 그런 다음 맥주 두 병과 마른 안주 한 접시를 주문받고 나서 「아가씨도 하나 불러야지예?」 했다.

나는 마치 그 순간을 기다리고나 있었다는 듯 「설희라고 있지?」 하며 그를 올려다 보았고, 그는 고개를 갸우뚱하며 「설희라꼬예?」 라고 반문했다. 그 순간 나는 가슴이 다 덜컹 내려앉았다. 그럴 수도 있으리라는 가능성에 관해 수없이 되새김질했음에도 불구하고 너무 실망이 컸기 때문이었다. 그래도 나는 한 가닥 희망을 걸고 「눈이 크고 살빛이 좀 검고……. 내가 나흘 전에 여기서 보았는데……」 하며 매달렸다. 웨이터는 그런 내가 이상하게 보였던지 귀까지 쫑긋하고는 「알아보겠씸더. 없으면 딴 아가씨 하지예?」 했고, 그 순간 나는 웨이터의 손에 지폐 몇 장을 쥐어주며 재빨리 「딴 아가씨는 일 없어. 잘 좀 찾아 봐 줘」 하고 진심으로 부탁했다.

웨이터는 3분쯤 뒤에 맥주와 안주를 가지고 다시 왔다. 그는 그것들을 탁자 위에 늘어 놓으며 「있어예. 딴 테이블에 들어갔으이께 쪼매만 기다리소」 했고, 나는 마치 구세주라도 만난 듯 「그래?」 하고 얼굴을 활짝 폈다.

그러나 그때만 해도 나는 시쳇말로 뭘 몰랐다. 알렉산드리아 같은 맥주홀의 여급이 다른 테이블에 들어갔다는 것이 무엇을 의미하는지. 그렇게 다른 테이블에서 손님을 접대하고 있으면서도 또 다른 테이블의 손님을 접대할 수 있는지 알고 있는 것이 전혀 없었다는 말이다.

혼자 맥주를 따라 마시며 나는 초조하게 기다렸다. 통로가 떠들썩하면 혹시 설희의 손님이 돌아가는 게 아닐까 싶어 커튼을 조금 들치고 내다보기도 했고, 아까 그 웨이터가 오가는 길에 커튼을 떠들고 들여다보며 「손님, 쪼매만 더 기다리소」하기도 했다. 그렇게 20분쯤 기다린 뒤 설희가 왔는데, 그녀는 첫눈에 나를 알아보지도 못했다.

그녀는 커튼을 들치고 서서 내가 누구였던가 잠시 기억을 더듬는 듯했다. 그랬다가 너무 오래 그렇게 서 있기만 하면 실례라는 듯 재빨리 내 옆자리에 와 붙어 앉으며 손을 잡고 「미안해요. 오늘 따라 두 테이블이나 들어가게 돼서 ……」하고는 내 뺨에 쪽 하고 소리만 과장한 키스도 해주었다.

그러나 그녀는 아직도 나를 기억해 내지 못하고 있었다. 나는 씁쓸한 기분으로 말했다.

「내가 누군지 모르겠어요?」

「글쎄, 뵙기는 했는데 ……」하며 설희는 그런 나를 정면으로 바라보고 「보험회사 분들 아니신가요? 그때 여러 분이 함께 오셨던 ……」하고 헛짚었다.

나는 또 실망했다. 그러나 많은 남자를 상대하다 보면 그럴 수도 있겠다 싶었고, 그녀로 하여금 더 이상 헤매도록 버려두고 싶지도 않았다.

「보험회사 아닌데 ……. 난 나흘 전에 김순구라는 친구와 함께 왔었는데 ……」

「……」그래도 설희는 금방 기억나지 않는지 한동안 잠자코 바라보기만 하다가 뜨악하게 입을 열었다. 「수진 언니 ……」

「그래요. 미스 오는 김사장 파트너였고 설희씨는 내 파트너였잖아요?」

「내 정신 좀 봐」

그녀는 얼굴을 붉히고 고개를 떨구었다. 그런 모습으로 그녀는 무엇이 우스운지 두어 번 쿡쿡 웃고 나서 다시 말했다.

「제가 취했었나 봐요. 윤사장님이라고 하셨죠? 죄송해요」

그녀는 내게 빈 맥주컵을 들려 주고는 맥주를 따랐다. 나는 그녀가 내 성씨를 정확하게 기억하고 있다는 사실만으로도 조금은 안도되었다. 그러니까 그녀는 내가 김순구와 함께 왔었다는 사실만 기억하지 못할 뿐 내 얼굴과 성씨는 기억하고 있었던 것이다. 그 둘을 일치시키지는 못했어도 ……

그래도 나는 짐짓 위악적으로 「이렇게 말해 주면 더 쉽게 생각날까요? 그날 밤 설희씨 팁값을 떼어먹은 놈 ……」 하고 배앝았다. 그러자 설희는 「어머」 하고 또 나를 똑바로 바라보았다.

내가 다시 물었다. 「그래도 기억 안 나요?」

「하지만 그건 수진 언니가 책임진다고 했는데 ……」

「내 아가씨 팁값을 왜 미스 오가 책임집니까? 오늘 밤은 그걸 갚아 주려고 찾아온 겁니다. 그걸 떼어먹고는 천당에 갈 수 없을 것 같아서 ……」

그런 다음 나는 바지 주머니에서 지갑을 꺼내 지폐를 헤아려 주었다. 통상적인 팁의 두 배에 해당하는 액수만큼.

설희는 놀라 두 눈을 둥그렇게 뜨고 「왜 이렇게 많이?」 하며 나를 올려다보았다.

「오늘 것까집니다. 그 동안 퍽 괴로웠어요. 설희씨한테 그걸 떼어먹은 놈으로 기억되지 않나 싶어서 ……」

「설마 ……」

「정말입니다」 나는 정색을 하고 말했다. 「설희씨는 나를 이런 데 상습적으로 오는 그저 그렇고 그런 손님 중의 하나로 기억할지 모르지만 나는 아닙니다. 아닌게 아니라 못 되는 거죠. 난 사장도 아니고, 이런 곳에다 돈을 뿌리고 다닐 만큼 부자도 아닙니다. 그 날 난 이런 데 처음 왔구요, 그건 순전히 김순구 때문이었어요」

처음에는 재미있다는 듯 빙그레 웃으며 바라보던 설희의 표정도 점차 굳어졌다. 나는 계속했다.

「김순구가 가까운 친구이기는 하죠. 고등학교 동창생이고 여러 해 한 집에서 뒹굴었어요. 하지만 녀석과 나는 다릅니다. 녀석이 부잣집 아들이고 내가 가난한 집 아들이라는 뜻만은 아니고, 뭐랄까요? 이건 인간의 본질에 관한 문제인데 난 녀석처럼 아무 여자나 하고 사귀거나 관계를 가질 수는 없습니다. 그런데 내가 지금 무슨 소리를 지껄이고 있는 거지?」

굳어졌던 설희의 표정이 다소 풀리며 「글쎄 말예요. 무슨 말씀을 더듬고 계신 건지 저도 통 모르겠네요」 하고 끼어 들었고, 나는 다시 말했다. 「아무튼 말입니다. 난 설희씨한테 이 말을 하기 위해 다시 찾아온 겁니다. 설희씨를 사랑한다고……」

「네에?」 설희는 웃었다. 「술도 안 취하셨는데 왜 그러세요? 맥주나 드세요」

설희는 빈 맥주컵에 또 맥주를 따랐고, 나는 그것을 절반쯤 마셨다.

젠장할, 엉망진창이구나.

나는 그런 기분이었다. 뭔가 멋진 대사가 있을 듯싶었는데 영 형편없는 넋두리만 늘어 놓은 꼴이었다.

그런데 그때였다.

커튼이 떠들리며 아까 그 웨이터가 얼굴을 디밀었고, 그는 설회의 귀에 무어라고 속삭였다.

웨이터가 돌아가자 설회는 「잠깐만요」 하고 자리에서 일어났다. 나는 더럭 겁을 집어먹었다. 이것으로 그녀를 다시는 볼 수 없을지 모른다고 생각하며 스커트 자락을 붙잡았다.

「무슨 일입니까? 어디 가는데 ……」

설회는 잠깐 미간을 찌푸렸다. 그러나 곧 웃으며 「17번 테이블이 끝나는 모양예요. 금방 갔다올게요」 하고 스커트 자락에서 내 손을 떼어 놓았다. 그리고는 커튼을 들치고 나갔다. 비로소 나는 그녀에게 다른 테이블에도 손님이 있다는 사실을 깨닫고 실망했다. 그녀는 여급인 것이다. 나 말고도 수없이 많은 다른 손님들을 상대해야 하는. 하룻밤에도 두 테이블, 세 테이블의 손님들에게 미소를 파는.

그러나 그것은 잠시의 깨달음이었을 뿐 나는 인내심 깊게 그녀를 기다렸다.

맥주 두 병이 바닥났으므로 나는 웨이터를 불러 다시 두 병을 시켰다. 그리고 그것을 혼자 따라 마셨다. 금방 갔다오겠다던 설회는 10분을 기다려도 20분을 기다려도 오지 않았고, 마침내는 밴드가 올드 랭 사인을 연주하기 시작했다.

두 번 세 번 연거퍼 올드 랭 사인이 울려 퍼지며 홀 안은 점차 시끌벅쩍해졌다. 칸막이마다 손님들이 떠나기 시작한 것이었다.

나는 커튼을 조금 떠들고 밖을 내다보았는데, 손님들 중에는 통로까지 나와 여급과 포옹을 하거나 스텝을 밟는 등 여흥을 즐기는 축도 있었고, 출입문으로 몰려 나가며 여급들의 배웅을 받기도 했다. 그러나 설희의 모습은 좀처럼 눈에 띄지 않았다. 나는 점점 더 초조해졌다. 이러다가 정말 설희를 다시는 보지 못하는 게 아닐가 더럭 불안을 느끼기도 했고, 혹시 팁을 먼저 준 것이 잘못되었나 의심이 들기도 했다.

그때쯤 웨이터가 계산서를 가지고 왔다.

나는 계산서를 받아들고 「여기 아가씨는 안 오나?」하고 물었고, 그는 「올낍니더」하고 대수롭지 않게 받았다.

「분명히 온다고 했어?」

나는 술값을 헤아려주며 다시 다짐했다. 그러자 웨이터는 「팁 값 아직 안 줬지예? 올낍니다」하고는 가 버렸다. 그제서야 나는 무엇이 잘못되었나 깨달았다. 선불로 팁을 받아 버린 설희는 나에게 더 이상 볼일이 없었던 것이다.

나는 만신창이가 된 느낌이었다.

어느새 올드 랭 사인의 연주도 끝나고 홀 안에는 백열전구가 환하게 밝혀져 있었다. 어두울 때는 제법 운치 있게 보였던 실내가 환한 백열전구 아래에서는 너무도 값싸게 보였다. 핑크빛의 커튼도 때가 꼬질꼬질했고, 바닥의 양탄자에는 담뱃불 구멍이 숭숭 뚫려 있었다. 만신창이가 되어 버린 내 마음만큼이나 고광도의 백열전구 아래 알렉산드리아도 만신창이가 되어 있었다고나 할까.

통로에는 아직도 여급들이 드문드문 출입문 쪽으로 나가고 있었다. 나는 더 이상 칸막이 안에 죽치고 앉아 있을 이유가 없었다. 벼르고 별러서 만들어낸 설희와의 만남이 너무도 무참히 깨어진 것이다. 나는 암담한 기분으로 칸막이를 나왔다. 그리고는 통로를 느릿하게 가로질러 출입문 쪽으로 향했다. 물론 나는 누구의 배웅도 받지 못했다. 내가 통로를 지나오는 동안 여급들 둘이 나를 추월해 출입문 밖으로 뛰어 나갔지만 그 중 누구도 설희는 아니었다. 나는 알렉산드리아의 출입문 앞에서도 잠시 서성거렸다. 혹시 설희가 뒤늦게 나오는 게 아닐까 싶은 기대로. 그러나 그런 부질없는 기대에 매달리고 있는 내가 너무 한심해 금방 그곳을 떠나고 말았다.

차도로 나오니 통금 10분 전이었다. 차도의 표정은 나흘 전의 통금 10분 전과 똑같았다. 그런데 그때였다.

20미터쯤 저쪽에 검정색 승용차가 두 대 서 있었는데 그 중 하나에 설희가 올라타고 있는 것이었다. 그것도 술에 취한 중년 사내에게 등을 떼밀려. 순간 나는 그 검정색 승용차를 향해 돌진했다. 그러나 마음만 앞섰을 뿐 그 차는 내 앞을 지나쳐 청계천 방면으로 빠르게 사라졌다.

설희와의 시작은 그렇게 별로 순탄하지 못했다.

세번째 찾아갔을 때도 그녀는 나를 손님 이상으로는 존중하지 않았다. 그것도 내가 고백한 대로 가난하고 별볼일없는 손님.

두번째 찾아갔을 때의 실패를 거울삼아 세번째는 저녁 8시쯤 그곳에 갔다. 다행히 알렉산드리아는 한산했고, 그녀에게 또 다른 손님은 없었다.

팁도 물론 선불은 하지 않았다. 우스운 이야기지만 두번째 찾아갔을 때 나는 팁만 뜯기고 그녀로부터 팁만큼 충분히 위로받지 못했다고 할 수 있었다. 인사삼아 내 뺨에 소리만 요란한 키스를 해준 것과 손을 잡은 것이 고작이었다. 컵에 몇 잔의 맥주

를 따라주었지만 나는 그런 정도로 충분히 보답받았다고 느낄
수는 없었다. 군대 시절 P시의 애회가 말했던 바처럼 본전 생
각이 났다고나 할까. 하룻밤 팁의 액수는 종3같은 데서 여자를
사는 돈에 거의 맞먹을 정도였다. 그런데도 손을 잡은 것과 몇
마디 대화만으로 인사도 없이 사라져 버렸다니 배신적인 행위가
아닐 수 없는 것이다.

그렇다고 노골적으로 불만을 털어놓을 계제는 아니었다. 그래
서 나는 설회가 칸막이로 오자마자 「어떻게 된 거요, 그날
밤?」 하고 부드럽게 시작했고, 그녀는 「아, 그날 밤요? 미안
해요. 다른 테이블 손님들이 너무 짓궂어서 빠져 나올 수가 없
었어요」 하고 변명했다.

나는 또 「끝나고 고급차 타고 가던데 ……」 하고 운도 떼어
보았다. 속에서는 의혹과 배신감으로 부글부글 끓었지만 겉으로
는 태연한 척하면서. 그러자 그녀는 깜짝 놀라며 「보셨어요?」
하고 시인한 다음 재빨리 「나이트 갔었어요. 타워 호텔 나이트
……. 일행이 모두 가는데 나만 빠질 수가 없잖아요」 하고 덧붙
였다.

승용차가 사라진 방향과 타워 호텔은 일치했다. 그러나 클럽
이 끝난 새벽 4시 이후 그녀가 어떻게 처신했는가에 대한 변명
으로는 불충분했다. 설회도 그것을 느꼈는지 한참 뒤에 「그 손
님들 여기 단골예요. 이 근처에 있는 건설회사 분들이래요. 난
손님 따라 나이트 같은 데 안 가는 주의지만 멤버씨가 어찌나
몰아붙이는지 그날 밤은 어쩔 수 없었어요」 하고 우회적으로 자
신의 결백을 주장했다. 그러고 나서도 그녀는 「내가 왜 이렇게
시시콜콜 변명을 하고 있지? 윤사장님이 뭔데 ……」 하고 웃

었다.

그렇다고 설희가 내게 그 이상으로 특별한 감정을 내보인 것은 아니었다. 어디까지나 나는 손님이었고, 자신은 여급이었다. 그리고 나의 끈질긴 신체 접촉 요구에 대해서도 일정한 선을 긋고 그 이상은 결코 허용하지 않았다.

첫날의 입맞춤은 이를테면 우발적으로 일어난 사건이었다. 그때의 좋았던 기분을 상기하며 나는 되풀이 키스를 시도했는데, 설희는 그 때마다 얼굴을 피하며 「루즈 묻잖아요?」 하고 나를 떼어 놓았다. 내가 강한 불만을 드러내며 「전엔 했잖아?」 하니까 설희는 나를 흘겨보며 「그땐 얼결에 당했죠」 했고, 내가 다시 「루즈쯤이야 닦으면 되잖아?」 하자 「전 화장도 고쳐야 하고 수속이 복잡해요」 했다.

끝내 입술은 허용하지 않았지만 포옹은 자유로웠다. 나는 그녀를 몸 전체로 내 허벅지 위에 올려 놓기도 했다. 그런 포옹의 자세로 유방을 더듬기도 했는데 그것은 어디까지나 유니폼 위로였다. 유니폼 속 맨살의 유방을 만지는 것은 결코 허락하지 않은 것이다.

다행히 알렉산드리아 여급들의 유니폼은 노출이 심했다. 양 어깨에 걸쳐진 끈은 비좁았고 가슴도 깊게 파여져 있었다. 또 그 유니폼 안에는 블래지어도 하지 않고 있었다. 처음에 가슴을 만지며 내가 「블래지어도 안 했잖아?」 하고 놀라 보이자 그녀는 「못하게 해요」 하고 얼른 변명했다. 즉 손님들에 대한 서비스 차원에서 알렉산드리아에서는 여급들의 블래지어 착용을 금지시키고 있다는 뜻이었다. 그렇다면 맨살의 유방을 만지는 것쯤 허락될 수도 있었는데 설희는 한사코 그것을 거부하고 있었던 것이다.

그렇다고 맨살의 유방을 전혀 만질 수 없었다는 뜻은 아니다. 어차피 설희의 유니폼은 노출이 심했고, 겨드랑이 사이로 조금만 비집고 들어가면 맨살의 유방이 만져지는 것이었다. 그러니까 설희가 내 손의 침입을 한사코 거부한 것은 젖꼭지까지 만져지는 불상사였고, 그 때문에 그녀와 나는 매우 치열한 백병전을 벌였다고도 할 수 있다. 입술과 마찬가지로 그녀는 내 손을 되풀이 떼어 놓고는 했는데, 아마 젖꼭지가 그녀에게 있어서 마지막 선인 듯싶었다. 그래서 아슬아슬한 순간이 오면 「증말 몬 살겠네요」하며 한사코 내 손을 떼어 놓는 것이었다.

그런 백병전은 하체에서도 비슷했다. 그녀의 유니폼은 매우 짧았다. 의자에 앉으면 허벅지가 고관절(股關節)까지 드러날 정도였다. 게다가 허벅지도 맨살이었다. 허벅지를 만지다가 그 손을 조금만 더 밀어 넣으면 아주 작은 삼각팬티가 만져졌다. 그것도 알렉산드리아의 영업 방침인지는 알 수 없었지만 그녀의 팬티는 아주 신축성이 많고 부드러운 천으로 되어 있었다. 때문에 내 손가락은 그런 팬티 사이까지 쉽게 파고들 수 있었다. 그런데 설희는 그곳에서도 바로 그 직전까지만 허용했을 뿐 그 이상은 한사코 막아냈다. 「증말 몬 살겠다니까」 남쪽 지방의 사투리를 흉내내며 위험해졌다 싶으면 재빨리 내 손을 빼냈고, 「성이 더씨 아니세요?」하고 핀잔하기도 했다. 그런 핀잔을 서너 번 듣고도 나는 그것이 무슨 뜻인지 몰라 「더씨가 뭐야? 더럽다는 뜻이요?」하고 물었고, 그녀는 「더듬씨 말예요」하고 또 핀잔을 주었다.

아무튼 그녀와 나는 하체에서도 아주 집요한 공방전을 벌였는데, 하체의 뒤쪽에서는 관대해 내 손이 팬티의 연약한 고무줄 안으로 파고드는 것이 허락되었다. 그곳으로 파고들면 그녀의 히프가 만져졌다. 그러나 의자에 앉혀진 그녀의 히프는 의자와의 경계가 끝이었고, 손가락 힘만으로는 더 이상 파고들 수가 없었다. 그녀를 내 허벅지 위에 앉혔을 때 한 번 히프 방면으로 아주 아슬아슬한 곳까지 침입했다. 그러자 그녀는 얼른 자세를 바꿔 내 손을 물리치며 「더럽잖아요」 했고, 별로 더럽혀지지도 않은 내 손을 얼른 물수건으로 꼼꼼하게 닦아 주는 것이었다.

이를테면 여기까지가 그날 밤 설희와 나 사이에 있었던 신체 접촉의 전부다. 팁만큼 쾌락을 사겠다는, 그런 면에서는 결코 손해를 안 보겠다는 쾌씸한 저의가 없었다고는 주장하지 않겠다. 더구나 두번째 찾아갔을 때의 손도 있었다. 어쩌면 나는 곱배기로 빚을 받아내겠다고 벼르고 있었는지도 모르겠다.

그러나 그런 치사찬란한 타산은 어디까지나 무의식적인 것이었고, 그렇게 끊임없이 신체 접촉의 공세를 펼치면서 어느덧 나는 스스로도 주체할 수 없을 만큼 혼미한 자기 최면에 걸려 버리고 있었다. 그 최면의 내용은 물론 설희를 사랑한다는 감정이었고.

그런 감정의 도입부가 어색하기는 했다. 무교동의 한 여급. 여급 치고 A급의 미인도 아니었다. 학력도 여고 졸업이 고작이었고, 그녀가 다녔다는 여고도 3류로 우리가 고등학생일 때는 거들떠 보지도 않았던 학교였다. 그런 여자를 무교동의 한 술집에서 만나 사랑 어쩌고 한다는 게 영 석연치 않았던 것이다.

그러나 도입부는 그렇게 어색했어도 설희는 탄력 있는 몸매를 가지고 있었다. 내가 그녀를 무릎 위에 올려 놓고 안았을 때,

그리고 내 손이 유방과 히프에 파고 들었을 때 달려오듯 하는 그녀의 탄력 있는 몸의 감각은 도입부의 어색함쯤 넉넉히 회석 시키고도 남았다. 〈달려오는 듯한〉이랬지만 비유하자면 손안에 잡힌 물고기, 그것도 살아서 펄펄 뛰는 물고기 같은 감각이었 다.

환희와 연민이 뒤섞인 생동감……

게다가 설희는 거기에서 빠져 나가려고 안간힘을 다하고 있었 고, 그럴 때 나는 이 여자를 사랑하자, 이 여자를 사랑하지 않 고는 세계를 사랑할 수 없으며, 세계를 사랑할 수 없는 자는 사 랑으로 가득 찬 그 어떤 지적(知的) 작업도 이룰 수 없다고 마 음속으로 부르짖는 것이었다.

얼마쯤은 술에 취해 있기도 했다. 그러나 이성을 잃을 정도는 아니었으며, 그렇게 정신은 말똥말똥하면서도 나는 되풀이 「설 희, 사랑해」 또는 「사랑해, 설희」 하고 되뇌었다. 그 순간은 물 론 내 손가락이 그녀의 젖꼭지나 허벅지 사이의 계곡 깊숙히 파 고들었을 때였고, 아차 하고 위험을 느낀 설희는 그런 나를 물 리치며 「왜 이러세요? 벌써 취하셨어요? 정신 좀 차리시라구 요」 하고 나를 일깨우는 것이었다.

「우리 같이 살까?」

나는 그런 말도 해다. 내 머릿속에는 비원의 숲이 내려다보이 는 세운상가 아파트가 앞당겨 와 있고, 계약결혼이나 잠정적인 동거 형태로 살고 있는 그녀와 나를 그곳에다 그려 넣고 있기도 했다.

그러나 설희는 그런 내 꼬드김에 쉽게 빠져 들지 않았다. 내 가 「우리 같이 살자」 하면 「글쎄요」 하고 고개를 외로 꼬며 장난으로 받았고, 「오늘 밤 그 문제에 관해 좀 진지하게 의논해 보기로 합시다. 좀 일찍 퇴근할 수 없나?」 하면 「딴 데 알아 보는 게 좋을 것 같아요. 전 11시 반까지 나갈 수 없으니까」 하고 여전히 장난기로 대꾸했다.

그렇게 그녀와 수작을 벌이고 있는 동안 시간은 10시가 지나 버렸고 초저녁에는 한산했던 알렉산드리아도 손님들로 붐볐다.

그때쯤 설희에게 지명 손님이 있었다.

웨이터가 찾아와 설희에게 뭐라고 귓속말을 하자 나는 금방 눈치채고 녀석의 어깨를 밀쳤다.

「뭐야?」

「죄송합니다」 웨이터는 비굴하게 굽실거리며 물러섰고, 대신 설희가 나섰다. 「왜 그러세요? 그 분이 뭘 잘못했다고……」

설희의 목소리는 지금까지와는 달리 날카로웠고, 나는 환상이 깨지는 느낌이었다.

「내 여자를 빼내 가려고 하는데 그럼 잘못 아니야?」

「빼내 가기는 누가 빼내 간다고 그러세요? 미스터 김, 알았어요. 가봐요」

설희는 웨이터를 돌려보내고 나서 내 잔에 술을 따랐다.

「안 갈 테니까 어서 드세요」

말을 그랬지만 설희도 화가 풀리지 않은 목소리였고, 나 역시 기분이 나지 않았다. 누군가 또 다른 손님이 설희를 기다리고 있다는 게 영 께름칙했던 것이다.

나머지의 맥주를 나는 빨리 빨리 마셨다. 그렇게 연거푸 몇 잔을 마시자 나는 몹시 취해 버렸다. 그러나 여전히 기분은 나지 않았고 시무룩한 채 「여기 얼마요?」 하고 물었다. 내가 떠날 차비를 하자 설희는 안심한 듯 웨이터를 불러 계산서를 가져 오게 했다. 나는 웨이터에게 술값을 치르고 설희에게는 적당한 팁도 주었다.

환상은 물론 깨어져 있었고, 자기 최면에서도 벗어나 있었다. 다시는 이곳에 오지 않겠다고 이를 악물기도 했다. 그런데 잠시 어디론가 사라졌던 설희가 나를 부축해 문 밖까지 배웅했다. 그리고는 새롭게 나긋나긋한 목소리로 「또 오세요」라고 말했다.

그 순간 나는 마음이 눈 녹듯이 녹는 느낌이며 「지금 난 쫓겨 나고 있는 느낌인데?」라고 불평했다. 그리고는 「여기 어디서 기다리고 있으면 안 될까?」하고 호소했다.

설희는 그런 나를 잠시 안쓰러운 눈으로 바라보다가 내 손을 잡아주었다. 그리고는 「댁에 돌아가 쉬세요. 많이 취하셨잖아 요?」하고 말했다. 나는 그녀의 부드러운 눈길에 기대를 걸며 떼도 써보았다. 「취하지는 않았어. 11시 반이라고 했지? 제과 점 앞에서 기다릴게요」

「그러지 마세요」설희는 약간 지겨운 표정을 지었다. 그러나 이내 밝게 웃으며 「다음에 또 오세요. 그럼 안녕」하고 손까지 흔들어 보인 다음 등을 돌려 재빨리 알렉산드리아 안으로 사라 졌다.

그날 밤 나는 통금 10분 전까지 알렉산드리아 골목과 제과점 앞의 인도를 왔다갔다하며 시간을 보냈다. 술에서 깨려고 제과 점에 들어가 팥빙수를 시켜 먹기도 했다.

11시가 지나서는 제과점 앞보다 알렉산드리아의 출입문 근처 에 더 오래 서 있었다. 그리고 알렉산드리아에서 올드 랭 사인 을 울려퍼질 때는 숫제 그 출입문 앞을 지키고 서 있기도 했다.

그러나 어찌 된 일인지 그날 밤 나는 설희를 다시는 볼 수 없었다. 주방 쪽으로 비상구가 있어 여급들이 그 문으로 도망치기도 한다는 사실을 안 것은 훨씬 더 뒤의 일이었고.

설희가 결정적으로 내게 기운 것은 그로부터 한 달쯤 지나서였다.

그 동안 나는 몇 번 더 알렉산드리아를 찾았다. 그녀가 숲속의 요정처럼 나를 손짓해 불렀다고 과장하지는 않겠다. 그러나 내가 점차 그녀에게 빠져들고 있음은 분명해서 잠자코 앉아 있어도 그리움처럼 그녀의 얼굴이 떠오르고는 하는 것이었다.

첫인상만으로는 분명히 미인이 아니었다. 오수진처럼 화려한 미인 옆에서는 더욱 그랬다. 그러나 보면 볼수록 매력적인 얼굴이었다. 큰 눈과 그을린 듯한 검은 얼굴색이 어우러질 때는 요기(妖氣)마저 뿜어냈고, 그 큰 눈에 투명한 액체라도 살짝 걸쳤을 때는 나로 하여금 미치도록 가슴 저리게 했다.

더구나 그녀는 내 품에 알맞은 체격을 타고나 있었다. 크지도 작지도 않으면서 살피듬은 늘 깜짝 놀랄 만큼 탄력적인 것이다.

알렉산드리아에서 나는 더러 오수진과 마주치기도 했다. 첫날은 그렇게 화려해 보였던 오수진이었지만 그녀는 갈수록 퇴색해 보이고 심지어는 늙어 보이기까지 했다. 그런데 설희는 마치 아름다움을 복병처럼 숨겨두었다가 일제히 함성을 지르며 공격 제1선에 내몰듯 그렇게 내게 달려들었으며, 1주일만 걸러도 나는 그녀가 보고 싶어 미칠 지경이었다.

설희는 물론 가명이었다.

「설희보다는 갈희라고 했으면 좋았을 것 같은데 ……」 내가 말하자 그녀는 「희어지고 싶어서요」 하며 웃었다. 내가 다시 「흰 것보다 나아. 흰 여자는 많아도 설희처럼 오묘한 갈색 피부를 가진 여자는 별로 없어」 하자, 그녀는 「그럼 갈희라고 이름을 바꿀까요?」 하며 웃었다.

그러나 내가 그런 말을 꺼낸 것은 설희라는 그녀의 가명이 싫어서는 아니었다. 오히려 그 반대였다. 그녀의 몸매만큼이나 그녀의 가명에도 나는 빠져 있어서 「설희……」 하고 그녀의 이름을 가만히 입에 올릴라치면 그리움 같은 것이 물 밀듯이 밀려오고는 하는 것이었다.

아무튼 그 해 여름 그렇게 자주 알렉산드리아에 출입하면서 어느덧 나는 그곳의 유명인사가 되어 있었다.

여기서 유명인사라는 말은 김순구가 처음 나를 그곳의 멤버인 유씨에게 소개했을 때의 VIP와는 뜻이 사뭇 달랐다. 언제나 혼자만 오는 손님, 별로 매상을 올리지 못하는 별볼일없는 손님에다가 여급인 설희에게 빠져서 꼭 설희만을 찾은 순정파 손님 정도가 그곳의 종업원들에게 알려진 내 초상이었다.

그런 내 초상은 설희의 큰 눈에도 고스란히 투영되어 있었다.

언제던가 설희는 「뭐하시는 분이세요?」 하고 물은 적이 있었다. 나름대로 그녀는 기대를 품었음직도 했다. 김순구처럼 혹시 막대한 유산이라도 물려받게 될 재벌 2세가 아닐까 하고. 그러나 나는 정직하게 「학생들을 가르쳐요」 했고, 그러자 그녀는 「어디 학교 선생님이세요?」 하고 다시 물었다.

궁색한 느낌이었지만 나는 그래도 거짓말은 할 수가 없어서 「아르바이트로 고등학생들 몇을 가르치고 있어」 하고 덧붙였다. 설희는 분명히 실망한 표정이었다. 그러나 겉으로 내색은 하지 않았으며 「대학생이세요?」 하고 지나가는 말투로 또 물었고, 나는 그냥 「아니」라고만 대답했다.

그 정도로 설희는 내 사회적 신분을 충분히 파악한 셈이었다. 그렇다고 특별히 나를 푸대접한 것은 아니었지만, 그녀의 눈에 나는 결코 VIP나 특별 관리를 해야 하는 주요 고객들 중 하나는 아니었다.

한 번은 퇴근하는 그녀를 골목 입구에서 따라잡기도 했다. 등 뒤로 바짝 다가가 그녀의 귀에다 대고 나는 좀 우왁스런 목소리를 냈다.

「설희」

그러자 그녀는 깜짝 놀라 돌아섰고, 나를 확인하고는 핸드백을 휘둘러 내 가슴을 쳤다.

「뭐예요, 사람 놀라게 ……」

그녀의 목소리에는 약간의 신경질기까지 섞여 있었고, 이번에는 내 쪽에서 도리어 어이없어졌다. 알렉산드리아 밖에서는 최소한의 친절마저 보여줄 필요가 없다는 태도였다.

나는 좀 머쓱해져서 「이렇게 이름 한 번 더 불러보고 싶어서 기다렸어. 그럼 안 돼?」 했고, 그제서야 설희는 조금 풀려서 「어서 가세요. 댁이 수유리라면서 지금까지 여기 서 있으면 어떻게 해요? 어서 가세요」 하며 나를 택시 정류장 쪽으로 떠밀었다.

「설희 땜에 집에 못 들어간 게 어디 한두 번인 줄 알아?」 나는 조금 풀린 설희에게 기대를 걸며 버텨 보았다. 「오늘도 틀렸어. 벌써 11시 40분이잖아?」

그러나 그녀는 다시 굳어졌고, 「그렇다고 나보고 어쩌란 말예요?」하며 나를 버려둔 채 반대편 택시 정류장을 향해 차도를 건넜다. 달리는 차들을 요리조리 피하며 차도 한가운데에서 그녀는 나를 힐끗 한 번 돌아보았는데 그 표정은 「별꼴이야」하고 비난하는 듯했다.

나는 비참한 느낌이었다. 설희는 나를 알렉산드리아 밖에서는 한 사람의 남자로, 또는 인격체로 결코 존중하지 않는 것이었다. 그랬던 설희가 결정적으로 내게 기운 것은 내가 국립 서울대학교를 나왔다는 사실을 알고 나서였다.

이 부분에 대해서는 강조해 둘 것이 있다. 나는 물론 내 입으로 그런 것을 설희에게 말한 적이 없었다. 뿐더러 동숭동 캠퍼스니 마로니에니 미라보 다리니 하고 은연중에 내가 서울대학교 출신임을 눈치채도록 홍보한 적도 없었다. 그랬는데 어느 날 갔더니 「서울대학교 나오셨어요?」하고 설희는 두 눈을 반짝 빛냈고, 나는 온몸이 근질근질해지며 「누가? 내가?」하고 얼결에 시치미를 떼었다.

설희는 그런 나를 경이의 눈으로 바라보기만 했고, 나는 더욱 어색해져서 「누가 그런 낭설을 퍼뜨리고 다닌거야? 김순군가? 그 친구 내가 설희 때문에 너무 가슴 아파하니까 도와줄려고 거짓말을 한 모양인데……. 나 이거야」하며 그녀의 시선을 피했다.

순구와는 비슷한 대화가 오고 간 적도 있었다. 어느 날 전화를 걸어온 그는 다짜고짜 「너 요즈음 설흰가 혹흰가 하는 년한테 미쳐 인사불성이라며?」했고, 이어서 「중놈이 고기 맛을 알면 절간에 빈대가 안 남아난다더니 니가 바로 그 짝이구나. 엊그제 갔더니 니가 거기 혼자서 열 번도 더 왔다며 유씨하고 웨이터들이 모두 빙글빙글 웃더라. 얀마, 그게 무슨 추태냐?」하고 마음껏 비난했다.

따지고 보면 순구 말이 옳았으므로 나는 따로 변명할 거리도 없었다. 병 주고 약 준다는 말도 있지만 순구의 비난이야말로 그랬다. 아니, 그에서 한걸음 더 나아가 상처 주고 그 상처 난 데를 쑤셔 주는 격이었다.

「야, 너 정말 그 깜상이 맘에 있는 거냐?」

「뭐 그냥……」

나는 우물쭈물했다.

「얀마, 똑바로 말해. 맘에도 없으면서 거긴 뭣하러 열 번씩이나 갔냐?」

「열 번은 무슨……. 서너 번 갔어. 첨에는 팁값 갚아주려고 갔구, 그 뒤 두어 번……」

「거짓말 마, 인마. 알았어. 형님이 붙여주지. 낼 모레 거기로 와. 아홉 시쯤…… 젠장할, 형님 노릇하기도 바쁘다. 낼 모레, 토요일 밤 아홉 시. 알았지?」

그러나 나는 그날 밤 알렉산드리아로 가지 않았다. 토요일 밤에는 아르바이트도 있었다. 아르바이트쯤 날짜를 바꾸거나 시간을 앞당길 수도 있었다. 그러나 나는 그렇게 하지 않았다. 김순구 방식이 마음에 들지도 않았거니와 녀석이 좌중을 휘어잡는 술판에 끼어 앉아 있기도 싫었다.

아무튼 어찌 어찌 내 출신 학교를 알아낸 설희는 태도를 싹 바꾸었다.

「내일 낮에 시간 있으세요?」

그것이 설희가 내게 보낸 최초의 신호였다. 무교동의 여급들이 파트너였던 손님들 중 마음에 드는 남자가 있으면 낮에 만나 함께 영화 구경도 가고 여관에도 간다는 사실에 관해 나도 들은 바가 있었다. 때문에 그것만으로도 나는 이미 설희에게 선택당한 남자가 되었다는 사실을 짐작할 수 있었다.

이튿날 우리는 단성사에서 조조 할인으로 첩보물 외화를 한편 보았다. 영화를 보고 나오자 점심시간이었고, 우리는 근처의 설렁탕집에서 점심도 먹었다. 점심을 먹고 나서도 그녀의 출근시간까지는 4시간이 더 남아 있었다. 비원 쪽으로 거슬러올라가며 나는 별의별 공상을 다 했다. 여관에 들어가자면 그녀가 과연 동의해 줄는지, 그것으로 그녀는 나를 결정적으로 경멸하며 돌아서 버리는 게 아닐는지 등등.

그러나 나는 그렇게 오랫동안 고민할 필요도 없었다. 서너 걸음 뒤쳐져 따라오던 설희가 마침내는 견디지 못하고 「어디까지 가는 거예요?」하고 짜증스런 목소리를 낸 것이었다.

「우리 비원에나 들어가 볼까?」

얼결에 그렇게 떠보았는데, 설희는 심드렁해서 「거기 뭐 볼 게 있다구요」했고, 우리는 더 이상 의견 교환을 할 필요도 없이 바로 그 눈앞에 있던 여관으로 자연스럽게 빨려 들어간 것이다.

설희가 두번째로 나에게 보낸 신호는 이제 알렉산드리아에는 오지 말라는 부탁이었다.

밤에 알렉산드리아에 찾아가서 약속을 하고 이튿날 낮에 만나 함께 여관에 들어가고는 한 것이 세번째인가 네번째 되었을 때였다. 그렇게 되풀이 만나게 되자 찻집에서 차를 마시고 영화 구경을 하고 하는 요식 행위는 그때쯤 생략되어 있었다. 즉 막바로 여관 앞에서 만나 함께 여관으로 들어갔다는 뜻이다.

그날도 그렇게 만나 서둘러 성교부터 하고, 근처의 중국집에서 점심을 시켜다 먹고, 차도 시켜 마시고, 성교를 또 한 번 하고, 그러고 나서 헤어질 때가 되어서였다. 옷을 입으며 내가 「금주는 좀 바쁘고 내주쯤 만나자구」 하자 설희가 그 말을, 그것도 아주 조심스럽게 끄집어내는 것이었다.

「이제 알에는 오지 마세요」

〈알〉은 그곳의 여급들이 알렉산드리아를 줄여서 부르는 말이었다. 나는 무심코 「왜?」 하고 물었다가 「왜 거기 그만둬?」 하고 다시 물었다.

「그만두긴 ……. 나 거기 그만두면 먹여 살릴 거예요?」

「그렇담 먹여 살려야지」 나는 건승으로 대꾸하고 나서 다시 물었다. 「그런데 왜 오지 말라는 거야?」

설희는 말문이 좀 막히는 표정이었다. 그러나 나는 그때까지도 눈치를 못채고 「아, 나 같은 가난뱅이를 애인으로 둔 게 창피한 모양이구나」 했고, 설희는 억울한 듯 「그게 아녜요」 하며 서글픈 표정을 지었다.

그래도 나는 그녀의 사소한 감정쯤 무시했다.

「그게 아니라니 ……. 작지만 나라도 자꾸 매상을 올려줘야지, 안 그래?」

그때는 설희도 파르르 해서 「후섭씨가 매상 안 올려 줘도 손님은 얼마든지 있어요」 하고 쏘아붙였다.

그제서야 나는 설희가 왜 나한테 알렉산드리아에 출입하지 말라고 하는지 짐작이 되었다. 이제는 나를 알렉산드리아의 손님이 아니라 애인으로서만 만나고 싶다는 뜻이었다. 즉 그녀 안에서 나는 알렉산드리아의 별볼일없는 손님으로부터 일약 애인으로 승격한 것이었다.

나는 물론 기뻤다. 그러나 기쁘기만 한 게 아니라 싱숭생숭하기도 했고, 아 이렇게 해서 빼도 박도 못하고 여급의 애인이 되는 모양이구나, 이러다가 여급과 함께 동반 자살도 기도하고, 하며 엉뚱한 상상까지도 했다. 동반 자살은 정말 엉뚱한 공상이었다. 그러나 그 순간 내게는 비슷한 공포감도 있었는데, 설희와 진짜로 사랑에 빠져 버리는 게 아닌가, 그래서 살림이라도 차리게 되면 어쩌나 하는 것들이었다.

그 날은 그 정도로 헤어졌다. 함께 여관을 나와서 나는 「내가 거기 안 가면 약속은 어떻게 하지?」했고, 설희는 「알로 전화하면 되잖아요」했다. 내가 다시 「내가 전화 안 하면? 설희가 싫어져서 전화 안 할 수도 있는데……. 그럼 날 어디서 찾을거야?」하자 「그럴 수 없을 걸요? 후섭씨가 날 얼마나 좋아하는지 다 아는데요?」하고 그녀는 두 눈을 가느스름하게 뜨는 것이었다.

알렉산드리아 출입 건은 그 이후 그녀의 부탁대로는 되지 않았다. 아니, 보다 정확하게 표현하자면 내가 그녀의 부탁을 고스란히 들어 주지 않았다는 편이 옳겠다.

목을 조여오는 것 같았다고 과장하지는 않겠지만 내게 다가오고 있는 설희의 감정이 겁난다 싶을 때, 그리하여 뭐니 뭐니 해도 넌 맥주홀의 여급이야 하고 일깨워 주고 싶을 때 나는 불시에 알렉산드리아로 찾아가고는 했다. 그리고는 「보고 싶어서 왔어」라든가, 「여기서 설희를 꼬시던 때가 너무 그리워서 말야」

하고 우회적으로 말하고는 했는데, 영리한 그녀가 그것을 눈치채지 못할 리는 없었다. 폐점 시간 10분 전이나 개점도 하기 전, 그러니까 어떤 때는 그녀가 출근도 하기 전에 나타나서 기다리고 있는 나를 발견하고 그녀는「전화하라고 그랬잖아요」하며 실망한 표정을 지었다. 그러면 나는「전화가 잘 안 돼. 이 집 전화는 늘 통화중이라구」라고 변명했고, 그렇게 변명하면서도 나는 마음속으로, 넌 이 가게 여급이야, 여기 말고 다른 데서 만나 사랑 놀음을 한다는 게 얼마나 웃기는 짓이냐, 하고 반발하고 있었다.

여관에서 만나면 설희는 그녀의 육체 말고도 나에게 주는 것이 많았다. 처음에는 넥타이와 넥타이 핀 같은 것으로 시작하더니 나중에는 구두와 양복같이 값나가는 선물로 발전했고, 한 번은 내 후줄근한 내복을 홀딱 벗겨 새 것으로 갈아 입히고는 헌 것은 빨아오겠다며 비닐백에 넣어 가져 가기도 했다. 여자가 사랑에 빠지면 물불을 가리지 않는다더니 설희가 꼭 그랬고, 그것은 나에게 적지않은 부담이었다.

그렇다고 내가 꼭 설희에게 그녀가 알렉산드리아의 여급이라는 사실을 확인시켜 주기 위해서만 그곳에 간 것은 아니었다. 그 부분에 관해서는 내 심리도 중층 구조였다. 그녀를 만나면 어쨌든 섹스를 해결할 수 있었다. 힘들이지 않고, 또 경제적으로. 말이 나왔으니까 말인데, 그 해 여름 나는 설희에게 내 분수로는 과잉 중복 투자를 한 셈이었다. 그리고 가을에야 그 결실을 거둬들이기 시작했으며 결실기에 그녀를 버려둘 수 있을 만큼 내가 여자 형편이 넉넉하지 못했던 것이다.

이렇게만 고백하면 나를 김순구 이상의 아주 황폐해져 버린 인간으로 치부할 사람이 있을지 몰라 덧붙여 두겠지만 실은 나도 고뇌하고 있었다. 설희에게 있어서 나는 과연 무엇이며 그녀를 농락할 권리가 내게 있는 것일까 등등. 그러므로 그녀는 내게 있어서 단순히 섹스의 상대만이 아닌 그 무엇이었고, 그것이 나로 하여금 고뇌를 불러일으키게 했다. 이를테면 그것도 내 심리에 투영되어 있는 중층 구조였다. 단순한 감상(感傷), 단순한 연민만이 아닌 남녀 관계의 본질에 관한 문제까지 곁들인 이중 구조.

섹스에 관한 한 설희는 그때까지 내가 체험한 어떤 여자보다도 완벽한 짝이었다. 자독 행위 이상의 기쁨이라고는 주는 일이 없는 매춘부들은 말할 것도 없고, 성교 그것만으로는 나를 최고로 만족시켰던 연상의 여인 지원씨와도 비교가 되지 않았다.

설희가 빨리 달아오르고, 나보다 한 발 앞서 절정에 가 있고, 내가 기쁨을 느끼는 동안 되풀이 오르가슴을 표현함으로써 내 기쁨을 배가시켜서만이 아니었다. 어떻게 된 셈인지 그녀에게는 임신의 공포도 없었다. 오히려 내 쪽에서「이러다가 덜컥 그거라도 되면 어쩌지?」해도, 「글쎄요」하고 고개를 한 번 외로 꼬면 그만이었다. 내가 다소 위압적으로「장난하다 어쩐다는 말도 있는데 도대체 어쩔 셈이야?」하고 다그쳐도 그녀는 노여워도 하지 않았다. 「다 자연의 섭리 아녜요?」하거나, 「우리가 원하면 주시고 원치 않으면 안 주시겠죠, 뭐」하고 태연한 표정이었다. 그만큼 설희는 섹스에 있어서 활달했으며 그것이 나로 하여금 쾌락을 배증시키는 요인이기도 했다.

섹스는 그랬지만 그 밖의 것들에 있어서는 안 어울리는 짝이었다. 그녀가 맥주홀의 여급이고 고등학교밖에 나오지 않았대서

가 아니었다. 남자들에게 있어서 여급이란 다소는 환상적인 존재이지 않으면 안 된다. 그런데 설희는 나와 처음 섹스를 나누어 가진 때를 분기점으로 환상이라고는 눈꼽만큼도 없는 여자로 변해 있었다.

하긴 여자란 모두 비슷한 존재일지 모른다. 한 남자의 여자로 귀속되기 전까지는 환상의 너울을 쓰고 있다가 그 남자 앞에서 옷을 벗을 때 환상도 함께 벗어 버리는 것이다. 아니, 그 반대일지도 모른다. 여자에게는 본래 환상이라고는 없는데 남자가 오히려 환상을 덧바르고 있다가 그녀의 옷을 벗길 때 환상의 도금(鍍金)도 함께 벗겨 버리는지도…….

어쨌든 설희는 첫날의 여관 이후 너무도 현실적인 여자로 탈바꿈해 버렸다. 내게 새 내의를 입히고 헌 내의는 빨아 오겠다며 가져가 버린 행위 같은 것이 대표적인 본보기였다. 한 번은 여관으로 김밥을 싸 오기도 했다. 남동생 하나가 소풍가는 날이어서 하나 더 싸 보았노라고 변명하기는 했다. 그러나 남자와 여관에서 만나 섹스를 하러 오는 여자가 김밥을 싸 가지고 오다니 여간 한심스런 일이 아닌 것이다. 나는 실망해서 「도대체 무슨 짓이야」 하고 재차 불평했다. 그러자 「자기 지갑을 지켜주려는 건데 뭘 그래요?」 하며 그녀는 또 한 번 내 환상을 무너뜨렸다. 알렉산드리아에 그만 오라는 부탁도 내 지갑을 아껴 주려는 것이었으며, 심지어는 여관의 대실료를 깎기도 했다.

그즈음 우리가 자주 찾은 여관은 비원 앞에 있는 한식가옥이었다. 비록 퇴색하기는 했지만 옛날에는 행세깨나 하던 대갓집의 주택이었던 모양으로 대문 안에 또 중문이 있고, 뜰마다 전통 양식의 정원이 있는 그윽한 집이었다. 그 여관에 대한 내 정서는 일종의 성취감과 같은 것이었다. 작은 돈으로 낮 동안 잠시나마 그런 공간에 드나들 수 있다는 게 여간 뿌듯하지 않았던 것이다.

그런데 설희는 그곳 종업원과 얼굴이 익자 「우리 단골인데 안 깎아 줘요?」 해가며 한사코 흥정을 시작했다. 〈단골〉이라는 단어만으로도 나는 얼굴이 뜨거워질 정도였는데 설희는 부끄러움도 없이 에누리를 해대었고, 결국은 성공한 것이다.

이쯤 되면 그녀가 세번째로 보내온 신호가 무엇이었나 금방 짐작이 될 것이다. 그것을 요약하면 여관비를 아끼기 위해 방을 하나 마련하자는 제안이었다.

겨울이 닥쳐온 계절이었다. 그 날도 우리는 비원 앞 여관의 온돌방에 누워 있었다.

「우리한테도 이런 방 하나 있으면 좋겠죠?」

전에도 비슷한 희망을 말해 왔었다. 이렇게 언제까지나 여관방으로만 떠돌 수는 없지 않느냐, 우리가 가을 내내 이 여관에 가져다 준 돈만 모았어도 변두리에 참한 방 하나를 마련할 수 있었을 거라느니 등등……. 그러나 나는 한 귀로 듣고 한 귀로 흘렸었다. 그런데 그녀가 다시 「나 10만 원만 해줄래요?」하고 말하자 비로소 나는 그녀를 향해 돌아 누웠다.

「무슨 소리야?」

「영천에 방 하나 난 게 있는데 30만 원이래. 후섭씨가 10만 원만 해주면 그 방 얻을 수 있어」

그녀는 긴장하고 있었다.

이건 그냥 해보는 소리가 아니로구나 하고 나는 직감했다. 설희가 방을 얻겠다는 것은 함께 산다는 것을 뜻했고, 그것은 내가 그녀의 그물 속에 갇히는 것을 의미했다.

나는 위협을 느끼며 「방은 얻어 뭘 하게……」하고 반발했다. 그리고는 곧이어 「나더러 거기서 살라구? 네가 20만 원 내고 내가 10만 원 낸 방에 가서 남편 노릇하며?」하고 윽박질렀다.

「그런 뜻이 아니잖아?」설희는 단박에 억울한 표정을 지었다. 「와서 살고 말고는 후섭씨 맘이지 뭐. 자기가 여관에 뿌리는 돈이 아까우니까 궁리를 해보는 거지」

「알았어. 내가 내일 10만 원 가져다 줄 테니까 그 방 얻어. 그리고 다시는 나 만날 생각하지 마」

「왜 그래?」

「왜 그러다니……. 그걸 말로 해야 알아듣니? 나는 그런 식으로 야합하듯이 시작할 수 없다구」

설희는 한동안 생각에 잠겼다. 그랬다가 「그럼 그만둬요. 함께 있고 싶어 방 얻으려다가 남자 잃기는 나도 싫으니까」

그 날의 실갱이는 그 정도로 마무리지어졌다. 그런데 다음번에 만났을 때였다. 먼저 와 비원 앞에서 기다리고 있던 설희가 「우리 저기 좀 가봐요」하고는 서둘러 나를 택시에 태웠다. 그리고는 택시기사에게 「영천으로 가 주세요」하고 당당하게 말했다.

나는 기분이 몹시 나빠져서 「그 방 얻은거야?」하고 소리쳤고, 설희는 고개부터 저었다. 「자기가 싫다는데 내가 왜……」

영천은 그녀의 혼자 된 어머니와 고등학생인 두 남동생이 함께 살고 있다는 동네이기도 했다. 나는 설희가 나를 그녀의 어머니에게 데려 가려는 게 아닌가 의심이 들었고, 그래서 다시 「영천에는 왜? 거기 누가 있는거야?」하고 물었다.

「응」

「누구?」

나는 더럭 겁을 집어먹으며 다시 추궁했고, 설희는 그런 나를 힐끗 돌아보고 나서 내 손을 찾아 쥐었다.

「가 보면 알아요」

「누군데 그래?」

「가 보면 안다니까」

설희는 한사코 입을 열지 않았고, 입가에 비밀스런 웃음만 짓고 있었다.

나는, 제기랄 그녀의 어머니라도 하는 수 없지, 한 번 얼굴을 보였다고 내가 꼭 그 여자의 사위가 되어야 하는 것은 아니니까, 하고 마음 속으로 다짐했다.

영천 시장 앞에서 택시를 내린 설희는 나를 시장 안 골목으로 끌고 들어갔고, 그 시장 골목이 끝나는 곳쯤의 산동네에, 얼핏 보기로도 무허가 주택임이 분명한, 슬레이트로 지붕을 덮은 허술한 집 앞으로 데려갔다.

녹슨 함석을 덧댄 대문은 따로 있었다. 그것도 말이 대문이지 다 썩어가는 판자 울타리 사이에 낀 쪽문이었다. 그 쪽문 안쪽으로는 손바닥만한 뜰이 있고, 그 뒤가 안채였다. 그런데 설희는 나를 그 안채 쪽으로 데려간 것도 아니었다. 집의 측면 쪽문과 판자 울타리를 돌아 아주 비좁은 골목에서 곧바로 들어가게 되어 있는 또 하나의 허술한 문짝 앞으로 데려 간 것이다. 그런데 보아하니 그것은 달아낸 부엌의 출입문이었다. 그리고 그 달아낸 부엌의 지붕은 PVC를 압출해서 만든 유라이트판으로 덮혔는데 처마 끝은 내 눈 밑에 떨어져 있었다. 그만큼 처마가 낮았다는 말이다.

정말 한심한 집이 아닐 수 없었다. 그러나 그때까지도 나는 그 집, 아니 그 방이 설희네 일가족의 세방일 것이라고 짐작하고 있었으므로 섣불리 실망해 보일 수도 없었다. 다행이었던 점은 그 달아낸 부엌의 출입문이 녹슨 자물쇠로 잠겨 있었다는 사실이다. 그렇다면 방안에 아무도 없다는 증거였으며, 설희 어머니를 면접해야 하는 불상사도 없는 것이다.

설희는 핸드백에서 열쇠 하나를 찾아내 부엌문에 달린 자물쇠를 풀었다. 그런 다음 부엌문을 열며 나를 돌아보았다.

「들어가요. 친구가 열쇠를 맡기고 시골에 간거야. 자옥이라고 후섭씨도 보았을 걸?」

「뭐야, 그럼 여기가 설희네 집이 아니란 말야?」

「우리 집은 저 건너편……」 하고, 설희는 독립문 건너편의 산기슭을 턱짓으로 가르쳤다. 그러고는 다시 「자옥이라고 알에 있는 애 생각 안 나? 앞머리 짧게 깎고 새침한 애 있잖아?」 했다.

나는 고개부터 저었다. 「알에 있는 여자 중에 내가 아는 여자는 설희밖에 없어」

「수진 언니도 있잖아?」 그렇게 말했지만 그녀는 턱없이 즐거워하며 한 발 앞서 부엌 안으로 들어갔다. 「낭군님을 이렇게 누추한 곳으로 모셔와 죄송하지만 참아줘요, 응? 이렇게 공짜로 쓸 수 있는 방이 있는데 여관비 내버릴 필요 없잖아, 응?」

그래도 나는 선뜻 부엌 안으로 들어서지 못했다. 여자와 섹스

를 하기 위해, 그것도 여관비를 아끼려고 이 세상에서 가장 후
진 방, 아마도 그럴 것이 거의 분명해 보이는 산꼭대기 방으로
들어가야 한다니 너무도 비참했던 것이다.

더구나 설희의 얼굴에는 온통 푸른 빛이 떨어져 있었다. 아까
달아낸 부엌의 지붕을 유라이트판으로 덮었다고 했지만 그 유라
이트판이 곧 푸른 색이었다. 그리고 때마침 겨울 햇살이 그것에
닿았고, 그 푸른 빛이 설희의 얼굴에 투영된 것이었다.

밖에서 머뭇거리고 서 있는 나. 그런 기분을 창백하게 질린
얼굴로 탐색하고 있던 설희의 표정을 지금도 나는 잊을 수가 없
다.

비록 짧은 순간이었지만, 만약 내가 들어서기를 거부한다면
사랑도 끝이고 인생도 끝이다라고 절망적으로 매달리고 있는 듯
했던 그녀의 시선……. 결국 나는 그 시선을 배반할 수가 없어
그 부엌 안으로 따라 들어갔고, 그 이후 설희와 나의 영천 시절
이 시작된 셈이었다.

그 날 자옥은 설희에게 열쇠를 맡기고 고향집에 다니러 갔다
고 했다. 아니, 자옥이 고향집에 갔다온다고 해서 설희가 열쇠
를 빌렸다는 것이다.

뒤에 알았지만 자옥은 그때 모친상을 당했다고 했다. 그녀의
고향은 충청도 서해안의 어떤 소읍이었는데 그녀는 그곳에 가서
1주일이나 있다가 돌아왔고, 설희와 나는 그 방을 1주일 동안이
나 사용할 수 있었다.

그 1주일 동안 설희는 신혼 살림 흉내를 내려고 들었다. 앞치
마를 두르고 음식을 만들고, 내 옷을 벗겨 빨고, 아르바이트 때
문에 내가 집을 나설 때는 시장 골목 끝까지 배웅을 하며 「끝내

고 일찍 올 거지? 찌게 맛있게 끓여 놓을게 일찍 와요, 응?」
하고 부끄럼도 없이 내 목에 매달리는 것이었다.

어떤 날 저녁때는 내가 집에 있고 설희가 알렉산드리아로 출근하기도 했다. 그럴 때 설희는 아이를 두고 외출하는 아기 엄마처럼 불안해 하며「꼭 집에 있을 거지? 올 때 통닭 사올게 꼼짝말고 집에 있어야 해」하고 다짐을 주었다. 그러고도 불안한 지 한 번은 부엌문으로 나가며「이 자물쇠 잠글까?」하기도 했는데, 그것은 먼젓번에 설희의 그런 다짐에도 불구하고 내가 도망쳐 버렸기 때문이었다.

물론 설희가 그 날 밖으로 자물쇠를 잠그지는 않았다. 내가「야, 내가 무슨 죄수냐?」하고 소리치자 그녀는 찔끔했고, 그러면서도「오줌 마려우면 거기 요강에다 하면 되잖아?」하고 동문서답을 해서 나로 하여금 쓴웃음을 짓게 했다. 그러나 그쯤 되어서는 내가 그녀의 포로가 아닐 수 없었다. 한껏 신혼 기분을 내고 있는 설희의 포로…….

설희를 내보내고 나서 캄캄한 방에 가만히 누워 담배를 태우고 있을라치면 나는 이상(李箱)을 떠올리고는 했다. 그의「날개」「종생기(終生記)」「봉별기(逢別記)」등……. 설희는 연심이, 금홍이처럼 돈 벌러 나가고, 뒷골방에 남은 나는 불현듯 겨드랑이가 가려운 것이다. 그러면서 이상처럼 〈날개야 다시 돋아라. 날자. 날자. 날자. 한 번만 더 날자꾸나〉하고 외치는 것이었다.

설희와 나의 영천 시절이 그 1주일로 끝난 것은 아니었다. 자옥이 돌아오고 나서도 설희는 한동안 더 자옥의 방을 빌렸다.

우리들이 찾아가면 자옥은 어딘가로 나가 방을 비워 주고는 했는데, 한겨울에 그녀가 어디에 가서 시간을 보내는지 나는 여간 미안하지 않았다. 그래서 한 번 「아무리 친한 친구라지만 미안하지도 않니?」 했더니, 설희는 「개가 뭐 방을 공짜로 빌려 주는 줄 알아요?」 했다. 그렇다면 월세의 일부를 설희가 부담하고 있다는 뜻인가 싶어 내가 어이없는 표정을 짓자, 설희는 「애가 공연히 트집을 잡고 그래서 내가 연탄 값 반을 대고 있다구요」 하고 덧붙였다.

어이없기는 그것도 마찬가지였다. 낮 동안 친구에게 잠깐씩, 그것도 며칠 걸러 한 번씩 방을 빌려주며 연료비의 절반을 부담시키는 자옥의 인색함에도 기가 질렸지만, 설희는 그것을 두고 「그래도 우리가 여관 한 번 갈 돈이면 한 달 연탄 값이니까 싸게 먹히는 거지 뭐」 하고 자위하는 것이었다.

인색하기로 말하자면 자옥이나 설희나 피장파장이 아닐 수 없었다. 뿐더러 설희는 자옥이 모친상을 당해 고향에 내려갔던 처음 1주일 동안에 관해서도 아주 야박한 계산을 하고 있었다. 즉 설희는 자옥에게 부조금을 주었다는 것이다. 그러니까 그 방을 공짜로 쓴 것도 아니라는 계산이었다. 「친구 사이에 그럴 수가 있냐? 어떻게 그렇게 각박하게 따질 수가 있어?」 하고 내가 나무라자 「저 그러는데 난 뭐 그럼 보살인가?」 하고 설희는 입술을 삐쭉 내밀었다.

내가 이런 시시콜콜한 이야기까지 끄집어내는 것은 그들의 우정이 그렇게 메말랐다거나, 그렇게 철저히 타산적이었다는 사실을 공개하기 위해서는 아니다. 내가 이야기하고 싶은 것은 설희도 자옥도 알렉산드리아에서 꿈을 파는 여급이라는 사실을 강조하기 위해서다. 인어(人魚)를 방불케 하는 화려한 유니폼을 걸치고 최고의 환락을 팔기 위해 서슴없이 몸을 던지는 그들의 속사정도 알고 보니 그렇게 찌들었고, 그들의 그런 속사정이 나로 하여금 연민에 휩싸이지 않을 수 없게 했음을 고백하고 싶은 것이다.

그랬다. 그즈음 내가 설희를 떠나지 못한 것은 연민 때문이었다. 그런 설희가 너무 안쓰러웠고, 내가 부자가 아니라는 사실이 너무도 원망스러웠다.

「야, 넌 왜 바보같이 나 같은 가난뱅이를 잡았냐? 알에 돈 많은 놈들도 많이 오잖아?」하고 나는 설희를 윽박지르고는 했다. 그러면 설희는「내가 잡았나? 자기가 날 잡았지」하거나, 「정말 나 돈 많은 놈씨한테 도망가도 좋아? 그래도 자기 안 울 거야?」하고 전혀 번지수가 다른 걱정을 하기도 했다. 또는「얼굴에 개기름 흐르는 돈 많은 놈씨보다 난 가난한 수재형이 더 좋더라」하며 여고 시절에 짝사랑했다는 수학 선생 이야기를 끄집어내기도 했다.

그 수학 선생 이야기는 하도 많이 들어서 나는 귀에 못이 다 박힐 지경이었다. 그는 총각이고, 서울대학교 수학과 출신이고, 나처럼 안경을 끼었다고도 했다.

그의 숭배자들은 많았다. 주말이나 공휴일 같은 때 그의 하숙에 찾아가면 낯익은 동급생이나 후배 또는 졸업생들이 와 있게 마련이었고, 그러면 설희는 독점욕으로 마음만 상해 쓸쓸히 돌아오고는 했다. 꽃말 사전을 보고 붉은 색 꽃을 한 아름 안고 찾아가기도 하고, 거의 백지나 다름없는 시험 답안지를 제출하며 한 귀퉁이에〈선생님, 싸랑해요〉라고 써넣기도 했다. 그러나 그는 목석처럼 아무런 반응도 보이지 않았다.

그렇게 1년 가까이 혼자서만 애를 태우다가 마침내 사건을 저지르고 말았는데, 그것은 화장실의 낙서가 빌미가 되었다. 그 낙서는, 누구 누구는 수학 선생 아무개 앞에서 스트립 쇼를 벌였다는 아주 저속한 내용이었고, 그 낙서 밑에는 안경잡이 수학 선생이 팔짱을 끼고 서서 한 여학생의 나체를 감상하고 있는 그림이 아주 사실적인 필치로 그려 넣어져 있기도 했다. 더구나 그것은 백묵이나 연필로 쓴 것도 아니었다. 화장실 문짝의 판자 위에, 그 판자를 도장한 회록색의 페인트까지 긁어내며 목질 깊숙히 파낸 낙서였기 때문에 쉽게 지워 없앨 수도 없었다.

수학 선생은 추문에 휩싸였고, 학교 안 공기는 술렁술렁했다.

그러나 누구보다도 타격을 입은 사람은 설희였다. 누군가에게 선수를 빼앗겨서가 아니었다. 그녀가 몽매에도 사랑하는 수학 선생이 그럴 수는 없었다. 낙서가 사실이 아니라고 해도 그것은 마찬가지였다. 수학 선생이 그런 추문에 휩싸였다는 사실 자체가 싫은 것이었다.

며칠 동안 번민만 앓던 설희는 마침내 그를 찾아갔다. 밤 늦은 시간이었다. 다행히 그는 하숙에 혼자 있었고, 술에 취해 있기도 했다. 방바닥에 마시다 만 술병이 있었고, 가공오징어 따위 안주 쪼가리도 널려 있었다.

설희는 울면서 시작했다. 「선생님, 실망했어요. 그러실 수가 있어요?」 수학 선생은 술에 취해서도 설희를 한동안 노려보았고, 마침내는 「너였구나. 그 낙서 네가 했지?」 하고 추궁했다. 설희는 어이없어 벌어진 입을 한동안 다물지도 못했다.

「제가 했다구요? 어쩜 그럴 수가……」 설희는 신음했고,

수학 선생은 마침내 「너야. 네가 윤희를 질투해서 모함을 한거야. 아니야? 난 널 처음부터 좋지 않게 보았어. 나쁜 애 같으니라구……」하고 적의까지 드러냈다.

그러나 설희는 낙서 속의 주인공 백윤희가 누군지 잘 알지도 못했다. 한때의 우상이 벌레로 변하는 순간이었다. 사람도 아닌 벌레로…….

설희는 그 방에서 도망쳐 나오려고 했다. 그러나 그러기로는 너무 억울했고, 그에게 효과적으로 무슨 보복을 해주고 싶었다. 그녀는 우선 그가 마시다 남긴 소주를 마셔 버렸다. 울면서, 또는 「제가 했다구요? 나쁜 애라구요? 절 처음부터 좋지 않게 보았다구요?」하고 항변하면서……. 항변만 한 것이 아니었다. 설희가 병째 소주를 마시기 시작하자 그것을 빼앗으려는 그와 육탄전도 벌였는데, 그러는 동안 그녀의 윗옷 소매가 부욱 틀어져 나가기도 했다.

「너 미쳤니?」「그래요, 미쳤어요」설희는 우선 소매가 틀어져 나간 윗옷부터 벗어 버렸다. 그리고는 「스트립 쇼 좋아한다구요? 나쁜 애 스트립 쇼도 구경 좀 하시죠」하며 스커트도 벗어 버렸고, 벗은 스커트는 제지하려고 덤벼드는 그의 면상에 던져 버렸다.

거기까지만으로도 그녀는 통쾌한 느낌이었다.

그러나 기왕 내친 김이었다.

더구나 「어 어 어……」하고 외마디 소리만 지르며 바라보고 있는 그가 너무도 하찮게 보였다.

하찮은 인간 앞에서는 예의를 지킬 필요가 없었고, 그래서 블래지어와 팬티도 벗어 던졌다. 그때는 그도 제 정신으로 돌아와

「너 왜 그래? 내가 잘못했다. 그러지 마, 응?」하고 호소했다. 그러나 이번에는 그녀가 이미 제 정신이 아니었다. 그녀는 소리쳤다. 「자, 봐요. 나쁜 애는 이렇게 생겼으니까 잘 봐요」 짐승처럼 엉엉 소리내어 울며 소리치고 있는 설희 앞에 서 그는 어쩔 줄 몰라 쩔쩔맸다. 그러나 그는 순간적으로 방의 불을 껐다. 그러고는 방바닥에 펼쳐 놓았던 담요로 그녀의 몸을 감싸 안았다.

「미안하다. 진정해, 응? 내가 말을 너무 함부로 했어. 용서해」

엉엉 소리쳐 울고 있는 그녀의 귓가에 대고 그는 되풀이 용서를 빌었다.

문 밖에서 사람들이 웅성거리는 소리도 들렸다. 설희도 비로소 이성을 되찾아 갔다. 그러나 울음밑은 길었고, 그것을 끝내기 위해 몇 번이나 크게 느껴야만 했다.

낙서로 시작된 스트립 쇼 사건은 설희에 와서 실제화된 셈이었다. 그리고 그 소문은 학생들 사이에서 빠르게 번져 나갔다. 설희는 교감 선생님에게 불려가 조사를 받았다. 설희가 한사코 부인했음에도 불구하고 수학 선생은 학교를 그만두었다. 동료 여교사들과 학생들의 눈총이 따가워 더 이상 교단에 설 수가 없었던 것이다.

설희도 시적부적 학교를 그만두었다. 고3 한 학기를 그것도 절반쯤 남겨두고서였는데, 그 뒤 설희는 그를 몇 번 더 만났다. 그가 원한다면 그녀는 자신의 몸을 줄 생각이었다. 여관에 들어간 적도 두 번이나 있었다. 한 번은 교외선을 타고 나가 강변의 한적한 방갈로에서 하룻밤을 묵기도 했다. 설희는 기대에 부풀었다. 설희는 나체가 되었고, 술에 취한 그는 갈등을 앓으며 머뭇거렸다. 그런데 그렇게 머뭇거리며 엉뚱한 소리로 뇌까리는 게 아닌가 「윤희야, 내 착한 윤희야」

그것으로 그만이었다. 설희는 그를 힘껏 밀어냈다. 그러고는 「나쁜 자식, 개자식……」 하고 저주를 퍼부으며 그곳을 떠났다.

어쩌면 나는 수학 선생의 대용품으로 설희에게 붙잡혔는지도 몰랐다. 서울대학교와 수재형에 약한 성감대를 가진 무교동의 여급. 겉보기는 화려해도 영천의 산꼭대기 방에 나를 가두어 두려고 안간힘을 다하는 그녀의 비참한 사랑. 허공에 풍선을 매달듯 사랑을 매달려고 하는 설희의 허황된 사랑에 연민을 느끼듯 나는 그녀의 깨진 첫사랑도 쉽사리 외면만 할 수가 없었던 것이다.

서두르자.

어쩌면 설희는 내게 여자의 사랑을 보여준 최초의 여인이었는지 모르겠다. 여자가 사랑에 빠지면, 아니 미치면 어떻게 헤매는가 가르쳐 준 최초의 여인.

내가 자옥의 방에 대해 별로 탐탁하게 여기지 않는다는 사실을 눈치채고 있던 설희는 결국 일을 저질렀다. 근처의 새로 지은 아파트에 방 하나를 전세로 얻은 것이다.

방만 얻은 것도 아니었다. 취사 용구는 물론 옷장과 침대까지 들여 놓았고, 방 한쪽 구석에는 책상과 의자까지 사다 놓았다. 그것을 보고 「이건 또 뭐야?」 하며 바라보자 설희는 그런 내 눈치를 힐끔힐끔 살피다가 「글 쓰시라구요」 했다.

이 부분에 대해서는 부연 설명이 필요하다. 자옥의 방에 드나들던 초기, 설희는 나를 점쟁이한테 데려간 적이 있었다. 영천 시장 뒷골목에 있는 간판도 없는 집이었다. 나는 멋도 모르고 따라갔다가 턱수염이 하얀 노인 앞에 마주 앉게 되었는데, 그는 낡은 책장을 넘기다가 「취직이 된다. 내년 이월이야. 올 연말에도 한 군데 말이 있겠지만 거긴 들어가지 마」 하고 밑도끝도없는 점쾌를 내뱉았다.

나로서는 정말 얼떨결에 당한 해프닝이었다. 그래서 점집에서 나와 그녀에게 강한 불만을 드러냈다.

「도대체 너 왜 그러니?」

「뭘 말야? 덕분에 좋은 소식 들었잖아요? 내년 이월이래야 석 달도 안 남았어. 아, 점장이들은 음력을 쓰나? 그래도 넉 달밖에 더 남았어?」

설희는 그 점쾌의 흥분에서 좀처럼 깨어나지 못했다. 나는 어이가 없었다. 그래서 「너한테 내가 취직 할 사람으로 보이니? 그렇게 시시해 보여?」 하고 반발했고, 그제서야 흥분에서 깨어난 설희는 단박에 의기소침해져 「그럼?」 하며 내 얼굴을 빤히 올려다보았다.

그러나 나는 그녀에게 구름잡는 이야기 같은 것은 하기 싫었다. 하지만 내게 있어서 그즈음 글을 쓴다는 게 매양 구름 잡는 이야기만은 아니었다. 영어로 쓰겠다, 영어로 써서 랜덤 하우스나 사이먼셔스터 같은 세계 굴지의 출판사 문을 두드리겠다는 고등학교 시절의 꿈은 축소되었지만, 그즈음 나는 이미 몇 개의 단편소설 습작물과 중편소설도 한 편 가지고 있었다. 군병원 시절의 체험을 다룬 「병사일기」가 중편이었고, 누보 로망과 부조리극에서 영향을 받은 「비극배우(悲劇俳優)」, 전통 리얼리즘 기법을 충실히 도입해 사창가를 미시적(微視的)으로 그린 「탕진(蕩盡)」, 「너와 나」 등이 단편이었다. 그 밖에도 쓰다 만 것, 새로 쓰기 시작한 것이 여러 편이었으며, 그 중에는 설희를 다룬 새 소설 「어느 청계천에 관한 보고서」도 끼어 있었다.

그때 나는 벌써 여러 차례 낙선의 고배를 마시고 있기도 했다. 신춘문예나 월간지의 중편소설 공모 같은 등용문에서였다. 그러나 그렇더라도 당장의 목표는 역시 그런 등용문들이었다.

이쯤 고백하면 내 글쓰기가 매양 구름 잡는 이야기만은 아니라는 사실을 짐작할 수 있을 것이다. 그러나 설희를 이해시킬 수는 없었고, 또 이해시킬 필요도 없는 것이다.

그래서 그 부분에 관해서는 설희에게 일언반구도 하지 않고 있었는데 전혀 엉뚱한 경우에 부닥친 셈이었다. 자옥의 방으로 향하는 시장길을 오르며 그녀는 또 추궁했다.

「취직 안 하면 뭐 할 건데, 응?」

「…… 」

「과외? 그건 오래 할 짓이 못 된다구 자기가 그랬잖아?」

설희는 잘도 기억하고 있었다. 물론 나는 그런 말을 한 적이 있었다. 그리고 그것은 설희가 그즈음의 내 수입에 만족하는 듯한 말을 했기 때문이었는데, 그때 나는 「네가 알에 나가는 것이나 내가 과외를 하는 것이나 음지에 기생하기는 마찬가지라구. 오래 할 짓이 못 돼」 했었다. 그러자 그녀도 무엇인가 깨달은 표정이었다.

아무튼 점쟁이 앞에서 풀려나온 나는 심기가 몹시 불편했다. 그래서 설희가 다시 「뭐할 건데, 자기? 응?」 하고 보채자 「뭐

하긴, 너 같은 애 등이나 쳐먹고 살란다……」했다. 그랬다가 너무 심한 것 같아「너 이상이라고 알지? 마누라 요정 내보내서 팁값 받아온 돈으로 술 사 마시고 담배 사 피우던 작가……. 난 그 친구 팔자가 젤 부럽더라」하고 덧붙였다. 그러자 설희는 금방 눈치채고「그럼 자기도 작가가 되려는거야?」하며 숫제 걸음도 멈추고 내 얼굴을 찬찬히 뜯어보는 것이었다.

이것이 설희로 하여금 내가 작가 지망생임을 알게 만든 경위의 전부였다. 그러나 그 뒤에도 나는 그녀 앞에서 글 쓰는 모습을 보인다거나 내가 쓰고 있는 글에 관해 이야기한다거나 한 적은 한 번도 없었다. 그런데도 그녀는 나를 이미 작가로 지목하고「사람이 어딘가 다르다 싶더니, 역시……」하고 고개를 주억거리거나,「글은 밤에 쓰는 게 좋아? 낮에 쓰는 게 좋아?」하고 묻거나 했고,「요새는 타이프로 치는 작가도 많은 모양이던데, 나 일수계 타면 타이프 한 대 사줄까?」하고 두 눈을 반짝 빛내기도 했다.

뿐더러,「자기 유명해지면 나 버릴거야?」했다가 말이 씨가 될까 봐 겁나는지 더럭 겁먹은 표정을 짓고「아니야. 작가는 종류가 좀 다른 인간이니까 사장집 딸하고 결혼하려고 옛 애인 버리는 속물들하고는 다르겠지」하기도 했고,「양갓집 규수 면사포 씌워 결혼시키고 싶다면 그건 작가도 아니지 뭐. 안 그래요? 그런 틀에 박힌 생각을 하면서 글은 무슨 글을 쓴다냐」하고 마치 내가 그럴 계획이라도 꾸미고 있는 사람처럼 비난의 눈초라를 퍼붓는 것이었다.

또 때로는 깊은 체념에 빠져「자기가 필요할 때까지만 옆에 있을거야. 자기 유명해져서 존 여자 생기면 보내줄게」하기도 했다. 그랬다가는 이내 눈물까지 그렁그렁해져서 「그래도 날 잊지는 못할거야. 무명 시절 자기가 원하면 돈 한푼 안 받고 다리를 빌려주던 미친년은 나밖에 없을 테니까」 하기도 했고, 「난 아무래도 좋아. 자기하고 사귄 요 몇 달만으로도 무지무지 행복했으니까」 하면서 숫제 눈물까지 찍어내는 것이었다.

요컨대 그즈음 설희는 정서 불안이었다. 언제 달아날지 모를 나 때문에 감정의 평형을 유지할 수 없었고, 그것이 그녀로 하여금 무리를 해서라도 아파트의 방 하나를 얻게 만든 동기였다. 아마 지금의 나였다면 그런 설희의 행위에 대해 그토록 심하게 나무라지는 않았을 것이다. 그 이후 그만큼 나는 세파에 시달렸고, 인간적으로 많이 원숙해졌다는 뜻이다. 그러나 그때의 나는 용렬해서 설희의 그런 당돌한 행위를 도저히 용서할 수가 없었던 것이다.

용렬했다고 했지만 나름대로는 이유가 있었다. 첫째는 내게 그때까지도 순결 지향의 애정관이 남아 있었다는 사실이다. 삶이 그 순결한 의도대로 살아지지 않고 사랑도 그 순결한 열정대로 이루어지지 않는다는 사실을 되풀이 깨닫고 있었음도 불구하고 나는 결코 그대로는 내 인생을 방기해 버릴 수 없었다. 설희에게 빠져들면 빠져들수록 나는 그런 조바심을 더욱 심하게 느끼고 있었으며 그것이 설희의 엉뚱한 행위를 계기로 과잉 표출된 것은 아닐는지……

두번째로는 누군가와 그런 식으로 야합하듯이 살 수는 없다는 일종의 강박의식 비슷한 것도 있었다. 설희 같은 여급의 신분이 아니라고 해도 그것은 마찬가지였을 것이다. 아파트였다지만 문간의 방 한 칸이었고, 그것도 남자인 내가 주도해서 마련한 것

이 아니었다. 순전히 설희의 뜻에 따라 수동적으로 얹혀 살아야
하는 형편인 것이다. 마누라를 요정으로 내보내 그 돈으로 술
마시고 담배 사 피웠던 이상이 부럽다고 했지만 그것은 어디까
지나 반어적인 표현이었을 뿐, 실은 나도 그런 폐인이 되어 버
리는 게 아닌가 오히려 경계하고 있었다는 편이 옳았다. 그랬던
내가 설희의 충동적인 행위에 순순히 따를 수 없었음은 너무도
당연했다.

그 밖에도 설희가 방을 얻느라고 너무 무리를 해 낮 동안 일
할 또 다른 일자리를 알아보겠다고 했다든가, 설희네 일가족이
산꼭대기의 너무도 한심한 셋방에서 살고 있다든가 하는 점도
가세했다. 설희와 그녀의 가족들을 그렇게 방치한 채 그녀가 얻
은 아파트에서 나만 단꿈에 빠질 수는 없었던 것이다.

그 날 설희와 나 사이에 있었던 언쟁을 여기에 시시콜콜 묘사
할 필요는 없을 것이다. 아무튼 그녀와 나는 격렬하게 다투었
고, 마침내 나는 「그렇게 제멋대로인 너하고는 이제 끝이야. 그
만 둬」하고는 그곳을 떠나고 말았다.

설희의 주장인즉슨 자기가 아파트를 얻었다고 해서 전과 달라
질 것은 하나도 없다는 것이었다. 자옥의 방을 빌려쓸 때나 똑
같이 2, 3일에 한 번씩 그곳에 들러주면 그만이며, 혹시 글을
쓰고 싶을 때는 자신에게도 출입을 금지시키고 그 방을 독점적
으로 사용하라는 것이었다. 「전에 그랬잖아? 세운상가 아파트
같은 데서 혼자 살며 책도 읽고 글도 쓰고, 더러 나 같은 애인
을 불러 잠도 자고 하면서 자유롭게 살고 싶다구. 비록 그런 호
화판 아파트는 못 되지만 그렇게 살면 되잖아? 정말야, 후섭
씨. 딴 뜻은 없어. 딴 여자 생기면 데려다 자도 좋아. 나 눈치

못 채게⋯⋯. 대신 그 여자하고 아주 살아 버리는 건 도저히 눈 뜨고 못 봐. 너 죽고 나 죽는거야」했다가 깜짝 놀라며 다시 「내가 지금 무슨 소릴 지껄이고 있는 거야? 막 헷갈리네. 후섭 씨, 여기서 글 써. 난 후섭씨가 좋을 글 써서 세상에 널리 알려 지기까지 그늘에서 도운 여자가 되고 싶을 뿐이야 정말야. 그것 도 안 돼?」하고 매달리는 설희를 떼어 버리기가 쉽지 않았고, 또 말만으로는 설희의 생각이 너무도 가상했다.

그러나 나는 알고 있었다. 그런 식으로 시작한 생활이 결코 아름다울 수 없다는 것을. 또 무엇보다도 그런 식으로는 결코 좋은 글도 쓸 수가 없다는 사실을⋯⋯.

좋은 글을 쓴다는 것은 절망의 연습이었다. 좋은 글을 쓴다는 그 자체의 어려움을 나는 진작에 깨닫고 있었으며, 설희의 희생 에 값할 만할 글을 써낼 자신은 아예 없기도 했다. 그래서 무자 비하게 그녀를 등진 것이었다.

설희와 그렇게 헤어진 뒤 나는 그녀를 다시는 찾지 않았다. 그렇다고 설희와 내 관계가 아주 끊어진 것은 아니었다. 그녀가 어찌어찌 화계사의 우리 집을 알아냈고, 느닷없이 우리 집을 방 문하기도 것이었다.

난데없는 여자의 방문으로 어머니와 동생은 어리둥절했다. 어 리둥절했던 것은 비단 어머니와 동생만이 아니었다. 고만고만한 집들이 연이어져 있는 동네 골목의 여인들도 호기심 덩어리였는 데, 그 골목에서는 제법 괜찮은 신랑감이었던 나에게 과연 어떤 처녀가 찾아왔는가 여간만 궁금해 하지 않았던 것이다. 그런데 설희는 화장술하며 장신구 따위가 도무지 여염집의 처녀가 아니었다. 그것을 가장 먼저 눈치챈 것은 십수 년 시장바닥에서 이런저런 여자들을 보아온 어머니였고, 휴가나온 영섭도 이제는 머리가 커져 「형, 어제 형 찾아왔던 여자 말야. 좀 야하던데 뭐 하는 여자야?」 하고 추궁해 나를 찔끔하게 했다. 게다가 어머니는 단 한 번 보고 「그 처녀는 안 되겠더라. 차분히 우리 집 가난한 살림을 맡아할 여자가 못 돼」 하고 버릇대로 입을 꼭 다물었다. 한마디 하고 입을 꼭 다무는 버릇은 어머니의 전매특허였고, 어떤 경우든 번복이 불가능하다는 확실한 신호였다. 「그럴 여자 아녜요」 하고 나는 우물쭈물하고 말았지만 정말 곤혹덩어리가 아닐 수 없었다.

첫날은 이랬다. 케이크 따위 선물 상자를 들고 있는 그녀를 어머니는 우물쭈물 대문 안으로 맞아들였고, 내가 방문을 열고 내다보았을 때는 이미 그녀가 댓돌 위까지 올라서 있었다.

「어, 웬일이야, 여긴 ……. 우리 집은 어떻게 찾았어?」

당황해 소리치고 있는 나를 설희는 빙글거리고 웃으며 바라보기만 했다. 그러다가는 「들어오라는 말도 못 해요?」 하며 신발을 벗고 마루 위로 올라섰다.

나는 그런 설희와 어머니를 번갈아 바라보았는데, 어머니의 시선은 댓돌 위에 벗어놓고 있는 그녀의 핑크색 신발과 파충류의 허물처럼 요란한 무늬의 스타킹, 그리고 무릎 위에서 30센티미터도 더 기어 올라간 미니스커트를 따라 움직이다가 나와 얼굴을 마주치고는 겁난 표정을 짓고 이내 부엌으로 들어가 버렸다. 마침 안방에 있던 동생 영섭도 잠깐 문을 열고 내다보다가 놀란 표정을 지어 보였는데, 동네 골목에 그렇게 화려하고도 첨단을 걷는 듯한 패션의 여자가 출몰하는 것은 흔한 일이 아니기 때문이었다.

방안은 엉망이었다. 아랫목에 이불이 그대로 깔려 있는 점은 그만두고라도 아무렇게나 책들이 널려져 있고, 쓰다 만 원고지와 파지들이 발 디딜 틈도 없이 깔려 있었다. 나는 얼결에 원고지들부터 주섬주섬 치우며 「아니, 누가 이렇게 막 쳐들어 오라고 했어? 집은 김순구가 가르쳐 준거야?」했고, 그 질문에 대해서도 설희는 바른 대꾸를 하지 않았다. 대신 「뭘 치우고 그래요? 내가 뭐 손님예요?」하고 볼멘 소리를 냈을 뿐이었다.

뒤에 알았지만 집은 김순구가 가르쳐 준 것도 아니었다. 설희가 집을 묻길래 「왜? 외상값 떼어 먹었냐?」했을 뿐 가르쳐 주지 않았다는 것이다. 외상값 운운한 것도 감을 잡고 그렇게 능쳤을 뿐이었다면서 「네가 어디 술집에 외상 달아놓고 도망칠 놈이냐? 설희가 네 집을 물을 때는 뻔할 뻔 자지. 그러니까 내가 뭐랬어? 무교동 여급하고 놀아나려면 도망쳐도 쫓아다니지 못하게 안전장치를 똑똑히 해놓아야 한다고 안 했어?」하고 핀잔했다. 녀석이 가르쳐 준 안전장치란 한 번 관계할 때마다 돈을 얼마씩 주든지 한 달에 얼마씩 몫돈으로 생활비를 대주든지 하라는 것이었다. 그래서 끝나고 났을 때는 그녀들로 하여금 손해 보았다는 느낌이 들지 않도록. 또, 「걔네들은 어차피 영업용 아니냐?」하며 내가 설희와 사랑에 빠질까 봐 은근히 충고한 적도 있었다.

아무튼 김순구는 맹세코 집을 가르쳐 주지 않았다며 「걔네들 집 찾는 데 도사라는 거 너 모르냐?」하고 덧붙이기도 했다. 「술값 떼어먹고 도망치는 놈들이 어디 한두 명이래야 말이지. 이름하고 집이 무슨 동이라는 것만 알면 귀신도 곡소리 내게 찾

아내는 게 걔들이야, 인마. 동회에 가서 색인부를 뒤지든지 해
서……」

어쨌든 그 첫날 설희는 내 방에까지 쳐들어왔고, 어머니가 차
려 내온 차까지 한 잔 얻어 마셨다.

그러나 방안에서는 어머니가 밖에서 엿들을지 몰라 마음놓고
그녀를 비난할 수도 없었다. 그래서 나는 서둘러 그녀를 방밖으
로 내모는 데 성공했는데 구멍가게가 있고 공중전화가 있는 버
스길로 나가며 비로소 나는 억압된 호흡을 풀었다.

「야, 이렇게 막 집까지 찾아오고 그러면 어떡하니? 내 입장
이 뭐가 돼?」

「입장? 무슨 입장?」

설희는 걸음을 멈추고 나를 돌아보았다. 나는 섬칫했다. 설희
의 눈에 번쩍하고 불꽃이 튀는 것을 보았기 때문이었는데, 그런
설희의 눈을 본 것은 그때가 처음이었다.

그러나 그녀는 곧 평정을 되찾고 「내가 자기 입장을 전혀 생
각하지 않고 자기 집을 찾아왔다고 생각해? 자기 집을 찾아오
기까지 난 수없이 많은 밤을 밝혔어. 알아요?」하고 침착하게
말했다.

수없이 많은 밤이란 다분히 과장된 수사법이었다. 내가 그녀
를 찾지 않은 지 채 열흘도 못 되는 것이다. 그러나, 불과 이틀
밤 사흘 밤을 밝혔대도 그녀에게는 수없이 많은 밤이 될 수 있
었을 것이라고 나는 인정했고, 그러자 입장 운운한 것이 얼마나
이기적인 발언이었나 후회가 되었다.

「미안해」하고 나는 그녀의 손을 찾아줘었다. 「그냥 장난으로
한 말이야」

「장난으로 던진 돌에 개구리는 맞아 죽어요」설희는 내 손을 뿌리치고 눈물까지 글썽해 가지고 소리치고 나서 계속했다. 「집을 나오며 나는 옷을 다섯 번도 더 갈아입었어. 어떻게 입고 가야 자기한테 피해가 적을까 고심하면서. 얌전하게 입고 가면 자기 어머니랑 영원히 속일 수는 있지. 하지만 결국 그렇게 자기 어머니랑을 영원히 속이면서 자기를 구차하게 차지하고 싶지는 않았어. 또 자기한테 한 첫마디 말도 그냥 한 게 아니었어. 여급 티를 낸 거야. 일부러 여급이 외상술 값 받으러 갔을 때나 똑같이 말하는 편이 차라리 자기한테 유리할 거라고 생각한 거예요. 그런데 입장? 자기 입장이 뭔데?」

「미안하다」

나는 한숨까지 내쉬었다.

「그 말, 미안하다는 그 말 사과로 인정하고 접수하겠어요. 하지만 아직은 아냐」하며 설희는 핸드백에서 손수건을 꺼내 눈물을 찍어냈다. 그런 다음 계속했다. 「분명히 해줘. 이걸로 우리 정말 끝이야?」

「……」

어느새 우리들은 신학교 건너편의 버스 정류장까지 내려와 있었다. 정류장에는 사람들이 드문드문 서 있었고 그들은 수상쩍은 눈길로 설희와 나를 힐끗힐끗 바라보았다.

「우리 정말 끝이야?」

설희는 또 한 번 물었고, 그런 그녀의 얼굴에는 새파랗게 닭살까지 돋아나 있었다. 나는 그런 설희가 무섭기도 했다. 그때 설희는 무엇을 꺼내려고 또 핸드백을 열었는데 혹시 잭나이프라도 꺼내려는 게 아닌가, 그래서 나를 찌르려는 게 아닌가 곁눈

질로 힐끗 훔쳐보았을 정도였다. 그러나 그녀는 왈칵 울음을 터뜨리며 또 손수건을 끄집어냈고, 울면서 손수건으로 눈물과 콧물을 닦아 내며 「알았어요. 말하지 마. 그 말은 정말 듣고 싶지 않으니까……」 하고는 마침 달려온 버스에 허위허위 몸을 싣는 것이었다.

그렇게 돌아간 설희는 한동안 모습을 나타내지 않았다. 그 기간은 좋이 한 달쯤 되었고, 그것으로 나를 포기한 게 아닌가 싶기도 했다.

물론 나는 가슴이 아렸다. 상상만으로는 나도 수없이 그녀를 향해 달려갔고, 알렉산드리아나 그녀가 새로 얻은 아파트로 찾아가 그녀 앞에 무릎을 꿇고 빌기도 했다. 그러나 나는 이를 악물고 참았다. 거기가 내 인생의 덫인 줄 빤히 알면서 스스로 찾아가 치일 수는 없다고 생각한 것이었다.

그런데 한 달이 지나자 그녀는 다시 나타났다.

첫날은 대낮이었는데 마침 내가 집에 없어 어머니가 그냥 돌려보냈다고 했다. 둘쨋날은 밤에 왔고, 그때도 내가 부재중이어서 그냥 돌아갔다고 했다.

그렇게 그녀가 두 번이나 헛걸음을 하고 간 다음날 밤 나는 알렉산드리아로 그녀를 찾아갔다. 그녀의 헛걸음이 안 되어서이기도 했지만, 어머니한테 너무 걱정을 끼쳐 드리고 있어 무슨 해결책을 세우지 않으면 안 되겠다 싶었기 때문이었다. 그러나 그녀는 그곳에 없었다. 낯익은 웨이터의 설명인즉슨 벌써 한 달도 전부터 그곳에 나오지 않는다는 것이었다.

나는 아파트로 그녀를 찾아가볼까도 했다. 은근히 그녀의 안

위가 걱정스럽기도 했기 때문이었다. 그러나 나는 그렇게 하지 않았다. 그녀가 새로 얻은 아파트는 내게 유혹이 너무 컸고, 일단 그곳에 발을 들여 놓았다가는 그녀로부터 영영 헤어날 수 없을 지 모르는 것이다.

그렇게 불안을 견디고 있던 어느 날 밤이었다. 나는 잠들어 있었는데 안방에서 주무시던 어머니가 나를 흔들어 깨웠다. 「얘야, 누가 왔나 보다」 그 순간 골목 쪽으로 난 창문에서 또 한 번 똑똑 하고 노크 소리가 났는데 나는 직감적으로 그것이 설희라는 것을 깨달았다. 잠자리에서 일어난 나는 창문을 열었다. 아닌 게 아니라 설희가 두터운 모피 코트에 싸여 창문 밑에서 나를 올려다 보고 있었다.

「기다려」

짧게 말한 다음 나는 대충 옷을 갈아입고 밖으로 나갔다.

자정이 거의 다 된 시간이었고 세모의 눈발까지 날리고 있었다. 방범등의 흐린 불빛에 보기로도 설희는 잔뜩 취해 있었다.

내가 다가가자 설희는 「나 도망쳐 왔다」 하고 밑도끝도없이 말했다. 나는 그게 무슨 말인지 몰라 잠자코 그녀를 바라보기만 했다. 그랬더니 그녀는 두 손으로 코트의 앞자락을 활짝 열어보였다가 닫으며 「히히」 하고 웃었다.

나는 내 눈을 의심하지 않을 수 없었다. 모피 코트 안의 그녀는 실오라기 하나 걸치지 않은 알몸이었던 것이다.

「무슨 짓이야? 어디서 도망쳐 왔다는거야?」

나는 그녀를 감싸 안으며 골목을 빠져 나갔다.

무슨 작정이 있었던 것도 아니었다. 어딘가에다 그녀를 재워야 했는데 근처에는 쉽게 떠오르는 숙박업소도 없었다.

「나 자기 방에다 재워 주면 안 돼?」골목을 빠져나오며 그녀가 말했다. 그러나 그것이 얼마나 무리한 부탁인가 그녀 자신이 잘 알고 있는 억양이었고, 그래서 무릎에 힘을 주거나 하며 버티지도 않았다.

골목을 빠져 나온 나는 시선을 멀리까지 던져 보았다. 다행히 여인숙의 흐린 불빛 하나가 저만치 눈에 들어왔고, 나는 그곳을 향해 그녀를 몰고 갔다.

거기까지 가면서도 모피 코트 안에 들어있는 그녀의 알몸이 자꾸만 내 눈앞을 어지럽혔다. 도대체 어디서 뭘 하다 왔길래 그런 차림인가 싶기도 했고, 그렇지 어떤 놈팡이한테 붙들려 여관까지 따라 들어갔다가 코트만 걸치고 도망쳐 왔구나 싶기도 했다. 아무튼 그녀가 나 이외의 어떤 사내와 숙박업소까지 따라 간 것은 분명했다.

여인숙에 방을 하나 빌어 들어서자 설희가 또 말했다. 「도망쳐 나올 때는 나 자기 방에서 마지막으로 하룻밤 자겠다고 생각했는데 ……」

미친 소리. 나는 그렇게 쏘아주고 싶었지만 참았다. 그러고는 인내심 깊게 「저녁은 먹었니?」하고 물었다. 그러나 설희는 들은 체도 않고 「나 어디서 도망쳐 왔나 궁금하지도 않아?」했다.

물론 나는 궁금했다. 그러나 차마 물을 수는 없어 우물쭈물 했는데 그녀가 자청해서 「그린파크」한 다음, 「여기서 가깝잖아?」하고 덧붙였다. 그린파크 호텔은 우이동에 있고 그녀 말대로 우리 집에서 가까웠다. 나도 더러 소풍삼아 갔다가 커피숍에서 커피도 마셔 본 적이 있는 호텔이었다.

그러나 그것만으로는 그녀가 왜 거기까지 갔으며 왜 그런 모습으로 도망쳐 왔는가의 설명으로 충분하지 못했다. 하지만 내 쪽에서 적극적으로 따질 계제는 아니었고 비로소 그녀가 나를 단념하기 시작한 모양인데 까딱 잘못했다가 그녀에게 다시 불을 지를지도 모르지 싶어 조심스럽기만 했다.

나는 건성으로 「그래, 잘 왔어」 하고 그녀의 등을 두어 번 토닥거려 주었다. 그런 다음 「많이 취한 것 같은데 이거 벗고 한숨 자」 하며 등 뒤에서 그녀의 코트를 벗겨 주려 했다. 그러나 설희는 그런 내 손을 거칠게 뿌리치며 갑작스럽게 「씨팔, 나 안 취했어. 안 취했단 말야」 하고 소리쳤다. 그 서슬에 나는 그녀 로부터 한걸음 물러섰다. 너무도 갑작스러운 욕설에 한 대 얻어 맞은 느낌이었다고나 할까.

그러나 설희는 그것으로 끝내지 않았다. 내가 벗겨주려던 모피코트를 제 손으로 훌떡 벗어 버리더니 그것을 들고 내 앞으로 돌진했다. 「야, 윤후섭 ……」

물론 그녀는 알몸이었다. 뿐더러 분노의 표정이었고, 그렇게 서슬이 퍼런 눈으로 나를 향해 돌진하며 「야, 윤후섭. 너 이거 처음 보지? 이게 밍크 코트라는 거다. 너 언제 이런 거나 하나 사 줘봤어?」 하고 소리쳤다. 그녀의 돌진을 피해 나는 뒷걸음 질쳤다. 그러나 여인숙 방은 비좁았고, 나는 곧 그녀에게 붙잡 혔다. 그녀는 들고 있는 모피 코트로 벽을 등지고 선 내 턱밑을 압박했다. 「짜가 아냐. 자그마치 5십만 원 짜리라구. 만져 봐」

나는 그녀의 손길을 피해 발을 옮겨 디뎠다.

화가 났다.

그러나 술취한 그녀를 상대로 똑같이 화를 돋굴 수는 없었고,

「너 왜 그래? 또 스트립 쇼라도 벌이는 거니? 본병이 도진거야?」하며 어설피 웃었다.

「그래, 이 씹새끼야」그녀는 파랗게 불꽃이 튀는 눈으로 내 얼굴을 향해 모피 코트를 힘껏 내동댕이쳤다. 「너 가져. 됐다가 네 여편네한테 주라구. 단 이 설희가, 네 옛날 애인이 쪽발이한테 몸 팔아 번 거라구 똑똑히 말해 줘야 해, 알았냐?」

그녀가 내동댕이친 코트를 받아들고 서서 나는 잠시 멍청하게 그녀를 바라보았다. 이 대목에서 왜 갑자기 쪽발이가 나오나 싶었던 것이다. 그러나 나는 곧 그런저런 의혹들과 상념들을 꿰어 맞출 수 있었다. 호텔마다 일본인 관광객들이 들끓고, 관광 요정이니 기생 파티니 현지처니 하는 용어들이 부끄럼도 없이 난무하던 시절이었다.

나는 둔중한 무기로 가슴을 한 대 얻어맞은 느낌이었다. 아니, 대포알 하나가 가슴을 횡 꿰뚫고 지나간 느낌이기도 했다.

나는 가슴이 아렸다.

내가 그녀를 떼어 버리려고 잔꾀를 부리는 사이 그녀가 스스로 알아서 그 어딘가로 달려가 버렸다고나 할까. 내게서 좌절하고 한 걸음 더 구렁텅이로 빠져 들었다고나 할까.

「뭐라고 했지? 본병이 도졌냐? 그래, 본명이 도졌다, 왜? 와다구시와 스트리빠데수. 와다구시와 게이샤데수. 와다구시와 지까다비 핥아데수요······」알몸의 설희는 정말로 스트립 쇼라도 벌이듯 사지를 허위적거리며 춤 아닌 춤을 추었다. 혀는 꼬부라졌고, 눈은 게슴츠레했고, 입술 가장자리로는 침까지 흘리며 내 눈앞에서 전라로 흐느적거렸다. 되지도 않는 일본말로 「와다구시와 니혼진 게이샤데수. 아시겠수까? 와다구시와 니혼

진노 옥상데수요. 와다구시와 지까다비 빨아데수요 ……」하고
노래의 후렴처럼 계속 지껄이면서.

그러다가 그녀는 무너지듯 내 가슴으로 쓰러졌는데, 그렇게
내 가슴에 안겨서는 엉엉 소리쳐 울기 시작했다. 나는 그때까지
소중히 들고 있던 설희의 코트를 던져 버리고 대신 방바닥에 깔
려 있는 캐시미어 이불을 집어올려 그녀의 등을 감쌌다. 이불에
감싸이고도 그녀의 등은 우느라고 크게 파도쳤다. 그 파도를 손
에 느끼며 나도 마음속으로 울었다. 마음속으로만 운 것도 아니
었다. 그때 누군가 나를 보았다면 아마 눈시울이 시뻘겋게 부어
오른 모습을 발견할 수 있었을 것이다.

이튿날 아침.

아니, 새벽이었다. 나는 깜빡 선 잠이 들었는데 그녀가 흔들
어 깨웠다. 내가 눈을 뜨자 설희가 말했다.

「나 갈게」

그녀는 내 머리맡에 쪼그리고 앉아 나를 보고 있었다. 술에서
는 말끔히 깬 듯 눈빛이 초롱초롱했고, 예의 그 모피 코트를 입
고 있었다.

나는 후닥딱 일어나 앉았다. 그리고는 「이 새벽에 어디로 간
다는거야?」하고 불평했다.

「가야지」

설희는 또 힘없이 말하고 나서 엉덩이를 일으켰다. 나는 그런
설희의 코트 자락을 잡아 주저앉혔다.

「좀 앉아 봐」

「왜 그래? 어젯밤에는 미안했어. 너무 취했었나 봐」

「그건 그렇고, 너 지금 어디로 가겠다는 거니?」

「어젯밤에 내가 말 안 했어? 호텔……. 깨기 전에 가봐야 욕 안 얻어먹지」

나는 할말이 없었다.

설희가 다시 말했다. 「마흔 둘 먹은 무역상인데, 이쁘게 보여야 아파트 한 채 얻지. 안 그래?」

「……」

「나 갈게」

그녀는 다시 일어섰고, 이번에는 그녀의 옷자락을 잡지도 못했다. 설희는 방문 쪽으로 두어 걸음 가다 말고 돌아섰다.

「아 참」

나는 고개를 돌려 그녀를 올려다보았다.

무엇이 우스운지 설희는 잠시 빙글거리며 웃기만 했다. 그러다가 어젯밤 집 골목에서처럼 모피 코트 앞자락을 활짝 열어 보였다가 닫았다.

그러나 나는 쉽게 그녀의 변화를 눈치채지 못했다. 새벽빛에 잠깐 두 개의 우유빛 유방이 황홀하게 드러났다가 감추어졌을 뿐이었다. 그 몸을 기억해 달라는 뜻인가 싶어 나는 마음이 아팠다. 간밤에 되풀이 벌였던 눈물 맛의 정사도 떠올렸고, 그런 그녀의 나신이 이별의 의식이었다고 해도 마찬가지였다. 그런데 설희는 답답한 듯 「몰라?」 한 다음 다시 한 번 코트 자락을 펼쳤다. 그제서야 나는 그녀가 아래에 입고 있는 헐렁한 팬티를 보았다.

「뭐야, 그거 내 거잖아?」

「후훗, 실례 좀 할게. 아주 가져도 되지?」

「……」

「싫어?」

「가져도 되지만 더럽잖아?」

「그럴수록 더 좋아. 빨지도 않고 두었다가 두고두고 자기 냄새를 맡을 거니까. 그리고 오해하지 마. 나 아직 이시다 상 하고는 안 잤다. 호텔에 따라간 것도 어젯밤이 처음이었구. 옷을 벗기길래 겁나서 자기한테 도망쳐 온 거니까」

그런 다음 설희는 등을 돌려 재빨리 방을 나갔다.

「잠깐……. 잠깐만 기다려」 나는 소리치며 서둘러 옷을 입고 그녀를 뒤쫓아 나갔다. 그러나 설희는 이미 보이지 않았고, 간밤에 내린 눈만이 세상을 온통 하얗게 덮고 있을 뿐이었다.

설희와의 이야기를 끝내려고 하니 아쉬운 점이 너무 많다. 큰 줄기만 따라가다가 그만 이야기가 앙상해져 버렸고, 그래서 그녀와의 관계가 내 인생에 있어서 무익한, 아니 유해하기조차 한 방탕으로 비쳐지지 않을까 두렵기도 하다. 하긴 방탕도 그것으로부터 날개를 뗀 뒤에는 아름다운 추억이고, 그 자신의 인생에 있어서 아주 혹독한 교훈이라는 사실을 염두에 둘 필요가 있다.

그런 면에서 이삭 몇 토막을 소개해 보기로 하자.

맨 먼저 이야기하고 싶은 것은 설희의 가족이다. 그녀의 모친과 남동생들 중 하나. 앞의 이야기에서 나는 그녀의 모친과 한 번도 만난 일이 없는 것으로 되어 있다. 그러나 사실은 그렇지 않았다. 한 번 만난 것이다. 그것도 최악의 방식으로…….

자옥의 방에서였다.

설희와 나는 정사중이었다. 아니, 나체로 부둥켜 안고 자고 있었던 것이다. 부엌문 소리에 먼저 깬 설희가 「누구야?」 하고 소리쳐 나도 깼는데, 부엌에서 나이든 여인의 목소리가 「나다」 하고 대답하는 것이었다.

물론 나는 기겁을 하고 놀랐다. 그래서 부랴부랴 옷을 주워 입는 등 정신이 하나도 없었는데 뜻밖에도 설희는 침착했다. 물론 그녀도 허겁지겁 옷을 주워 입는 등 부산을 떨기는 했다. 그러나 침착한 말씨로 「엄마야? 왜 지금 왔어, 아침에 좀 갖다 놓아 달랬더니 ……」 하고 핀잔까지 했다.

「아침에 에미가 여기 올 새가 어딨니? 일 나가기 바쁜데 ……」

방문 밖에서 설희 모친이 대꾸하고 있었는데, 그 말투는 방안의 낌새를 눈치채고 있음이 분명한 억양이었다. 그만큼 그녀 어머니의 목소리에도 가시가 돋아 있었다는 말이다. 하긴 방문 밑에 설희의 신발 말고 내 구두도 나란히 놓여 있을 터였으며 그것만으로도 방안에 딸이 어떤 사내와 함께 있음을 직감하기는 어렵지 않았을 것이다.

아무튼 모친의 가시돋친 목소리에도 설희는 지지 않았다.

「점심에 먹으려고 했는데 다 저녁 때 가져오면 어떡해? 그건 그렇구 방문 열지 말고 밖에 좀 나가 있어요」

설희가 다시 소리쳤고, 모친은 무어라고 불평하면서 부엌문을 열고 나갔다. 나는 휴우 하고 안도의 한숨을 내쉬었다. 그 날 따라 부주의하게도 부엌문은 물론 방문도 잠그지 않았던 것이다.

「뭘 가져 오신 거야?」

내가 묻자 설희는 「으응, 겉절이 ……」 하고 어설피 웃고 나서 덧붙여 설명했다. 아침에 집을 나서다 보니 어머니가 겉절이를 담고 있었다는 것이다. 설희는 그것을 한 잎파리 떼어 먹어 보았고 너무도 맛있어 나에게도 먹이고 싶었다는 것이다. 그런데 어머니가 주책없이 시도때도없이 가져 왔다는 식이었다.

옷을 다 입고 방안도 다 치우고 나서 나는 물었다.

「어떡하지? 어머니가 다 아실 것 같은데 ……」

그러나 설희는 그런 내 시선을 피하며 「울 엄마 다 알아요」했다. 나는 가슴이 다 철렁 내려앉으며 「뭘 다 아신다는 거야?」 했고, 그녀는 또 아무렇지도 않게 「자기 ……」 하고 대답했다.

나는 어이없어 「뭐라구?」 했다가 「그거 어디까지를 말하는거야?」 하고 다시 추궁했다. 그러나 그것은 이미 더 이상 추궁할 필요도 없는 질문이었다. 딸애한테 애인이 있고, 그 애인에게 먹이고 싶어 겉절이를 가져다 놓아 달랬다면 너무도 빤한 것이다. 게다가 모친은 방금 현장까지 덮치지 않았던가.

그러나 그것은 어디까지나 그들 모녀의 정황이었을 뿐 나는 달랐다. 그렇게 현장까지 들켜 버렸으니 죽을 맛인 것이다. 그러나 나는 그런 기분을 겉으로 들어낼 만큼 끝내 옹졸하지는 않았다. 어쩌면 설희는 의도적으로 그런 연극을 꾸몄는지도 몰랐다. 내가 그녀를 범하고 있는 현장을 어머니한테 들키게 함으로써 나로 하여금 도망치지 못 하게 하려는 계략으로. 그러나 연극에 배우로 참여한 이상 연기에 철저한 것도 나쁠 것은 없겠다 싶어 나는 말했다.

「어떡한다? 이왕 이렇게 되었는데 장모님한테 인사나 드리지 뭐」

그러자 설희는「정말?」하고 두 눈을 빤짝 빛내며 허둥지둥 방을 뛰쳐 나갔고, 골목을 향해「엄마, 엄마」하고 소리쳐 불렀다. 그렇게 해서 설희의 모친을 나는 처음 상면하게 되었는데, 그 장면에 그 이상의 의미는 부여할 필요가 없을 것이다.

나를 처음 보자 설희의 모친은 매우 흡족한 표정으로「얘한테 말씀 많이 들었어요」했고, 나는「절 받으시죠」하고 넙죽 큰절까지 했다. 과연 절까지 해도 될 계제였느냐는 점에는 의심의 여지가 있고, 절을 받는 당자는 물론 설희마저 당황해 하기는 했지만, 그 기쁨을 주체할 수 없어 어쩔 줄을 모르면서「어머, 자기 돌았나 봐……. 왜 그래애?」하고 환호성을 질러댔지만, 나로서는 까짓 큰절 한 번쯤으로 그들 모녀가 베풀어 준 은혜에 결코 보답할 수 없다는 생각이었다.

앞일은 자신이 없었다. 그러나 앞일 같은 것이 무슨 상관이랴. 내가 절실히 필요로 할 때 번번이 자 준 여자의 어머니라는 자격만으로도 그녀는 내게 골백번도 더 큰절을 받아 마땅했다.

다음은 그녀의 남동생인데, 나는 그녀의 두 남동생 중 고1 짜리 막내동생도 한 번 보았다.

설희 모친에게 큰절을 한 번 올린 뒤 며칠 지나지 않아서였다. 이번에는 그녀의 막내동생이 자옥의 방으로 누나를 찾아왔는데, 다행히도 그때는 설희가 내게 고추장 수제비를 만들어 주겠다고 부엌에 있을 때였다.

방안에 있던 나는 설희가 막내를 몹시 꾸지람하는 소리를 한동안 들었다. 막내는 용돈을 타러 왔고, 설희가 그런 동생의 씀씀이가 헤프다고 나무라고 있었던 것이다.「책은 무슨 책? 너 먼젓번에도 책 산다고 가져간 돈 다른 데 썼잖아? 새로 샀다는 책에 왜 딴 애 이름이 써 있니? 헌책방은 무슨, 딴 애 책 빌려다 보여 준 거 내 모를 줄 알구? 그리구 네 신발 그거 메이커제지? 그냥 신발 샀댔더니 무슨 돈으로 메이커 샀냐?」

설희는 계속 닦달을 했고, 막내는 불불거리며 변명을 했다. 그러는 사이 대중탕에 갔던 자옥이 돌아왔다. 그러나 그들 남매의 그런 실랑이는 너무 흔한 일인 듯 자옥은 처음에 관심도 두지 않았다. 자옥은 알미늄 냄비에서 끓고 있는 수제비를 한 수저 떠 맛을 본 듯 「맛있다. 내 꺼도 있니?」 어쩌구 하다가, 설희가 그 말에는 대꾸도 않고 계속 막내만 나무라자 「좀 줘라. 고만할 때 우리도 돈이 얼마나 쓰고 싶었니?」 하고 끼어 들었다.

설희가 이번에는 자옥을 상대로 「넌 좀 가만히 있어. 쟤가 분수를 몰라도 너무 모른다 너? 우리 형편에 메이커 운동화가 당키나 하니? 그런데 쟤 신발 보라구 ……」 하며 호소했고, 그래도 자옥은 「오래 신으니까 마찬가지야 애」 하고 막내 역성을 들었다. 그랬다가 얼핏 방안의 나에게 생각이 미친 듯 「얘 막내야, 짠순이 누나한테만 그러지 말구 형부한테 좀 달래 봐」 했다가 「아 참, 넌 남자니까 매형이지?」 하고 까르르 한 번 웃었다.

「얘는?」

설희는 그런 자옥을 심하게 한 번 흘겨보는 듯싶었다. 그러나 그때까지 방안에서만 죽은 듯이 잠자코 있던 나는 무엇인가 크게 가책을 느꼈다. 남매 사이의 문제는 그들끼리 해결하리라고 막연히 생각하고만 있었는데, 자옥이 그런 내 뒤통수를 친 것이었다.

비로소 나는 방문을 열고 내다보았다. 막내는 학교에서 돌아오는 길인 듯 교복 차림 그대로 부엌문 밖에 침울한 표정으로 서 있었고, 자옥은 그런 나를 반기며 「봐라, 매형이 주시려고 그러잖니?」 했으며, 설희는 그런 자옥을 또 한 번 흘겨보는 한편, 방문 밖으로 나오려는 나를 몸으로 막아내며 「왜 그래요? 그만둬요. 쟤 버릇 한 번 잘못 들이면 큰일난다구요. 애가 어찌나 질긴지 말도 못 해요」 하고 한사코 나를 말리려 들었다.

그래도 일단 방문을 연 나는 도로 들어가 버릴 수 없었다.

「얘, 너 이름이 뭐지?」

나는 설희를 물리치며 방문 밖으로 나왔고, 막내는 그런 나를 피해 한걸음 물러섰지만 「이성구요」 하고 제법 씩씩하게 대답했다. 그것이 나와 녀석의 첫번째이자 마지막 대면이었다.

나는 녀석에게 지폐 한 장을 꺼내주며 「난 네 누나 친군데 책을 꼭 사야 돼. 먼젓번처럼 친구 책 빌려다 보여주며 샀다고 주장하면 안 돼. 알았지?」 하고 다짐했고, 성구는 그런 내게 헤벌죽이 웃어 보이며 「예」 하고 대답한 다음 골목을 냅다 뛰어 달아났다.

여기서 설희의 본명도 밝혀 두기로 하자. 그녀의 본명은 이성순이었다. 바로 밑의 남동생 이름은 이성호이고, 그러니까 성품 성[性] 자가 그들 남매들의 돌림자인 셈이다.

내가 설희의 본명까지 들추어낸 것은 그녀가 그 이름을 얼마나 싫어했는가 말해 두기 위해서이다.

이성순.

촌스럽다면 촌스런 이름이고, 그런 이름을 지어준 부모를 원망도 할 만한 이름이다. 설희가 특별히 성취욕이 강했다고는 말할 수 없다. 그래도 「성순이라는 이름 가지고 도무지 뭘 하겠어요? 너무 개성이 없으니까 물장사도 못해 먹겠더라구요」라고 그녀가 주장했을 때 나도 수긍이 가는 면이 없지 않았다. 그랬지만 나는 「설희보다는 성순이가 낫잖아? 설희는 너무 상업적인 것같아」 하고 무심코 참견했다. 그러자 설희는 발끈해서 「성순이가 뭐가 나아요? 내 앞에서 제발 그 이름 좀 입에 올리지 말아요. 그 이름에는 웬 못된 사주팔자가 따라다니는 것 같아 듣는 순간 그만 기분을 잡쳐 버린다구요」 했다.

또 한 번은 「난 성 자가 싫더라 하필이면 왜 그 성 잔지……」 하고 한숨을 내쉬었다. 「그 성 자가 왜? 성품 성 자 아냐? 성품이 온순하다……. 괜찮잖아?」 내가 슬쩍 거들자, 「섹스라는 뜻도 있잖아요? 그 성 자 때문에 내 팔자가 요 모양 요 꼴인가 봐」 하고 정말로 비참한 표정을 지어 보이는 것이었다.

아무튼 설희는 이성순이라는 본명을 결사적으로 싫어했다. 그리고 그것은 그 이름으로 상징되는 그녀 자신의 현실을 저주했다는 뜻도 포함되는데, 그녀의 현실을 구성하고 있는 가족들마저도 그녀에게 있어서는 결코 인정하고 싶지 않은 증오의 현실인 셈이었다. 내 앞에서는 더욱 그랬다. 겉절이를 들고 찾아온 모친에게 짜증을 부리고 용돈을 타러 온 막내를 구박하는 등 가족들마저도 그녀는 결코 보이고 싶지 않은 현실인 것이다. 그런데 그만 나는 그녀의 현실 깊숙히 들어선 셈이었으며, 내가 설희와의 관계에서 이삭 줍기로 맨 먼저 그녀의 가족에 관해 이야기를 끄집어 낸 것도 그런 그녀의 정황에 대한 연민이 너무도 오래도록 사라지지 않았기 때문이다.

두번째로 이야기하고 싶은 것은 설희와 사귀면서 일어난 내 호주머니의 공황이다.

이 부분도 나는 설희와의 이야기에서 거의 건드리지 않았었다. 아니, 앞의 이야기대로라면 나는 설희에게 일방적으로 혜택을 입기만 한 철면피의 놈팡이에 지나지 않는다.

그러나 사실은 그렇지 않았다. 설희가 넥타이를 사주었을 때 나는 그녀에게 스카프를 사 주었고, 그녀가 양복을 맞추어 주었을 때 나는 그녀에게 바바리 코트를 선사했다. 비원 앞 여관에 드나들 때 방값은 매번 내가 물었으며 그 부대 비용도 모두 내 부담이었다.

뿐이랴. 알렉산드리아에 드나들 때부터 우리 집은 이미 적자 경제에 허덕이고 있었다. 집안의 생계를 책임지고 있는 처지로서 정말 엉망진창이 아닐 수 없었다. 어머니에게는 늘 죄송했고, 동생 영섭에게도 눈치가 보였다.

여기서 전화 이야기를 빠뜨릴 수가 없다. 그즈음은 전화가 부의 상징 같은 것이었다는 이야기는 앞에서도 잠깐 했다. 집을 줄여 화계사의 조그만 집으로 이사 오면서도 우리는 전화를 이전해다가 쓰고 있었다. 그런데 어느 날 밤늦게 돌아와 보니 안방에 전화기가 보이지 않았다.

「전화기 어떻게 된 거예요?」

내가 묻자 어머니는 「응, 벽장에 두었어」 하고 대수롭지 않게 대답했다. 요금이 몇 달인가 체납되었다는 사실은 나도 알고 있었으므로 「끊어간 거예요?」 하고 조금 격앙된 목소리로 다시 물었다. 물론 어머니가 아니라 전화국 사람들을 겨냥한 것이었다.

어머니는 그것이 마치 당신 잘못이기라도 한듯 한동안 잠자코 있었다. 나는 그런 어머니에게 죄송하기도 했고, 또 그 날은 마침 아르바이트 자리에서 보수로 받은 돈도 있었으므로 봉투를 내놓으며 「내일 요금 밀린 거 다 내고 전화 달아달라고 하세요」 했다. 그러자 어머니는 깊이 실망한 표정으로 「반납했다. 요금은 다 제했어」 했고, 그제서야 나는 우리 집 전화가 완전히 없어졌다는 사실을 깨달았다. 즉 어머니의 마지막 자존심마저도 전화국에 반납하고 만 것이다.

어머니의 마지막 자존심 ……. 이화동 집을 팔고 이사 올 때 어머니는 전화를 이전해 간다는 데 얼마쯤 위안을 받았었고, 화계사의 작은 집으로 오니 같은 골목에서 전화를 소유한 집은 우리 집밖에 없었다. 이따끔씩 용산의 외삼촌 댁이나 잘 사는 친구분들 댁, 또는 동대문 시장 시절의 이웃 가게 분들에게 전화 거는 것을 낙으로 삼고, 골목의 이웃 여인들이 빌리러 오면 「짧게 쓰슈」 하고 뻐기던 물건이었다. 그런데 그게 없어진 것이다. 나는 할 말이 없었다.

내가 잠자코만 있자 이번에는 어머니가 나를 위로했다. 「그만해도 분수에 안 맞게 너무 오래 매달고 있었던 셈이다. 필요도 없는 물건을 ……. 그거 있어야 한 나절씩 수다나 떨고, 또 이웃집에서 빌리러 오면 거절도 못하고 괴롭기만 했어. 하루 종일 전화 소리가 안 나니까 조용해서 살 것 같더라」

아무튼 그즈음 나는 전화기마저 반납해야 할 만큼 집안의 경제를 황폐하게 만들고 있었다. 더구나 청색전화라는 것이 생긴 뒤 그 보급율이 기하급수적으로 늘어나던 시절이었다. 남들은 경쟁적으로 전화를 달고 있는데, 우리는 그것을 반납해야 했던 것이다. 그 충격은 내게 적지 아니 컸고, 설희와의 관계를 더 이상 끌고가서는 안되겠다고 결심하는 데 결정적으로 기여하기도 했다.

그 밖에도 사소한 이삭들이 많다. 설희가 루프 따위 여성 전용 피임기구를 사용하고 있었다던가, 그래서 임신 같은 협박으로 나를 붙잡을 생각은 처음부터 아니었다던가, 또는 아파트의 방 한 칸을 세 얻고 살림살이를 들여 놓으며 그녀가 빚을 많이 졌다던가, 그것이 그녀로 하여금 보다 수입이 많은 곳을 찾아 알렉산드리아를 떠나게 했다던가 등이다.

또 있다. 또 있고 또 있고 또 있지만 이제는 생략하겠다. 그녀와의 낙수(落穗)는 들추어내는 것마다 비애의 쓴 맛이고, 언제까지나 비애의 감정만을 되씹고 있을 수는 없는 일이므로.

제 11 장

　멋도 모르고 설희를 따라갔다가 점쟁이 앞에 마주 앉은 일이
있다고 했지만, 또 「취직이 된다. 내년 이월이야. 올 연말에도
한 군데 말이 있겠지만 거긴 들어가지 마」라는 점쟁이의 밑도
끝도없는 점괘에 콧방귀를 뀐 일이 있다고 했지만 이듬해 이월
에 나는 취직이 되었다.

　정식으로 출근을 시작한 것은 삼월 초순이었다. 그러나 이월
에 이미 합격자 발표가 있었고, 이력서와 신원보증서 등 회사가
요구하는 서류를 제출함으로써 사실상 입사가 확정되었기 때문
에 이월에 취직이 되었다고 해도 그다지 틀리지는 않는다. 게다
가 점쟁이들은 음력을 쓸 거라고 설희는 추측하지 않았던가. 그
렇다면 영천 시장 뒤편에서 개업을 하고 있던 그 꾀죄죄한 영감
님의 점괘는 꼭 맞아떨어진 셈이 아닐 수 없었다.

　그러나 그런 경우에 있어서의 점괘란 어디까지나 암시 비슷한

것이 아니었을까. 점괘가 맞아떨어진 것이 아니라 점괘에 따라 자포자기의 기분으로 취직을 해버린 경우.

그러나 이렇게만 말하면 대단한 오만이 된다. 70년대 초반, 경제 규모가 급격히 팽창하고 수없이 많은 고용의 기회가 창출되고 있었다고는 해도 인문계 대졸자의 취업난은 역시 대단했고, 나도 수십 대 1의 경쟁률을 뚫고 입사 시험을 치러 겨우 합격을 한 것이었다. 그런 것을 자포자기의 기분으로 취직을 해버렸다고 하면 이만저만 오만한 태도가 아닌 것이다.

그러나 그것에는 나름대로 이유가 있다. 첫째는 내가 아주 조그마한 경제신문사의 기자직을 택했다는 사실이다. A 일보나 B 일보 등 종합 일간지도 아니고 창간된 지 몇 년 안 된 경제지, 그것도 공개 채용은 그것이 처음인 한 경제신문사의 기자직이었다. 그리고 그런 시시한 취직 자리에 응시한 친구는 서울대학교 출신으로 나 하나밖에 없었다. 또 내가 역사 깊은 A 일보나 B 일보 등의 기자직에 응시하지 못한 것은 무슨 결격 사유가 있어서도 아니었다. A 일보나 B 일보 등 종합 일간지들의 기자직 시험은 지난 해 동짓달에 있었는데, 그때 나는 같은 신문들의 연례 행사인 신춘문예 준비에 여념이 없었다. 즉 그런 종합 일간지들의 공개 채용 시험 때는 취직이 안중에도 없었고, 그래서 기회를 놓쳤다는 뜻이다.

둘째는 내가 작문 과목에서 최고점을 받았다는 사실이다. 그 사실을 안 것은 1차 필기 시험에 합격한 응시생을 상대로 면접 시험을 치를 때였다. 면접 시험 시험관은 세 사람이었고, 뒤에 알았지만 그들은 모두 같은 회사의 사장 등 임원이었다. 그 중 한 사람이 「윤후섭 군, 축하해요. 작문에서는 최고점을 받았구

먼」했고, 그러자 사장이 「그래요? 문학을 공부했소?」하고
거들었다.

나는 그렇다고 대답하지는 않았다. 작문 과목에서 최고점을
받았다는 사실이 나에게는 왜인지 창피스러웠기 때문이다. 소설
이란 이런저런 성취 목표 중에서도 한 시대의 문장가를 지향하
는 측면이 강한 작업이라고 할 수 있다. 그렇게 당대의 문장가
를 지향하고 있으면서 그 실력으로 겨우 경제신문사의 기자직을
뚫은 것이다. 도끼로 닭을 잡은 격이었다고나 할까.

2류의 경제지. 작문 과목에서의 최고점.

그러나 그 두 가지 이유만으로는 그래도 내가 자포자기의 기
분으로 취직을 해버렸다기에 충분하지 못하다. 보다 결정적인
이유는 역시 신춘문예에서의 낙선일 것이다.

그 해 나는 무려 세 군데 중앙 일간지의 신춘문예에 단편소설
을 투고하고 있었다. A 일보에는 두 편을 투고했으므로 작품 편
수로는 네 편이었다. 그 중 한 편은 지난 해에도 투고했다가 떨
어진 작품이었지만 나머지 세 편은 새로 쓴 것들이었다.

앞에서도 잠깐 이야기했지만 그즈음 내게 소설을 쓴다는 일이
매양 구름 잡는 일만은 아니었다. 나름대로 방법론을 확립하고
있었다고나 할까. 20세기 문학의 새 사조인 누보 로망과 부조리
극에서 영향을 받고 있기는 했었다. 그러나 그것들에 크게 함몰
당하지는 않았고, 전통 리얼리즘의 방법과 교묘히 교직시켰다고
할 수 있다. 최종심 3편 중 하나에 올라 심사평에까지 나왔던
「2인조」를 예로 들어보자.

첫장면은 시계탑이다.

어둠이 내리기 시작한 특별시청 건물의 시계탑을 끈질길 만큼

꼼꼼하게 묘사한다. 누보 로망의 작가들이 거리의 그림자 하나를 묘사하기 위해서도 몇 쪽의 지면을 허비하듯 시계탑의 분침이 9자 조금 못미처에서부터 12자까지 껄떡거리며 올라가는 모습을 극명하게 그려낸 것이다. 마침내 분침이 12자에 올라 시침과 일직선이 되는 순간 묘사 대상은 카메라의 판 다운 기법처럼 근처의 공중전화 부스로 옮겨간다.

공중전화 부스에는 젊은 여자 하나가 들어 있다. 밖에는 「웨스트 사이드 스토리」의 조지 차키리스처럼 생긴 사내가 담배를 꼬나물고 서서 공중전화 부스 안의 여자와 신호처럼 눈짓을 주고받는다. 여자가 통화를 끝내고 나와 「시계탑 다방이래요」라고 말한다. 사내가 끄덕이고, 둘은 광장의 지하도 속으로 사라진다.

거기까지는 대상을 철저히 객관화시켜 보여주는 누보 로망의 기법 그대로다. 그리고는 20세기 문학의 또 다른 산맥인 심리주의 기법으로 옮겨가, 남자 주인공의 불안한 의식을 파고든다. 이른바 의식의 흐름 수법이다. 뒷골목의 음산한 직업소개소가 등장하고, 거기서 만났던 선배 동업자를 회상한다. 그녀가 죽어 화장을 시키고 뼛가루를 구멍 뚫린 바지주머니에 넣고 다니며 그녀와 함께 누볐던 거리에 조금씩 흘리고 다녔던 일도 회상하며, 새로 만난 동업자와의 첫사업에 거는 기대와 불안을 교묘하게 짜깁기해 나간다. 그러나 그때까지도 그들 2인조의 사업이 구체적으로 무엇인가에 관해서는 오리무중이다.

장면이 바뀌면 시계탑 다방.

다방 안에 자욱한 담배 연기의 묘사부터 시작하며 다시 누보 로망의 기법으로 돌아간다. 특별시청의 개발 정보에 혈안이 된 토지 브로커들이 득실거리는 가운데 아까 그 공중전화 부스 안의 여자가 초조한 표정으로 누군가를 기다리며 앉아 있다. 이윽고 대머리 사내가 들어와 여자 앞에 마주 앉는다. 30대 후반쯤인데 너무 일찍 대머리가 된 모습으로 진실성은 전혀 없어 보인다.

그가 말한다.

확실한 거야?

제가 그럼 거짓말을 하고 있단 말예요?

여자의 목소리는 뻣뻣하게 굳었고, 사뭇 도전적이다.

꼭 그렇다는 게 아니라……. 병원에 가보았느냐구?

가봤어요.

그랬더니?

석달 됐대요.

이런 제기랄…….

순간 대머리는 고개를 돌려 누군가를 턱짓으로 부른다. 이웃자리에서 가죽점퍼를 입은 사내가 건들건들 그들 두 사람의 자리로 온다. 그는 오른손을 점퍼 주머니에 깊숙이 찌르고 있다.

아가씨, 이 속에 뭐가 든지 모르지? 가죽점퍼가 주머니에 찌른 손을 덜렁거려 금속성 음향을 내보인다.

여자의 뜨악한 표정.

가죽점퍼는 주머니 속에 든 물건을 잠시 꺼내 보여주었다가 도로 넣는다. 수갑이다. 하얀 색의 금속성 광채가 번뜩 빛났다가 사라진다.

놀란 여자가 조금 엉덩이를 일으킨다.

뭐예요?

너 같은 애 잡아가려고 형사님이 오셨어.

대머리가 말하고, 그 순간 여자는 숄더백을 끌어안으며 뒷걸음질친다.

어디 가.

대머리와 가죽점퍼는 서로 마주보고 의미 있는 미소를 주고받는다.

이봐, 어디 가는거야?

거기 못 서?

다방 안의 뭇 시선이 그들을 향하고, 잠시 쫓기고 쫓는 활극이 벌어진다. 여자는 계단을 뛰어 올라가고 그 뒤를 가죽점퍼와 대머리가 따른다. 그때 2인조의 한 짝이 나타나 그들의 발을 걸어 넘어뜨리고 그들을 타고 넘어 여자와 함께 달아난다.

개자식, 가죽점퍼 그 자식 형사도 아니야.

한동안 그렇게 도망쳐 그들의 추적으로부터 벗어난 다음 사내가 분통한 목소리로 말한다.

어떻게 알아요?

알아. 이 바닥 형사는 내가 다 얼굴을 안다구.

여자는 말이 없고, 실패한 2인조는 가로등 불빛에 그림자를 길게 끌며 그 어딘가로 사라진다.

밤거리의 음습한 도심을 누비며 마치 한 쌍의 생쥐처럼 살아가는 2인조의 생존 방식을 보여주며 도덕의 불감증, 성의 상품화, 피폐한 인간성을 극명하게 증언한 작품이라고 할 수 있다. 심사평에도 그런 종류의 찬사가 있었다. 그러면서도 왜인지 낯설다는 이유로 당선작에 앞서 제외된 것이다.

아무튼 내 작품이 아깝게 떨어진 것은 분명했다. B일보에 투고한 「그물」도, C신문에 낸 「불나방에 관한 고찰」도 예심에는 올라 있었다. 그런데도 나는 자포자기의 기분으로 취직의 길을 모색한 것이었다.

그 밖에도 몇 가지 더 사소한 이유가 있기는 하다. 어머니의 압력도 있었고, 또 내가 이태나 돌봐준 수험생이 대학입시에 낙방한 충격도 있었다. 누군가를 가르친다는 일의 환멸도 결코 작은 것이 아니었다. 아침에 늦잠을 자고 있으면 「남자는 그저 아침 뚝딱 먹고 출근해야지 맨날 이게 뭔지 모르겠다」 하고 불평하는 어머니의 끈질긴 잔소리도 더 이상은 듣고 있기가 괴로웠다.

그러나 막상 입사 지원서를 제출하고 시험을 보러 갈 때까지만 해도 그냥 시험이나 한 번 봐 보는 거지 싶었다. 내 실력이 어느 정도인가 알아보고 만약 수석 합격 같은 불상사라도 일어나면 과감히 뿌리치고 다른 길을 모색하겠다고 생각한 것이다.

그런데 시험장에 도착해 보니 수험생들이 구름떼처럼 몰려와 있었고, 수석 합격은 고사하고 꼬래비로 합격할 자신도 없었다. 옆 자리의 수험생은 언더 라인이 새까맣게 쳐진 상식 책 등 수험 준비서를 몇 권씩 가지고 있었다. 그런데 나는 그런 책들을 한 권도 펼쳐 본 적이 없는 것이다.

네 과목의 필기 시험 중 그래도 내가 자신 있게 본 과목은 영어였다. 그런데 영어보다 엉뚱하게 작문에서 최고점을 받았으며 결과적으로는 그것이 나를 합격시킨 가산점이 된 셈이었다. 즉 나는 작문 이외에는 결코 뛰어난 수험생도 아니었고 턱걸이로 겨우 겨우 합격을 했으며, 시험을 치르러 갈 때까지의 오만이 얼마나 터무니없는 짓이었던가 깊이 깨달았다는 뜻이다.

그렇게 가까스로 합격한 취직 자리를 마다할 이유가 내게는 없었다. 시험을 치르는 과정에서 알았지만 P경제신문은 언론 기업으로서도 꽤 견실한 수준이었다. H경제, N경제 등과 같이 매머드 경제 단체에서 기관지 비슷하게 발행하는 신문도 아니었고, 창업주가 오로지 언론 기업의 성패에 명운을 걸고 창간한 신문이라는 것이다. 게다가 경제지의 전망이 밝다는 게 그즈음의 통설이었다. 경제 규모가 커지는 만큼 경제지의 성장도 불을 보듯 빤하며, 이웃 일본의 《일본경제신문》이나 《산경신문》이 좋은 본보기라는 것이었다. 당장은 일간 종합지가 그럴 듯해 보이겠지만 10년 후 20년 후를 생각해 보면 다르다고도 했다. 20년 후 일간 종합지에 들어간 친구들이 심의위원 같은 한심한 자리에 밀려나 있을 때 경제지에 들어간 친구는 이사가 되어 회사가 제공하는 승용차로 출퇴근을 할 것이라고 했다.

뿐더러 공채 1기라는 강점도 있다고 했다. 어느 기업이고 공채 1기는 맏아들 같은 존재이고 인사상의 모든 특전을 누린다는 것이다.

오너가 확실한 언론사. 해마다 사세가 무섭게 신장하고 있고, 공채 1기라는 강점도 있는 취직 자리……. 그것도 턱걸이로 겨우 겨우 합격하고 과감하게 뿌리칠 수 있을 만한 용기가 그때는 내게 없었고, 또 당장 그럴 수 있는 처지도 못 되었다.

그러나 한 가지 분명한 것은 그랬음에도 불구하고 나는 자포자기의 기분으로 취직을 결심했고, 또 자포자기의 기분으로 P경제신문의 편집국에 출근하기 시작했다는 사실이다.

취직이 되자 내 생활에는 많은 변화가 일어났다. 그것은 새로운 생활에 적응하기가 쉽지 않았다는 뜻도 포함된다. 어머니 말씀대로 아침 뚝딱 먹고 만원 버스로 출근을 하기 위해 새벽부터 서둘러야 한다는 사실만을 의미하는 것이 아니었다. 점심 시간에 일대의 샐러리맨들과 어우러져 줄줄이 음식점으로 찾아드는 행렬도 낯설었고, 또 퇴근을 하면 역시 만원 버스에 시달리며 귀가 전쟁을 벌여야 하는 것도 비극으로만 느껴지는 것이었다.

만원 버스의 통로에 손잡이를 붙잡고 서 있으면 무엇이 나를 여기까지 몰아 붙였나 가만히 한숨이 나오고는 했다. 몇 푼의 월급에 자신의 일상을 규격품처럼 두들겨 맞춰야 한다는 사실이 괴롭다 못해 억울하기까지 했다는 뜻이다. 또 이러다가 문학과는 영영 결별하는 게 아닌가 더럭 겁을 집어 먹기도 했다.

나는 젊은 시절 한때 신문 기자로 일했던 세계 각국의 유명한 작가와 작품을 많이 알고 있었다. 춘원을 비롯한 우리 나라 신문학 초기의 작가들도 대부분 신문사에서 일했으며, 그 시절의 체험이 문학 세계를 형성하는 데 밑거름이 되었다는 사실도 간과하지는 않고 있었다.

그러나 내가 입사한 신문사는 경제지였다. 수습 기간 동안 가만히 그 안을 들여다 보니 기업소설 따위를 쓴다면 몰라도 내가 추구하는 깊이 있는 문학 세계의 확대에 전혀 도움이 될 것 같지 않았으며, 또 종합지들처럼 세계 각처에 특파원을 내보내고 있지도 못했다. 사이공이나 중동 같은 곳에 특파원으로 파견된다면 작가로서 뜻밖의 소득도 얻을 수 있을 터였다. 비록 베트남 전쟁이나 아랍권의 민족 갈등 같은 것이 내가 문학적으로 관심을 기울이고 있는 분야는 아니었지만…….

아무튼 내 첫직장은 별로 소망스럽지 못했다. 그래서 한동안 적응이 어려웠고, 수습이 끝나고 희망하는 부서를 적어낼 때는 경제신문에 입사한 야심만만한 신예 기자답지 않게 문화부 같은 한심한 부서를 지망하고 말았다.

혼히 신문 기자는 발로 뛰어야 하는 직업이라고 말한다. 수습 시절 상사나 선배 기자들로부터 귀에 못이 박히도록 들었던 말이었다. 그러나 나는 그런 것이 적성에 잘 맞지 않았다. 수습 시절 나는 선배 기자들과 함께 몇 차례나 사건 현장에 투입되었다. 방직공장의 화재 현장이나 투자자들의 항의 데모가 벌어지고 있는 증권사의 객장, 또는 새로 조성되는 공업단지의 기공식장 같은 곳이었다. 그러나 나는 그런 사건에 별로 흥미를 느낄 수 없었다. 때문에 시험 작성한 기사도 6하 원칙이 무시되는 등 엉성하기만 했다.

방직 공장의 화재 현장을 취재했을 때였다. 내가 작성한 기사를 보고 그즈음 수습 기자들을 담당하고 있던 편집국의 부국장이 나를 불렀다. 「이봐 윤수습, 이걸 기사라고 쓴거야?」 그는 나를 비난부터 한 다음 내가 쓴 기사 원고를 펼쳐 놓고 「K 방직이 어디 있지?」 하고 물었다. 나는 취재 수첩을 펼쳐보이며 K 방직의 주소를 불러 주었고, 그는 그것을 기사 원고 사이에 괄호를 치고 써 넣었다. 그리고 그는 또 「화재 원인이 뭐래?」 하고 물었다.

그 부분만은 나도 자신이었으므로 「경찰에서 전기 합선으로 발표하지 않았습니까?」라고 항의했다. 그러자 그는 내가 작성한 기사 원고를 전부 넘겨 보이며 「여기 어디에도 그거 없잖아?」 했다. 그제서야 나는 원고를 건너다 보며 「경찰에서 발표한 것도 들어가야 하나요?」 하고 겸연쩍은 미소를 지었다. 그러고 보니 피해 추산액 같은 것은 경찰에서 발표한 대로 나도 꼼꼼히 받아 쓰고 있었던 것이다.

잘못은 그것만이 아니었다. 기사는 군더더기 투성이였다. 화염이 수십 미터까지 하늘로 솟구쳤다든지, 불길이 K방직 지붕 위에 설치한 입간판의 〈방〉자에서 〈직〉자로 옮겨붙는 순간 거대한 폭발음이 있었다든지, 인근 주민들이 화재 현장에 몰려들어 구경들을 했는데 그 인파가 천 명도 넘었다든지 하는 묘사들이 그것이었다. 그는 그것들을 박박 지워 버리며 「기사는 기록이야. 문학이 아니라구. 다시 써와 봐」하고 원고를 통째로 내게 넘겨주는 것이었다.

그때 느낀 열패감이라니 …….

예민한 독자라면 금방 눈치챘겠지만 불길이 〈방〉자에서 〈직〉자로 옮겨 붙는 순간 거대한 폭발음이 어쨌느니 한 것은 어떤 소설의 인상 깊은 장면에서 따온 것이었다. 그것은 물론 화재 현장을 묘사한 장면이었고, 불길이 가연성 구조물이 아니라 한 자 한 자 글자를 지워 없앤다는 작가의 천재적 상상력에 무릎이라고도 치고 싶었던 구절이었다.

한참 뒤에 알았지만 그때 수습기자를 담당하고 있던 김화경 부국장은 작가라고 했다. 당시 40대 후반으로 20여 년 전 부산 피난 시절 한 문예지의 추천을 받았다고 했다. 그러나 그 뒤로는 단 한 편의 소설도 발표하지 않았으며 그래서 작가로서는 잊혀진 인물이라는 것이었다.

그런 사실을 나는 문화부에 배정된 뒤에도 몇 달이 지나서야 겨우 알았다. 문화부, 정확하게는 문화체육부였다. 경제신문사였으므로 그런 쪽의 취재 부서는 한군데로 몰아 붙여져 있는 것이다. 아무튼 문체부에는 문인들도 심심찮게 드나들고 있었는데 어느날 중견 시인 한 사람이 부장을 찾아왔고, 부장과 나누고 있는 이야기를 나는 얼핏 엿들었던 것이다.

아미 그 중견 시인은 편집국에 들어오면서 먼저 김화경 부국장과 인사를 나눈 모양이었다. 부장이 그 모습을 보았는지 「우리 김국장님하고는 어떻게 아는 사이시죠?」하고 물었다. 「친구예요」중견 시인이 대답했고, 부장은 또 「어떤 친구? 아, 대학 동문이신가?」하며 고개를 갸우뚱했다. 그때까지도 그 중견 시인은 말할까 말까 망설이는 눈치였다. 부장이 다시 집요하게 「우리 김국장님은 B대신데 선생님은 A대 아니세요?」했고, 그제서야 그 중견 시인은 설렁설렁 털어 놓았다. 「우리 땐 A대고 B대고 없었지요. 모두들 비좁은 부산 바닥에 피난 내려가 복닥거리고 있었으니까. 굳이 얘기하자면 문학 친구였다고나 할까요? 저 친구는 촉망받는 신예 작가였고, 나도 개발새발 시라고 끌적거리면서 매일 밤 어울려 지냈지요」

「그래요?」하고 부장이 놀라 보였지만 더욱 놀란 것은 나였다. 김화경 부국장이 작가라구? 20여 년 전에는 촉망받는 신예였다구? 마음속으로 그렇게 뇌깔이며 나는 한동안 충격을 삭였다. 그러고는 밀다원, 실존주의, 데카탕, 전후파 등 그 시대의 작가들이 그려냈던 항도 부산의 사회상과 문학적 열기를 떠올리며 그곳에서 김화경이라는 이름을 찾아내기에 부심했다. 그러나 내 빈약한 문단사(文壇史) 지식으로는 그 어디에서도 같은 이름을 찾아낼 수가 없었다.

그러는 동안 그 중견 시인은 김화경 부국장이 그즈음 부산에서 발행되었던 문예지에 단편소설을 발표해 부산 문단에 신선한 충격을 던졌다는 사실과 그런데도 그는 수복 이후 단 한 편의 소설도 쓰지 않아 아쉽게 잊혀지고 말았다는 사실도 덧붙이고 있었다.

「네, 그랬군요」 부장이 끄덕이고 있었지만 나는 마음속으로 더 크게 끄덕였다. 그러나 그것은 단순히 김화경 부국장에 관해 새로운 사실을 알았기 때문만이 아니었다. 수습 시절 내가 시험 작성한 기사에서 그가 날카롭게 지적해 냈던 것, 어떤 작가의 천재적인 상상력에서 따온 구절을 볼펜으로 박박 지워 버리며 「기사는 기록이야, 문학이 아니라구……」 했던 그의 냉혹한 태도에서 공포에 가까운 외경심까지 느꼈기 때문이었다. 진실로 문학을 전공한 사람이 아니고는, 문학을 전공했다고 하더라도 그 구절에 무릎을 치고 싶을 만큼 깊은 공감을 느낀 적이 없었던 사람과는 결코 공유할 수 없는 부분이기는 하다. 그러나 일단 똑같은 공감대 안에 들어가면 외경심뿐만 아니라 서로 껴안고 뒹굴어도 부족할 만큼 깊은 동류애를 느낄 수 있는 경지이며, 그것이 바로 문학하는 사람들끼리의 기쁨인 것이다.

그 뒤 나는 김화경 부국장을 은근히 흠모하게 되었다.

「소설 왜 안 쓰세요?」 사석에서 그와 단둘이만 되었을 때 나는 그렇게 묻고 싶은 충동을 여러 번 느끼고는 했다. 그러나 그렇게 물었을 때 「자네 소설 공부하지?」 하고 역습당할 일이 나는 두려웠고, 그 뒤 그와의 관계 설정에 자신이 없기도 했다. 벌써 20여 년 전에 어떤 이유로든 문학에서 좌절한 한 선배를 새까만 후배가 위로할 수도 격려할 수도 없거니와 또 아직은 내게 불확실성의 미래에 불과한 내 자신을 그 앞에서 발가벗길 수가 없었던 것이다. 다만 나는 그를 멀리서 흠모하기만 했고, 그도 내가 소설가 지망이라는 사실을 대충 눈치채고 있었을 터인데 그 점에 관해서는 한마디도 입밖에 내지 않는 것이었다.

이야기가 잠시 곁길로 흘렀지만, 어쩌면 나는 문학 때문에 더 불행한 직장인이 되었다고도 할 수 있다. 그런데 설상가상으로 문체부에서 내게 주어진 업무는 문학과 출판이었다. 작문 과목에서 최고점을 받았다는 사실이 알려지며 어쩌면 자연스럽게 떠맡겨진 셈이었는데, 그렇다고 내가 처음부터 그것을 싫어했던 것은 아니었다. 처음에는 오히려 잘되었다고 생각했다. 그런 업무를 맡고 있으면 책도 더 많이 읽을 수 있고, 작가나 시인 등 문인들도 많이 만날 수 있으며, 국내외의 문학 정보를 빠르게 입수할 수 있는 것이었다.

그러나 그것이 오히려 더 화근이었다. 기성 작가나 시인을 만나 인터뷰하고, 문단 돌아가는 소식이나 출판에 얽힌 속사정을 접하며 문학에 대한 환상이 깨지고 열정도 조금씩 식어가는 것이었다.

이 부분은 내 반생을 회고하는 데 너무도 중요한 사안이다. 그러므로 함부로 이야기해 버리고 넘어갈 성질의 것이 아니기도 하다. 그러나 이렇게 털어놓는 수밖에 달리 무슨 방법이 있는 것은 또 아니다.

P 경제신문에 기자로 입사하고, 문화체육부에 배치되어 문학과 출판을 담당한 기자로 기자 생활을 시작한 나에게 불행히도 고등학교 때부터 가꾸어왔던 문학에의 열망이 시들해지다니 ……. 그리고 마침내는 내가 언제 그런 것을 지망했느냐 싶게 깡그리 잊어 버려 40대에는 그저 평범한 속물로 전락해 버리다

니 ······.

여기서 〈속물〉이라는 표현에 오해 없기 바란다. 다만 내 자신의 좌절감, 무력감, 자기혐오에 붙이고 싶은 대명사일 따름이다.

그렇다고 그 기자 생활의 초기에 무슨 커다란 사건 같은 것이 있었던 것은 아니었다. 〈야금야금〉이란 부사가 있지만 그 경우 그런 부사의 수식이나 제격일 것이다. 〈야금야금 좀먹었다〉는 표현 ······. 그랬다. 작가 한 사람을 만나보고 나면 조금 시들해지고, 문학 단체의 세미나를 취재하고나면 조금 더 시들해지고, 또 어떤 작가가 같은 내용의 책을 조금 개작해 제목만 바꿔 다시 출간했다든가, 또 어떤 작가가 시중의 서점에서 자신의 책을 대량으로 사들여 베스트 셀러에 올려 놓았다든가 하는 소식을 접할 때는 더욱 크게 실망하면서 문학에의 열망이 야금야금 좀먹어 들어갔던 것이다.

뿐더러 공연한 교만도 자라났다. 문인이라는 사람들이 도무지 별 것도 아닌 인간 군상(群像)으로 보인 것이다. 평균치 이하로 모두들 가난했다든가, 어쩌다 부유한 문인은 그 부로 명성을 사려 했다든가, 재능은 별 수 없는데 그가 가진 재능 이상으로 자존심이 강해 도리어 추악하게 보였다든가, 반대로 최소한의 자존심도 지키지 못해 가련하게 보였다든가 등등이었다. 게다가 작은 이익에 집착해 파벌을 만들고, 파벌들끼리 더러운 싸움을 벌이고, 그런 파벌에도 끼지 못한 축들은 거기에 끼고 싶어 여기저기 기웃거리고 다니는 등 외면하고 싶은 풍경들도 많았다.

문단의 그런 인간 군상을 보며 과연 문학이 절대절명의 그 무엇인가 나는 회의에 빠지기 시작했고, 그러다 보니 알게 모르게 문학에의 열정도 식어갔던 것이다. 즉 안 쓰고 있는 내가, 아니 못 쓰고 있는 내가 차라리 더 순수한 게 아니냐 하는 생각. 저런 문인이 되느니 차라리 한 명의 기자로, 또는 건전한 사회인으로 남는 편이 낫지 않느냐는 교만도 자라났으며, 결과적으로 그것이 나를 나태와 퇴락 속에 함몰시켰다고도 할 수 있다.

다음으로 이야기하고 싶은 것은 취직이 되고 나서 내가 한 명의 사회인으로 응분의 대접을 받기 시작했다는 사실이다. 직장 생활의 적응이 어렵고 문학에의 열망이 시들해지는 등 별로 소망스럽지 못한 생활이 시작된 셈이었지만 P 경제신문의 기자라는 직함은, 또는 그것을 아로새긴 명함은 대단한 위력을 발휘하며 나를 어엿한 사회인으로 대우해 주는 것이었다.

회사 근처의 음식점이나 술집에서 외상을 주었다든가, 선배 기자와 함께 찾아간 양복점에서 할부로 춘추복을 맞추어 입을 수 있었다든가 해서만이 아니었다. 문공부니 문인협회니 출판문화협회니 하는 공식적인 출입처나 출판사 같은 곳에서 나에게도 빼놓지 않고 촌지를 나누어 주었다든가 해서만도 아니었고, 내가 사회에서 한 명의 사회인으로 맡고 있는 역할에 걸맞게 어디에서고 존중되었다는 뜻이다.

아르바이트 시절에도 물론 존중을 받기는 받았었다. 그러나 그것은 어디까지나 1대1의 사적인 존중이었다. 뿐더러 스스로가 대도(大道)라고 여기지 못 하는 직업의 일그러진 존중이었고, 그래서 그 존중 자체의 신빙성에 확신도 서지 않았다. 그런데 P 경제신문의 기자라는 직함으로 받는 대우는 어디까지나 공적이며 사회적인 관계의 그것이었고, 그래서 그 신빙성에 의심의 여지도 없었다.

공식 비공식 출입처나 일로 만나는 사람들에게서는 말할 것도 없었다. 명함을 내밀면 「아, 그러세요?」 하고 적당한 예의부터 갖추는 것이었다. 그런데 전혀 사적인 장소에서도 그것은 마찬가지여서 「아, P경제신문요?」라거나, 「기자님이시군요」라고 약간의 존경심이라도 내비치기 마련이었다.

한 번은 타지(他紙)의 동료 기자 둘과 함께 무교동의 알렉산드리아를 찾은 적이 있었다. 그렇다고 왕년의 푸대접에 보복을 하겠다는 심사는 아니었다. 술친구이기도 한 그들과 함께 낙지 골목에서 술을 마시고 문득 생각난 김에 찾아갔을 뿐이었다. 술에 취해서 나는 멤버 유씨와 낯익은 웨이터들, 그리고 우리 파트너가 된 여급들에게 명함을 뿌려댔다. 그랬더니 멤버 유씨는 「아, 취직을 하셨군요. 기자님이 되셨군요」 하고 감탄했고, 낯익은 웨이터 하나는 「자주 좀 오세요. 외상은 얼마든지 드릴게요」 했다가 내 귀에다 대고 「팁값이 없을 때도 좋아요. 돈도 빌려 드리고, 재미보고 싶으시면 호텔도 잡아 드릴게요. 오늘 얘데리고 나가실래요?」 어쩌구 온갖 아첨을 다 떨어댔다. 또 내 파트너가 된 여급도 겨드랑이 사이로 바짝 달겨붙으며 「어머, 자기 멋져. 나도 여고 때는 신문기자가 되고 싶었는데……」 어쩌구 하며 갖은 환대를 다 퍼부었다. 그뿐인가. 그것으로 다시는 알렉산드리아를 찾지 않았는데, 그 여급이 회사로 전화를 걸어 「한 번 안 오세요? 저 윤기자님 그리워 죽겠는데……」 하고 판촉 활동까지 벌이는 것이었다.

그러나 지금까지 털어놓은 변화는 모두 자잘구레한 것들이다. 대학을 졸업하고 군대에도 갔다와서 취직이라는 것을 해낸, 그리하여 외견상으로는 어엿한 한 명의 사회인으로 변신한 대한민국의 20대 후반 젊은이에게 결정적으로 찾아오는 변화는 그가 이제는 별로 손색이 없는 신랑감이라는 사실일 것이다.

물론 그런 점을 내가 스스로 인식한 것은 아니었다.

취직을 한 지 채 한달도 못 되어 어머니가 「누가 널 한 번 보자던데 ……」라고 시작했을 때만 해도 나는 눈치도 못 채고, 「누가요?」하고 어리둥절한 표정을 지었다. 어머니가 다시 「누군 누구야, 색싯감이지」하고 열적은 표정을 지었을 때도 나는 물론 내 스스로를 신랑감으로는 인지하지 못했다. 그래서 「네에? 어머니, 지금 무슨 소리를 하고 있는 거예요?」하고 어머니로 하여금 말도 붙여 보지 못하도록 펄쩍 뛰었던 것이다.

그렇다고 그것으로 내가 어엿한 신랑감이라는 사실을 깨달았다는 뜻은 아니다. 결혼 따위는 그때까지도 안중에 없었다. 준비가 되어 있지 않아서가 아니었다. 짐작하겠지만 보다 자유로운 삶에의 열망은 변함없이 유효했고, 비록 취직이라는 것과 타협을 하기는 했지만 도심지의 시설이 좋은 아파트와 그곳에 이따끔씩 드나드는 여인이 있는 정도가 내가 꿈꾸고 있는 생활의 전부였다. 직장 생활은 어디까지나 임시적인 방편이었을 뿐, 본격적으로 글을 쓰기 시작하면 언제든지 때려치울 마음의 준비가 되어 있었다는 말이다.

그러나 그런 열망도 절대절명의 어떤 것은 아니었던 모양이다. 즉 문학에의 열망이 시들어 가면서 그것도 차츰 시들어 갔다는 뜻이다. 아니, 문학에의 열망보다 더욱 빨리 시들어서 취직을 한 지 채 반년도 못 되어, 가만 결혼을 한다고 해서 반드시 문학을 포기해야만 하는 것은 아니지 않은가, 상대가 내 문학을 이해하는 여자이기만 하다면, 여자가 나를 특별한 남자로 여기고 보다 자유로운 생활을 보장하기만 한다면, 외박을 해도 내버려 두고 다른 여자와 연애를 하고 돌아다녀도 그것이 상상 력의 확대를 위해 불가피하다는 점을 인정해 주기만 한다면 결 혼도 결코 나쁘지만은 않지 않은가, 하고 유혹을 느끼기 시작했 다. 또 서로가 서로의 사생활을 간섭하지 않는 형태의 결혼, 계 약결혼이라도 좋고 잠정적인 동거 형태라도 좋고, 아무튼 아이 를 낳고 생활을 일구려고 복닥거리며 서로가 서로를 책임과 의 무 속에 가두려는 통속적인 결혼만 아니라면 괜찮지 않을까 하 고 엉뚱한 꿈도 꾸고 있었다.

그러나 그런 것은 어디까지나 꿈과 유혹에 불과했고, 아무에 게나 털어놓을 성질의 것은 아니었다. 함부로 털어놓았다가 인 류를 저버리는 패씸한 놈으로 매도당하기에나 딱 알맞은 생각인 것이다.

그런데 그런 나에게 나를 한 명의 신랑감으로 간주하고 결혼 이라는 함정에 빠뜨리려는 기도가 도처에서 아주 여러 가지 형 태로 벌어졌는데, 그 중에서 같은 회사의 유혜정 기자가 소개해 준 김아영에 관해 먼저 이야기하는 것이 순서일 것 같다. 아니, 먼저 유혜정 기자에 관해 이야기하는 편이 옳을 것이다.

같은 회사라고 했지만 그녀가 주간부로 자리를 옮기기 전까지 몇 달 동안은 나와 함께 문화체육부에서 근무했고, 나에게 문학 출판을 떼어 맡기기 전까지는 그것들과 연예 오락까지 담당한 나의 전임자요 선배 기자이기도 했다. 또 그녀는 30대 중반으로 기혼이고 두 아이의 엄마이기도 해서 근무 시간에 그녀의 통화

내용을 귓등으로 듣고 있을라치면 업무에 관련된 것보다 가정생활에 관련된 것이 더 많았다. 그래서 마침내 나는 그녀가 통화하는 목소리만 듣고도, 아 저것은 남편과 통화하는 소리다, 아 저것은 가정부에게 일감을 지시하는 소리고, 또 저것은 유치원에 다닌다는 그녀의 둘째아이와 모정을 나누는 소리로구나 하고 일일히 구별할 수 있을 정도였다.

「민이가 유치원에서 넘어졌답니까?」그녀가 통화를 하고 나면 나는 장난스럽게 끼어들고는 했다. 그녀가 남편과 통화를 끝냈을 때「최과장 또 늦으신대요? 그 회사는 어떻게 된 게 걸핏하면 야근이고 걸핏하면 초상집입니까? 아무래도 그 양반 바람피우는 거 아닙니까? 단속 좀 잘 하세요」하기도 했고, 가정부에게 언성이라도 조금 높였다 싶으면「금옥이랬지요? 걔 갈아치우시지 그래요. 그렇게 말귀 못 알아듣는 가정부를 참 용케도 두고 보십니다」하고 이죽거렸다.

유선배는 속이 좋고 너그러웠다. 곁에서 내가 아무리 참견하고 이죽거려도 피씩 웃으면 그만이었고, 기본적으로는 결혼한 주부로서 남자들과 동등하게 직장을 지키자니 불가피하게 가사로 쓰는 통화가 많아 유감이라는 태도였다.

또 유혜정 기자는 선배로서 내게 업무를 인계하며 처음부터 친절하게 굴었다. 공식 비공식 출입처들을 소상하게 일러주고 기사 거리가 자주 생기는 출판사나 동인 임의단체까지도 빠뜨리지 않고 설명해 주었으며, 그러는 동안 함께 점심도 먹고 회사 근처의 찻집에서도 여러 번 자리를 같이했다. 같은 문체부 안에 기혼인 여기자가 또 한 명 있었지만 나는 유선배와 각별히 친밀해졌고, 그래서 오래지 않아 속에 있는 말까지도 스스럼없이 주고받게 되었다.

「유선배, 요즈음 나 외로워요. 여자 좀 소개해 줘요」

아마 내가 먼저 그렇게 시작하지 않았나 싶다. 그러나 어떻게 시작되었던 무슨 상관이랴. 유혜정 선배는 나에게 각별한 호의를 가지고 있었고, 그렇게 말해 버리고 나는 잊어 버렸는데 어느날 오후 회사 근처의 찻집에서 전화로 나를 불러냈다.

「윤기자, 여기 이삭인데 일루 좀 와 줄래요?」

밖을 내다 보니 엄청난 기세로 비가 쏟아지고 있었다. 장마전선은 아직 제주도 남쪽에 있다는 일기예보였는데 뜻밖의 기압골이 비를 몰고 온 것이었다. 나는 무심코 「비오잖아요?」 했다. 그러자 그녀는 「내 책상 밑에 보면 우산 있어. 그거 가지고 와」 하고 명령하듯 말했다.

「우산 갖다 달라는 거요?」 내가 항의했다. 그러자 그녀는 「싫으면 관둬요. 외로우니 뭐니 하도 엄살을 떨길래 팔자에도 없는 중매장이 노릇 한번 해보려고 했더니……. 선배가 우산 좀 가져다 달라면 잠자코 가져다 주면 안 되니?」 했고, 그제서야 나는 흐릿한 기억을 더듬으며 「뭐예요, 그럼 거기에 여자가 있단 말예요?」 하고 실색을 했다.

「여자가 뭐야? 규수, 참한 규수……」

그녀가 다시 말했고, 얼결에 나는 「규수는 싫은데……. 잠시 데리고 놀 여자라면 몰라도……」 하고 뇌까렸다. 이번에는 그녀 쪽에서 어이없어하는 소리를 냈다.

「지금 뭐라고 한거야? 잠시 뭐라구?」

「아닙니다」 나는 실언을 깨닫고 황급히 부정했다. 그러고는 유선배 책상 밑의 우산을 찾아 쥐며 「곧 가죠. 금방 갑니다」 하고는 전화를 끊었다.

그때까지도 나는 그런 식으로 맞선을 보게 되리라고는 꿈에도 상상하지 않았었다. 유선배가 어쩌다 미혼인 아가씨 하나와 만나 불쑥 내 생각을 하게 되었고, 그래서 부담없이 서로 만나게 하려는 것이라고 막연히 짐작했을 뿐이었다. 그런데 막상 이삭에 가 보니 사정은 그게 아니었다. 여자는 하나도 아니고 둘이었다. 그 중 하나는 유선배가 말한 참한 규수인 모양으로 첫눈에도 미용실에서 갓 뽑혀져 나온 머리를 하고 있었고, 그 옆에 앉은 여자는 그녀의 언니인 모양으로 이삭에 들어선 이래 나를 출입구부터 찬찬히 뜯어보고 있었다.

나는 아차 싶었다. 그러나 이미 때는 늦어 도망칠 수도 없었다. 어릿비릿 내가 그들의 자리로 가자 유선배가 먼저 나를 소개했다.

「내가 늘 말했던 윤기자……. 요렇게 생긴 사람이니까 잘 봐요」

그렇게 나를 소개한 유선배가 이번에는 맞은편의 두 여자를 나에게 소개했다. 「이 쪽이 오늘의 주인공인 아영씨고, 이 쪽은 언니 김자영 여사……. 김여사는 나하고 S여대 동문이고, 이럼 됐나?」 그랬다가 「실은 말야, 두 분한테 그 동안 내가 윤기자 얘기는 많이 했어요. 그러니까 윤기자에 관해서는 얼굴만 못 봤지 너무도 잘 알고 있는 셈이야. 그런데 막상 윤기자한테는 아영씨 얘기를 못했지 뭐야. 무슨 특별한 사유가 있어서는 아니고 차일피일하다 보니 그렇게 됐는데, 중매장이 한번 시시껄렁하다, 그치요?」 하고 좌중의 동의를 구했다. 그런데 나보다 오히려 김자영 여사 쪽에서 「그건 좀 그렇다 얘」 하고 원망하는 듯

한 표정을 지었고, 이어서 「우리가 선보려고 막 쳐들어 온 격이 됐잖아?」 하며 웃었다.

「그건 그렇지 뭐. 내가 아직 윤기자한테 말을 못했다는데두 자꾸 불러내 보라고 보챘으니까 그 점은 감수해야지, 안 그래?」

유선배가 말했고 그제서야 나는 긴장감이 조금 풀렸다. 적어도 이 맞선에 대해 내게 책임질 일이 별로 없었던 것이다. 그러나 유선배는 「하지만 윤기자, 내가 아영씨 얘길 못 하고 차일피일했던 건 아영씨가 밑지는 게 아닐까 해서니까 이렇게 쳐들어 왔다고 얕보지는 말아요」 하고 내게도 침을 주었다.

그런 다음 유선배는 그녀에 관해 이것저것 소개했다. 명문 여자대학의 가정과 출신이라든가, 딸만 다섯인 딸부잣집의 막내로 온갖 귀여움을 독차지하고 자랐다든가, 부친이 소규모 의류 공장을 경영하는 등 딸부잣집이 으레 그렇듯 집안이 먹고 살 만하다든가 등등이었다.

또 위로 언니들 넷도 차례로 소개했는데 큰언니는 의사와 결혼해 뉴욕에서 살고 있고, 둘째인 자영씨는 남편이 약사로 여의도에서 약국을 경영하고 있고, 셋째 넷째 언니들도 모두 시집을 잘 가 그 중 하나는 은행원의 부인이 되었고, 또 하나는 외국 유학을 하고 온 대학의 강사를 신랑으로 맞았다는 것이다. 그러나 나는 유선배의 소개를 한 귀로 듣고 한 귀로 흘렸다. 도무지 상대방의 그런 결혼 조건들을 따져 보고 있을 계제가 아니었던 것이다.

그렇게 한동안 김아영을 소개한 유선배는 「그럼 우린 그만 일어날까?」 하며 자리에서 일어섰다. 맞은편의 김자영 여사도

「그래. 윤기자님, 우리가 있으면 더 거북하죠?」어쩌구 하며 엉덩이를 일으켰다. 물론 나는 조금 당황했고, 「아닌데요……」 어쩌구 하며 그들을 따라 일어섰지만 곧 주저앉고 말았다. 두 여자가 너무도 빨리 우리를 뿌리치고 도망치듯이 찻집을 나가 버린 것이다.

한동안은 분위기가 어색했다. 무슨 말부터 어떻게 시작해야 할지 난감했고, 그래서 자리가 부담스럽기만 했다. 그녀가 아름답지 않아서가 아니었다. 아니, 오히려 그녀는 아름답다고도 할 수 있었다. 비록 내가 좋아하는 스타일은 아니었지만 달덩이처럼 환하고 커다란 얼굴에 육체파라고 불러도 좋을만큼 푸짐한 체격을 타고나 있었다. 어쩌면 그녀는 그런 외모에 자신감을 가지고 쳐들어 오듯이 내 앞에 나타난 것인지도 몰랐다.

한동안 망설이기만 하던 나는 마침내 첫번째 실수를 저질렀다.

「결혼이 급하신 모양이죠?」

말을 하고 나서 나는 아차 싶었는데 아니나 다를까, 그녀는 금방 귓불부터 발개지며 「꼭 그렇진 않아요. 전 뒤에서 누군가 빵빵거리지는 않으니까요」하고 말했다.

처음에 나는 그것이 무슨 뜻인가 의아해 했다가 곧 깨닫고 「재미있는 말인데요」하며 웃었다. 그러자 그녀도 따라 웃으며 「셋째 언니 결혼이 좀 늦어져 집안에서 늘 그런 농담들을 했거든요. 계단 같은 데서 부딪쳐도 빵빵 하구요. 그럼 언니가 알아듣고 알았다 알았어 하고 흘겨보는 거예요」했다. 처음에는 귓불까지 발개질 만큼 모멸감을 느꼈던 그녀로서 놀라운 순발력이 아닐 수 없었다. 그것이 나로 하여금 실수를 하고도 터무니없이 마음을 놓게 만들었던 모양이었다. 그녀가 언니들 이야기를 한참 한 뒤 나는 또 무심코 「언니들도 모두 글래머들이신가 보죠?」 하고 두번째 실수를 저질렀는데, 이번에는 그녀의 표정이 약간 사나워졌다.

「저도 그렇다는 뜻예요?」

「아니, 아까 둘째언닐 뵈니까 ……」 나는 허둥지둥 실수를 주워 담으려고 했다. 그러나 이미 때는 늦어 그녀는 뾰루퉁해져서 「일부러 실수를 하시기로 작정하신 모양이죠?」 하고 나를 비난했다.

나는 머쓱해져 「미안합니다. 미인이시라고 한다는 게 어쩌다가 말이 헛나온 겁니다」 하고 변명했다. 그러나 그녀는 그런 사과만으로 쉽게 마음이 풀리지 않는 모양으로 나를 외면한 채 가볍게 한숨까지 내쉬었다. 어쩌다가 이런 형편없는 사내와 마주앉게 되었나 한심하다는 표정으로 ……

무참하기는 나도 마찬가지였다. 그녀를 만만하게 본 게 잘못이기는 했다. 선을 보겠다고 쳐들어 온 여자라고 가볍게 여겼다가 무참한 꼴을 당하고 있는 것이었다. 그러나 나는 유선배의 체면도 생각해야만 했다. 그녀가 화를 내고 일어서 버리기라도 하면 유선배에게 변명할 말이 없는 것이다.

내가 서둘러 말했다. 「우리 자릴 옮길까요? 멀지 않은 곳에 분위기가 괜찮은 경양식집이 하나 있는데 ……. 샌드위치를 잘합니다」

「괜찮아요」 그녀는 짧게 말하고 나서 웃으며 덧붙였다. 「때도 아닐 때 자꾸 먹으면 찌기나 하겠죠. 그러잖아도 글래머 소리를 들으면서 ……」

「난 그런 뜻으로 한 말이 아니었는데……」

「변명 안 하셔두 돼요」

「변명이 아닙니다」

「괜찮다니까요?」 그녀는 또 웃고 나서 덧붙였다. 「오히려 제가 속좁게 군 거죠. 글래머다, 육체파다……. 그런 소릴 어디 한두 번 들었나요? 중학교 때부터 들어서 놀라지도 않아요. 그리구 그게 매양 나쁜 소리만도 아니잖아요?」

「물론이죠」

나도 얼른 맞장구를 쳤다. 그러나 그녀는 매양 기쁜 표정만이 아니었다.

그녀가 다시 말했다. 「실은 저두 여기 멋모르고 나온 거예요. 아까 언니들이 쳐들어 왔으니 뭐니 했을 때 자존심깨나 상했어요. 집에 있다가 언니 전화 받고 나왔는데 윤기자님을 만난다는 거였어요. 언니들끼리 점심 약속을 하고 절 불러낸 모양예요. 하지만 그건 아무래도 좋아요. 윤기자님 얘기는 전부터 여러 번 들어왔으니까요. 결혼이 급해 이렇게 쳐들어 와 선을 뵈는 거라구 생각하셔두 괜찮구요. 다만……」

거기까지 말하고 그녀는 잠시 말을 끊었다가 「그만두죠」 하고 체념하듯 덧붙였다. 내가 말했다.

「다만 뭡니까? 말씀하세요」

「아녜요」 그녀는 머리까지 흔들며 우산과 핸드백을 챙겨 들었다. 「그만 일어서죠. 전 어디 좀 가 볼 데가 있어서요. 샌드위치는 다음에 언제 사 주세요」

그녀는 너무도 단호한 태도였고, 때문에 나는 그녀를 말릴 겨를도 없었다. 이삭을 나와 우리는 그 상가 건물의 현관 앞에서

헤어졌다. 〈다만〉 다음에 하고자 했던 말이 무엇이었나 의문을
남긴 채 그녀는 내게 등을 보이고 인파 속으로 사라진 것이다.

그런지 며칠 뒤였다. 유선배는 전화번호가 적힌 메모지 한 장
을 건네주며 「샌드위치 사 준다고 했다면서? 아영이 지금 집에
있다니까 전화해 봐요」 하고 귀띔해 주었다.

나는 놀라지 않을 수 없었다. 샌드위치 건이 마음에 걸리지
않는 것은 아니었다. 그러나 그것은 헤어지면서 그녀가 일방적
으로 했던 말일 뿐 나를 구속하고 있는 약속이 아니었다. 그래
서 나는 메모지를 든 채 유선배를 올려다보며 「그건 그 날 얘기
일 뿐이데요」 하고 거북한 목소리를 냈다.

유선배는 의아한 표정으로 「그 날 얘기라니?」 하고 반문했
고, 나는 그때의 정황을 요령 있게 설명했다. 그러나 유선배는
찬찬히 들으려고도 하지 않고 「남자가 약속을 했으면 지켜야지,
무슨 남자가 그래요?」 하고 조금 화까지 돋구는 것이었다.

나도 쾌씸한 느낌이었다. 나는 메모지를 책상 서랍 한구석에
아무렇게나 쑤셔넣고 하던 일로 돌아갔다.

그런 일이 있은 지 또 2, 3일이 지나서였다. 유기자는 어딘가
에 나갔다가 들어오는 모양으로 내 의자 뒤를 지나다가 어깨를
툭 치고 말했다.

「아영이한테 전화 안 했어요?」

「네」 나는 또 거북한 느낌으로 대답했고, 유선배는 「윤기자
전화 꼬박꼬박 기다리는 모양이던데……. 대범하게 남자가 먼
저 전화 한번 하지 그래요?」 하고 알듯 말듯한 충고를 해주었
다. 그래도 나는 그녀에게 전화를 걸고 싶은 기분이 아니었다.
그녀와 결혼을 할 것도 아니면서 공연한 사단은 만들고 싶지 않

왔던 것이다.

그런데 그날 밤이었다. 그날 밤 나는 당직이었고, 서랍을 정리하다 보니 김아영의 전화번호가 적힌 메모지가 눈에 띄었다. 나는 일단 그것을 버리려고 구겼다가 다시 펼쳐들었고, 대범하게 남자가 먼저 전화 한번 하지 그러냐던 유선배의 충고가 생각나 송수화기를 집어들었다. 그러고도 한동안 망설이다가, 그녀에게 샌드위치 한번 사 주면 어떠랴, 그것으로 그녀의 부질없는 희망을 잠재울 수만 있다면 그렇게 하자, 하고 생각하며 천천히 숫자판을 돌렸다.

한동안 신호음이 울린 다음 50대로 여겨지는 굵은 남자의 목소리가 전화선 저쪽에서 「여보세요」 하고 나타났다. 나는 그것이 아영의 부친일 거라고 생각하며 예의를 갖춰 「전 P 경제신문사의 윤후섭 기잡니다. 아영씨 집에 있습니까?」 하고 말했다.

내가 잔뜩 예의를 갖췄음에도 불구하고 상대방은 친절하지 않았다. 「기다려 봐요」 하고 그는 퉁명스런 목소리로 대꾸한 다음 그 어딘가를 향해 「아영아, 아영아, 아영이 전화 받으라고 해」라고 소리쳤다. 그러고도 김아영이 전화선 저쪽에 나온 것은 한참 뒤였고, 내가 「윤후섭입니다」라고 신분을 밝힌 뒤에도 한참 뜸을 들이고 나서 「웬일이세요?」 하고 뜨악한 목소리를 냈다.

나는 그녀의 목소리가 내는 분위기만으로도 공연히 전화를 걸었다 싶었다. 그래도 혹시나 싶어 「샌드위치 사 드린다던 약속 말입니다 ……」 하고 시작했는데, 그녀는 내 말을 끝까지 다 듣지도 않고 「그거라면 먹은 걸로 하죠. 고마워요. 이렇게 전화를 주셔서 ……. 저한테도 확실하게 거절할 기회를 주신 거잖아요?」 하고 딸깍 전화를 끊어 버리는 것이었다.

나를 한 명의 신랑감으로 간주하고 결혼이라는 함정에 빠뜨리려는 기도가 도처에서 아주 여러 가지 형태로 벌어졌다는 이야기를 시작하며 내가 맨 먼저 김아영에 관해 털어놓은 것은, 비록 엉성한 절차로 이루어지기는 했지만 그녀가 맞선이라는 이름으로 만나 보았던 여자로서 처음이었다던가, 또는 그녀가 오래도록 기억에 남는다던가 해서는 결코 아니었다. 맞선을 본다는 것이 얼마나 무익하고 피곤한 짓인가를 강조하기 위해서다. 더구나 그즈음의 나처럼 결혼을 하겠다고 이를 갈아마시고 있는 처지가 아니고서는 말이다.

김아영과의 만남은, 아니 그녀가 전화기에다 대고 마지막으로 한 말은 나를 몹시 불쾌하게 했다. 내가 언제 샌드위치를 사 주겠다고 약속했단 말인가. 그런 걸 임의로 먹은 걸로 하겠다니, 거절할 기회를 주어서 고맙다니 도무지 싹수없는 말이 아닐 수 없었다. 그것도 중간의 유선배를 독촉해 나로 하여금 먼저 전화를 걸게 만들어 놓고서 말이다. 더욱 가관인 것은 그 뒤 유선배를 통해 전해져 온 말들이었다.

「그 날 윤기자가 말실수를 했어요? 아영이더러 글래머라고 했다며?」 하고 그쪽에서 나를 입이 좀 가볍지 않느냐고 의심하더라는 말을 전하는가 하면, 「새삼스럽게 미스터 윤이 장남이라는 사실을 들고 나오는 거야. 만나 보기 전에는 장남이면 어떠냐고 하구서……」 등 엉뚱한 트집도 잡더라는 것이었다. 싫으면 잠자코 물러설 일이지 중매쟁이를 통해 상대의 감정에 꼭 흠집을 내고야 말겠다는 그녀가 가증스러울 정도였다. 도무지 못 먹는 감 찔러나 보자는 수작이 아닐 수 없었다.

전화 건은 더욱 그랬다. 애프터를 신청할 계획이 전혀 없는 나에게 샌드위치 사 준다더니 어떻게 된 거냐느니, 내 전화를 꼬박꼬박 기다리느니 해놓고 내가 전화를 걸자 마자 거절할 기회를 주어서 고맙다니 이건 그렇게 오금을 박듯이 거절하기 위해 사술(邪術)을 쓴 것이 아니고 무엇이랴. 그 이후 유혜정 선배와의 관계마저 어색해져 한동안 나는 그녀와 얼굴을 마주치고도 싶지 않을 정도였다.

아무튼 그런 불쾌한 기억의 맞선 이후 나는 그 따위 하릴없는 짓을 극도로 자제했다. 그럼에도 불구하고 한동안 잊었다 싶으면 또 비슷한 사태가 벌어지고는 했는데, 어머니가 처음에 「누가 널 한번 보자던데 ……」 하고 시작했던 중학교 여선생의 경우는 꾸준했고, 석사 과정을 밟고 있다는 대학원생도 하나 있었으며, 피아노 교실을 운영하고 있다는, 그래서 그 수입이 내 월급의 2배도 넘는다는 음대 출신의 또순이도 한 명 있었다. 대학원생은 그때 이미 김순구와 결혼을 해 반포에 아담한 신혼의 보금자리를 꾸민 윤영란이 소개한 경우였고, 피아노 교실은 원효로의 외숙이 강요한 경우였다.

외숙은 어머니의 남동생으로 친가 쪽에 변변한 웃어른이 없는 나에게 P 경제신문사에 입사할 때는 신원보증인이 되어 주는 등 후견인 비슷한 존재였다. 때문에 내 신상 문제에도 상당한 발언권을 행사할 수 있었다고 할 수 있다.

신원보증서에 도장을 받으러 찾아갔을 때도 「잘했다. 이제 장가만 들면 되겠구나」 하고 외숙은 압력을 넣었었다. 그러나 나는 그 말을 압력이라고는 미처 생각하지 못하고 「천천히 생각하죠」 했더니 외숙은 발끈해서 「무슨 소릴 하는 거냐? 빨리 장가

들어 어머니를 편히 모셔야지」하고 나무랐었다. 그러고 보니 외숙은 어머니의 하나밖에 없는 남동생이었고, 곤궁하게 살고 있는 당신의 누님이 자식 덕에 빨리 고생길에서 벗어나기를 누구보다도 더 바라고 있었던 것이다. 김아영 사건이 있은 지 한 달쯤 지나서였다. 외숙은 회사로 전화를 걸어「어째 그리 통 전화도 없고 무심하냐?」하고 한바탕 꾸지람부터 퍼부은 뒤「돌아오는 공일날 별일없지?」하고 물었다. 그래도 나는 눈치를 못 채고「네, 별 일은 없습니다만……」하고 의아해 했는데, 외숙은 밑도끝도없이「색시 얘길랑 이따가 퇴근해서 네 외숙모한테 듣고……. 외숙모가 저녁 때 늬 집에 간다고 했다. 만날 시간이랑 장소는 이 다음에 연락하마」하고 전화를 끊으려고 했다. 나는 어머 뜨거라 싶어「외삼촌, 무슨 말씀이세요. 색시라니요?」하고 전화기를 붙들고 늘어졌고, 외숙은「인마, 네 색싯감 얘기지 무슨 얘기야?」하고는「나 지금 바뻐. 손님 왔으니까 끊어」하고 일방적으로 전화를 끊어 버렸다.

외숙은 원효로 큰길 가에 가게를 가지고 합판 대리점을 경영하고 있었다. 손님이 찾아와 전화를 끊어야 하는 사정은 짐작이 되었다. 그러나 아무리 웃어른이지만 자기 할말만 하고 전화를 끊어 버리는 행위에는 나도 화가 치밀었다. 그래서 10분쯤 뒤에 다시 전화를 걸어「외삼촌, 저 지금 결혼할 계획 없어요. 그리고 돌아오는 일요일 날 어디 좀 가야 하구요」하고 볼멘 소리를 냈다.

「어딜 가? 너 아까는 별일없다고 했잖어?」하고 외숙은 일단 내 볼멘 소리에 움츠러드는 듯했다가「결혼할 계획이 없다니……. 도대체 너 지금 무슨 생각을 하고 있는 녀석이냐?」하고 대뜸 고압적인 태도로 바뀌었다. 어머니가 그만큼 고생스럽게 뒷바라지를 했으면 빨리 장가들어 편히 모셔야지 결혼할 계획이 없다니 그게 무슨 철딱서니 없는 소리냐는 뜻이었다. 거기까지는 나도 꿀리는 대목이었으므로 「아직 준비도 안 되었다구요 ……」 어쩌구 하며 한풀 꺾였다. 그러자 외숙은 「떽」 하고 소리부터 치고 나서 「사내가 집 있으면 됐지 ……. 난 집도 절도 없이 시작했어도 이만큼 산다. 잔소리 말고 이번 공일날 시간 내」 하고는 다시 전화를 끊어 버렸다.

그날 밤 나는 일부러 늦게 집으로 돌아갔다. 외숙모와 마주치기 싫어서였다. 그랬는데도 외숙모는 그때까지도 돌아가지 않고 기다리고 있다가 어머니와 함께 나를 맞이했다.

「아니 그 신랑감 한번 구경하기 힘드네 ……. 외삼촌이 낮에 회사로 전화 안 했어?」

「전화하셨어요」 나는 퉁명스럽게 받았다. 그러나 기왕 이렇게 된 거 할 수 없지 않느냐고 체념하며 짧게 변명했다. 「회사에 갑자기 무슨 일이 생겨서요」

「그럼 희순네 집으로라도 연락을 할 일이지」 어머니가 원망스럽게 말했고, 외숙모도 「그런 걸 공연히 걱정했잖수. 혹시 무슨 일이 생겼나 어머니가 다섯 번도 더 버스길까지 나갔다 들어왔다 하셨어」 하고 덧붙였다. 희순네 집이란 우리 집 바로 옆집으로 우리가 전화를 반납한 뒤 새로 전화를 가설한 집이었다. 또 전에 은행의 대리인 희순이 아버지가 집에 늦을 때 우리 집 전화로 사정을 알렸듯이 우리도 그 댁 전화를 사용하기로 양해가 되어 있는 사이였다. 아무튼 어머니가 희순네 집 전화까지 들먹이는 것을 보니 몹시 기다린 것이 분명했고, 그 점에 관해서도 나는 변명을 해두지 않을 수 없었다. 「깜빡했어요」

그러나 그렇게 매양 자세를 낮췄다가 까딱 잘못하면 이 맞선을 보고 말지 싶어 나는 갑작스럽게 목소리를 높였다.

「그런데 외삼촌이 도대체 무슨 말씀을 하시는 거예요? 색싯감이라니, 내가 지금 색싯감이 없어 장갈 못 드는 줄 아세요?」 외출복을 벗어 옷장에 걸고 집에서 입는 가벼운 옷으로 갈아입으면서 내가 소리치자, 외숙모는 그런 나를 빤히 올려다보며 「형님, 아무래도 사귀는 색시가 있나 봐. 그러니까 저렇게 배부른 소릴 하지」했고, 어머니는 자신 있게 「에이, 없어. 쟤가 괜히 저렇게 뻗댄다니까……」하고 행여 외숙모가 혼삿말 가져온 것을 거둬 들일까 전전긍긍하는 것이었다.

그 날 외숙모가 이야기한 색싯감은 외숙모의 친정집 조카벌 되는 아가씨라고 했다. 외숙모의 고향이 청주이므로 그 아가씨의 고향도 청주라고 했고, 외삼촌도 처가의 대소사에 참석했다가 보고 눈에 들어 생질부로 점을 찍고 외숙모를 재촉해 왔다는 것이었다. 대학은 서울에서 사립 음대를 나왔다고 했다. 전공은 피아노로 지금은 장승백이에서 피아노를 다섯 대나 놓고 피아노 교실을 운영하고 있는데, 그 수입이 웬만한 월급쟁이의 2배도 넘어 혼자 힘으로 혼수 준비도 다 끝내 놓고 있다는 것이었다. 그런데 무엇보다도 중요한 것은 그쪽에서, 색싯감의 부모는 물론 색싯감도 나를 아주 마음에 들어 한다는 사실이었다. 직장도 괜찮고, 무엇보다도 서울대학을 나온 수재 아니냐며 오히려 이 혼삿말이 깨질까 봐 걱정이라는 식이었다.

그러나 나는 그냥 진부한 느낌이기만 했다. 그런 식으로 친척들 사이에서 혼삿말이 왔다갔다 한다는 사실도 그랬지만 그 쪽에서 나를 수재로, 사실은 별 수재도 아닌데 수재로 여긴다든가, 서울대학교를 마치 미신처럼 떠받든다든가 하는 태도도 진부했고, 무엇보다도 피아노를 전공해 그것을 악착같이 돈벌이의 수단으로 삼고 있다는 사실 자체가 진부한 느낌이었다. 그래서 나는 별 책임 없이 「그런데 외숙모, 젤 중요한 게 빠졌는데 이뻐요?」했고, 그것이 그 피아노 또순이와 맞선이라는 것을 보게 된 족쇄가 되고 말았다. 즉 예쁘고 안 예쁘고는 봐야 하는 게 아니냐, 제 눈에 안경이라는데 봐야지 옆에서 누가 뭐란다고 그게 귀에 들어오냐고 핀잔만 먹은 것이다.

그녀의 미모가 별수없으리라는 점은 외숙모의 태도에서 이미 눈치챌 수 있었다. 제 눈에 안경이라는데 어쩌구 한 말에도 섞여 있었지만, 신부감으로서 그녀가 가지고 있는 장점들을 두루 열거하면서도 끝내 예쁘다는 말은 빼놓은 것이다.

그런데 아니나 다를까, 그녀는 내가 가장 기피하는 부류의 외모를 타고나 있었다. 키가 작다는 점은 참을 수 있었다. 그러나 그렇게 작은 키에 가슴은 딱 벌어진 겹몸이었고, 그런 육중한 상체를 받치려고 하체도 작달막하게 아주 비정상적으로 발달해 보였다. 얼굴만은 그런 대로 동그스럼한 게 좀 나았다 싶었는데 그래도 무엇인가 분위기를 느끼게 하지는 못했고, 잔주름을 감추려고 덕지덕지 바른 파운데이션은 요소요소에서 틀떠 차라리 외면하고 싶을 정도였다. 나보다 한 살 아래인 스물일곱이랬던가. 여자 나이 스물일곱에 눈가의 주름살을 감추려고 도배하듯 화장을 해야 하다니 비참한 노릇이 아닐 수 없었다.

내가 그녀와 만난 곳은 시청 앞에 있는 호텔의 1층 라운지였다. 그곳에 손님이 그다지 많지는 않았지만, 그 손님 가운데 혹시 나를 아는 사람이 있어 내가 저렇게 생긴 여자와 맞선을 보고 있는 장면을 훔쳐보고 있는 것 아닐까 온몸이 근질근질 했고, 그래서 그녀를 데리고 나온 그녀의 모친과 외숙모가 이야기를 나누는 동안 힐끗힐끗 주변을 둘러보았을 정도였다.

그러나 그 날 나는 매양 예의없이 굴지는 않았다. 마음속으로는 정말 별 한심한 여자 앞에 다 불려 나왔다 싶었다. 그러나 하마 그녀에게 줄지 모를 심리적인 타격을 염려해 예의 바르게 굴었으며, 그녀의 모친이 묻는 말에도 싹싹하게 대꾸했다.

마침내 그녀의 모친과 외숙모가 자리를 뜬 뒤에도 나는 그녀에게 싹싹하게 말도 붙이고 웃어 보여주기도 하고 그랬다. 그 순간만의 태도로는 내가 그녀에게 별 흥미가 없다는 사실을 눈치채지 못하도록 조심하면서.

그러나 그녀와의 대화는 주파수도 잘맞지 않았다. 내가 「피아노를 하신다구요?」 하자 그녀는 「네, 장승백이에서 ……」 하고 얼토당토않은 대답을 했고, 하는수없이 내가 「수입이 좋으시다고 들었습니다」 하고 대화를 이끌자 「그럼요. 여름방학이 되면 더 늘 거예요. 지난 겨울방학에도 백 명이 넘었거든요」 하고 터무니없는 자신감을 내비치는 것이었다. 음악을 그렇게 머릿수로만 따지고 있는 게 한심해 「그렇게 레슨만 해서는 충족되지 않는 게 있지 않습니까? 자신의 공부라든지 ……」 하고 운을 떼었어도 그녀는 고민하는 기색도 없이 「공부는 무슨 ……. 돈을 벌어야죠」 했다가 자신의 말이 부끄럽기는 했는지 조금 고개를 숙여 보였다.

헤어질 때 나는 그녀가 안되어 보여 친구처럼 심심할 때 부담없이 서로 전화를 걸어 만나자고 했다. 그랬더니 그녀는 두 눈을 동그랗게 뜨고 「전화하시겠다구요?」하고는 핸드백에서 얼른 피아노 교실 명함을 한 장 꺼내 주며 「일루 하시면 돼요. 제가 없어도 말씀만 전해 두시면 약속 장소로 금방 나갈 수 있어요」하고 기대에 벅찬 표정을 짓는 것이었다.

지금 나는 그녀의 이름도 기억하지 못한다. 다만 〈피아노 또순이〉라는 별명으로 기억할 뿐인데, 그것은 외숙모가 그 뒤에도 이따끔씩 그녀의 소식을 전해 주었기 때문이다. 이를테면 내가 결혼한 뒤 바로 그녀도 상공부의 관리와 결혼을 했다든가, 살림이 불같이 일어 동부이촌동에 맨션아파트를 장만했다든가, 아이들 남매를 삼각지에 있는 사립국민학교에 입학시켰다든가, 승용차를 샀다든가 하는 것들이었다. 그런 것들이 모두 그녀가 운영하는 피아노 교실 덕분이라며 외숙모는 소식을 전할 때마다 내가 그녀를 마다한 게 영 애석하다는 표정이었다.

윤영란이 소개한 대학원생은 김순구의 결혼식장에서 이미 한 번 본 여자였다. 아니, 그때 얼핏 한 번 보았을 뿐더러 김순구의 결혼 기념 사진, 신랑 쪽 친구들과 신부 쪽 친구들이 어울려 찍은 사진 속에도 끼어 있어서 김순구의 집을 방문했을 때 윤영란은 그 사진을 찾아다 보여주며 「앤데, 이쁘죠?」하며 몇 번씩 미모를 확인시키고는 했었다.

사진 속의 그녀는 윤영란이 강조하지 않았어도 이목구비가 또렷한 미인이었다. 게다가 그녀는 체크 무늬의 직물류 모자까지 비딱하게 쓰고 있어서 전공이라는 불문학과 어우러지며 매우 개성적인 분위기를 연출하고 있었다.

여기서 그즈음 우리들의 풍속이랄까 그런 것을 소개해도 좋을 것이다. 그즈음은 바야흐로 우리 또래들의 결혼 시즌이었다. 함을 지고 신부집으로 쳐들어 간다든가, 함값을 받아 가지고 친구들끼리 하룻밤의 유흥비로 써 버린다든가 하는 것도 즐거운 행사였지만, 결혼한 친구 집으로 불시에 쳐들어가 술 내와라 밥해 내라 하며 여흥으로는 포커나 고스톱으로 밤을 새우는 짓도 우리들을 열병처럼 휩쓸고 있는 행사였다. 그 중에도 김순구는 걸핏하면 「우리 집으로 가자」 하고 친구들을 휩쓸어 자기 집으로 들이닥치기를 좋아했는데, 윤영란은 무던하게도 꽤 오랫동안 그런 남편 친구들의 치닥거리를 해온 셈이었다.

우리들이 들이닥치면 그녀는 얼굴 한 번 찌푸리지 않고 「어서 오세요」 했다. 염치가 없어진 우리들이 「또 왔습니다, 계수씨……」 하거나 「다 계수씨 생각해서니까 귀찮아하지 마세요. 우리들이 순구를 이렇게 끌고 들어오지 않으면 또 무교동에서 밤새 헤맬 것 아닙니까? 아시죠?」 해도 그녀는 얼굴 한 번 붉히지 않고 「알구 말구요. 잘 오셨어요」 하고는 순발력도 빠르게 생선회를 떠온다 생미역을 무친다 하여 술안주를 만들어 내오고 시끌벅쩍 한동안 포커나 고스톱을 치다 보면 새빨간 게장 같은 밥반찬에 상다리가 휘어질 만큼 푸짐한 저녁상을 내왔다. 또 서로 돈들을 따고 잃고 해 열들이 올라 자정이라도 넘길라 치면 군소리 없이 떡국이나 비빔국수 같은 것을 만들어 야식으로 내오는 등 극진히 구는 것이었다.

그런 윤영란이었으므로 그녀는 남편 친구들 사이에서 신망이 높았고, 그러다 보니 미혼인 친구들은 「어디 계수씨 같은 여자 또 없어요?」 하거나, 기혼인 친구도 「여기 오면 나도 장가 새로 가고 싶다니까. 순구야, 너 나랑 마누라 바꾸자」하고 함부로 떠드는 것이었다.

그런 와중에서 나도 「영란씨, 친구 중에 좋은 아가씨 하나 없어요?」어쩌구 했고, 순구가 순전히 장난으로 「넌 인마, 무교동에 애인 있었잖아? 설희였던가 걘 어떡하구 ……. 또 있었지. 옛날에 미대생 ……. 걘 이름이 뭐였지? 너처럼 과거가 지저분한 놈은 안 돼, 인마」하고 초를 쳤어도 그녀는 특별한 호의를 가지고 내게 예의 그 불문과 대학원생을 천거한 것이었다.

윤영란이 결혼 기념 사진을 찾아와 보여줄 때도 순구는 「글쎄이 녀석은 안 된다니까? 이 자식 이거 순 바람둥이야. 내가 아는 여자만 해도 열 명도 넘어. 여자에 관한 한 이 녀석 이거 다국적 기업이고 문어발 식이라구. 그런데 당신 겁도 없이 왜 그래?」하며 그때도 순전히 장난으로 끼어들었고, 그래도 윤영란은 철저히 내 편이 되어 「당신은요? 사둔 남말하는 거예요?」하고 남편을 흘겨보고 나서 「총각 시절에는 그럴 수도 있는 거 아녜요? 좋은 여자 만나 정착하면 옛날의 허물쯤 다 감춰지겠죠」하는 것이었다. 그렇게 해서 나는 자의 반 타의 반으로 그 불문과 대학원생과 또 맞선이라는 것을 보게 되었는데, 이 경우는 상대방에 관해 서로 사전 지식을 충분히 갖추고서였다.

그녀의 이름은 정민희라고 했다.

당시 역촌 지구에서는 대규모 토지 구획 정리 사업이 벌어지고 있었는데, 그녀의 부친은 일대의 공사장에 블럭이나 시멘트 벽돌 등 시멘트 제품을 공급하는 공장을 경영해 착실히 부를 쌓았고, 집도 공장에서 가까운 응암동이라고 했다. 집안에서 그녀는 3남매 중 장녀로 인천 출신인 윤영란과는 대학 때 만나 사귀었다고 했다. 그런데 집안에서 그런 거친 사업을 하는 집 딸답지 않게 문학적이고 감성적인 성격이라며 나와 잘 맞을 거라고도 했고, 문제는 그녀가 프랑스 유학이냐 결혼이냐는 갈림길에서 방황하고 있는데 나를 만나면 결혼 쪽으로 마음을 굳힐지도 모른다는 것이었다.

거기까지 듣고 나는 「아이구, 까딱 잘못했다가 앞길이 구만리 같은 불문학도 하나를 소도방 운전수로 전락시키는 것 아닙니까?」했고, 그러자 윤영란은 「나 같으면 윤후섭씨 댁 소도방 운전수를 선택하겠다 ……. 외국 가서 공부하고 와 보았자 뭘하겠어요? 대학에 자리가 있는 것두 아니구, 기껏해야 번역거리나 들고 이 출판사 저 출판사 기웃거릴 거 아녜요? 그러느니 윤후섭씨같이 확실한 평생 직장을 붙잡지, 안 그래요? 거기다 윤후섭씨가 보통 분예요? 후제 톨스토이 같은 대문호가 되실 분이잖아요?」하고 나로 하여금 얼굴을 뜨겁게 만들었다. 옆에서 듣고 김순구가 「그런데 이 여편네가 이거 윤후섭이라면 깜빡 죽으니 나보다 후섭이를 더 좋아하는거야 뭐야?」하고 짐짓 시샘을 했고, 윤영란은 그런 김순구한테 애교를 부리며 「저야 바늘 가는 데 실 간다고 당신이 10년 전 재수생일 때부터 좋은 놈 아니, 좋은 분이라고 해서 귀에 못이 박혔잖아요? 이제 와서 아니란다구 제가 믿을 것 같아요?」하고 항변했다.

아무튼 그렇게 해서 나는 정민희와 이른바 맞선이라는 것을 보게 되었는데, 입회인은 물론 윤영란이었다.

우리들이 만난 것은 일요일 오전이었고, 장소는 북한산 기슭에 자리잡은 평창동의 Q 호텔 커피숍이었다. 그곳이 조용하며 분위기도 좋고, 또 수유리에 사는 나와 응암동에 사는 정민희 그리고 반포아파트에서 오는 윤영란에게도 모두 중간쯤의 거리로 공평하다는 정민희의 주장을 따랐다고 했다.

과연 조용하고 분위기도 차분한 게 나에게도 마음에 드는 호텔이었다. 버스 따위로 북악터널을 통과하며 더러 그 앞을 지나가 보기는 했지만 호텔 안에 들어가 보기는 그때가 처음이었던 것이다. 맨 먼저 도착한 나는 커피숍에 자리를 잡고 앉아 둥근 전망창 밖으로 넓게 펼쳐진 잔디밭과 그 잔디밭 위의 이끼 낀 돌탑 등을 내다보며 여자들을 기다렸다.

그러나 호텔의 그런 차분한 분위기와는 달리 내 마음은 차분할 수 없었다. 여자를 만난다는 흥분, 그것도 반드시 결혼할 것도 아니면서 맞선이라는 이름을 빌려 여자를 불러내고 있다는 흥분이 가슴을 뛰게 하고 있었고, 그것이 죄의식을 불러일으키기는커녕 나로 하여금 악마적 상상력의 날개까지 한껏 펼치도록 부추키는 것이었다. 즉 결혼은 안 하고 그녀가 프랑스 유학을 떠나기 전까지만 서로 즐길 수는 없을까 하고 말이다. 어차피 그녀는 나 같은 가난뱅이와 결혼까지는 하지 않으려들지 모른다. 프랑스로 떠나기 전까지 외로움을 나눌 사내가 필요할지 모르며, 그렇다면 이 호텔은 그녀와 나의 데이트 장소로 그럴 듯하다…… 윤영란과 대학 동기라면 그녀 나이 스물여덟, 여자 나이 스물여덟까지 아무 일 없을 리는 만무하고, 이런 호텔을 만남의 장소로 지목한 걸 보면 진작부터 이 호텔에 드나든 게 아닐까. 여자에게 그런 전력이 있다는 게 께름칙하기는 하지만 난 뭐 동정인가. 어쩌면 우리는 금세 의기투합해 절차 생략하고 방으로 들어갈 수 있을지 모르겠다. 그런데 대관절 이 러브 호텔의 하룻밤 숙박료는 얼마나 하는 것일까 등등. 그런 나의 악마적이며 음모에 찬 상상력은 그러잖아도 뛰는 가슴을 더욱 뛰게 만들었고, 그런 자신을 깨닫고는 어이없어 웃기도 했다.

그렇게 싱숭생숭 30분쯤 기다린 뒤에 정민희와 윤영란은 함께 나타났다. 앞장서 커피숍 안으로 허둥지둥 들어온 윤영란이 먼저 말했다.

「오래 기다리셨죠? 미안합니다. 쟤가 늦어서 그만······」

「어디서 만나서 오시는 모양이죠?」 나는 자리에서 엉덩이를 일으키며 물었고, 윤영란이 뒤에 오는 정민희를 흘겨보며 대답했다. 「네. 만나서 함께 가자고 아침에 전화로 졸라대 나는 버스 정류장에서 30분도 더 기다렸는데 얜 택시 타고 와 로비에서 10분 기다렸다는 거예요」

그런 다음 윤영란은 그녀 뒤의 정민희와 나를 서로 소개시켰고, 우리는 가볍게 눈인사를 나눈 다음 내가 앉았던 테이블에 둘러 앉았다. 차를 시키고 나서 내가 말했다.

「여기 참 좋군요.」 그것은 약속 장소로 이곳을 지목한 정민희의 안목을 칭찬하는 말도 되었는데, 정민희는 물론 윤영란도 아무런 대꾸를 하지 않았다. 약속 시간 문제로 호텔 앞에서 다툰 감정의 앙금이 두 여자 모두 가라앉지 않았던 것이다.

이를테면 나로서는 뜻밖의 사태에 부닥친 셈이었다. 그리고 그런 경우 어떻게 처신해야 되는가 경험한 바 없어 고약한 느낌이기도 했다. 그래도 나는 다시 「더러 이 앞을 지나가 보기는 했어도 말입니다. 들어와 보기는 처음인데, 들어와 보니 더 좋군요」 했고, 그제서야 정민희는 「좋죠?」 하고 가볍게 맞장구를 쳐주었다.

그러나 윤영란은 그런 정민희를 힐끗 쏘아보고 나서「좋으면 뭘하니? 난 버스 두 번 갈아타고 와서도 저 밑에서부터 한참 걸어 올라왔다. 시청 앞이나 광화문에서 만났으면 좀 좋으니? 하필이면 이런 구석쟁이를 고집해 가지구……」하고 여전히 툴툴거렸고, 정민희도 그런 윤영란의 불평을 더 이상 견디기 힘들다는 표정으로「부잣집 사모님이 택시 타고 오실 일이지, 누가 버스 타고 올 줄 알았니?」하고 빈정거렸다.

　「얘 봐, 내가 무슨 부잣집 사모님이라구……. 우리 남편 실업잔 거 너 모르니?」윤영란이 또 항변했고, 정민희도 지지 않고「너, 그런 소리 좀 제발 그만해. 시아버지가 인천 부자라는 거 모르는 사람 아무도 없어」하고 핀잔했다. 그러자 윤영란은 또「시아버님이 부자면 뭘하니? 네가 우리 집 내막을 몰라서 그렇지. 후섭씨는 잘 아시죠? 우리 시아버님 구두쇤 거……」하고 나에게도 응원을 청한 다음,「생활비 지원이 끊어진 지 벌써 석달도 넘었어, 얘. 순구씨는 취직할 생각도 않구. 이럴 줄 알았으면 나라도 직장을 붙잡고 있는 건데……」하고 실토정을 늘어 놓았다.

　거기까지 가자 두 여자 사이의 갈등도 조금 누그러졌다. 그것을 깨달은 내가 민첩하게 끼어 들었다.

　「그만들 두십시다. 두 분 언쟁하는 모습 보여주려고 절 나오라고 한 것은 아니잖습니까?」

　「미안해요」윤영란이 말했다. 「버스 정류장에서 30분씩 기다리며 후섭씨한테 실수하는 게 아닌가 여간 마음을 졸였어야죠? 게다가 쟤가 본래 시간 관념이 좀 희박한 편예요. 우리끼리 약속을 해도 한 시간 늦는 건 보통이라구요」

「나 참. 너 지금 이 분 앞에서 날 망신시키려고 불러 낸 거니?」정민희는 어이없다는 듯이, 그러나 목소리는 한결 누그러져 이건 어디까지나 장난으로 하는 항변이다 하는 투로 말했고, 윤영란도 그런 정민희의 태도에 한껏 수그러들며 「그건 아니야. 하지만 네가 시간 관념이 좀 희박한 건 사실 아니니? 네 말대로 오늘은 10분밖에 안 늦었지만 ……」한 다음 나를 향해 「쟤가 오늘 10분밖에 안 늦고 나온 건 특기할 만한 사건예요. 잘 기억해 두세요」하고 강조했다.

그렇게 대화가 오가는 사이 주문한 홍차와 커피 등 차가 날라져 왔고, 또 그러는 사이 나는 정민희의 여러 면모, 아름다움이라든지 음성, 말씨, 표정, 몸짓, 옷의 맵시 등을 점검해 나갔다.

첫인상은 좋았다. 지적 분위기도 있었고, 비록 친구와 다투고 있기는 했지만 절제심을 알맞게 발휘할 줄도 알았고, 윤영란에 비해서는 말수가 적다는 사실도 마음에 들었다. 그러나 무엇보다도 그녀가 섹스 어필하다는 점에 나는 강하게 이끌리고 있었다.

섹스 어필 ……. 어쩌면 그것은 매우 주관적인 느낌이기는 하다. 마릴린 먼로라든지, 요즈음으로 치면 마돈나처럼 보편타당한 섹스 어필과는 전혀 무관한 용모였으므로.

어느 편이냐 하면 그녀는 골격미의 여인이었다고 할 수 있었다. 뼈만 앙상했다고는 말할 수 없지만 얼굴에도 광대뼈와 턱뼈가 두드러져 그것을 덮은 살가죽이 북 면처럼 팽팽하게 긴장되어 보였으며, 찻잔을 든 그녀의 희고 긴 손목도 움직일 때마다 뼈들이 살가죽을 밀어내는 것처럼 느껴졌다.

뿐이랴. 그녀는 한줌도 안 되어 보이는 허리를 타고나 있었다. 커피숍으로 들어올 때 확인해 둔 바였지만 그 허리는 내가 기억하고 있는 그 어떤 허리보다 날씬했다.

하긴 그 가는 허리를 옷차림으로 강조하고 있기도 했다. 가을이 깊어져 엷은 베이지의 바바리를 걸쳤지만 단추는 잠그지 않아 앞자락이 끝까지 열려 있었고, 그 열려진 바바리 안에 암자색의 니트류 쫄쫄이가 허리를 꽉 졸래맨 모습으로 한눈에 들어왔던 것이다. 벨트도 없이 검정색 바지를 입었지만 그것도 그녀의 가는 허리를 감출 수는 없었다. 아니, 허리에서 조금 느슨한 듯한 바지가 그녀의 가는 허리를 오히려 강조하는 듯한 양상이었다.

내가 여자의 가는 허리에 특별히 약했다는 사실은 새삼스레 강조할 필요가 없을 것이다. 동원네 집의 자매들 중 길어서 우아하다고 느꼈던 지윤은 말할 것도 없고, 연상의 여인 지원씨마저도 한줌도 안 되는 허리의 소유자였다는 사실을 기억할 것이다. 설희도 그 점에 관한 한 불만이 없었다. 불만은커녕 그녀의 풍만한 히프에서 납렵한 허리로 돌아올라간 급격한 곡선은 번번히 나를 깜짝 놀라게 했고, 방금 섹스를 끝냈음에도 불구하고 그녀를 또 자빠뜨리지 않고는 견딜 수 없게 만들었었다. 그러면 그녀는 「자기 왜 그래?」 하고 코맹녕이 소리를 내면서도 나를 위해 또 자세를 만들고는 했던 것이다.

여자의 허리 아래에 유난히 관심이 많은 사내를 흔히 형이하학적(形而下學的)이라고 한다. 실제로 그런 비난을 들어본 적은 나에게 별로 없었다. 그런 것을 입으로 떠벌리지는 않았으니까. 그러나 그런 면에서 분명히 나는 형이하학적이었고, 가는 허리

의 여자만 보았다 싶으면 상상 속에서라도 으스러지도록 껴안지
않고는 견디지 못하는 것이다. 더구나 나는 정민희가 나타나기
전부터, 결혼은 안 하고 프랑스로 떠나기 전까지만 섹스 파트너
로 즐길 수는 없을까 따위 음모적 상상력에 시달리지 않았던가.
그랬던 나였으므로 정민희의 가는 허리는 나를 몹시 자극했고,
그녀를 앞에 앉혀 놓은 채 염치없이 으스러지도록 힘찬 나체의
포옹을 상상하는가 하면 섹스의 여러 가지 체위마저 아른아른
눈앞에 그려보는 것이었다.

　고약한 섹스 어필이며 괘씸한 상상력이 아닐 수 없었다. 맞선
을 보러 나왔다가 상대에게 그런 식으로 유린당할 수도 있다는
사실을 알면 아마 맞선을 보러 나갈 여자가 한 명도 없을지 모
르겠다. 아니, 그런 것까지 모두 감수해야 하는 것이 맞선이라
는 이름의 행사 아닐까.

　남자의 성이란 그만큼 직정적(直情的)이고 공격적이다. 맞선
의 자리라고 성적 상상이 배제되는 것은 아니며, 여자가 아름다
울수록 아니, 상대방 남자에게 어느 한 면으로라도 성적으로 어
필되는 구석이 있으면 있을수록 그런 수난을 모면하기 힘든 것
이다.

　각설하고, 나는 정민희를 보자마자 깊은 흥미를 느꼈다. 뿐더
러 그녀는 여러 가지로 내게 만만하게 느껴졌는데, 첫째는 그녀
의 나이였다.

　캠퍼스에는 도끼만 들어도 넘어가는 나무라는 우스개 소리가
있다고 한다. 대학 1년생을 백 번 찍어야 넘어가는 나무라면 4
년생은 도끼만 들어도 넘어가는 나무라는 것이다. 그런데 그녀

나이 스물여덟. 대학 4년생 시절도 벌써 4, 5년 전에 넘겨 버렸으며, 어디서 무엇을 하다가 들어갔는지는 몰라도 뒤늦게 석사 과정을 밟고 있다는 것이었다. 그만한 나이라면 도끼는 고사하고 눈만 흘겨도 넘어갈 나무가 아닐는지.

그렇다고 그녀를 넘어뜨리는 것이 결혼에 골인하는 것을 의미하지는 않았다. 그런 것은 어디까지나 차후의 문제였고, 어떻게 하면 하루라도 빨리 성적인 관계에 들어 가느냐 하는 것이 내게는 눈앞의 관심사였던 것이다.

다음으로 만만했던 점은 그녀가 불문학 전공이라는 사실이었다. 그런데 석사 과정까지 밟고 있다면서 프랑스 문학 전반에 걸쳐 나보다 오히려 더 무지했다고나 할까.

대화가 진행되는 동안 그녀의 전공에 관해서도 잠시 이야기를 나누었는데, 나는 내가 읽은 20세기 프랑스 작가들의 이름을 재빨리 입에 올렸다. 뒤라스, 르 클레지오, 로브 그리예, 망디아르그, 로맹 가리 등……. 그러나 로맹 가리 이외의 이름에는 생소한 듯한 표정이었다. 그 중 망디아르그의 『라 모터시클레』는 영화로 만들어져 국산 제목으로 그즈음 서울의 개봉관에서도 상영되고 있었으므로 「『그대품에 다시 한 번』요, 그게 『라 모터시클레』인데 ……. 못 보셨어요?」하고 그녀의 무지를 살짝 꼬집어주었다. 그러나 그녀는 별로 무람도 타지 않고, 「그래요? 굉장하시네요. 불문학 전공인 저보다 오히려 더 많이 아시니 ……」하고 나를 경이의 눈으로 바라보는 것이었다. 윤영란도 옆에서 거들었다. 「내가 말했잖아? 소설 쓰신다구 ……」

영화 이야기는 잠시 더 가지를 쳤다. 내가 「클로드 를루시라고는 아시죠? 「남과 여」를 만든 친군데 ……」하자 그녀는 영

화만 본 모양으로 「네, 「남과 여」……. 참 좋았어요」했고, 나
는 다시 「그 친구가 「그대 품에 다시 한 번」도 만든 겁니다. 영
상의 귀재죠」하고 덧붙였다.

뿐만 아니었다. 나는 클로드 를루시의 영상 예술을 가능하게
했던 프랑스의 새 영화 운동 〈누벨 바그〉에 관해서도 이야기했
다. 그러다 보니 「사형대의 엘리베이터」, 「연인들」을 감독한 루
이 말을 비롯해 「4백 개의 상처」를 만든 트뤼퍼, 「흑인 올페」의
마르셀 카뮈, 「네멋대로 해라」의 장 뤽 코달, 「내 사랑 히로시
마」의 알랑 레이네 등 허다한 영화 작가들의 이름을 들먹였고,
그러는 동안 정민희는 물론 운영란까지도 한동안 벌린 입을 다
물지 못할 정도였다.

「그런 영화를 다 보신 거예요?」마침내 정민희가 물었고, 나
는 「대부분 여기서 상영된 영화니까요」했다가 「프랑스 문화원
에서 본 것도 있구요」하고 덧붙였다.

「프랑스 문화원……. 전 예전에 불어 강좌를 들으러 다녀 본
적이 있어요」

정민희가 심드렁하게 말했고, 그때쯤 나는 그녀가 내 지식에
별로 흥미없어한다는 사실을 깨달아야 했다.

내가 프랑스 영화의 누벨 바그에 관해 이야기를 꺼낸 것은 비
슷한 시기에 진행된 누보 로망 운동에 관해 말하고 싶어서였다.
예술의 전위 운동은 형식 파괴라는 면에서 서로 통하는 바가 있
고, 소설을 쓴다고 해서 인접 예술을 등한시하면 상투형이나 동
어 반복의 함정에 빠질 염려가 있다는 점을 말하기 위해서였다.
그러나 그런 말을 그녀가 알아들을 것 같지는 않았고, 지적으로
그녀를 굴복시킨다는 데에 한계가 있다는 점도 절망적으로 느끼

고 있었다.

아무튼 정민희는 두루 만만한 존재였다. 불문학 전공의 대학 원생이라고 꿀릴 이유가 아무것도 없었으며 잠시의 대화로 그녀의 존경심마저 이끌어냈다고 할 수 있었다.

또 반대로 나는 실망스럽기도 했다. 비록 내가 그녀에게서 사르트르의 시몬느 보봐르나 로댕의 카미유 클로델을 찾은 것은 아니었지만, 또 그런 것은 고등학교 시절의 소철규처럼 열차에서 만난 시골 찻집의 레지한테 부보라라는 가명을 붙여주고 자신은 사로토로 행세했던 웃지 못할 코미디로 전락할 위험도 컸지만 그녀가 어느 정도 지적 허영심도 충족시켜 줄 것을 기대했었다. 그런데 단순히 교양이라는 측면에서도 그녀는 기대치 이하였고, 그런 인식은 나로 하여금 황폐한 느낌까지 들게 했다. 즉, 또 하나 그저 그런 올드 미스 하나를 눈앞에 앉혀 놓고 있다는 느낌밖에 없었던 것이다.

그런 황량한 느낌 때문에 내가 그토록 방자한 기분에 들떴는지도 모르겠다. 아니면 모험심에 불탔던가.

윤영란은 1시간쯤 함께 있다가 자리를 떴다. 「아무래도 난 이제 불청객 아니니? 그만 갈게」 그녀는 그렇게 정민희에게 말하며 자리에서 일어섰고, 따라 일어선 내가 「점심 시간인데 함께 점심 하고 가시죠」 하고 말렸어도 「두 분이 오붓하게 하세요」 하며 커피숍을 나갔다. 나는 그녀를 호텔의 현관 밖까지 배웅했다. 현관 밖에서 윤영란은 「잘해 보세요. 쟨 이미 반승락을 하고 있는 거나 같으니까」 하고 부추겼다.

다시 커피숍 안으로 들어간 나는 자리에 앉지도 않고 말했다. 「우리도 일어섭시다」

「어디?」 그녀는 의아한 표정을 지으며 엉거주춤 엉덩이를 일으켰는데, 그때부터 내 머릿속은 아주 복잡하고 기민하게 움직이고 있었다. 방으로 가자면 나를 정신병자로 몰아붙일 것이 분명했다. 그것은 어디까지나 그 날 하루의 일정을 모두 밟고 난 다음에나 할 수 있는 종류의 제안이었다. 그러나 나는 아까 영화 이야기가 나왔을 때부터 「그대 품에 다시 한 번」을 생각하고 있었다. 그녀와 함께 그런 지독한 영화를 감상하며 반응을 탐색하는 것이다.

「중앙극장요, 「라 모터시클레」……. 아직 못 보셨댔죠?」 내가 말했고, 정민희는 엉거주춤 일어서다 말고 「그거 보셨댔잖아요?」 했다.

나는 위기감을 느꼈다. 광고만으로도 「그대 품에 다시 한 번」, 즉 「라 모터시클레」가 지독한 영화라는 사실을 그녀도 눈치채고 있을지 모를 일이었다. 때문에 그녀가 그 점을 경계하는 게 아닌가 싶었고, 또 초면에 그런 지독한 영화를 함께 보자는 나를 경멸하는 것은 아닐까 싶기도 했다.

그러나 위기일수록 과감하게 대처하는 것이 내 습성이었다. 「물론 봤죠. 난 좋은 영화는 두 번이고 세 번이고 횟수에 제한을 두지 않고 봅니다. 가시죠. 지금 가면 2회 상영분 표를 살 수 있을지 모르겠습니다. 못 사면 3회분 표 사놓고 근처에서 점심을 먹죠.」

내가 말했고, 그때는 정민희도 자리에서 완전히 일어나 있었다. 「보신 영화를 저 때문에 ……」 나를 따라나서며 그녀가 등 뒤에서 말했다. 나는 그런 그녀를 돌아보며 활짝 웃었다. 「그런 걱정은 하지 마십시오」

호텔 밖으로 나온 나는 택시를 잡았다. 택시는 우리들을 금방 중앙극장 앞까지 실어다 주었고, 택시에서 내린 나는 매표구 앞으로 달려가 표 두 장을 샀다. 표를 사며 뒤돌아 보니 정민희는 극장 앞에 서서 입구의 간판을 힐끗 올려다보았다. 나는 새삼스레 조마조마한 느낌이었다. 극장의 간판이 끔찍할 만큼 선정적이었던 것이다.

표를 사 가지고 돌아와 나는 시치미를 뚝 떼고 말했다. 「3회분인데 ……. 3시 20분부터군요. 어디 가서 점심을 먹고 올까요?」

「좋으실 대로 ……」 그렇게 말했지만 그녀의 얼굴에는 무언가 당혹스런 표정이 역력했다. 선정적인 간판이 그녀로 하여금 속았다는 느낌을 들도록 만들었는지도 모를 일이었다. 나는 다시 조마조마해져 「2회도 시작된 지 얼마 안 된 모양인데 ……. 보고 나와서 먹을까요?」 하고 물었고, 그녀는 또 「좋으실 대로 하세요」라고 대답했다. 그런 그녀의 억양에는 이왕 속았는데 어쩔수없지 않으냐 하는 체념 비슷한 감정이 섞여 있었다. 나는 그 점이 조금 켕겼다. 그러나 「그대 품에 다시 한 번」이 「남과여」 못지 않은 영상미의 수작임에는 틀림없었고, 그쯤의 하찮은 저항에 계획 자체를 포기할 수는 없었다.

「그럼 구경부터 합시다」

나는 그녀의 등을 가볍게 떼밀며 극장 안으로 들어갔다. 내 손이 그녀의 등에 닿자 그녀는 그것을 의식한 듯 조금 걸음을 빨리 했다. 이를테면 그것도 그녀가 보여준 미세한 저항이었는데, 나로서는 기분이 별로 좋지 않았다. 그쯤의 접촉에도 그런 반응을 보인다면 앞으로가 결코 수월하지 않을 것이 분명하기 때문이었다.

　잠시 후 정민희와 나는 극장의 2층 객석에 나란히 앉았다. 2층도 구석진 자리였고, 스크린이 평행사변형처럼 비뚜름하게 보일 정도였다. 그런 좌석 말고는 비어 있는 자리가 거의 없었던 것이다.

　스크린에서는 화면이 빠르게 흘러가고 있었다. 다니엘로 분한 알랑 드롱이 레베카에게 열변을 토하는가 하면 금방 모터사이클이 질주했고, 그 위에 레베카의 의식 세계를 파고드는 짧은 커트들이 마치 밤거리의 일루미네이션들처럼 명멸했다. 다행이었던 것은 우리가 극장 안으로 들어선 순간 지독한 정사 장면이 펼쳐지지 않았다는 점이었다고나 할까. 만약 그랬다면 정민희는 그 순간부터 나를 성도착자나 그 비슷한 성격 파탄자로 매도해 버렸을지 모를 일이었다.

　그즈음의 중앙극장은 좌석이 매우 비좁았다. 남녀가 나란히 앉으면 앉는 그 순간부터 어깨가 닿고 무릎 아래의 다리가 서로 맞닿는 것이었다. 때문에 극장 안은, 비단 중앙극장만이 아니라 초기의 연인들이 자연스럽게 신체 접촉의 욕구를 충족시킬 수 있는 장소이기도 했다. 그러나 나는 조심하지 않으면 안 되었다. 극장 안으로 들어설 때 등에 내 손이 닿자 종종걸음을 치듯 도망친 그녀의 태도에도 신경이 쓰였고, 극장 간판을 보고 나서 보여준 체념한 듯한 표정, 체념한 듯한 억양에도 나는 신경을 써야만 했다.

　하지만 그렇게 조심만 하기로는 극장의 좌석이 너무 비좁았다. 어깨가 닿는 것쯤은 이를테면 불가항력이었다. 그녀의 어깨로부터 내 어깨를 떼어 내려면 반대편에 앉은 여자의 어깨를 짓눌러야 하는 것이었다. 다리 쪽도 그랬다. 비록 다리 쪽이 얼마쯤 여유가 있는 것은 사실이었다. 하지만 한 가지 자세로만 버틴다는 것은 무리였고, 자세를 고쳐 앉다 보면 어쩌다 서로의 다리가 맞닿는 것이었다.

그러나 나는 염치없게 그녀와의 신체 접촉만을 추구하지는 않았다. 이것은 어디까지나 불가피한 자세 변경이다 하는 선에서만 다리를 붙이고 어깨를 대었으며, 그녀도 그런 불가피성을 인정하는 선에서만 내 다리에 닿은 그녀의 다리를 잠자코 놓아 두고 있는 것이었다. 이를테면 그것은 점잖은 게임이었고, 서로가 서로를 양해하는 선에서의 불가항력적인 신체 접촉이었다.

그러나 그것도 신체 접촉인 것만은 분명했다. 겉으로는 태연한 체 했지만 물밑으로는 치열한 감정의 격랑이 일고 있었다. 어깨에서는 별로였다. 그러나 다리가 서로 맞닿았을 때, 그리하여 서로의 체온이 상대에게 미지근한 온도를 전할 때쯤 나는 과연 이대로 있어도 좋은가, 이대로 있어도 그녀가 나를 경멸하지 않는 것일까 걱정이었고, 반대로 내가 먼저 떼면 그녀의 자존심에 상처를 입히게 되는 것은 아닐까도 고민이었다.

뿐이랴. 나는 아주 죄질이 나쁜 상상도 하고 있었다. 아까는 그녀를 커피숍 테이블의 맞은편 의자에 앉혀 놓고도 성적인 상상에 휘말렸던 나였다. 그런데 지금은 서로 다리가 맞닿아 미지근한 체온을 전하고 있는 상황이었다. 나는 수없이 그녀의 옷을 벗기고 있었고, 보다 격렬하고도 난폭한 성적인 상상으로 치닫는 것이었다.

그러나 그런 상상에 제동이 걸리지 않는 것은 아니어서, 더

이상 똑같은 자세를 견디기 힘들다는 듯 그녀가 먼저 다리를 가
져가 버릴 때나, 반대로 스크린 속의 레베카가 검은 가죽옷의
지퍼를 아래로 쭈욱 내리며 핑크빛의 알몸으로 쏘옥 빠져 나올
때, 그리하여 그녀와 더 이상 다리를 붙이고 있다가는 내 머릿
속에서 회오리바람을 일으키고 있는 죄질이 나쁜 상상이 그녀에
게 간파당할지 모른다는 위험을 느꼈을 때 나는 퍼뜩 그런 상상
으로부터 깨어나며 그녀에게서 다리를 떼고는 했다. 그러면 한
동안은 말짱했고, 달아올랐던 얼굴의 핏기도 가시는 것이었다.
하지만 아쉬움은 금방 다시 찾아왔다. 뿐더러 내가 잠자코 있어
도 반대편 자세로는 더 이상 견디기 힘들다는 듯 그녀 쪽에서
먼저 무릎 아래의 다리를 슬며시 내 다리 쪽으로 옮겨 오기도
했다.

스크린 따위는 눈에 잘 들어오지도 않았다. 한 번 본 영화였
으므로 내게는 새로울 것도 없었다. 가령 다니엘이 장미꽃 가지
로 레베카의 알몸을 가격하는 장면, 장미의 붉은 꽃이파리가 레
베카의 나체에 우수수 쏟아지고 가시가 살갗에 상채기를 내는
등 새디즘을 표현한 장면에서도 나는 더 이상 충격을 받지 않았
으며, 두 개의 알몸이 보여주는 격렬한 율동도 스크린 저편의
사물, 그 사물들의 움직임에 불과했다. 즉 스크린에서 펼쳐지고
있는 정서와 내 감정은 따로 놀았으며, 화면이 지독할 때는 도
리어 내 다리를 거두워 들이고 말짱하게 의식을 수습했다. 그리
고 스크린이 모터사이클의 후사경(後射鏡) 같은 것을 투영시킬
때, 그 후사경 속에 비친 명징한 사물들을 묘사할 때 마치 내
행위도 그처럼 명징한 행위라는 점을 강조라도 하듯 슬그머니
내 다리를 그녀의 다리에 가져다 붙이는 것이었다.

그런데 그런 점잖은 게임에 훼방꾼이 나타날 줄이야.

영화를 1시간쯤 감상하고 난 다음이었다. 우리 앞 자리에 어딘가로부터 남녀 한 쌍이 나타났고, 그들은 그 빈 자리를 차지하고 앉자 마자 열띤 게임에 빠져드는 것이었다.

우리의 좌석이 2층 구석진 곳이었다는 점은 앞에서 이야기한 바와 같다. 처음에 나는 그들이 극장 밖에서 처음 들어온 관객이라고 생각했다. 빈 자리가 없어 우리처럼 2층의 구석진 곳까지 찾아왔다고. 그러나 그게 아니었던 모양으로 그들은 자리에 앉자마자 금방 열중했고, 그 열기가 어찌나 높은지 내 앞에 앉은 여자의 입에서 흘러 나오는 가녀린 신음 소리가 내 귀까지 아주 자극적으로 들려올 정도였다.

이를테면 나로서는 기습을 당한 꼴이었고 너무도 무색해서 할 말이 다 없을 지경이었다. 그런데 정민희가 그런 나를 다시 한번 공격해 올 줄이야.

「그만 나가시죠」

정민희는 일단 그렇게 속삭이고는 잠시 더 그 자리에 앉아 있었다. 그러나 그 시간은 채 10초도 못되었고, 그 다음에는 내 동의를 구할 것도 없이 의자에서 일어나 통로로 나가 버리는 것이었다. 물론 나도 그녀를 따라 일어섰지만 이미 나는 만신창이가 되어 있었다.

정민희는 앞장서 계단을 저만큼 내려가고 있었고, 나는 상당한 거리를 두고 그녀를 따라갔다. 영화가 아직 끝나지 않지 않았으냐, 1층으로 들어가 복도에서라도 끝장면을 보고 가자, 하는 말들이 입안에서 맴돌았지만 나는 섣불리 그런 제안도 할 수가 없었다. 다리는 네가 먼저 붙여오기도 했잖아, 하는 불평도 일었지만 물론 입밖에 낼 수 있는 성질의 것은 아니었다.

아무튼 나는 기분이 엉망이 되어 정민희를 뒤따랐고, 극장 밖으로 나와서야 그녀를 따라잡을 수 있었다. 극장 밖까지 나와서는 다행히도 그녀가 걸음을 멈추고 나를 기다려 준 것이었다.

「영화가 맘에 안 들었던 모양이죠?」

나는 그녀의 눈을 똑바로 마주치지도 못하면서 우물쭈물 말했다. 그러자 그녀 역시 그런 나를 똑바로 보지는 못한 채 「글쎄요, 뭐가 뭔지 ……」 했다가 이내 「좋은 영화 같기는 한데 몰입할 수 없는 환경이어서요」 하고 웃었다. 나는 그녀의 말뜻을 금방 알아차리고 다소 안도했다.

「글쎄 말입니다」 나는 그녀의 시선을 피했다. 「점심 먹고 천천히 우리 자리로 찾아가는 거였는데 ……」

그러나 그녀는 비단 우리 앞자리의 그 훼방꾼들만을 뜻하지는 않았던 모양으로 「전 누군가 옆자리에 신경 쓸 분이 앉아 있으면 화면이 눈에 잘 안 들어와요」 했고, 이어서 「하지만 신경쓰지 마세요. 구경은 잘 했으니까요」 한 다음 을지로 쪽으로 걸어 내려갔다.

나는 그런 그녀를 따라 5미터쯤 걷다가 물었다.

「어디 가서 점심 먹어야죠?」

정민희는 조금 생각하고는 「전 생각없는데 ……」 했다가 걸음을 멈추고 나를 올려다보며 「그만 헤어지죠?」 하고 말했다. 그녀의 눈에는 꼭 그러고 싶다는 결의 같은 것이 짙게 담겨 있었다.

나는 또 다시 충격을 받았다. 아까 극장 안에서 내 동의를 구할 것도 없이 자리를 떠버렸을 때 이상이었다. 요컨대 그녀는

이미 나를 두 번 다시 만나고 싶지 않은 사내로 점찍고 있음이
분명했으며, 다만 예의 때문에 망설였을 뿐인 것이다.

　뒤에 알았지만 잘못은 처음부터 『라 모터시클레』, 즉 「그대
품에 다시 한 번」에 있었다. 그녀가 프랑스로 유학을 떠난 뒤,
그리고 나서도 몇 달인가 지나서 그 점에 관해 윤영란이 살짝
일깨워 주었는데, 윤영란의 말인즉슨 어떻게 첫날부터 그렇게
심한 영화를 보여주었느냐는 것이었다. 그때 나는 「그거 아주
좋은 영화라구요. 를루시라고 「남과 여」도 만든 영상파 감독 영
화라구요」라고 볼멘 소리를 냈었다. 그러나 그녀에게도 이해가
없기는 마찬가지였고, 내 항변에 일단 「그래요?」 하기는 했지
만 이내 「하지만 차마 눈뜨고 보기가 어려웠다면서요? 아가씨
를 영화관 같은 데 데려가려면 좀 수준이 있는 거래야지, 보고
나와서 그 남자 좀 이상한 사람 아니니 하게 해서는 곤란하잖아
요?」 하는 것이었다.
　나는 어이가 없어서 「이상한 사람이랬어요?」 하고 웃다가,
「그게 무슨 뜻입니까? 변태나 뭐 그런 걸 말하는 겁니까?」 하
고 정색을 했다.
　그러자 이번에는 윤영란이 웃으며 「영화가 그런 거였다면서
요?」 하는 게 아닌가.
　나는 아찔해 그만 할말을 잃었고, 그런 내 표정을 눈치챈 윤
영란이 오히려 나를 위로했다. 「그래서 나도 막 뭐라고 해줬어
요. 내 체면을 봐서라도 네가 그렇게 말할 수 있는 거냐구요.
또 후섭씨도 모르고 그런 영화를 보자고 했을 수도 있는 거 아
니냐구요」

그러나 나는 그녀의 말에 결코 위로를 받을 수 없었다. 위로
는커녕 상처를 덧쑤시는 고통을 느꼈을 뿐이었다. 그러니까 잘
못은 「그대 품에 다시 한 번」부터도 아니었다. 그 이전, 정민희
가 Q 호텔 커피숍 안으로 들어서던 순간 내가 발견했던 그녀의
허리, 한줌도 안 되어 보일 만큼 날렵했던 그녀의 허리에 있었
다고나 할까. 아니, 그녀의 허리는 책임이 없었다. 가는 허리에
유달리 약한 내 관능에 문제가 있었으며, 가는 허리만 보면 커
트 라인도 없이 자유분방하게 치닫는 내 성적 환상이 병이었던
셈이다.

결혼 따위를 꿈꾸지도 않으면서 여자를 만나러 나가고, 여자
를 만나기 전부터 그녀가 프랑스로 떠나기 전까지만 즐길 수는
없을까 따위 엉뚱한 음모를 꿈꾸고, 산록에 자리잡아 분위기가
일품인 호텔에 대해서도 그녀와의 밀회를 먼저 연상하는 등 나
는 결코 정상적인 생각으로 그녀를 만나러 간 것이 아니었다.
뿐더러 나는 그녀를 만나자 마자 줄곧 성적인 상상에 빠져 있었
고, 마침내는 「그대 품에 다시 한 번」 따위 〈음탕한〉 필름 앞에
그녀를 나란히 앉히고만 것이었다. 그런 나를 정민희가 〈이상한
사람〉이라고 지목한 것은 너무도 당연했다. 그것은 어쩌면 상식
인들의 예민한 후각이었을지도 모르겠다. 고등학교 2학년 때부
터 괴상하다면 괴상한, 비정상이라면 비정상인 여러 종류의 여
자와 순결이 결코 미덕이 아니라는 사실을 입증해 보인 나는 그
런 상식인들의 세계로부터 멀리 음침한 바다로 내던져졌음이 분
명했다. 나 같은 사내가 아니고는 그 누구도 맞선에 처음 나온
여자를 데리고 「그대 품에 다시 한 번」 같은 이상한 영화를 보
러 가지는 않았을 테니까.

그러나 그것도 내게는 어떤 인식의 한 가지였을 뿐이었다. 즉 그런 인식에 회한을 느꼈다거나 굴복당한 것은 아니었으며, 도리어 상식인들의 그런 단세포적인 세계에 비애도 느끼고 있었다. 윤영란이 위로가 되지 못 했던 것은 그 때문이었으며, 윤영란마저도 단세포적인 상식인임을 새삼 확인하고 절망했을 뿐이었다. 그리고 정민희의 그런 상식인다운 순결성을 인정해 준 것도 아니었다. 극장에서는 그녀 쪽에서 먼저 내게 다리를 붙여 온 적도 있지 않았던가. 내가 붙여 갔을 때 한동안 잠자코 있기도 했으며, 그녀도 어느 정도 즐긴 것만은 분명했다. 또 내 눈에서 성적 공격의 위협을 느꼈다면, 그리고 그것이 그녀로 하여금 나를 〈변태〉로 의심하게 했다면 그녀 역시 순결을 미덕으로 간직하고 있다고는 간주할 수 없는 것이다. 어쩌면 그녀는 본능적으로 과잉 방어에 빠져 있었을 수도 있었고, 프랑스 유학 쪽에 더 기울고 있다가 심심풀이로 나를 만나러 나왔을 수도 있으며 그렇다면 그녀야말로 더 죄질이 나쁜 호사가였을 뿐이었다.

제 12 장

맞선 이야기를 하면서 나는 그것이 얼마나 무익하고 피곤한 짓인가에 관해 강조한 바 있었다.

그랬다. 제 쪽에서 딱지를 놓은 것으로 만들기 위해 간교한 트릭까지 썼던 김아영은 말할 것도 없고, 〈피아노 또순이〉도, 「라 모터시클레」를 단순히 외설로밖에 받아들일 수 없으면서 불문학을 전공하겠다고 프랑스로 떠나 버린 정민회도 나에게 결코 좋은 기억을 남긴 여자는 아니었다.

그 밖에도 같은 회사의 업무 쪽 부서에서 근무했던 여직원이 한 명 있었고, 병원의 간호사도 한 명 있었다. 그들과는 엄격한 의미에서 맞선이라는 이름의 행사를 치룬 사이는 아니었다. 어찌 어찌 알게 되어 두세 번씩 만났는데, 같은 회사의 여직원은 두번째 만났을 때 자신에게 사귀고 있는 또 다른 사내가 있음을 고백해 나를 김새게 만들었고, 간호사는 올드 미스로 그 동안

장만해 놓은 혼수며 예금통장 따위를 들먹여 나를 질리게 만들었다. 나는 이만큼 준비가 되어 있는데 당신은 어떠냐고 대차대조표부터 따지려고 들었다는 말이다. 사귀는 애인이 있으면서 잠시 한눈을 팔아본 업무 부서의 여직원에게는 애교스런 구석이 없었던 것도 아니었다. 만약 마음만 먹었다면 나는 그녀를 빼앗아낼 수도 있었을 것이다. 그러나 그녀에게 과연 그럴 만한 가치가 있는지는 의문이었으며, 내가 그래주기를 바라는 듯했던 그녀의 이기심도 가증스러웠다. 혼수와 예금통장을 미끼로 사내를 낚으려 했던 간호사의 탐욕보다는 조금 덜 했지만.

아무튼 그 두 여자는 먼저 미모에서 내 기대치 이하였다. 그러면서도 나에게 사랑 싸움을 요구하거나 예금통장의 잔고를 비교해 보자는 등 당치 않은 주문을 앞세운 것이다. 정말 기억하고도 싶지 않은 여자들이었다. 뿐더러 김아영, 〈피아노 또순이〉, 정민희 등과 합세해 나로 하여금 맞선이나 그 비슷한 이름의 행사로 여자들을 만난다는 것이 얼마나 무익하고 피곤한 짓인가를 깊이 깨우치고 또 깨우치도록 해주었을 뿐이었다.

그런데 가랑비에 옷 젖는다는 속담도 있듯이, 되풀이된 그런 행사에 내 의식이 어느 정도 마비되어 버린 것은 아닐까. 다시는 맞선 같은 거 보지 말아야지 하고 내심 단단히 결심하고 있었음에도 불구하고 나는 또 한 여자를 보고야 말았는데, 그런지 채 두달도 못되어 그 여자와 결혼식을 올리고 아내로 맞아들인 것이다. 그러니까 가랑비에 옷 젖는다는 비유는 또 맞선을 보고야 말았다는 사실만을 뜻하지는 않는다. 맞선을 보고 그 맞선의 상대와 결혼까지 해버린 내 개인사(個人史)의 사건 전체를 두고 이르는 말이다.

돌이켜 보면 무너졌다는 표현이 더 어울릴지 모르겠다. 외교
관인 나, 외교공관의 넓은 잔디밭 위에 조립식 탁구대를 펼쳐놓
고 각선이 미끈한 핫팬티의 아내와 탁구를 즐기고 있는 미래의
나를 꿈꾸었던 중학교 시절은 말할 것도 없고, 사르트르와 보봐
르처럼 계약결혼 같은 특별한 삶을 선택하겠노라고 지적 허영에
들떴던 고등학교 시절까지 거슬러 올라갈 필요도 없었다. 지금
나를 잡지 않으면 캔디스 버겐과 경쟁을 하게 될 것이라고 기고
만장했던 대학 1학년 때의 나도 마찬가지였다.

그렇게 까마득한 과거까지 거슬러 올라가지 않아도 나는 그런
식으로 쉽게 무너져 내릴 사내가 아니었다. 독신을 반드시 고집
하고 있었던 것은 아니었지만 그 비슷한 자유 같은 것이 여전히
꿈이었고, 결혼을 하더라도 그러지 않고는 견딜 수 없었던 사랑
같은 것을 여전히 꿈꾸고 있었다. 그런데 성벽이 허물어지듯 토
담이 무너지듯 어이없이 무너져 내렸으며, 남들과 똑같이 인생
의 가장 안이하면서도 통속적인 길로 들어서고 만 것이었다.

여기서 가랑비에 옷 젖는다는 속담과 토담을 연결지어 보기로
하자. 결혼과 관련한 내 자유주의는 토담쯤 아니었을까. 철옹성
이 아니고 토담……. 가랑비에 옷이 젖듯이 토담도 비에 젖으
면 무너진다. 그러니까 나를 한 명의 신랑감으로 간주하고 결혼
이라는 함정에 빠뜨리려고 했던 온갖 기도는 가랑비였고, 그 가
랑비에 토담이 무너지듯 무너져 내린 것이다.

가랑비는 비단 나와 맞선을 본 여자들이나 그것을 부추킨 주
위의 인물들만이 아니었다. 어느날 느닷없이 청첩장을 보내 온
친구도 그랬고, 녀석의 신혼 가정도 그랬다. 녀석이 첫아들을
낳아 돌잔치를 벌였을 때 그 돌잔치에 초대되어 보행기를 타고

우리가 판을 벌이고 놀던 화투장 위까지 온 방을 휘젓고 돌아다니며 분탕질을 치던 녀석의 귀여운 첫아들을 보고도 나는 가랑비를 느꼈었다. 짓궂은 친구 하나가 「얀마, 넌 어떻게 새끼를 너하고 똑같이 났냐?」 하고 핀잔하자 녀석은 「그러지 마. 그래도 요놈이 나 죽으면 아이고 할 놈이다」 하며 보행기에서 번쩍 들어올려 제 외할머니한테 안아다 주었는데, 그때 두 발을 힘차게 버둥거리며 씩씩한 목소리로 울어젖혔던 그 돌박이의 에너지도 나에게는 아주 확실한 가랑비였다.

자, 그럼 내 결혼 이야기로 넘어가자.

취직을 한 지 채 한달도 못되어 「누가 널 한번 보자던데……」라고 시작했던 어머니의 말을 기억할 것이다. 그때 나는 말도 안 되는 소리라고 일축했었다. 그런데 그 건은 그 뒤에도 꾸준히 이어져서 이를테면 용산 외숙모가 〈피아노 또순이〉와의 혼담을 가져 왔을 때같이 다른 건이 있을 때를 빼고는 늘 걸려 있는 현안인 셈이었다.

그녀는 중학교 여교사라고 했다. 담당과목은 가정이고 사범대학 출신이며 독실한 크리스찬이라고도 했다.

여기서 어머니가 교회에 다니기 시작했다는 사실도 털어놓아야겠다. 아버지가 살아 계셨을 때 어머니에게는 종교가 없었다. 화계사로 이사온 뒤까지도 나는 어머니에게서 그런 징후를 발견할 수 없었다. 그런데 어느날 보니 안방의 문갑 위에 까만 성경책과 찬송가가 각각 한 권씩 놓여 있었고, 그것을 본 내가 「어머니, 교회 나가세요?」 하고 물어 보았더니 「으응, 아아니……」 하고 아주 애매하게 대꾸하는 것이었다.

나는 미심쩍어 영섭에게도 물어 보았다. 동생도 그 점에 관해서는 자신이 없는지 「일요일 날 오전에 가방 들고 나가시고는 하던데 …… 그런가? 시장에 왜 돼지 엄마라고 어머니 친구분 있었잖아? 그 아주머니가 교인 아니우? 그 아주머니 따라 나가나?」 하는 것이었다.

조금 뒤에 알았지만 동생의 추측은 정확했다. 아버지가 살아 계시던 시절 동대문 시장 옆 가게의 주인 아주머니가 돼지 엄마였다. 그 아주머니를 돼지 엄마라고 불렀던 것은 돼지라는 아명을 가진 외아들을 두었기 때문이었다. 그러나 아명이 그랬다고 그 아주머니의 아들이 어린애는 아니었고, 내가 고등학생일 때 이미 해병대에 입대해 휴가차 나왔다는 군복 차림의 그를 가게에서 한 번 보았을 정도였다.

그 아주머니는 전쟁 미망인이라고 했다. 달랑 아들 하나를 남겨 둔 채 남편이 전사했으며, 그 이후 꿀꿀이죽 장사를 비롯해 온갖 고생을 다하며 동대문 시장에서 그만큼 터를 잡았다는 것이었다.

그러나 그 아들은 모친의 기대만큼 반듯하게 자라주지 않은 것 같았다. 아명이 그랬듯 머리가 나빴던 모양으로 중학교 때부터 걸핏하면 유급을 당했고, 그런 학생들이 으레 그렇듯 일찌감치 나쁜 길로 빠져 정학을 밥먹듯이 되풀이하다가 가까스로 실업계 고등학교를 마치고 군대로 뛰어들었다는 것이었다.

거기까지가 내가 기억하고 있던 그 아주머니의 인생 역정이었다. 그런데 그 아주머니가 독실한 기독교인이었고, 뒤늦게 어머니마저 교회로 인도했다는 것이다.

「그 아주머니 따라 교회 다니신다면서요?」 나는 어머니한테

직접 확인하기도 했다. 그러자 어머니는「왜? 싫으니?」했고,
내가 장난삼아「싫기는요. 어머니 종곤데 내가 싫구 말구가 어
딨어요? 저한테도 같이 다니자고만 않으신다면 전 아무래도 좋
아요. 그런데 어머니, 정말 믿음이 있어서 다니시는 거예요?」
하자, 어머니는「다니다 보면 믿음도 생기겠지」했다.

그 날은 그쯤으로 끝났다.

그런데 어느 일요일이었다. 어머니가 교회에 다녀오는 걸 보
고 나는 우스개 소리로 또 물었다.

「오늘은 찬송가 몇 장 불렀어요?」

「글쎄, 몇 장이더라……」

「주기도문은 다 외우세요?」

「글쎄, 그게 잘……. 그거 외우다 보면 예수님한테 양식 달
라고 자꾸 보채는 것 같아 이상하더라 애」

「그거 보세요. 믿음이 그렇게 쉽게 오는 게 아니라구요」

어머니는 그런 나를 또 흘겨보며「너 에미를 골리는 거냐?」
하며 노여움을 탔다. 즉 어머니의 믿음이란 그렇게 들쭉날쭉이
었고, 돈독하다고 말하기는 어려웠다는 뜻이다. 그렇다고 매양
허술하지만도 않아서 내가 문득 생각해 내고「돼지, 그 사람도
예수 믿어요?」하고 물었을 때 어머니는 질색을 하며「돼지가
뭐냐? 그 사람이 장가들어 벌써 애기를 둘이나 두었다」했고,
곧이어「어머니 속을 그렇게도 썩이더니 사람이 영 딴 사람이
됐더라. 저번에 내가 충신동에 한 번 가 보았다구 했잖니? 그
때 보았더니 독실한 교인일 뿐더러 세상에 효자도 그런 효자가
없더구나. 며누리도 그런 효부가 없구……. 그게 다 집사님이
일구월심으로 기도한 덕분이 아니고 무엇이겠니?」하는 것이었

다. 나는 좀 어리둥절해「집사님이라니요? 그 아주머니가 집사가 됐어요?」하자, 어머니는「벌써 언제부터 집산데 ……. 10년도 넘었다」하고는「그 형님도 이제는 예수님 축복을 받은거야」하며 깊이 한숨까지 내쉬는 것이었다.

물론 그때 나는 어머니가 내쉰 한숨의 의미를 짐작했었다. 정학과 유급을 되풀이하며 말썽만 피우던 아들은 장성해 효성을 다 바치는데, 서울대학까지 나온 자랑스런 아들을 두고도 당신은 그렇게 행복하지가 못 한 것이었다.

어쩌면 어머니는 충신동 아주머니와 인생이 역전되었다고 생각할 수도 있었다. 내가 서울대학교에 합격했을 때 아버지와 어머니는 집에서 떡과 음식을 만들어 내 가는 등 시장 사람들에게 조그만 잔치를 베풀었다. 그때 나는 아버지의 명령으로 시장에 나가 이웃 어른들에게 인사를 올렸는데, 그 중에서도 우리 가게 바로 옆의 충신동 아주머니가 가장 부러워했었다. 그런데 지금은 어머니가 그 아주머니를 부러워하게 된 것이었다.

그런 느낌은 내 마음을 어둡게 만들기도 했다. 내가 뭔데 어머니의 마음을 그토록 불행하게 만들고 있는 걸까. 쉰이 훌쩍 넘은 나이에 두 아들의 조석 수발을 들게 하고 찬물에 손 담그며 빨래를 하게 만들고 있는 걸까 등 번민에 빠지기도 했다. 그러나 그런 번민과 타협하기로는 내 젊음과 꿈이 너무도 아까웠고, 그래서 잠시 자포자기의 기분에 빠졌다가도 금세 오뚝이처럼 일어서며, 안 된다 하고 뇌까리는 것이었다.

안 된다. 그런 식으로 내 인생을 매몰해 버릴 수는 없다. 어머니에게도 눈앞의 며느리 따위 지극히 현실적인 작은 편익을 드리는 것만이 효도는 아니지 않은가. 보다 큰 영광을 드리기 위해서는 사소한 편익쯤 무시하자. 그렇게 뇌까리며 나는 스스로를 추슬리고는 했는데, 돌이켜 보면 어머니의 그런 무언의 희망도 나를 가랑비처럼 적셔 내렸음에 틀림없었다.

아무튼 그렇게 중학교 여선생과의 혼담이 오고간 장소는 교회에서였다. 어머니는 충신동 아주머니를 따라 낙산 기슭의 성결교회에 다녔는데, 그곳에서 충신동 아주머니의 소개로 중학교 여선생의 모친과 어머니 사이에 꾸준히 혼인말이 오고간 것이었다. 그 기간은 좋이 1년쯤 되었고, 어머니는 잊을 만하면 새 소식을 가져오고 또 잊을 만하면 새 소식을 가져오고는 했다.

앞에서도 말했지만 처음 얼마 동안은 말도 안 되는 소리라고 일축했었다. 그러다가 반 년도 더 지나서 처음으로 「과목이 뭐래요?」 하고 나는 물었었다. 그러나 결혼을 염두에 두고 한 질문은 결코 아니었고, 어머니가 하도 오랫동안 한 여자를 두고 비슷한 이야기를 거듭해 조금 성의를 보였을 뿐이었다. 그러나 그때 어머니는 그녀가 학교에서 무슨 과목을 가르치고 있는지도 잘 모르고 있었다. 즉 혼인말이 오고갔다고는 해도 서로가 피상적이었을 뿐 구체적인 정보 교환은 없었다는 뜻이다.

그런 상태로 또 두세달이 흘러간 다음이었다. 그 날도 일요일이었고, 어머니는 교회에 다녀와 또 그 중학교 여선생 이야기를 끄집어내는 것이었다.

「오늘 나 그 색시 봤다. 참 이쁘더라」

나는 어이가 없어 「그럼 그 동안은 보지도 못 했단 말씀예요?」 했다가 「어머니는 그 전 때 그 피아노 선생도 예쁘다고 했으니까……」 하고는 어머니를 피해 내 방으로 건너가 버렸다.

그러자 어머니는 내 방에까지 쫓아 들어와서「넌 왜 그 색시 말만 나오면 에미를 피하니?」하고 역정부터 낸 다음, 그 동안 어머니가 그 중학교 여선생을 보지 못한 까닭은 그녀가 주일 낮 예배에는 잘 나오지 않고 주로 밤의 청년회 집회에 나가기 때문이라는 설명을 덧붙였다.

　또 미모에 관해서도 피아노 선생과는 비교도 되지 않는다고 했다.「그 색시도 복스럽게 생긴 얼굴인데 네 녀석이 괜히 트집을 잡구 그래서 그렇지……. 하지만 이집사님 따님은 증말 이쁘더라. 키가 늘씬한 게 미스 코리아에 나가도 되겠더라구」

　「미스 코리아요?」나는 껄껄거리며 웃었다.「그렇게 예쁜 여자가 왜 중매쟁이를 내세워 시집가려고 그래요? 발길에 채이는 게 맨 총각들일텐데……」

　「그러잖아도 혼인말 나오는 데도 많고, 같은 학교에 댕기는 총각 선생 하나도 죽자사자 하는 모양이더라. 그런데 그 색시가 모두 싫단댄다. 그러면서 넌 꼭 한 번 만나보구 싶다는 게야」

　「내가 뭐 볼 게 있다구요?」나는 또 웃었고, 어머니는 그런 나를 흘겨보았다.

　「네가 어디가 어때서? 그만하면 잘 생겼고, 서울대학 출신에 직장도 튼튼하구……」

　「제발 좀 그만두세요. 직장이 뭐가 튼튼하구 서울대학이 뭐 그리 대단해서요. 그리구 저는 체질적으로 예수쟁이도 될 수 없어요. 마누라 등살에 예배당에 가 쭈그리고 앉아 있기는 죽기보다 싫으니까 단념하라고 그러세요. 아니지. 어머니가 단념하셔야지……. 그 색시는 맘에도 없는데 어머니만 몸이 달아 그러시니까……」

「에미가 장가가냐, 에미가 몸이 달게 ……」 어머니는 버럭 화를 돋구었고, 그 날도 이야기는 그쯤 마무리지어졌다.

그러나 그 이후 내 마음속에는 얼마쯤 동요가 일어났다. 키가 늘씬한 게 미스 코리아 나가도 되겠더라는 어머니의 말씀에 한 번쯤 만나볼 수 있지 않을까 하는 이기심이 살며시 고개를 들기 시작한 것이었다.

물론 색싯감의 미모에 대한 어머니의 평가는 믿을 만한 것이 못 되었다. 〈피아노 또순이〉를 보고도 복스럽게 생긴 얼굴이니 했던 어머니였고, 집에까지 찾아왔던 설희를 보고는 못쓰겠다고 한마디로 퇴자를 놓았으므로 그런 어머니의 기준이란 신빙할 만한 것이 못 되는 것이다. 그런데도 나는 그 중학교 여선생의 외모에 가만히 환상을 덧바르고는 했는데, 그것은 아무래도 키가 늘씬하다느니 미스 코리아에 나가도 되겠더라느니 했던 어머니의 전혀 어머니답지 않은 과장 때문이었다.

또 그녀가 기독교인이라는 점에 관해서도, 진실로 미인이기만 하다면 1주일에 한 번쯤 교회에 나가 쭈그리고 앉는 고역도 참아낼 수 있는 거 아니냐 하는 생각도 들었고, 나아가서는 크리스찬의 일가를 이룬다, 주일이면 어머니까지 모시고 부부가 나란히 교회에 나가 지나간 한 주일의 생활을 반성하고 앞으로의 또 다른 한 주일을 위해 기도하는 경건한 생활도 좋은 게 아니냐 하는 데까지 발전해 버린 것이다.

이쯤에서 그녀의 익명(匿名)을 벗겨 버리는 것이 순서일 것 같다. 그녀의 이름은 이지숙이었다. 너무 평범해 나는 그 이름을 두세 번 듣고도 그녀를 만나 보기 전까지는 지숙이었던가 미숙이었던가 헛갈렸다. 또 성도 김이었던가 이였던가 아리송했다. 얼굴도 어머니가 말했던 것처럼 미스 코리아에 나가도 될 정도의 미인은 아니었다. 어디 한 군데 구겨졌다거나 과장됐다거나 하지만 않았을 뿐이지 윤곽이 또렷한 미인은 아니었던 것이다. 굳이 이야기한다면 흔한 얼굴이었다고나 할까. 그래서 한 번만 보고는 좀체로 그 얼굴을 기억할 수도 없는 얼굴. 즉 너무도 평범한 얼굴이었다고 할 수 있을 것이다.

다만 키는 어머니 말씀이 옳아, 그즈음 대한민국 남자의 표준 신장이었던 내 키에 거의 육박할 정도였고, 그러면서도 체격이 곧고 서구 여자처럼 하지장이 길어 균형잡힌 몸매였다. 요컨대 얼굴보다는 체격의 등위, 즉 신체 충실지수 같은 것이 더 돋보이는 여자였다고 할 수 있었다.

그러나 내가 이끌린 것은 그녀의 체격 때문이 아니었다. 그것을 어떤 말로 표현해야 할지 막연하기는 하다. 그러나 일단 〈돌연한 행동〉이었다고 이름붙여 두기로 하자.

그 날도 나는 호텔의 커피숍에서 맞선을 보았다. 일요일이었다. 그 날 나는 마침 당직이어서 회사로 출근하지 않으면 안 되었고, 그래서 다음 주일이나 그 다음 주일로 미루자고 주장했었다. 비록 마음속에 동요가 일고 있기는 했지만 격식을 갖춰 맞선을 본다는 사실이 그래도 내키지는 않았고, 그래서 핑계만 있으면 미루고 싶었던 것이다. 그런데 상대 쪽에서 잠시 시간을 내 회사 밖으로 나올 수는 있는 거 아니냐, 그럴 수만 있다면 우리 쪽에서 회사 가까운 곳으로 찾아가겠다, 회사 근처에 있는 M호텔 커피숍은 어떠냐 하고 의사 타진을 해왔고, 그것마저 거절할 수 없어 나는 하는수없이 받아들이고 만 정황이었다.

시간은 오후 3시였다. M호텔은 회사에서 한 블럭 건너편에 있는 오래된 호텔이었다. 그러나 나는 한 번도 그곳에 들어가 본 적이 없었고, 그래서 점심 시간에 그곳 2층에 있는 커피숍을 사전에 답사도 해두었을 정도였다. 즉 그닥 내켜하지 않았으면서도 무척 긴장하고 있었으며, 또 실수하지 않으려고 세심하게 주의도 하고 있었다는 뜻이다.

아침에 회사에 나갈 때도 그랬다. 여느 일요일에는 당직 근무를 하러 나가며 정장 차림을 하지는 않는다. 그런데 그 날은 정장을 했고, 어머니가 마련해 둔 새 와이셔츠에 체크 무늬의 새 넥타이까지 매었다. 또 댓돌 위에서는 구두에 솔질까지 하고 있었다. 물론 평소에는 않던 짓이었다. 그런 나를 보고 어머니는 은근히 미소 지으며 「회사 근처에 구두닦기 없니?」했고, 나는 퉁명스럽게 「일요일은 안 나와요」하고 받았다. 아침부터 긴장하고 있는 자신이 마음에 들지 않았던 것이다.

3시가 가까워져 나는 M호텔로 갔다. 한 번 보았다고 누구나 다 결혼을 하는 것은 아니지 않는가, 하고 나는 되풀이 뇌까렸다. 그러나 긴장은 쉽게 풀리지 않았고, M호텔까지 가는 동안 나는 몇 번이고 발을 헛디뎠을 정도였다.

그런데 내가 M호텔 커피숍 안으로 들어섰을 때였다. 커피숍은 규모가 작았고, 일행은 입구에서 그리 멀지 않은 곳에 앉아 있었으므로 나는 금방 그들 앞에 노출된 셈이었다. 충신동 아주머니가 알아보고 의자에서 엉거주춤 일어서며 「어서 와요」하고 나를 맞이하고 있었고, 그 옆에 둘러앉았던 신부감과 신부감의 어머니로 짐작되는 여인도 일어서고 있었다.

어머니는 나오지 않았다. 내가 만류한 것이다. 될 수 있는 대로 이 맞선의 의미를 가볍게 하고 싶었던 내가 어머니의 희망을 강력하게 억눌렀다고나 할까. 구색을 다 갖추어 행사를 치렀다가 발을 빼고 싶을 때 무거워지는 것이 영 싫었던 것이다. 그런데 충신동 아주머니는 나를 맞아 놓고도 커피숍 입구 근처를 눈여겨 보며, 「어머니는……」 하고 물었고, 나는 좀 가책을 느끼면서도 「안 나오실 겁니다」 하고 대답했다.

거기까지도 그녀에게 〈돌연한 행동〉은 없었다. 어머니의 불참을 확인한 일행은 잠시 어색한 분위기였고, 의자에 다시 앉기 전 충신동 아주머니가 나를 신부감의 어머니와 신부감에게 인사 소개를 시킬 때까지도 석연찮은 분위기는 이어졌다.

물론 나도 흔쾌한 느낌이 아니었다. 어머니의 참석을 강력하게 억누름으로써 그들에게 가한 심리적인 타격에도 신경이 쓰였다. 그러나 무엇보다 그녀가 결코 돋보이는 미인이 아니라는 사실에 더 실망하고 있었으며, 그러면 그렇지, 미스 코리아에 나가도 될 여자라면 이런 궁색스런 자리에 나올 리 없지, 하고 마음속으로 중얼거렸다. 그런데 바로 그 다음이었다. 충신동 아주머니의 인사 소개에 따라 내가 「윤후섭이라고 합니다」 하고 신부감의 어머니와 신부감 쪽을 향해 조금 고개를 숙여보인 순간 그녀가 바로 그 〈돌연한 행동〉을 보여준 것이었다.

그것은 한마디로 최경례(最敬禮)였다. 국어사전 같은 데 풀이가 나와 있는 그대로, 존경의 뜻을 최고로 담아 공손히 허리를 굽혀 보이는 인사……. 허리의 각도는 90도가 거의 다 되었다. 그리고 그 속도도 3초쯤 되었는데, 아무리 허리를 깊게 굽혀도 그것이 똑딱 하는 순간에 이루어져 버렸다면 내가 그토록 얼떨떨한 충격을 받지는 않았을 것이다. 그런데 그 시간은 충분히 3

초쯤 되었고, 그녀가 허리를 굽혔다가 다시 일으킬 때까지 나는 몸둘 곳을 몰라 쩔쩔맸을 정도였다.

그런 그녀의 인사법은 커피숍에서 나와 M호텔 현관 밖에서 헤어질 때도 또 한 번 되풀이되었다. 물론 그 두번째의 최경례는 처음만큼 충격적이지는 못했다. 그러나 다시 한 번 보여줌으로써 나로 하여금 처음의 충격을 확인하도록 하는 효과는 있었으며, 또 처음의 그것이 결코 그녀가 얼떨결에 저지른 실수가 아니라는 사실도 입증해 주었다.

그리고 또 하나……. 때마침 거리에 내리기 시작했던 눈이었다. 겨울이었고, 불길하게 아침부터 잔뜩 찌푸리고 있던 하늘이었으므로 어느 때든 눈도 내릴 수 있는 일기였다. 그런데 하필이면 그녀가 깊이 허리를 굽힌 순간 그녀의 머리 위로 그것이 날리기 시작한 것이었다.

한 송이, 한 송이, 축복처럼…….

그녀의 그런 〈돌연한 행동〉은 그 뒤 한동안 나를 붙잡고 놓아주지 않았다. 더구나 그런 그녀의 머리 위로 몇 송이 눈까지 내리던 구도였다. 그런 그림을 떠올리면 나는 무엇인가 경건한 느낌에 빠져들고는 했고, 다시 만나도 그녀가 또 그런 최경례의 인사법을 보여줄 것인가 궁금해지기도 했다.

그러나 나는 그녀에게 쉽게 전화를 걸지는 못했다. 그것이 의미하는 바가 너무도 무거웠고, 그 무게를 감당할 자신이 내게는 없었던 것이다. 자칫 잘못해 결혼을 서두르기라도 하게 되면 큰일이었으며, 결혼 생활의 속박 따위는 접어 두고라도 나는 최소한의 결혼 준비금도 마련하지 못 하고 있는 형편이었다.

또 있었다. 바로 그 최경례의 구도였다. 그 위에 탐스런 눈송이까지 날리던 경건한 구도……. 그런 그림은 나에게 묘하게 그리움 같은 것을 피워 올리면서도 함부로 범접할 수 없는 피안의 그 무엇 같은 느낌을 갖게 했다. 그리고 그것이 나로 하여금 그녀에게 전화 거는 일을 망설이도록 만들고 있었던 것이다.

이쯤 고백하면 무슨 달착지근한 소리냐, 그 동안 당신이 펼쳐 온 여성 편력을 다 알고 있는데 지금에 와서 순진한 척한다고 누가 믿어 줄 것 같으냐 하고 핀잔할 사람도 있을지 모르겠다. 그 점 솔직히 시인하겠다. 그러나 실현성이 희박한 성적 상상은 비애이고 자괴심만 불러일으킬 뿐이었다. 그녀에게 우리 결혼 문제 같은 것은 덮어두고 즐기기부터 하자고 제안할 수 있는 게 제는 전혀 아니었지 않는가. 그러므로 그런 터무니없는 성적 상상은 차라리 고통이었고, 최경례의 경건한 그림을 떠올리며 잠자코 그리움 비슷한 것이나 앓고 있는 편이 더 산뜻했다.

지숙의 집 전화번호와 학교 전화번호를 적어 온 것은 어머니였다. M 호텔에서 그녀와 맞선이라는 이름의 행사를 치른 다음 다음 날이었다. 어머니는 그 메모지를 내놓으며 「낮에 충신동에 갔더니 이걸 적어 주시더라」 했고, 나는 그것을 펼쳐 보며 「이런 걸 왜 받아 오고 그러세요?」 하며 미간을 찌푸렸었다. 그러나 어머니는 내가 〈피아노 또순이〉와 맞선을 보았을 때처럼 펄쩍 뛰지 않았다는 사실에 한 가닥 희망을 걸고 있었으며, 「그날 네가 색시더러 전화번호 가르쳐 달라고도 못 했다면서?」라고만 가만가만 이야기했다.

그 뒤 어머니는 몇 번인가 나를 채근했다. 내가 퇴근해 오면 한동안 눈치를 살피다가 「전화했니?」 하고 불쑥불쑥 묻고는 했는데 그때마다 나는 「아니요」라고 건조한 대답만 했다. 한 번은 「네가 그 처녀를 놓치면 들어오는 복을 발길로 차버리는 짓이야」라고 조바심을 생채로 드러내기도 했다. 그러나 나는 그것으로 어머니와 말다툼을 벌이지는 않았다. 차라리 그런 어머니를 위로하며 「어머니, 나는 복 받을 자격이 없는 놈예요. 예수도 안 믿고 여자를 너무 많이 울려서 차라리 벌을 받아야 한다구요」 하고 능쳐서 어머니로 하여금 더럭 의심이 들게도 했다. 그때 누구도 설희 이야기를 끄집어내지는 않았지만 어머니도 아마 설희를 떠올리며 과거의 내 행실에 강한 의문 부호를 붙였을 것이다.

아무튼 처음 1주일은 그렇게 후딱 지나가 버렸다. 그리고 토요일 오후가 되어 슬슬 퇴근 채비를 하고 있는데 동료 기자 하나가 전화를 바꿔 주었다. 그때까지도 나는 그것이 그녀에게서 걸려 온 전화일 것이라고는 상상도 하지 못했다. 도무지 여자가 먼저 전화를 걸어 온다는 사실이 상식에 맞지 않았던 것이다.

송수화기를 들고 나는 무심히 「윤후섭입니다」라고 말하고 있었다. 그런데 전화의 상대는 「안녕하셨어요? 저 이지숙예요」라고 조금 상기된 목소리로 말하는 것 아닌가.

나는 얼떨떨해져서 잠시 잠자코 있었다. 그녀의 이름과 그녀를 금방 연결시킬 수 없어서가 아니었다. 그녀의 전화가 너무 돌연했기 때문이었는데, 최경례만큼 오랫동안 인상적으로 남아 있는 기억은 아니었지만 그것도 그녀가 보여준 또 하나의 〈돌연한 행동〉이었음은 분명했다.

내가 잠시 잠자코 있자 그녀는 곤혹스러운 듯 「저어 얼마 전에 뵌……」 하고 덧붙였다. 나는 그녀로 하여금 더 이상 곤혹을 느끼도록 방치하는 것은 실례다 싶어 「이선생님, 알구 말구요. 그러잖아도 전화 한 번 드리려고 했는데 죄송하게 됐습니다」라고 얼른 사태를 수습했다. 그런 다음 「이따가 뵐까요? 먼저 거기는 어떠십니까?」라고 내쳐 제안해 버렸다.

그녀는 일직이라고 했다. 숙직 교사와 교대 시간까지는 학교를 지켜야 한다며 약속 시간을 7시로 하자고 했고, 나는 그 제안을 흔쾌히 수락했다. 그 시간에 만나면 저녁식사를 사겠다고도 했다. 그 이후 그녀와 나의 결혼은 급속도로 진전되었고, 불과 한 달 남짓한 기간에 대부분의 타인들도 모두 걷는 그 길로 빠르게 빨려 들어간 것이었다.

여기서 그녀의 〈돌연한 행동〉, 즉 최경례의 인사법에 관해 잠깐 더 이야기하기로 하자.

두번째 만났을 때도 그런 그녀의 인사법에는 변함이 없었다. 첫날은 의식하지 못했지만 두번째 날은 M호텔 커피숍의 종업원마저 킥킥거리며 웃는 듯했고, 그런 최경례를 받고 있는 나도 괜스레 부끄러움을 탔을 정도였다.

그러나 그 날은 묻지 못 했었다. 결혼을 약속하고도 얼마 지난 뒤, 그리하여 과연 내가 이 결혼을 잘하는 짓인가 싶은 변덕스런 의문도 살짝 고개를 들 무렵 「아니, 인사를 왜 그렇게 해요?」하고 불평 비슷하게 이야기를 끄집어 낸 적이 있었다. 그런데 그녀는 전혀 느끼지 못하는 듯 「왜요? 제 인사가 이상해요?」하며 웃었고, 내가 다시 「허리를 너무 많이 굽히잖아요?」하고 지적해 주어서야 비로소 「그래요? 전 45도 각도로 굽힌다고 굽히는 건데 ……. 학생들을 가르치다 버릇이 된 모양예요」 하고 또 웃었다.

그런 다음에도 그녀의 인사법은 얼마 나아지지 않았다. 그녀의 주장인즉슨 오늘날의 인사법은 그것을 받는 사람이 오히려 불쾌해 할 만큼 모양이 망가졌다는 것이었다. 굽히는 허리의 각도도 각도지만 머리를 숙일 줄 모르며, 상대를 빤히 바라보고 고개만 까딱해 보이는 국적 불명의 인사법이 만연하고 있다는 것이었다. 그것은 교육의 잘못이고, 교사인 자신은 그것을 바로 잡아야 할 책임도 있다고 했다.

그녀의 주장이 틀린 것은 아니었다. 그러나 굽히는 허리의 각도가 지나쳤을 뿐더러 상대에 따라 그 경건도가 알맞게 조절되지도 않았다는 사실에 문제가 있었다. 나한테도 이를테면 처음한두 번은 괜찮았다. 그런데 결혼까지 약속하고 제법 익숙한 사이가 되었을 때도 한결같은 인사법을 구사하는 게 아닌가.

「이선생은 누구한테나 다 그렇게 인사해요?」 나는 그렇게 불평한 적도 있었다. 그러나 그녀는 태연히 「네」 했고, 「인사를 받는 분한테 좋은 인상을 심어 주어 나쁠 것 없잖아요?」라고 덧붙이기도 했다.

내가 다시 「학생들한테두? 학생들한테 답례를 할 때도 말입니까?」라고 힐난하자 「학생이 고개만 까딱해 보일 때는 더 깊이 숙여 보여요. 교육이니까」 하고 웃었다.

결혼한 뒤에도 그 문제는 우리를 꾸준히 따라다녔다. 그녀는 그것이 옳은 인사법이라고 되풀이 강조도 했고, 버릇이 되었기 때문에 어쩔 수 없다고도 했지만 내가 보기로는 오늘을 사는 현대인으로서 감각의 평형을 잃은 처사가 아닐 수 없었다. 그래서 나는 「제발 그렇게 인사 좀 하지 마. 사람이 모자라 보인다구」

하기도 했고, 「키나 작아야지. 그렇게 긴 사람이 그런 식으로 인사하면 사람들이 놀리는 줄 안다구」하기도 했다. 그래도 그녀는 「그래요? 설마……」 하고 나서는 그만이었다.

「그때 내가 속은거야. 하도 공손하게 인사하길래 당신이 날 존경하는 줄 알았잖아?」 이따끔씩 나는 그런 농담도 했다. 그때 당신이 그런 식으로 인사만 하지 않았다면 아마 당신하고 결혼까지 하지는 않았을 것이라고도 했다. 그러면 그녀는 하하 웃고 「그러길래 인사 잘해 손해볼 거 없다는 거 아녜요?」라거나, 부부싸움 같은 것을 하고 있을 때는 「공연히 트집 부리지 말아요. 내 인사법이 뭐가 어때서요?」 하며 한사코 고집을 꺽지 않는 것이었다.

돌이켜 보건대 지숙의 그런 인사법에는 단순히 감각의 불균형만이 아니라 인격의 불균형 같은 것도 끼어 있었다. 초기에 나는 눈치채지 못 했다가 살아가면서 점차 그런 것까지 발견했다고 할 수 있었다.

그녀가 먼저 전화를 걸어 온 행위도 마찬가지였다. 솔직히 그때 나는 신선한 충격 같은 것을 받았었다. 막힌 하수구가 뚫린 것처럼 상쾌한 느낌이었다고나 할까. 그런데 돌이켜 보면 그것도 그녀가 성격적으로 평형을 이루지 못했음을 알리는 신호탄 같은 것이 아닐 수 없었다.

「여자가 대담하게 어떻게 그럴 수 있었던 거지?」 결혼한 뒤 나는 그렇게 지숙을 놀리기도 해보았다. 그때 그녀는 필요 이상으로 자존심을 상해하며 「그럴 수도 있는 거 아녜요?」라고 항의했다.

「혹시 노처녀의 히스테리 발작 아니었나? 암만 기다려도 전화가 안 오니까 헤까닥한 거 ……」 나는 그런 식으로 지나친 농담도 해보았다. 그래도 그녀는 그 건에 관한 한 전혀 유연성을 되찾지 못하고 「그런 전화에 놀아난 당신은 그럼 뭐예요? 당신은 노총각 히스테리였어요?」라고 반박하는 것이었다.

지숙이 일직 근무를 하던 날 나는 예고없이 학교로 찾아간 적이 있었다. 첫 아이를 가졌을 때였다. 방학을 맞은 학교는 납골당처럼 괴괴했고, 넓은 교무실에서 그녀는 의자 하나를 난로 앞에 끌어당겨 놓고 뜨게질을 하고 있었다.

나는 그런 그녀를 유리창 너머로 몰래 훔쳐보며 그때의 일을 회상해 보았다.

토요일 오후. 텅 빈 교무실. 신호 한 번 울리지 않는 전화기.

신랑 자리의 어머니가 전화번호를 적어간 지 닷새가 지났는데 전화기는 도무지 감감 무소식인 것이다. 까만 전화기가 적(敵)처럼 얄미웠고, 마치 그 적에 도전하듯 그녀는 전화기 앞으로 내달았을 것이다.

교무실로 들어간 나는 「아, 이래서 그때 나한테 먼저 전화를 한 모양이군」 하고 가만히 고개를 주억거렸다. 그러나 지숙은 그 뜻을 짐작도 못하고 「무슨 전화요?」라고 반문했고, 나는 「아니야」 하고 덮어두고 말았다. 그러나 그녀로 하여금 히스테리 비슷한 발작을 일으키도록 했던 그때의 적요(寂寥)를 나는 두 눈으로 똑똑히 목격한 셈이었다.

각설하고, 여기서 내가 강조하고 싶은 것은 지숙이 나에게 최선의 선택이 아니었다는 사실이다. 최경례도, 그녀가 먼저 전화를 걸어온 신선한 충격도 지나 놓고 보니 그녀의 감각에 이상이 있거나 성격적 불균형 때문이었을 뿐 장점만이 아니었으며, 그녀의 그런 성격은 결혼을 진행시키면서도 곳곳에서 삐거덕거리는 소리를 냈다.

교회에서 기독교 방식으로 결혼식을 치르자는 지숙의 주장에는 내가 굴복했다. 성적인 문제도 내가 양보해야만 했다. 짐작하겠지만 혼전 순결 따위의 가치를 나는 그다지 신봉하지 않았다. 이미 결혼을 약속한 사이에, 아니 날짜까지 받아 놓고 있는 사이에 혼전 순결이 무슨 의미가 있단 말인가. 그런데 그녀는 한사코 거부했고, 그런 그녀의 태도는 혹시 버진이 아니기 때문이 아닐까 엉뚱한 의심까지 들게 했다.

갑작스럽게 결혼식을 치르기 위해 나는 빚을 얻지 않으면 안 되었다. 나한테 저축이 없다는 사실을 알고 신부측에서 지나친 요구는 하지 않았다. 그러나 최소한의 예물은 내 자존심이었고, 아주 작은 크기의 다이아몬드 반지 한 개, 라도 손목시계 그리고 양장 한 벌과 함 속에 넣을 옷감 몇 벌을 마련하기 위해서도 월급의 다섯 배쯤에 해당하는 돈을 여기저기서 빌려야 했다. 사우회에서 20만 원, 동네에서 어머니가 붓고 있는 계를 담보로 계주한테서도 10만 원을 빌렸고, 용산의 외삼촌한테서도 10만 원을 가져왔다. 외삼촌은 그 돈을 결혼 축의금으로 준다고 했지만 나는 그것도 외사촌 여동생이 결혼할 때 갚아야 할 빚이라고 생각했다. 그런데 그렇게 무리를 하고 있던 나에게 지숙은 새로운 문제를 들고 나오는데, 그것은 결혼한 뒤 우리가 살 집이었다.

그녀의 직장은 면목동에 있었다. 학교 근처에서 신혼살림을 시작했으면 좋겠다고 그녀가 진작부터 희망을 말하지 않은 것은 아니었다. 그러나 나는 한 귀로 듣고 한 귀로 흘렸다. 나로서는 당연히 어머니를 모셔야 했고, 그러기 위해서는 화계사의 우리 집에서 신혼살림을 시작하지 않으면 안 되었다. 그런데 어느 날 그녀는 면목동의 신축가옥에 큰 방 하나를 계약했다며 가 보자고 했다.

「무슨 소릴 하는거야?」

나는 버럭 고함을 질렀고, 지숙은 그런 내 시선을 얼핏 피했지만 「어머님도 허락을 하셨단 말예요. 전셋돈은 저한테 다 있구요」 하며 좀처럼 뜻을 굽히지 않을 테세였다.

그녀가 학교 근처에서 신혼살림을 시작하려고 하는 이유를 내가 모르는 것은 아니었다. 화계사 집이 너무 비좁아 그녀가 해올 티크 장농과 화장대, 문갑 등 가구 세트를 들여 놓을 수도 없다는 것이었다. 어머니가 영섭과 함께 문간방을 쓰고 안방을 내준다고 해도 사정은 비슷했다. 안방도 그런 부피의 가구를 들여 놓으면 두 사람이 겨우 등을 붙이고 누울 면적밖에 남지 않는 것이다.

그러나 지숙이 내세운 더 큰 이유는 그것보다 직장생활과 가사를 양립시켜야 하는 생활상의 편의였다. 학교 근처에 집이 있으면 내 출근을 보살핀 뒤 출근을 해도 늦지 않으며 내가 퇴근하기 전에 퇴근해 와 저녁을 지어 놓을 수 있다는 것이었다.

또 화계사에서 면목동까지 출퇴근을 하려면 버스를 한 번 이상 갈아타야 하고, 그렇게 1시간 이상씩 만원버스에 시달리며 돈과 시간을 낭비할 필요가 없다고도 했다. 뿐더러 결혼하면 곧 아기도 갖게 될 터인데 부른 배로 그렇게 오랜 시간 버스에 시달리는 것은 무리라는 것이었다.

그녀의 주장이 틀린 데는 얼핏 하나도 없었다. 그러나 신혼

초부터 시어머니를 모시러 들지 않는다는 데 결정적인 하자가 있었으며, 살 집을 전액 그녀의 돈으로 해결하겠다고 나서는 데도 나는 자존심이 허락하지 않았다.

그 날 지숙과 나는 몹시 다투었다. 지숙은 「어머님도 허락하셨단 말예요」라고 되풀이 강조했고, 마침내 나는 「정 그러고 싶으면 거기 가서 혼자 살아. 아예 딴 남자를 알아보시던가……」라고 말해 그녀를 울려 버렸다. 그녀는 울면서 「어떻게 그렇게 심한 말까지 할 수 있어요? 아직 결혼도 안 했는데……」라고 나를 비난했다. 그러나 나는 마음을 굳게 먹고 「내 입장은 그래. 그러니까 알아서 해」하며 한 치의 양보도 하지 않았다.

이틀 뒤 지숙은 방을 해약했다고 알려왔다. 가계약만 했기 때문에 복덕방의 구전을 조금 손해를 보았을 뿐이라며 엉뚱한 사실을 기뻐하기도 했다. 그 날 집으로 돌아온 나는 비로소 어머니한테 추궁했다.

「어머니가 따로 나가서 살아도 좋다고 하셨다면서요?」

「그랬다. 그것도 나쁠 게 없을 것 같아서……」

어머니는 내 눈치를 살폈고, 내가 「그건 안 된다고 했어요」라고 알리자 안심한 표정이었다.

삐거덕거리는 소리는 그렇게 현실의 문제에서만 일으킨 것이 아니었다. 결혼할 사이에 서로 이상 같은 것에 관해 말하는 것은 당연했다. 그래서 나는 앞으로 글을 쓸 계획이다, 소설같은 것, 그런 꿈이 가시화되면 직장은 언제든지 집어치울 생각이라고 침착하게 일러 주었다.

처음에 지숙은 잠자코 듣기만 했다. 그러나 그녀는 그것이 몹시 부담스러웠던 모양으로, 내가 다시 「우린 통념적인 부부상과 좀 다른 모습으로 살아야 할거야. 나한테는 보다 많은 자유가 필요하니까」 했을 때는 발끈해서 「그 자유라는 게 도대체 뭘 의미하는 거예요?」라고 추궁했다.

차마 나는 당신 이외의 또 다른 여자까지 포함한다고는 말하지 않았다. 대신 나를 돈의 노예로 만들지 말 것, 내가 승락할 때까지 서둘러 애 아버지로도 만들지 말 것, 귀가 시간에 대해 신경쓰지 말 것, 나의 기호품, 술이나 담배를 적대시하지 말 것, 어디서 자든 내 잠자리에 관해서도 일절 캐려고 하지 말 것 등을 열거했다.

지숙은 도무지 어이없다는 표정이었다. 「그런 남자가 그럼 결혼은 무엇하러 하는 거예요?」 억양으로 보아서는 당장 파혼이라도 서두르겠다는 기세였다.

「순전히 노처녀 구제 사업이지」

나는 웃었고, 그 웃음이 내가 선언한 것들을 얼마쯤 희화화시켰던지 그녀도 따라 웃으며 「그 쪽 분이 구제 안 시켜 줬어도 좋은 사람은 얼마든지 있었어요」라고 반박했다.

「아, 들은 적 있어. 같은 학교에 죽자사자 하는 선생님도 있었다면서?」

「그래요. 그 선생님은 국전에 특선도 여러 번 한 화가예요」

「그런데?」

「그런데 뭘요?」 지숙은 항변했을 뿐 그녀가 왜 그 화가가 아니라 나를 선택했는지 그 당장은 말해 주지 않았다.

뒤에 알았지만 그 화가는 학교의 정교사도 아니라고 했다. 학벌도 지방의 이름없는 대학을 나왔을 뿐이며, 수염도 제대로 깎

지 못하고 다니는 등 생긴 것도 괴물 같아 그의 프로포즈 자체
가 징그러울 정도라는 것이었다. 그런 불안정한 예술가에 비해
서울대학 출신이고 신문기자라는 전문직의 안정된 샐러리맨이며
또 깔끔한 청년 신사의 외양을 한 내가 더 선호도가 높은 신랑
감이었음은 짐작할 만했다. 즉 지숙으로서는 나 정도로 신랑감
찾기에 이상을 이룬 셈이었다. 그런데 바로 그가 직장을 언제든
지 집어치울 것이라는 등, 글을 쓰겠다는 등 그녀의 이상을 불
과 몇 마디로 깨 버리는 말을 하고 있었던 것이다.

돌이켜 보건대 지숙이 나와 결혼한 것은 기왕 결심한 바를 뒤
집기가 힘들었기 때문이었을 것이다. 또 말이 그랬을 뿐이지 결
혼하면 가장으로서 의무가 있는데 그렇게 쉽게 직장을 버릴 수
있겠느냐, 글을 쓴다는 일이 꿈만으로는 소중할 지 모르지만 그
렇게 쉽사리 이루어질 수 있는 꿈은 아니지 않으냐 등 불안한
믿음도 있었을 터였다. 즉 우리는 결혼식도 올리기 전부터 그렇
게 서로 맞지 않는 이상 때문에 삐거덕거리는 소리를 냈다. 또
그것은 종교에 있어서도 비슷한 상황이었다.

어머니가 교회에 나가는 것을 말리지 않았듯 나는 지숙의 종
교도 존중해 줄 생각이었다. 내가 그런 말을 입에 올리자 그녀
는 너무도 당연한 말을 왜 하는지 모르겠다는 표정이었다.

「믿지 않을 자유도 존중받고 싶어서야」 내가 말하자 그녀는
잠시 말문이 막히는 표정을 지었다가 「어머님도 그러시던데요?
우리가 열심히 기도하면 언젠가는 믿지 않겠느냐구요」 하고 아
주 조심스럽게 희망을 피력하는 것이었다. 요컨대 지숙은 비신
자를 남편으로 선택함으로써 미구에는 이 땅에 기독교인을 한
명 더 확실하게 전도시키겠다는 원대한 계획도 꿈꾸고 있다는

말이다.

교회에서 결혼식을 올리자는 데 내가 동의하자 지숙은 몹시 기뻐했다. 그것만으로도 내가 절반은 주님한테 다가간 것이나 마찬가지라는 것이었다. 지숙의 그런 흥분을 나는 조절해 두지 않으면 안 되었다. 「별로 존경하지도 않는 은사를 찾아다니며 주례를 맡아 달라고 구걸하기가 번거로워서일 뿐이니까 쓸데없는 기대는 걸지 마」 내가 말하자 그녀의 흥분은 차갑게 식었고, 이 남자를 과연 주님의 성전에 무릎 꿇려 앉힐 수 있는 것일까 더럭 겁도 내는 표정이었다.

아무튼 우리는 그렇게 삐거덕거리면서 결혼식까지 갔고, 어느 화창한 봄날 오후 낙산 중턱에 높이 솟아 있는 교회에서 결혼식도 올렸다. 하객도 많았고, 결혼식은 교회의 차임벨과 목사의 축도, 그리고 지숙이 소속했던 성가대의 축가 속에서 엄숙하게 거행되었다. 목사는 신랑과 신부에게 맹세도 시켰다. 기쁠 때나 슬플 때나 검은 머리가 파뿌리 될 때까지 아내만을 사랑하고 아끼고 보호해 줄 것을 주님에게 맹세하겠느냐고 물어서 나는 그러겠노라고 대답했다. 비슷한 질문에 지숙도 「네」라고 맹세했는데 지숙은 알 수 없었지만 그 순간 나는 결코 거짓 맹세를 한 것이 아니었다. 결혼식을 올리며 신부와 이혼할 것을 꿈꾸는 정신 파탄자는 아무도 없을 것이기 때문에. 비록 삐거덕거리며 여기까지 왔지만 기왕 여기까지 온 거 이 결혼을 성공적으로 이끌어 가자, 서로 맞지 않는 인생관 종교관은 조금씩 양보해 맞춰 나가고 생활의 구체적인 의견 차이도 사랑과 신뢰로 조정해 나가면 별 어려움은 없을 것이다. 무엇보다도 지숙은 나를 자랑스럽게 여기고 있지 않는가. 나를 얻기 위해 그녀가 양보한 것들은 많았고, 그만큼 나도 양보하면 잘돼 나갈 것이다, 등등 나는 마음속으로 새삼 다짐하는 것이었다.

이제는 우리들의 특별했던 신혼여행에 관해 고백할 차례이다. 결론부터 말하겠다. 나는 신혼 첫날밤부터 아내를 배반한 사내였는데, 그것은 너무도 특별해 해외 토픽에서도 읽어본 적이 없는 경우였다. 불과 몇 시간 전에 아내만을 사랑하겠노라고 맹세하고 뒤돌아서서 그 맹세를 깨버린 남자의 이야기를 나는 소설 속에서도 읽어본 적이 없었으며, 그러므로 그런 음험한 과거를 고백하는 데는 다소의 용기까지 필요로 한다. 왜냐하면 지금 쓰고 있는 이 글 이외에는 아직 한 번도 그 사실을 입밖에 낸 적이 없었으므로.

그 이야기를 하자면 1년 전으로 거슬러 올라가야 한다. 아니, 채 1년은 못되고, 중앙극장에서 「라 모터시클레」가 개봉되었던 8, 9개월 전까지.
「라 모터시클레」를 정민희와 함께 감상했다는 이야기는 앞서 했다. 그 이야기를 하며 그때가 나로서는 두번째 〈라 모터시클레〉를 감상하는 것이라는 사실도 고백했었다. 즉 첫번째 그 영화를 감상했을 때도 함께 본 여자가 있었다는 말이며, 그 여자가 바로 신혼여행의 첫날밤에 신부를 배반하도록 만든 장본인이었다는 뜻이다.
여기서 먼저 그즈음의 내 성생활에 관해 털어놓는 것도 나쁠 것은 없을 것이다. 취직을 한 뒤의 여성 편력에 관해 나는 거의 말하지 않았었다. 그러나 맞선을 본 여자들에 관해 이야기하다

보니 그렇게 되었을 뿐이지 갑작스럽게 금욕주의자로 변신한 것이 아니라는 사실쯤은 새삼 강조할 필요가 없을 것이다.

그즈음도 나는 기회가 주어지는 대로 여자와 자고 있었다. 맞선 같은 것을 보고 난 날이면 여자가 더 필요했고, 그런 번거로운 절차를 생략하고도 살을 섞을 수 있는 여자는 얼마든지 있었다.

〈얼마든지〉라는 표현에 약간의 어폐가 있을지는 모르겠다. 술집의 여급이라고 파트너가 된 첫날밤 모두가 다 호텔까지 동행할 수 있는 것은 아니었으므로. 그러나 설희 이후 나는 그런 여자들을 다루는 일에 익숙해져 있었고, 꼭 필요할 때 여자가 없어 궁상을 떨어야 하는 불상사는 별로 일어나지 않았다.

그 중에는 자옥도 있었다. 설희가 그녀 방을 빌려 나와 함께 자고는 했던 알렉산드리아의 바로 그 자옥 말이다. 그러나 내가 그녀를 다시 만난 곳은 알렉산드리아가 아니었다. 서울 서북 지역의 부도심인 불광동이었다.

그즈음 무교동은 쇠퇴 일로의 길을 걷고 있었다. 청계천이 확장되며 헐린 술집들이 많았고, 도심권 재개발 사업 같은 것도 벌어지며 무교동 다동의 심장부에도 오피스 빌딩들이 들어서고 있었다. 그러므로 술집들은 위용이 당당한 오피스 빌딩에 자리를 내주어야만 했고, 그러다 보니 무교동은 환락가로서는 슬슬 수명이 끝나가고 있었다. 대신 그것들은 변두리로 변두리로 재빨리 뻗어나가고 있었다. 신촌, 영등포, 청량리, 영동 등……. 그 중의 하나가 불광동이었다. 역촌 갈현 지구에 토지 구획 정리 사업이 벌어져서 서울의 중산층들을 끌어 모으는 대규모 주택지가 형성되었고, 불광동의 대로변은 어느날 갑자기 불야성을 이루며 새로운 환락가로 각광을 받고 있었던 것이다.

내가 자옥을 다시 만난 곳은 바로 그 불광동에서였다. 불광동의 맥주홀 〈럭키〉…… 지금도 나는 그곳의 〈럭키〉 〈자메이카〉 〈스타 살롱〉 같은 맥주홀들을 똑똑히 기억한다. 시장 골목 깊숙하게 자리잡고 있던 〈대동장 호텔〉도……. 아니, 다만 기억할 뿐만 아니라 그리움 같은 것까지 동반해 슬프게 추억도 한다. 기자 생활의 초년병 시절부터 드나들어 결혼한 뒤에도 몇 년을 더 그곳의 밤을 누비며 수없이 많은 여자들과 추억을 만들었으므로.

내가 처음 불광동에 발을 들여 놓은 것은 선배 기자를 따라서였다. 그리고 자옥을 만난 것도 바로 그 첫날밤이었고.

일행은 일곱 명쯤 되었다. 처음에는 회사 뒷골목에 있는 감자탕 집에서 열 명쯤 같이 소주를 마셨는데, 누군가가 「황선배, 불광동 좀 구경시켜 줘 봐요」하고 시작했다.

퇴근길에 감자탕 집으로 몰려갈 때는 거기서 딱 한 잔씩들만 마시고 헤어지자는 약속이었다. 그러나 술잔이 몇 순배 돌고 나면 언제 그런 약속을 했느냐 싶게 까마득히 잊어 버리는 것이 술꾼들의 버릇이었다. 더구나 불광동의 성가는 이미 사내에 파다하게 퍼져서 아는 술꾼들끼리는 그곳 〈미희(美姬)〉의 이름까지 들먹이며, 걘 잘 주느니 안 주느니, 아무개는 아무개 부장 거라느니 어쩌고 하며 은밀하게 정보까지 주고받는 것이었다.

불광동 이야기가 나오자 일행은 모두 눈들을 빛냈다. 나도 예외가 아니었다. 입사한 지 불과 두달 남짓한 신참이었지만 그동안 사내의 주당 사교계에 어울릴 만큼 어울렸고, 그랬으면서도 불광동에는 아직 한 번도 따라가 보지 못 했던 것이다.

「얘들이 그런데 ……. 여기서 딱 한 잔씩만 마시자고 했잖아?」

일행의 팀장 격인 황부장도 말은 그랬지만 마음은 이미 불광동에 가 있었고, 일행한테 하나 하나 의사 타진을 시작했다. 갈 수 없다고 대답한 동료는 셋이었고, 그들은 금방 배신자로 낙인 찍혔다.

「그럼 배신자들은 빼놓고 ……. 몇 명이야? 일곱인가? 여기 술값은 내가 내겠지만 럭키는 더치페이다, 알았지?」

황부장은 의기양양해서 떠들었고, 일행은 곧 두 대의 택시에 나누어 타고 불광동으로 달려갔다. 럭키의 풍속은 무교동 시절의 알렉산드리아와 크게 다를 것이 없었다. 다른 것이 있다면 칸막이의 입구를 커튼이 아니라 견고한 문짝으로 굳게 닫도록 되어 있다는 점과 한번 들어온 여급은 다른 테이블과 겹치기 출연을 하지 않는다는 것 정도였다.

아니, 또 있었다. 밴드였다. 알렉산드리아에는 작은 무대가 있었고, 몇 개의 악기로 편성된 밴드가 그 무대 위에서 귀청이 따가운 음악을 줄창 연주하고 있었는데, 럭키에서는 고객이 부르면 악사 하나가 전자기타 등을 들고 칸막이 안으로 들어왔다.

그러나 그런 것들은 하나도 중요하지 않았다. 이제 나는 더 이상 무교동 시절의 푸대접 받던 손님이 아닌 것이다. 그곳의 여급 하나를 마음에 두고 혼자 떨어진 게릴라처럼 기웃거리던 시절의 내가 결코 아니었으며, 적어도 일곱 명으로 구성되어 매상깨나 올려 줄 것이 분명한 단체 손님의 일원으로 당당하게 쳐들어 간 것이었다.

아니나 다를까. 우리들이 들이닥치자 사장을 비롯한 럭키의 종사원들은 대환영이었고, 대기실에서 기다리고 있던 여급들까지 기대에 찬 눈으로 삐꿈삐꿈 문 밖을 내다보았을 정도였다. 더구나 황부장은 능수능란했다. 별명이 〈황구렁〉으로 무교동 시절의 김순구와는 비교도 되지 않았다. 이른바 밤의 사교계에 관록깨나 붙은 팀장이었고 그 방면의 용어로는 〈놀 줄 아는 사람〉이었다. 방을 잡고 여자를 부를 때부터 그는 달랐다.

웨이터가 「일곱 분이시죠?」 어쩌구 하며 여급들을 몰아 오려고 하자 황부장은 그를 제지하며 「이봐 김군, 여기가 뭐 쓰레기 하치장인 줄 알어?」 하고 눈부터 부라렸다.

「그럴 리 있습니까? 최고로 모셔 올리겠습니다, 부장님……」

허리를 굽실거리며 웨이터가 말했지만 황부장은 호락호락 넘어가지 않았다. 「그게 자네들 끼워팔기 수법이라는 것도 다 알아, 인마. 우선 말야, 영주하고 현경이, 미라 셋만 들여보내」

「미라는 안 나왔는데요」

「안 나왔어, 딴 방 갔어?」 황부장이 갑작스럽게 꽥 소리쳤고, 웨이터는 움칠했다가 「정말 안 나왔어요, 부장님」 하고 변명했다. 그러나 황부장은 믿지 않는 눈치였고, 그렇더라도 이미 딴방에 갔으면 어쩔 수 없지 않느냐는 듯이 물었다.

「그럼 누가 있나?」

「정미도 아시잖아요? 수희도 있구요」

「또?」

「많습니다. 이쁜 애들이 새로 많이 왔어요」

「얼렁뚱땅 하지 마, 인마. 이쁜 애들이 뭐 볼 게 있다구 이

불광동 구석까지 흘러 왔냐? 좋아, 정미하고 수희까지 넷만 오라구 해」

황부장은 일단 그렇게 네 명의 여급만 불러 들였다. 그런 다음 그 넷이 들어오자 그 중 고참 격인 영주에게 물어 나머지 세 명의 여급을 더 불러 들이는 것이었다. 그래서 그런지 여급들은 일곱 명 모두 수준급이었고, 그것만으로도 황부장이 그 방면에 이력깨나 붙은 위인임을 짐작할 수 있었다.

아무튼 내가 자옥을 발견한 것은 그렇게 나중에 들어온 세 명의 여급 가운데에서였다. 그 세 명도 한꺼번에 들어온 것이 아니었다. 두 명이 먼저 들어왔고 한 명은 좀 있다가 들어왔는데, 먼저 들어온 두 명 중의 한 명이 자옥이었고, 그녀와 나는 눈이 마주치자 서로 깜짝 놀라 마주보았다. 그런데 그런 시선의 교환을 재빨리도 눈치챈 황부장이 「늬들 벌써 구면이냐? 그럼 현경이는 일루 오고 늬들 둘이 붙어」 하고 이미 나에게 배정되었던 파트너까지 바꿔 주는 것이었다.

「아닌데 ……. 안 되는데요 ……」 자옥은 어색한지 얼굴을 붉히며 잠깐 서 있었다. 그런 자옥을 보고 황부장은 「왜 안 돼?」 하고 물었다. 자옥이 또 잠시 망설이다가 「내 친한 친구 애인이시거든요」 하고 변명했고, 황부장은 「쟤 웃기네? 친구 애인하고 안 된다고는 삼강오륜에도 안 써 있다」 하며 일고의 여지도 없다는 듯 외면해 버리는 것이었다. 그렇게 해서 자옥과 나는 그날 밤 파트너까지 되었다. 그런데 점잖게 파트너로서만 끝났다면 별 문제가 없었을 것이다. 술이 두어 순배 돌아가고 난 다음이었다. 황부장은 「너희들 신고 안 해?」 하고 큰 눈을 한 번 부릅뜨더니 자신의 파트너인 영주부터 윽박지르는 것이었다.

「너부터 시작해. 네가 젤 큰언니니까」 영주는 그런 황부장을 흘겨보며 「에이, 또야」 하고 불평했고, 여기저기서 다른 여급들도 비명을 질러댔다.

「글쎄, 그렇다니까 ……」

「구렁씨는 못 말려 정말 ……」

그때까지도 나는 그것이 무엇을 의미하는지 알 수 없었다. 아니, 좀 특별한 의식일 거라는 짐작은 갔지만 그것의 내용이 무엇인지는 요량할 수 없었다.

한 명의 여급이 자리에서 도망치려고 했다. 또 한 명의 여급은 불안한 표정으로 옆 자리의 여급에게 「언니, 그게 뭐야?」 하고 물었고, 언니라고 불린 여급 역시 심란한 표정으로 「그런 게 있어」라고만 대답했다. 도망치려던 여급은 주저앉혀졌고, 여급들의 그런 동요에도 불구하고 〈신고〉라는 이름의 그 특별한 의식은 강행되었다.

맨 먼저 유방을 꺼내 보인 것은 역시 영주였다. 황부장의 재촉에 「전 접때도 했잖아요?」 하고 또 반발했지만, 「접때도 한 걸 오늘 밤에는 왜 못 하냐? 빨리 시작해. 딴 아가씨들 기다리잖아?」 하고 몰아붙이자 어쩔 수 없다는 듯 가슴 한쪽을 열어 보인 것이었다.

나는 조마조마해 그녀의 유방을 똑바로 바라볼 수도 없었다. 그런데 황부장은 어느새 그녀의 젖꼭지에 술잔까지 담갔다가 떼고는 「이봐 제군들. 이렇게 하는거야, 알았지?」 하며 술잔의 술을 입안에 털어넣는 것이었다.

비로소 신고의 내용을 파악한 나는 옆자리의 자옥에게 속삭였다. 「어떡하지? 우리 도망칠까?」 문에서 가장 가까운 곳에 앉아 있었으므로 그럴려면 얼마든지 그럴 수도 있었다. 그러나 자옥은 태연하게 「가만 있어요. 남들 다하는데 우리라고 못할 거 뭐 있어요?」하는 것 아닌가.

다행히 〈신고〉는 황부장 자리부터 시계 바늘의 반대 방향으로 돌아갔다. 약간의 동요와 반발을 보여주었던 여급들도 이제는 어쩔 수 없다는 듯이, 아니면 끝내 막아 주지 못한 큰언니 영주에게 원망도 하면서 차례로 가슴을 열어 보였다. 세번째인가 네번째인가 좀 앳돼 보이는 여급 하나는 「전 고속도로에 붙은 껌예요. 봐주세요. 대신 노래할게요」하고 애원했지만 그녀도 결국은 가슴을 열어 보였고, 그녀의 유방을 보고는 「고속도로에 붙은 껌이 왜 그렇게 이쁘냐?」라거나 「쟤가 주목 좀 해달라고 선수를 친 거라구」라고 손님과 여급들이 모두 한마디씩 떠들었다.

내가 여급들의 유방을 본 것은 그때부터였다. 처음 두셋까지는 마치 내가 내 자신의 치부라도 드러내는 듯 얼굴이 화끈거려 눈 줄 곳을 몰라 쩔쩔맸는데, 불과 5분도 못 되어 그만 철면피가 되어 버린 것이다. 즉 그런 데서의 수치심이란 철면피와 종이 한 장의 앞뒷면 같았다고나 할까.

그런 내 변신은 자옥의 차례가 되어서도 마찬가지였다. 그녀도 다른 여급들과 똑같이 가슴을 열어 보였고, 나는 얼른 술잔을 가져가 그녀의 젖꼭지를 담갔다가 재빨리 입속에 털어넣었다.

뿐만 아니었다. 차례가 진행되는 중에 누군가 하나는 짓궂게 술에 젖은 파트너의 그것을 혀로 핥아 주었는데, 자옥은 나한테 그것까지 요구하고 있었고, 얼결에 나도 그것까지 흉내내고 말았다. 즉 정해진 종목 이외의 특별 의식까지 치러낸 것이었다.

그렇게 시작한 자옥과 나는 바로 그날 밤부터 정사에 들어갔다. 술을 마시는 동안 그녀와 나는 단편적이지만 옛날 이야기도 조금 했다. 그녀는 알렉산드리아를 1년 전에 그만두었다고 했다. 무슨 이유인지 손님발이 형편없어졌기 때문이었는데, 거기서 나와서는 명동에서 친구와 란제리 가게를 동업하다 6개월만에 들어먹었고, 그리고는 곧바로 불광동으로 왔다는 것이다.

「살기는 지금도 독립문 거기 살아?」 나는 그런 질문도 했다. 그러자 그녀는 「아냐. 독박골로 이사했어」라고 나로서는 처음 듣는 지명을 댔다. 뒤에 알았지만 독박골은 불광동의 동북쪽 산쪽으로 붙은 달동네였는데 그곳에 시골에서 올라온 동생들 둘과 자취를 하고 있다는 것이었다.

독립문 이야기가 나오자 이야기는 자연스럽게 설희로 옮겨졌다. 한참 설희 이야기를 하다가 자옥은 뜬금없이 「설희 일본 간 거 알아?」하고 일러 주었다. 「그래?」하고 나는 심드렁하게 받았지만 가슴은 뜨끔했다.

「설희 사랑했지?」 자옥은 그런 질문도 했다. 내가 피식 웃고 말자 「그땐 개 꼭 죽을 거 같더니 쪽발이 돈맛을 알고는 사람이 영 달라지더라」 하기도 했고, 「그때 자기들 내 방에 와서 그거 할 때 나 어땠는지 알어?」한 다음, 목욕탕 가서 2시간씩 3시간씩 시간을 보내고 오거나 이웃의 친구 집에 가서 한숨 늘어지게 자고 와 보면 설희와 나는 아직도 그것을 하고 있었고, 창문 밑에서 가만히 듣고 있을라치면 둘이 어찌나 요란스럽게 해붙이는지 샘이 나서 견딜 수 없었다는 고백까지도 서슴없이 털어놓았다. 「한 번 만나서 도대체 몇 번씩들 한 거야?」 자옥은 흘겨보며 그렇게 비난하기도 했다. 기다리다가 발이 시려 동상에 걸릴 뻔했다고도 했고, 설희 걔가 맹꽁이만 아니었다면 결정적인 순간에 쳐들어가 셋이 같이 놀자고 떼를 써보고 싶었다고도 했다.

아무튼 설희 이야기가 나오자 이야기가 진해졌고, 그녀와 나는 자연스럽게 그날 밤의 정사를 예약한 바나 다름이 없었다. 그런데도 술판이 끝나갈 무렵 자옥은 내 귓가에 대고 「도망가면 안 돼」 했고, 우리들이 모두 자리에서 일어나 방을 나올 때는 뒤에서 따라붙으며 「나 요새 1주일도 더 굶었단 말야. 금방 나갈게 기다려」 하며 더욱 초조하게 구는 것이었다.

자옥이 옷을 갈아입고 밖으로 나왔을 때 나는 「야, 우리가 이래서는 안 되는 거 아니니?」 하며 빼려고 했다. 그러자 그녀는 내 손을 잡아끌며 「뭐 어째? 아까 황구령씨도 그런 건 공자 왈 맹자 왈에도 안 써 있다고 그러더라. 나 오늘 밤은 파트너가 누가 됐든 독수공방 않겠다고 낮부터 결심하고 있었단 말야」 하고 부끄럼도 없이 떠들며 시장 골목 안으로 뛰어서 들어갔다. 그렇게 찾아간 곳이 대동장 호텔이었다.

호텔에 들어서서도 그녀는 잠시도 머뭇거리지 않았다.

「나 낮에 목욕했어. 어제 그거 끝났거든」 하며 자옥은 서둘러 옷을 벗었고, 그러다가 내게도 달려들어 옷을 벗기는 것이었다. 나는 이미 많이 취해 방바닥에 비스듬히 누워 있었으므로 바지는 엉덩이에 걸려 잘 벗겨지지 않았다.

그러자 그녀는 내 발치로 가 바지가랑이를 한 손에 각각 하나씩 붙잡고 잡아당겼다. 그리하여 바지가랑이가 쑤욱 뽑혀 나가자 자옥은 방바닥에 엉덩이를 짓찧으며 주저앉았는데, 그녀는 깔깔

거리고 웃으며 「나 취했나 봐. 마지막에 마신 폭탄주가 과했나?」 하고는 엉금엉금 기어 내 몸 위로 포개는 것이었다.

그렇게 정사를 시작한 자옥은 술기로 그러잖아도 뜨거워진 숨결을 내 귀와 코와 입술에 가차없이 퍼부었고, 오르가슴도 몇번을 느끼는지 고비마다 피부가 생고무처럼 딱딱하게 굳어 오르며 온몸을 부르르 떨었다. 뿐이랴. 그 환희를 말로도 만들어 주저없이 쏟아내는 것이었다.

그때 그녀가 쏟아낸 환희의 말들은 너무 저열해서 생략하겠다. 그런데 기묘한 것은 나도 그녀의 그런 저열한 말들에 깊이 세뇌당하고 있었다는 사실이다. 여느 때 같았으면 그런 말들에 아마 구토라도 저질렀을 것이다. 그런데 그녀가 너무도 격렬하게 몸부림치고 있는 상황이었고, 내 관능도 달아오를 대로 달아올라 일촉즉발의 위기를 맞고 있는 정황이어서 앞뒤 가릴 수 있는 게제가 아니었다. 즉 그녀가 아무리 더러운 형용사를 입에 담아도 섹스란 본래 그렇게 더러운 것이니까, 최고로 더러운 쾌락이니까 하고 나도 마음속으로 양해하게 되었으며, 나아가서는 그렇다고 쾌락 자체를 망치는 것은 어리석은 짓 아니냐라고까지 뇌까리는 것이었다. 그리하여 어느덧 나는 나 자신도 깜짝 놀랄 만큼 화려한 사정에 도달해 버렸고, 그런 뜻밖의 경험은 자옥을 최고의 여자로 착각하게까지 만들어 버리는 것이었다.

그날 밤까지 자옥과 나는 세 번 함께 잤다. 그녀가 본색을 드러낸 것은 두번째 만났을 때부터였다. 두번째 날 밤 그녀는 「나 스탠드 하나 하려구 하는데 ……」 하고 시작했다. 〈스탠드〉란 스탠드 바를 의미한다는 것쯤 나도 알고 있었다. 코너마다 여자 하나가 경영주가 되어 운영하는 술집으로 그즈음 그런 술집들이 시내에도 여기저기 생겨나고 있었던 것이다.

「그래? 돈 많이 번 모양이지?」 나는 그런 식으로 대수롭지 않게 받았었다. 그랬더니 자옥은 「누가 제 돈 갖고 하나? 다 대주는 사람이 있으니까 하지」 하고 터무니없이 화를 돋구었다. 그러나 그때는 그것이 나를 지목하고 하는 말이라는 구체적인 느낌은 없었다. 그런데 세번째 만났을 때였다. 정사를 끝낸 뒤 그녀는 「나하고 동업하자. 자기 30만 원만 내. 나도 30만 원 낼게. 보증금은 50만 원이지만 이것 저것 부족한 집기를 들여 놓으려면 10만 원은 더 있어야 한대」 하고 아주 구체적으로 이야기를 끄집어내는 것이었다. 그때까지도 나는 그것이 그녀가 선의로 꺼낸 이야기일 거라고만 생각했다. 그녀 말대로 스탠드를 운영하면 이 사람 저 사람 술꾼들 품에 안 안겨도 좋고 연애도 붙박이로 한 남자고만 할 수 있으며, 잘만 되면 나는 술쯤 지갑을 털지 않고도 마실 수 있는 것이었다. 뿐만 아니라 나는 자옥의 그런 자립 의지를 무척 돕고 싶기도 했다. 하지만 30만 원은 그즈음 나에게 너무도 큰 돈이었고, 그래서 나는 진정으로 슬퍼져서 「월급쟁이한테 그런 큰 돈이 어디 있니?」 하고 자그마하게 한숨까지 내쉬었다.

그런데 자옥이 달라지기 시작한 것은 바로 그 순간부터였다. 「자기 돈 없어? 정말?」 그러잖아도 만만치 않게 생긴 눈꼬리를 아래로 착 꼬부리며 그녀는 시작했다. 「설희는 자기가 부잣집 아들이라고 그러던데……. 걔한테는 아파트도 얻어주고 그랬잖아?」

「설희가 그랬니?」 나는 어이없어 웃었다. 그러나 자옥의 얼굴빛은 푸르딩딩하게 변해 갔고, 목소리에도 가시가 박혔다.

「아니야? 거짓부렁하지 마. 무슨 남자가 대낮에도 그렇게 한가하냐고 했더니 인천에 무슨 큰 공장을 하는 집 아들이라고 그러더라. 설희한테는 큰 아파트도 얻어주고 나한테는 까짓 돈 30만 원이 없다고 오리발 내밀거야?」 그렇게 시작한 자옥은 내가 아무리 변명해도 들으려고도 하지 않고 마침내 욕설까지 퍼부어 대는 것이었다. 「야, 이 씨팔놈아, 인간 차별하지 마. 설희년 거기에는 금띠 둘렀데? 별 거지 같은 자식한테 걸려 공섭만 줬네. 야 이 새끼야. 꺼져. 꺼져 버려, 이 병신아」

물론 나도 부처님은 아니었다. 자옥이 아무리 취했다고 해도 그것은 상식을 벗어난 언동이 아닐 수 없었다. 때문에 나도 순간적으로 화가 치솟아 손찌검을 퍼부었고 그것은 곧 짤막한 육탄전으로 연결되었다. 자옥은 코피가 터졌고, 나도 그녀의 긴 손톱에 맨살을 여기저기 몇 군데나 할퀴었다.

그날 밤의 일은 너무도 무참했으므로 차마 돌이켜 보고 싶지도 않다. 나를 자옥 앞에서 김순구로 윤색시켰던 설희의 추억은 정말 가슴 아팠다. 그러나 자옥의 그런 포악도 시간이 지나며 매양 괘씸스럽지만은 않아서 내 무엇이 그녀로 하여금 그렇게 포악을 부리도록 만들었을까 곰곰 생각하고는 했다.

후일담이지만 그로부터 두 달쯤 지난 뒤 나는 자옥을 찾아갔다. 한동안 나는 불광동에 발걸음도 얼씬하지 않았는데 그러다가 다시 회사의 술꾼들과 어울려 그곳을 찾게 되었고, 그때마다 그녀에게 빚을 진 듯한 느낌 때문에 늘 뒤가 켕키고는 했던 것이다. 그리하여 마침내 나는 돈을 좀 만들어 가지고 그녀를 찾아갔고, 그때는 자옥도 소망대로 스탠드 바의 한 코너를 맡아하고 있을 때였다. 여급들 사이의 소문으로는 역촌 지구에서 부동

산업을 하는 돈 많은 사장이 뒷돈을 대주었다는 것이었다. 그러나 그런 것은 내가 신경쓸 이유가 없었으며, 그녀를 만나자 나는 진토닉 한 잔만 마시고 마련해 간 돈을 내놓았다.

「이게 웬 돈이야?」 자옥은 두 눈을 둥그렇게 뜨고 나를 바라보았고, 나는 잠자코 높은 의자에서 내려 밖으로 나왔다. 뒤쫓아 나온 자옥이 「자기 왜 그래애? 화났어?」 하며 내 소매를 잡았고, 「그때 나 술 많이 취해서 그런 거잖아?」 하고 변명도 했다. 그녀는 내게서 받은 돈을 내 양복주머니에 도로 넣어 주려고 했다. 그러나 나는 그런 그녀의 손을 완강하게 물리치며 「내가 맘 편하자고 그러는 거니까 잠자코 받아」 하고는 그녀에게 등을 돌렸다.

그것으로 자옥과 나는 끝이었다. 그렇다고 불광동 바닥에서 다시는 그녀를 만나지 못했다는 뜻은 아니다. 다만 다시는 자지 않았다는 뜻이며, 내가 〈자메이카〉나 〈스타 살롱〉의 다른 여급에게 열을 올릴 때 그녀를 만나면 「요새 지미하고 좋아 지낸다며?」 하고, 샐쭉한 표정을 짓고는 했다.

아까는 불광동이 서울 서북 지역의 새로운 환락가로 급부상을 했느니 밤마다 불야성을 이루었느니 했지만 조금 다녀보니까 바닥이 빤했다. 역시 변두리 주점가의 성장에는 한계가 있었던 것이다. 손님도 빤했고 여급들도 그 애가 그 애였으며 어느 업소에 좀 반반하게 생긴 여급이 새로 오면 금방 소문이 쫙악 퍼지고는 했다.

마찬가지로 제법 놀 줄 아는 손님이 나타나면 그 소문도 쫙악 퍼져서 유치 경쟁이 뜨거웠고, 씀씀이가 큰 손님이 자옥에게처럼 스탠드 바의 한 코너라도 차려 주면 그 소문은 여급들 사이에서 대단한 부러움도 샀다. 또 한 여급의 사내로 점찍힌 손님은 다른 업소에 가서 다른 여급을 끼고 술 마시는 짓도 조심하지 않으면 안 되었다. 〈본처 여급〉과 〈첩 여급〉 사이에 심심찮게 분쟁이 벌어지고는 했던 것이다. 뒤에 일어난 일이지만 자옥에게 실제로 그런 사건이 있었다. 스탠드 바를 차려주었던 부동산 업자 방사장이 다른 여급을 보러 다녔던 모양으로 현장을 덮친 자옥이 대판 싸움질을 벌였다는 소문이었다.

아무튼 그런 가운데에서도 나는 자옥 이후 지미, 송이 등 몇 명의 여급과 더 사귀었다. 그렇다고 내가 시차도 두지 않고 이 여급 저 여급 사이를 마구 전전했다는 뜻은 아니다. 그때까지만 해도 나는 한쪽 눈으로는 이 여급, 다른 한쪽 눈으로는 저 여급 할 만큼 형편없이 망가져 있지는 않았으며, 최소한의 〈사랑 놀음〉이라도 앞세우지 않고는 어떤 여급과도 잘 수 없을 만큼 〈순수〉했었다.

순수를 강조 부호로 묶은 것에 유의하기 바란다.

즉 나에게 있어서 그즈음의 순수는 어디까지나 상대적인 개념이었다는 뜻이다. 본처 여급을 두고 첩 여급을 넘볼 만큼 엉망으로 놀아먹지는 못했으므로. 그런 내 마음속의 순수가 불광동 여급들 사이에서 제법 인기를 끌었던 것은 아니었을까. 인기까지는 몰라도 그런대로 한 몫이 있었음은 분명했다. 비록 월급쟁이에 불과했지만 총각이라는 강점이 있었고, 설희 때처럼 열망으로 무장되지는 않았지만 사랑 놀음의 달콤함을 줄 줄도 알았던 것이다.

그런 내 마음속의 순수는 여급들도 자연스럽게 순수 취향으로 사귀게 되었다. 그러므로 지미도 송이도 더 이상 지옥 같은 〈독종〉은 아니었고, 특히 송이는 겁이 많은 여급이어서 나와 사귀면서도 계속 지옥한테 신경을 썼다. 정사를 하다가도 그녀는 문득 제 정신이 든 듯「우리 이러는 거 알면 지옥 언니가 가만두지 않을텐데 ……」하며 움츠러들었고, 함께 골목길을 가다가도 먼 발치에 지옥이 보일라치면 혼미백산해 도망치고는 했다.

송이 전에 사귀었던 지미는 조금 대담했었다. 그녀는 내가 지옥과 끝냈는가 몇 번이나 묻고 맹세도 시켰다. 그러고도 모자라 지옥을 찾아가 확인까지 받고서야 나와 자 주었으며, 독점욕도 있어 내가 불가피하게 다른 업소에서 술을 마신다는 정보라도 입수한 날 밤이면 장사도 그만두고 찾아와 기다리다가 납치하듯 나를 데려가고는 했다. 요컨대 불광동의 밤은 그만큼 나를 깊이 빠져들게 했었고, 설희의 추억과 더불어 환상적인 한 시대를 이루었고 회상해도 좋을 것이다.

자 이제는 다시 신혼 여행으로 되돌아 갈 차례이다. 신혼 여행에서 신부를 배반한 기상천외의 경험담을 털어놓겠다고 말하고 좀 장황하게 불광동의 여급들 이야기부터 늘어 놓은 것은 나로 하여금 지숙을 배반하도록 만든 장본인이 그들 중의 하나였기 때문은 결코 아니었다. 취직을 해서 결혼을 하기까지 1년 남짓한 기간 동안 나와 자 준 여자들을 주로 불광동에서 공급받았다는 이야기를 하고 싶었을 뿐이며, 불광동 밖에도 몇은 더 있었다. 친구들과 함께 놀러갔던 인사동 골목 안의 방석집에서 만난 여급도 있었고, 지방에 출장 여행을 갔을 때 그곳의 지사장이 접대차 안내했던 술집에서도 여자 하나를 만나 잤다. 그 밖에도 아슴푸레한 기억이 몇 건 더 있다. 그러나 모두 1회로 끝낸 관계였고, 불광동의 자옥 지미 송이 등의 여급들처럼 상당 기간 〈사랑 놀음〉을 벌인 경우는 드물었다.

그런데 여기서 강조하고 싶은 점은 그즈음 내가 대부분 여급들하고만 자고 있었다는 사실이다. 「그대 품에 다시 한 번」을 함께 구경한 단 하나의 예외를 제외하고는…….

그 점에 관해 나는 설희의 추억 때문이었다고 강변하고 싶지는 않다. 설희를 잃은 아쉬움도 물론 무시할 수는 없었다. 비슷한 사랑, 비슷한 아픔 같은 것을 추구하는 밑바닥의 귀소 본능 같은 것…… . 그러나 그런 것은 어디까지나 얄팍한 감상(感傷)에 불과했고, 보다 압도적으로 우세했던 욕구는 정액을 쏟아 버릴 곳이 당장 필요하다는 사실이었다. 그러므로 보다 쉽게, 복잡한 수순을 밟지 않고도 잠자리를 함께 할 수 있는 여자로서 불광동의 여급들은 안성맞춤이 아닐 수 없었다. 책임 같은 것도 뒤따르지 않았고, 또 호주머니 사정에도 그럭저럭 어울렸으므로.

어쩌면 나는 그즈음 아주 멀리까지 달려온 셈이었다. 여자가 죽을지도 모른다는 두려움 때문에 그녀와 자주고 말았던 고등학교 시절까지 거슬러 올라갈 필요도 없다. 군대 시절 창녀와 자러 가면서도 사랑을 확인하기 위해 꽃무늬가 수놓인 스웨터를 선물로 사 가지고 갔던 나로부터 또는 팁을 떼어먹게 될 일이 신경쓰여 그것을 만들어 가지고 다시 설희를 찾아갔던 무교동 시절의 나로부터도 아주 멀리까지 달려온 셈이었다.

또 있었다. 미대생 한유미에게 사랑을 받쳤던 한 시절의 나는 마치 박물관의 유물처럼 까마득한 존재로 느껴졌다. 그리고 지

윤을 마음에 두고도 약혼자가 있는 지원씨와 자 버리고 두려움에 떨었던 나도 마치 고생대의 화석처럼 아마득하게만 느껴졌다.

그렇게 실패한 사랑들이 나를 거기까지 끌어다 떠박질렀다고 변명할 수도 있었다. 그러나 그런 것들은 어디까지나 얄팍한 변명에 불과했다. 언제나 나는 보다 현실적인 욕구, 즉 손쉽게 잠자리를 함께 해줄 여자를 찾아 달려갔고 그러다 보니 옛날의 나와는 아주 다른 사내로 변모해 있음을 깨닫고 스스로도 겸연쩍어하고는 했다는 사실을 고백하고 싶을 뿐이다.

그렇다고 혼전의 성생활이 나만 유독 방탕했다고 반성하고 있었던 것은 아니었다. 오히려 나는 풋나기였다. 손쉽게 여급들만을 상대하고 있던 점도 그랬고, 여급과도 사랑 비슷한 감정을 자아올리지 않고는 뭔가 일이 잘 풀리지 않았기 때문에도 그랬다.

그즈음 나를 잘 알고 있던 친구들은 〈여급 전공〉이니 〈불광동 제비〉니 하고 얼마쯤 깔보는 투로 떠들었다. 김순구도 그랬다. 지미와 사귀던 시절 나는 녀석 등을 불광동으로 데려가 진탕 술을 사 준 적이 있는데 지미와 나 사이를 눈치챈 그가 「넌 인마 언제까지 여급들 궁둥이나 쫓아다니며 살 거냐?」 하고 비난했고, 같이 왔던 다른 친구도 「어이 윤후섭이, 너 여급 전공이야?」 하고 떠들며 웃었다. 직장에서도 「어이, 불광동 제비」 하고 부르는 동료가 있을 정도였다. 물론 함께 불광동에 간 적이 있는 선배 기자였는데, 딴에는 친밀감을 표시하기 위한 호칭이었지만 그런 평판은 나를 몹시 무안하게도 했다. 겨우 불광동의 빤한 여급들하고나 지내는 폭좁은 여성 편력이 스스로도 한심스럽게 느껴졌던 것이다.

또 꼭 그렇게 나를 비난하는 친구나 동료만은 아니었지만 보다 우월한 경제력과 테크닉을 바탕으로 화려한 여성 편력을 벌이는 사례도 나는 더러 감지하는 수가 있었다. 그럴 때는 공연히 우울증에 걸려 한나절씩 말도 않고 지내고는 했다. 즉 불광동의 여성 편력이란 내 한계였으며, 도무지 자랑할 수 있을 만큼 만화방창한 사생활도 아니었던 것이다.

그러나 그런 인식이나 우울증이 예외를 만들어 낸 것은 아니었다. 여급이 아니었던 단 하나의 예외……. 그것은 어디까지나 전혀 우발적으로 일어났던 사건이었음을 먼저 밝혀두겠다. 그리고 신문사에서의 내 업무와 관련되었음도…….

제 13 장

　문학 출판 담당 기자에게는 수없이 많은 신간 도서들이 쏟아
져 들어온다. 새 책을 안내하는 난에 소개되기를 희망하는 책들
인데, 그렇게 매일 매일 쏟아져 들어오는 책들을 읽고 선별해
기사를 작성하는 일이 내게 주어진 업무의 한 가지였던 셈이다.
　그러나 경제지에는 특수 사정이 있었다. 문화면이 비좁았다.
그 비좁은 지면도 월요일은 학술과 종교, 화요일은 가정과 오락
하는 식으로 취급하는 분야가 요일 별로 정해져 있었다. 그러므
로 새 책을 안내하는 기사는 1주일 한 번, 그것도 문학 기사와
지면을 나누어서 들어가지 않으면 안 되었으며, 여간 규모 있게
구성하지 않고는 한 분야의 〈거울〉로서 공소함을 면하기 어려웠
다.
　게다가 공정성에 관한 끊임없는 시비도 있었다. 출판사도 골
고루, 책도 분야가 다양하므로 여러 분야를 골고루 다루어야만

했고, 그러고도 주요 저작과 그렇지 못한 것을 구별해야만 했다. 즉 옥석을 가려야만 했는데, 비교적 나는 그 업무를 공평무사하게 처리했다고 자부하고 싶다.

시인 채수라씨의 첫시집 『황량한 날의 소묘』도 그에서 예외는 아니었다. 그즈음 나는 여류 문학인의 소개에 인색하다 시집의 소개에도 인색하다는 등의 비판을 받고 있었는데, 그런 비판으로부터 균형을 잡을 수 있는 호재로 채수라 시인의 시집을 선택한 것이었다. 즉 내가 틀을 잡아가고 있는 신간 안내란의 공평무사한 운영을 위해 채수라 시인의 시집 『황량한 날의 소묘』를 골라잡았을 뿐 사정(私情)이 개입하지는 않았다는 뜻이다.

그러나 외연(外延)을 그렇게 치장했음에도 불구하고 찜찜한 구석이 전혀 없었던 것은 아니었다. 첫째는 그녀가 눈에 확 띠는 미인이었다는 사실이다. 시집의 날개에 들어가 있는 그녀의 사진만을 보고 판단한 것도 아니었다.

내가 종합일간지들의 신춘문예 단골 투고자였다는 사실은 앞서 밝힌 바와 같다. 해마다 연초가 되면 나는 낙방자로서 이 신문 저 신문 당선자들의 화려한 프로필을 넘겨보게 마련이었는데, 비록 소설 부문 투고자였지만 시 등 다른 장르의 당선자들 사진이나 당선 소감도 눈여겨 보았고, 그렇게 신문을 넘기다가 눈에 확 띠는 미인으로서 채수라 시인의 사진을 발견한 것이었다. 시집의 날개에 인쇄된 그녀의 사진은 그보다 수 년 앞서 보았던 또 다른 사진까지 기억나게 할 만큼 그녀가 아주 특별한 미인이었다는 말이다.

다음은 그녀의 나이였다. 그것은 뒤에 판단 착오로 밝혀졌지만 그때 나는 그녀가 내 또래거나 오히려 나보다 한두 살 밑일 것이라고 생각했었다. 우선 시집에 수록된 사진이 그랬고, 비슷한 시기 신춘문예에 같이 도전하고 있었다는 이력도 그것을 말해 주기에 충분했다. 즉 그녀는 내게 〈만만한 나이〉라고 생각되었고, 비록 나는 아직 묻혀져 있는 지망생에 불과했지만 전화를 걸어 만나자고 못할 것도 없다고 용기를 낼 수 있었다는 말이다.

신간 안내란에는 〈저자와 차 한잔〉이라는 원고지 3장짜리 미니 인터뷰 기사가 들어간다. 저자의 사진까지 실리는 경제지의 신간란치고는 제법 생색나는 지면이었다. 나는 그녀를 그 지면에 등장시킬 요량으로 출판사에 전화를 걸어 그녀의 집 전화번호를 알아냈다. 그리고 그 전화번호로 세 번쯤 전화를 걸었는데 그때마다 번번히 신호만 갈 뿐 아무도 받지 않았다. 출판사에 내용을 알리고 접선을 주선해 달라고 부탁도 했다. 그러나 원고 마감일까지 감감 무소식이었고, 하는수없이 나는 〈저자와 차 한잔〉을 다른 필자로 대체했다. 그리고 채수라의 『황량한 날의 소묘』는 다른 책들과 함께 들어가는 신간란에 원고지 분량만 조금 늘려 소개하고 말았다. 다만 그 난에 그녀의 사진을 실었는데, 자료실에 가서 찾아보니 사진이 없어 시집에 실린 사진으로 사진부에 복제를 부탁하는 등 자그마한 수고를 덧붙였을 뿐이었다.

그런데 그 기사가 나간 지 이틀 뒤였다. 그녀에게서 전화가 걸려온 것이다. 그러나 그 전화는 그런 신간 안내 기사가 나간 뒤 필자나 출판사에서 걸려 오는 감사의 전화 이상도 이하도 아니었다.

기사 잘 보았다, 고맙다, 지방 어디 여행 좀 다녀왔더니 출판사로 전화를 해왔다고 들었다, 미안하다 등의 의례적인 치사와 변명이 전부였다. 나는 〈저자와 차 한잔〉 난을 설명했고, 그 난에 소개할 계획이었는데 애석하게 되었다고도 덧붙였다. 그러자 그녀는 그만해도 아주 우호적으로 배려해 준 것이었다며 재삼 고마움을 강조했고, 나는 할일을 했을 뿐이라며 겸양의 대꾸를 함으로써 그녀와의 통화를 끝내고 말았다.

그런지 또 3, 4일이 지나서였다. 이번에는 그녀가 회사 근처에 와 있다며 잠시 나와 줄 수 있느냐고 전화를 걸어 왔다. 나는 약간 설레이기도 했고, 그녀에게 무엇인가 새로운 부탁이 있는 건 아닐까 은근히 두렵기도 했다. 이를테면 〈저자와의 대화〉 같은 대형 인터뷰란에 소개해 달라는 청탁 같은 것.

〈저자와 차 한 잔〉은 원고지 3, 4장짜리 미니 인터뷰란이었지만 〈저자와의 대화〉는 원고지 10장 이상의 대형 인터뷰 지면이었다. 나는 그 지면을 정말로 획기적인 저작을 출간했다고 판단되는 저자에 한해서만 한달에 한 번 꼴로 할애하고 있었으며, 시집 『황량한 날의 소묘』는 그에 미치지 못 한다고 생각하고 있었던 것이다. 그렇다고 회사 근처까지 찾아온 그녀를 만나지 않을 수는 없었다. 그래서 나는 어디냐고 물어 그녀가 기다리고 있다는 찻집으로 갔다.

여기서 나는 그 사이 그녀에 관해 알게 된 이야기를 해두어야 한다. 기사를 쓰기 전까지는 정말 묘령의 여류 시인이라고만 믿고 있었다. 그런데 기사가 나간 뒤 나는 곧 그녀가 결혼한 여자이며 나이도 나보다 서너 살 위일 것이라는 제보까지 받게 된 것이었다.

뿐만 아니었다. 시집에 실린 사진, 내가 사진부에 복제를 부탁해 신문에 실었던 그 미인의 사진도 10여 년 전 그녀가 한참 젊었던 시절에 찍었음이 분명할 것이라는 이야기까지 들었다. 나는 그런 사실들을 스포츠지에서 같은 업무를 담당하고 있는 선배 여기자로부터 들었는데. 기사가 나간 바로 그 날이었다. 마침 문단에 행사가 있어 취재차 나갔다가 나는 그 선배 여기자를 만났고, 그녀는 나를 보자 「윤기자는 미인한테 특별히 약한 모양이지? 채수라, 잘 써 줬던데?」 하고 시작했다. 아픈 곳을 찔린 나는 얼굴을 붉히면서도 「미인 싫어하는 남자가 어디 있어요?」 하고 반박했고, 그러자 그녀는 「그래 보았자 말짱 헛일일 걸? 채수라 걔 결혼했고, 나이도 윤기자 누나 뻘은 되니까」 한 다음, 「아무튼 여류라는 여자들 참말 괘씸해. 책 같은 데 내는 사진을 꼭 10년 전 것을 써서 윤기자같이 순진한 총각들 가슴을 설레게 한단 말야」 하고 덧붙이는 것이었다. 즉 채수라 시인의 시집 신간안내 기사가 나간 뒤 내게서 그녀에 대한 모종의 기대 환상 등은 상당히 무너져 있었으며, 때문에 찻집으로 가면서도 그녀가 새로운 청탁 같은 것을 해오면 어쩌나 정말로 안 해도 좋을 근심까지 앞세우고 있었던 것이다.

찻집은 한산했다. 나는 그녀의 얼굴을 익히 알고 있었으므로 금방 그녀를 찾을 수 있었다. 그런데 그녀는 혼자도 아니었다. 딸로 짐작되는 조그마한 계집아이 하나를 데리고 있었는데 나이는 서너 살쯤 되어 보였다.

그렇다고 내가 특별히 실망했다거나, 속된 말로 김이 샜다거나 그랬던 것은 아니었다. 스포츠지의 박기자로부터 들어 충격을 이미 소화할 만큼 소화하고 있었으며 다만, 아 저만한 딸까지 가진 여자였나 하고 가만히 뇌까렸을 뿐이었다.

그런데 내가 다가가자 그녀는 앉은 자리에서 벌떡 일어섰다;. 그러고도 아이를 비켜 세우고 있었으며, 예의를 다해「윤선생님이시죠?」하고는「이렇게 혹까지 달고 나와 죄송합니다」하며 깍듯이 인사를 차리는 것이었다. 나는 그런 그녀의 인사를 받기가 어색해「선생은 무슨…… 그냥 윤기자라고 불러 주세요」한 다음,「따님이신가 보죠? 이쁘게 생겼는데요?」했고, 계집아이에게도「몇 살?」「이름이 뭐지?」하고 관심을 보이는 척했다.

아이가 뭐라고 대답했던가는 기억에 없다. 아니 대답을 했던 가조차도 기억에 없으며, 다만 잔뜩 긴장해 나를 노려보는 듯했던 작고 까만 눈동자만 기억에 남아 있을 뿐이다. 그것도 엄마가 만나고 있는 생면부지의 이상한 남자를 향한 적대감 때문이었는지, 찻집이라는 생소한 장소를 포함해 아이가 겪고 있는 새로운 상황 전체에 대한 낯설음 때문이었는지도 분간할 수 없는……. 아무튼 그렇게 어색한 첫대면이 지나자 계집아이는 점차 번잡스러워졌고, 그녀와 내가 이야기에 한참 빠져들었을 때는 찻집 안의 통로를 제법 멀리까지 달려가「그럼 안 돼. 이리 온」하고 엄마가 몇 번씩이나 불러야만 했다.

그렇다고 그 날 그녀와 내가 아이도 돌볼 수 없을 만큼 무슨 깊이 있는 이야기를 나눈 것도 아니었다. 전화로도 이미 했던, 기사에 대한 치사와 겸사를 또 한 번 되풀이했고, 그러고는 할 말이 없어 잠시 어색한 침묵을 유지했다가 그 침묵의 무게가 견딜 수 없어 잠깐씩 서로의 신변에 관해서도 묻고 대답했을 뿐이었다. 이를테면 아이 아빠는 뭐하는 분이냐, 나는 결혼을 했느냐 따위 지극히 상식적인 것들. 그래도 그런 신변에 관한 간단한 문답이 끝났을 때 나는 그녀 남편이 건설회사의 토목기사라는 것, 지방의 공사 현장에 상주해 있다는 것, 지난 번 여행도 남편이 있는 공사 현장에 며칠 다녀온 여행이라는 것 등을 알 수 있었으며, 그녀도 내가 미혼이라는 것, 결혼을 전제로 사귀고 있는 여자도 없다는 것 정도는 알았을 것이다.

거기까지 이야기하고 나자 또 이야기가 끊겼고, 나는 그쯤으로 그녀와 헤어질 생각이었다. 실물까지 보고 그녀가 미인이라는 사실을 새삼 확인받은 셈이었지만 그렇다고 결혼한 여자, 그것도 그녀의 표현대로 〈혹〉까지 달린 연상의 여자를 넘볼 만큼 내가 형편없이 망가져 있지는 않았던 것이다.

그런데 바로 그 순간이었다. 그녀가 신문에 난 자기 사진 이야기를 끄집어낸 것은…….

「그 사진, 시집에 있는 것을 그대로 쓴 것이지요?」

「네. 자료실에 없어서 책 사진을 복제했습니다. 잘못 나왔습니까?」

「아니, 너무 잘 나왔어요. 너무 잘 나와 신기해서요」

「미인이시니까요.」 내가 말했고, 그녀는 「제가 어디……」 하며 소녀처럼 얼굴을 붉혔다.

거기까지는 일사천리로 주고 받았다. 그런데 그때였다. 그 순간 내 머릿속에는 반짝하고 또 한 장의 사진이 떠올라 있었다. 그녀가 신춘문예에 당선했을 때 당선 소감과 함께 신문에 실렸던 바로 그 사진.

나는 잠시 망설였다. 그러나 교사에게 칭찬받을 대답을 하고 싶어 견딜 수 없어진 학생처럼 나는 좀이 쑤셔 견딜 수 없었고,

마침내는 묵은 기억을 들추어 내고야 말았다.

「저한테는 기억 속에 간직하고 있는 사진이 또 한 장 있습니다.」

그렇게만 말하자 그녀는 그게 무슨 말인지 의아한 듯 내 얼굴을 똑바로 바라보았다. 그런 그녀의 시선이 나로 하여금 그 뒤를 잇지 않고는 못 견디게 했고, 그래서 나는 「그걸 물방울 무늬라고 하나요? 크고 작은 동그라미가 드믄드믄 찍힌 블라우스였어요. 목에도 같은 무늬가 찍힌, 넥타이인지 스카프인지가 가슴까지 요렇게 늘여져 있었구요」라고 털어놓았다. 그러자 그녀는 하얀 얼굴이 점차 분홍빛으로 물들어 갔고, 마침내는 희열을 견디지 못하겠다는 듯 「윤선생님이 어떻게 그 사진을 다 기억하시는 거죠?」 하고 외치고 있었다.

그녀가 너무도 기뻐하고 있었으므로 나는 슬그머니 열적어졌다. 그러나 선뜻 그 시절의 내 처지는 말하지 않았다. 같은 해 같은 신문의 소설 부문 낙선자였다는 진실 같은 것은 도리어 그녀의 꿈을 깨버릴 것만 같았던 것이다.

대신 나는 「정말 전 미인한테 특별히 약점을 보이는 성격인 모양이죠? 엊그제 어딘가에서 스포츠지에 있는 박순애 기자를 만났는데, 아시죠? 박기자가 저보고 그러더군요. 채수라 시인이 미인이어서 잘 써 준 걸 거라구요. 하지만 박선배도 내가 채수라 시인 물방울 무늬 블라우스까지 기억하고 있다는 사실은 모르니까 조금 헛짚은 거죠」 했고, 그녀도 더 이상 캐묻지는 않고 「정말 놀랄 만한 기억력예요」 하면서 가만히 고개를 가로저었다.

채수라 여사도 박순애 기자는 알고 있었다. 사립인 명문 여자

대학의 동문으로 박순애 기자가 2, 3년 선배라고 했다. 대학 때
는 같은 서클에서 문학 공부를 했는데, 경쟁심 때문인지 그녀가
시단에 나와 꾸준한 활략을 보이고 있는데도 별로 주목해주지
않는다고 했다. 그녀 이야기를 듣고 나는 남자처럼 생긴 박순애
기자를 떠올리며 「혹시 아름다우셔서 입는 손해 아닐까요?」 했
다. 그러자 채여사는 「제가 어디가 이쁘다구요?」 했지만 역시
싫지 않은 내색을 보였고, 「전 그냥 아름답게 살고 싶을 뿐예
요. 아름다운 시를 쓰면서……」 하고 잠깐 적막한 표정을 보여
주었다.

이상이 그 날 그녀와 나 사이에 있었던 대화의 전부였다. 모
종의 교감이 있다면 있었고, 없었다면 없었다고도 할 수 있는
그저 그런 만남이었다. 그러나 특별한 무게가 실렸다고는 할 수
없었고, 무엇보다도 그녀는 유부녀였으며 물방울 무늬 블라우스
의 사진이 서로의 추억을 더듬게 하기는 했을 지언정 유부녀와
무엇인가 사단을 일으키고야 말리라는 조짐 같은 것은 내 안에
서 눈꼽만큼도 일어나지 않았다.

그 날 그녀는 내게 켄트 한 박스를 선물로 주고 가기도 했다.

「이거 담배예요. 집에 있는 걸 그냥 가져왔어요」 하며 그녀는
쇼핑백에 넣은 것을 전해 주었는데, 그녀가 회사 근처까지 찾아
와 전화로 나를 불러낸 이유는 바로 그것이었다. 무엇인가 물질
로 감사를 표하고 싶었던 것이었다.

나는 그녀에게 선물을 받는다는 사실이 어색했다. 그러나 거
절할 수는 없었고, 「어젯밤에 제가 꿈을 잘 꾸었던 모양이죠?
행운이 이렇게 이중으로 겹치는 걸 보면……」 하고 말했다. 그
러자 그녀는 「약소한데요 뭘. 그런데 행운이 무슨 이중예요?」

하고 또 의아한 표정을 지었고, 나는 재빨리 「미인 구경했죠,
선물 받았죠……」 했다.

「또 그런 말씀……. 한 번만 더 그러시면 놀리시는 걸로 알
겠어요」

그녀는 짐짓 화를 낸 표정까지 만들었다. 그러나 내심으로는
여전히 싫지 않은 기색이었으며, 그렇더라도 내 쪽에서는 그녀
의 그런 허영심에 얼마쯤 질력을 내고 있기도 했다. 즉 그녀가
제아무리 아름다워도 남의 부인이며 아이까지 딸린 아기 엄마였
던 것이다. 때문에 그녀의 미모에 대한 찬사도 되풀이될수록 얼
마쯤 장난기가 들어갔고, 그녀도 그 점에 관해 깨닫고 허망한
느낌을 가졌을지도 모를 일이었다. 요컨대 좀 지나친 말장난에
지나지 않았다고나 할까. 그런데 그런 말장난이 그녀의 마음에
조그마한 파문을 일으키고 있을 줄이야.

그녀가 두번째로 나를 찾아온 것은 그로부터 1주일도 채 지나
지 않아서였다. 퇴근 시간이 임박해서였고, 외출에서 돌아와 보
니 그녀가 먼젓번의 그 찻집 〈영〉에서 기다리고 있다는 내용의
메모지가 내 책상 위에 놓여 있었다.

메모지의 필체는 사환의 것이었다. 그러나 사환인 정군은 야
간 고등학교에 다니느라고 그 시간에는 자리를 비우고 없었다.
그러므로 메모지 내용만으로는 그녀가 언제부터 와서 몇 시간을
기다리고 있는지도 알 수 없었다. 정군이 등교를 하는 시간은
오후 4시였다. 그렇다면 최소한 2시간 이상을 기다린다는 뜻인
데, 메모지만으로는 그녀가 그렇게 오랜 시간 찻집에서 기다리
고 있다는 사실이 도무지 믿어지지 않을 정도였다.

그런 의문 말고도 나는 그녀의 출현에 약간 겁도 먹고 있었다. 그 날 따라 퇴근 후 별 약속이 없다는 사실도 겁났고, 제발 그녀가 기다리다가 그냥 가 주었으면 하고 빌기도 했다. 그러나 그것은 어디까지나 내 마음속 깊은 곳의 어설픈 희망이었을 뿐 메모지를 외면할 수 있을 만큼 강력하지는 못했다.

그렇다고 내가 찻집 영으로 금방 달려간 것도 아니었다. 메모지는 구겨 휴지통에 버렸다. 그런 행위를 할 때는, 왜 또 왔다는거야 하고 마음속으로 볼멘 소리를 냈고, 내 책상 가까이에서 전화기의 신호음이 울릴 때는, 이크 채여사인 모양이다, 저 아직 안 들어왔다고 좀 해주세요, 하고 마음속으로 부탁하기도 했다. 그러나 그녀로부터 다시 전화가 걸려 오지는 않았고, 그러면 그렇지 기다리다가 그냥 돌아간거야 하고 얼마쯤 마음의 평정을 되찾고 나서야 찻집으로 갈 수 있었다.

그러나 그녀는 어김없이 기다리고 있었다.

찻집 입구에서 바라보기로는 아주 먼 쪽에 등을 보인 채 앉아 있었는데, 그런 그녀를 발견한 순간 나는 가슴이 다 철렁 내려앉았다. 뿐더러 뒤돌아서 그녀로부터 도망치는 상상까지 했다. 그러나 나는 끌려가듯 그녀에게 다가갔고, 마침내는 그녀의 등 뒤에 서며 「웬일이십니까? 오래 기다리셨어요?」하고 두서없이 말했다.

채여사는 내 목소리를 듣고서야 비로소 깜짝 놀란 듯 고개를 돌렸다. 고개를 돌렸을 뿐더러 엉거주춤 일어서기도 하며 「바쁘시죠?」하고 그녀 역시 경황없는 표정으로 물었다. 그러면서도 나를 찾아온 돌발적인 행위에 관해서는 어떤 변명도 앞세울 수 없다는 자포자기의 표정 같은 것까지 눈에 드러나 있었다.

그런 그녀를 상대로 웬일이냐고 또 캐묻는다는 것은 어리석은 짓이었다. 그랬으므로 나는 그냥 「오래 기다리신 것 같은데 ……. 죄송합니다」 하며 그녀가 기다린 것이 마치 내 잘못이라도 되는 것처럼 머리까지 긁적거리며 그녀 맞은편에 앉았다. 마치 투항이라도 하는 병사처럼 …….

「바쁘시죠?」 그녀가 또 물었고, 나는 「그냥 바쁜 체하는 거죠」라고 웃으며 대답했다.

「오늘은 아기 안 데리고 나오셨네요?」 내가 묻자, 이번에는 그녀가 웃으며 「외할머니한테 가 있어요」 하고 지난 번 〈혹〉 운운했던 말을 상기하는 듯했다. 그러고도 그녀와 나는 빠르게 말을 주고 받았다.

「외할머니께서 서울에 사시는 모양이죠?」

「네, 가회동에요. 친정이 거기예요. 전 어려서부터 거기서 자랐구요」

「토박이 서울 사람이시군요. 댁은 아파트 같던데?」

「네 반포예요. 아파트는 비어 있을 때가 많아요. 아이하고 둘이만 있으려니까 적적하기도 하구요, 친정 부모님도 심심하니까 나미를 자꾸만 데려가시는 거예요. 그런데 선생님 댁은?」

「윤기자네 집 말씀이죠? 수유립니다. 화계사 밑동네 ……」

「거기 참 좋던데 ……」

「좋기는요, 변두리 인생이죠. 버스에 1시간씩 시달리며 출퇴근을 하려면 한숨이 절로 나옵니다」

거기까지는 일사천리로 주고 받았다. 그런데 그 다음이었다. 그녀는 마치 찬스라도 잡은 듯 빠르게 「아참, 오늘 퇴근하신 거죠?」 하고 물었고, 나는 위구감을 느끼면서도 「네, 슬슬 나가

봐야죠」 했다.

그런데 내 대답이 애매했기 때문이었을까. 그녀는 조금 긴장한 표정으로 잠시 뜸을 들였다. 그 틈을 비집고, 아까 한 말을 후회라도 하듯, 아니 그녀를 거들어주기 위해 내가 입을 열었다. 「무슨 좋은 스케줄이라도 있는 겁니까?」

그러자 그녀는 표정이 활짝 밝아지며 「스케줄요? 그런 건 없지만 별 약속 없으면 저한테 시간을 좀 내 주시겠어요?」하는 것이었다.

그녀에게 그날 밤 특별한 스케줄이 없었다는 것은 사실이었다. 찻집을 나온 우리들은 한동안 우왕좌왕했고, 마침내 그녀가 「로스 비프 잘하는 집 한 군데 아는 곳이 있는데 가시겠어요?」해서야 비로소 최초의 목적지가 정해졌다.

그녀가 말한 로스 비프 집은 백병원 건너편에 있었다. 우리는 명동을 벗어났다. 그리고 삼일로의 횡단보도를 건너려다가 우연히 중앙극장 쪽으로 인파를 보았다.

인파랄 것까지는 없었을지도 모르겠다. 그렇게 폭발적으로 관객을 끌어모으고 있던 인기 영화는 아니었으므로. 그래도 나는 그즈음 그 영화를 꼭 보겠다고 마음먹고 있었으므로 「저거 보셨어요?」하고 갑작스럽게 이야기를 끄집어냈다. 그 순간 그녀도 고개를 돌려 극장 앞의 대형 간판을 올려다보며 무심코 「무슨 영화죠?「그대 품에 다시 한 번」……」 했다가는 다시 나를 향해 「제목이 에로틱하네요」 하고 웃었다.

말투로 보아 그녀에게 영화 감상은 별로 흥미가 없는 듯했다. 그런 그녀에게 집착해 보일 수는 없었으므로 나도 쉽게 포기했다. 더구나 유부녀와 함께 보기로는 너무 심한 영화였고, 그런 사실을 깨달은 나는 그녀를 적극적으로 설득할 수도 없었다.

그런데 로스 비프 집에서였다. 우리가 포도주까지 곁들인 제법 멋있는 식사를 끝내 갈 때쯤이었다. 우리 바로 옆자리에 남녀 한 쌍이 들어와 앉았는데, 그들은 금방 영화관에서 나온 듯 「그대 품에 다시 한 번」을 두고 심각한 견해 차이를 보이고 있었다. 그들이 어떻게 다투었는가에 관해서는 소개할 필요도 없겠다. 요지인즉슨, 여자는 그런 흉칙한 영화를 함께 보자고 한 사람의 인격까지 의심이 간다는 것이었고, 남자는 좋은 영화다, 그런 영화를 이해하지 못한다면 우리 사이는 장래가 좀 무망하다는 식이었다.

그러나 그들이 큰소리로 떠들며 다툰 것은 아니었다. 바로 옆자리의 우리들 귀도 충분히 의식하며 소곤소곤 다투었는데, 그래도 우리는 그 말소리를 들었고, 의미 있는 웃음을 주고받으며 잠자코 나머지의 식사를 마쳤다.

「영화가 재미있었던 모양이죠?」

채여사가 그렇게 말한 것은 레스토랑을 나와서였다. 거리는 이미 어두워져 있었고, 다음 스케줄의 대책도 묘연한데 영화나 보는 것이 어떠냐는 의견도 그 말투 속에는 다분히 섞여 있었다. 또 우리는 자연스럽게 극장을 향하고 있기도 했다. 비로소 나는 아까 포기했던 의욕이 조금씩 되살아나며 「「남과 여」 보셨죠? 그걸 만든 클로드 를루시라는 친구가 만들었는데 수준작은 될 겁니다」라고 말했다.

그녀는 「남과 여」도 못 보았다고 했다. 그러나 그 성가는 익히 알고 있다며, 그렇다면 함께 보지 않겠느냐고 물어 왔다.

「좋죠」하고 나는 대답했다. 「언젠가는 꼭 보겠다고 마음먹고 있던 영화니까요. 그런데 저와 함께 보기로는 좀 어떠실지 모르겠는데요?」

「무슨 영환데요?」

나는 잠깐 생각하다가 직설적으로 내뱉았다. 「간통 영합니다」

그녀는 깜짝 놀란 듯 잠깐 제자리에 섰다. 그랬다가 다시 걸으며 「어때요 뭐. 그냥 영화를 볼 뿐인데 ……」하고 웃으며 앞장서 삼일로를 되짚어 건너갔다.

매표구에서 표는 내가 샀다. 저녁 식사 값은 그녀가 치렀으므로 한 가지라도 내가 지불하겠다는 생각이기도 했고, 그녀에게는 좀 부담스러울지 모를 내용의 영화를 그녀에게 돈까지 지불하도록 만들 수는 없었기 때문이었다.

영화의 내용에 관해서는 되풀이하지 않겠다. 영화를 보는 동안 두 사람 사이에 일어났던 신체 접촉에 관해서도 특기할 만한 사항은 없었다. 신체 접촉이 전혀 없었다고는 할 수 없겠다. 그러나 우리는 모두 상대방에게 예의를 지켜야 할 처지였고, 어쩌다 불가피하게 신체 접촉이 발생하더라도 상대에게 실례가 안 되도록 조심하며 재빨리 그런 상태를 해소하고는 했다. 그러므로 영화를 다 보고 나와서도 두 사람 모두에게 흐트러짐 같은 것은 보이지 않았다. 다만 우리가 영화관에서 나온 시간이 애매했는데, 그 시간은 밤 10시가 조금 지났을 뿐이었다. 왜 그렇게 되었는가에 관해서는 약간의 설명을 덧붙일 필요가 있다.

내가 산 입장권은 마지막 회 상영 분이었다. 마지막 회 상영이 끝나는 시간은 11시경이었고, 매표구에서 입장권을 사며 나는 생각했었다. 영화가 끝나더라도 택시 합승 따위 비싼 교통

수단을 이용하지 않고도 버스로 집까지 무사히 돌아갈 수 있을 것이라고. 그런데 그녀와 내가 영화관에 들어간 것은 마지막 회가 상영되기 훨씬 이전이었다. 표를 사 가지고 극장 앞에서 얼씬거리니까 극장의 문지기는 우리에게 무조건 들어가라고 했고, 들어가 보니 빈 좌석이 있어 마지막 회 전회 상영분을 중간쯤부터 보기 시작했던 것이다.

그러나 마지막 회 상영분을 나는 끝까지 한 번 더 보고도 싶었다. 최소한 그만한 가치는 충분히 있는 영화였으므로. 그러나 나는 동반자의 의사를 묻지 않을 수는 없었다. 그래서 「어떡할까요, 더 볼까요?」 하고 소곤거렸는데 그녀는 그 말을 이제 그만 나가자는 뜻으로 들었는지 얼른 자리에서 일어나 버렸고, 별수없이 나도 그녀를 따르지 않을 수 없게 되어 버린 상황이었다.

「몇 시예요?」

극장을 나오면서 그녀가 물었다. 나는 얼른 손목시계를 보았는데, 시간은 겨우 10시가 조금 지나 있을 뿐이었다.

「10신데요……」 나는 말했지만, 밤 10시라는 시간에 대해 이르다거나 늦다거나 내 나름의 주관을 개입시키지는 않았다. 서두는 듯한 그녀의 태도에 부담을 주기도 싫었고, 비록 유부녀와 〈간통 영화〉를 함께 보기는 했지만 밤 10시라는 시간 이후의 시간에 관해 나에게도 그때 특별한 포부 같은 것은 없었던 것이다.

우리는 을지로 쪽으로 걸었다. 영화에 관해 그녀는 한마디도 하지 않았다. 나도 물론 그녀에게 감상이 어땠냐는 등 수다스럽게 묻지는 못했다. 애초에 그럴 수 있는 성질의 영화가 아니었으므로. 그런데 그것이 더 나빴던 것일까. 을지로의 택시 정류장에 이르자 그녀는 나를 돌아보며 「집에 빨리 가 보셔야 해요?」 하고 묻고는 얼른 고개를 돌려버렸는데, 그 억양에는 이대로 헤어지기 싫다는 강한 의지 같은 것이 담겨 있었다.

나는 물론 가슴속에서 무엇인가 쿵 하고 떨어지는 듯한 충격을 느꼈다. 그러나 그것만으로 그녀가 유혹하고 있다고 단정할 수는 없었으므로 곤혹을 느꼈고, 그래서 나는 아슬아슬한 느낌으로 「시간이 좀 애매하기는 하군요」라고 말했다.

그러자 그녀는 얼른 「그렇죠?」 하고 맞장구를 친 다음, 「술 좀 하시죠? 멋진 데 아는 데 있는데 ……」라고 덧붙였다.

나는 무엇인가 좀 맥이 빠지는 느낌이었다. 그렇다고 그녀가 「오늘 밤 우리 섹스 어때요?」라고 제안해 주기를 기대할 수는 없었으므로 그냥 「좋죠」 했고, 그러자 그녀는 마침 다가온 빈 택시의 뒷문을 열고 먼저 몸을 안으로 밀어 넣으며 「어서 타세요」 했다.

그렇게 해서 그날 밤 그녀와 나의 세번째 행선지가 정해졌는데 그곳은 T 호텔 스카이 라운지였다.

서울의 야경이 한눈에 내려다 보이는, 그녀 말대로 〈멋진 데〉였다. 그곳에서 우리는 잭 다니엘을 한 병 마셨다. 채여사는 술꾼은 아니었다. 그녀는 버번을 콜라에 타서 조금씩 마셨는데 술병이 바닥을 보일 때는 상당히 취했고, 내가 부축해 주지 않고는 걸음걸이도 안정을 유지할 수 없을 정도였다.

스카이 라운지에서 엘리베이터로 내려오며 그녀가 말했다. 「미스터 윤, 여기다 나 방 하나 잡아줄래요?」

「그러죠」라고 나는 재빨리 대답했고, 엘리베이터에서 나와서는 그녀를 로비에 세워둔 채 프런트로 가 체크 인 절차를 밟았다. 방이 정해지자 그녀와 나는 보이의 안내를 받아 방으로 갔다.

「그럼 편히 쉬십시오」 보이가 말하자 그녀는 핸드백을 열어 팁을 주었고, 보이가 돌아가자 나를 향해 다가와서는 「미안해요」라고 말하며 가만히 내 가슴에 안겼다.

나는 그녀의 등뒤로 팔을 감은 채 한동안 잠자코 서 있었다. 시간은 자정이 훨씬 지나 있었다. 통금이 실시되고 있던 시대였고, 신문 기자라는 좀 특수한 신분은 통금 시간에도 얼마쯤 자유롭다는 사실을 알고 있었지만 집으로 돌아가려고 해도 마땅한 교통 수단이 없기는 마찬가지였다. 그러나 그런 것은 어디까지나 표면적인 이유에 지나지 않았다. 집으로 돌아가겠다고 마음만 먹는다면 얼마든지 그럴 수 있었다. 걸어서도 갈 수 있었고, 그렇게 걸어서 가다가 경찰의 백차한테 부탁해 무사히 집까지 갔다는 동료 기자의 경험담을 나는 듣고 있기도 했다. 또 나에게 집만이 절대적인 장소도 아니었다. 그 방에서 탈출하기만 한다면 T 호텔 근처에서 다른 호텔도 여관도 얼마든지 잡을 수 있는 것이었다. 그런데 문제는 채여사였다. 「미안해요」라고 말하며 내 가슴팍으로 살며시 안겨온 여자……. 그녀를 그곳에 혼자 놓아둔 채 내가 그 방에서 뛰쳐나올 수 있을 만큼 무자비한 사내가 못 되었다는 사실…….

한참만에 나는 그녀를 조금 떼어 놓으며 「쉬시죠」라고 했다. 그렇게 말하며 나는 아까 보이처럼 「그럼 편히 쉬십시오」라고 말하고 방을 나갈 수 없다는 사실이 노여웠는데, 채여사는 그런 나를 겁먹은 듯한 눈으로 올려다보며 「가시게요?」하고 물었다.

나는 대답하지 않았다. 대신 윗옷을 벗어 옷장의 옷걸이에 걸었다. 채여사는 그런 내 움직임을 따라 시선을 옮기다가 안심한 듯 또 말했다. 「미안해요」

나는 욕실로 들어가 이빨을 닦고 간단히 손발만 씻고 나왔다. 채여사는 그때까지 침대 가에 얌전히 앉아 있다가 내가 나오자 「샤워 안 하세요?」 하고 물었다.

「귀찮아서요」 나는 아무렇게나 대답했다. 그러자 그녀는 내게 다가와 「안 돼요」 하며 내 손에 들린 수건을 빼앗았고, 나를 욕실문 쪽으로 돌려 세우고는 등을 떼밀었다. 「도로 들어가세요」

욕실문 앞에서 옷을 벗으며 나는 어색한 목소리로 말했다. 「아까 영화에서도 다니엘이 샤워하는 장면은 없던데……」

「다니엘만 없었나요? 레베카도 없었잖아요? 그러니까 불결한 연인들이었죠」 그녀는 아주 빠른 솜씨로 말했고, 나는 조금 놀랐다. 〈불결한 연인〉들이라니, 영화를 보면서 나는 조금도 그렇게 느끼지 못했는데, 채여사는 그럼 전혀 다른 각도에서 그 영화를 보았다는 뜻인가 싶었던 것이다.

그런데 그 다음이었다. 내가 샤워 꼭지의 온수를 적당히 조절하고 뜨거운 비를 선 채로 맞고 있을 즈음이었다. 욕실문이 열리며 그녀가 뛰어들었는데, 그녀는 내가 조금 전에 가지고 나갔던 수건으로 가슴을 가리고 있기는 했지만 완전한 나체였고, 욕실 안으로 들어서서는 그것마저 세면대 위에 던져 버린 채 욕조로 들어와 내 앞에 등을 보이고 서며 짧게 말하는 것이었다.

「같이 해요」

조금 전까지만 해도 전혀 느낄 수 없었던 대담성이었다. 뿐더러 놀라운 복병술이었고, 그런 그녀의 대담성과 뜻밖의 복병술은 그때까지의 내 망설임도 송두리째 거두워 갔다.

내 섹스는 사납게 발기하고 있었다. 나는 통증까지 느끼도록 거대하게 솟아오른 그것을 그녀의 엉덩이에 가져다 붙이며 그녀를 등뒤에서 끌어 안았다. 뜨거운 비는 그런 우리들 머리 위로 사정 없이 쏟아졌고, 그것만으로도 우리는 무슨 종교적 제의(祭儀)에 사로잡힌 영혼들 같았다.

그녀는 내가 그녀를 대중없이 끌어안고 있던 손을 자신의 손으로 하나씩 떼어 가슴으로 가져갔다. 그러면서 자신의 유방을 하나씩 감싸쥐도록 했고, 자신은 두 팔을 돌려 내 엉덩이 부분을 잡아당기며 두 몸 사이의 밀착감을 높였다. 마치 이 순간 서로가 서로의 몸속으로 녹아들어가 한 몸이 되지 못한다는 사실이 너무도 유감이라는 듯…….

그녀가 말했다. 「이렇게 하고 오래 있어요」

「청결한 연인들이 되기 위해섭니까?」

「네」그녀는 대답했다가 곧 도리질부터 하고 나서 덧붙였다. 「청결이든 불결이든 연인은 싫어요. 우리 지금 세례를 받고 있는 걸로 해요. 먼 미래에 삽화 한 장으로 구겨져 버려지기 위해…….〈황량한 날의 삽화〉한 장…….」

비로소 나는 그녀가 쓴 한 구절의 시를 떠올렸다.

〈오늘도/황량한 날의 삽화 한 장으로/먼 미래에 구겨 던져졌다〉

슬픈 시였다.

무의미한 일상. 이상(理想)과 현실의 괴리. 방황. 사랑의 부재(不在) …….

그런 것들로 뭉뚱그려진 현대인의 희망없는 나날이 먼 훗날 의미없는 삽화 한 장으로 구겨져 버려진다는, 이를테면 비탄의 목소리였다.

절창이라고까지 추켜세울 수는 없었다. 그러나 〈광장의 고독〉을 몸으로 느껴보지 않고는 쓸 수 없는 시였고, 내가 그녀의 첫 시집에 주목한 이유도 바로 그것이었다. 그렇게 아름다운 여자도 고독을 뼈에 사무치도록 느낄 수 있다는 사실이 신기했다고나 할까.

그런데 그녀는 말하고 있었다. 청결이든 불결이든 연인은 싫다고 ……. 오늘의 우리도 먼 훗날 구겨져 버려질 의미없는 한 장의 삽화에 지나지 않는다고 …….

쓸쓸한 이야기였다.

〈황량한 날의 삽화〉 한 장으로 구겨서 버려지기 위해 나체로 부둥켜 안고 샤워 꼭지로부터 뜨거운 비의 세례를 받고 있는 〈남과 여〉 ……. 그것은 클로드 를루시보다 더 전위적(前衛的)이고, 그때까지 내가 본 적도 없는 새로운 이데올로기의 그림이었다. 〈사랑 만들기〉의 번거로운 과정도 없었고, 내일을 위한 약속도 없었다. 다만 하룻밤의 쾌락을 위해 그녀는 낮부터 회사 근처 찻집에서 나를 기다렸을 뿐이고, 로스 비프의 레스토랑, 영화관, 스카이 라운지도 과연 내가 그녀의 이데올로기를 받아들일 수 있는 사내인가 탐색해 본 과정에 지나지 않았던 것이다.

뜨거운 비의 세례를 마친 그녀는 나를 욕조 턱에 걸터앉게 했다. 그리고는 비누질까지 시켜 내 몸을 정성스럽게 닦아 주었다. 이를테면 그것은 그녀의 또 다른 제의(祭儀)인 셈이었는데, 그렇게 그녀에게 몸을 내맡기고 있으면서도 나는 마치 절도의 초범처럼 온몸을 가늘게 떨고 있었다. 그러나 그녀는 내 사정 따위를 보아주지는 않았다. 설마 거기까지랴 싶었는데 그녀는 용서 없이 내 발기한 섹스에도 비누를 가져갔고, 놀란 내가 손을 가져가 방어하려고 하자 그런 내 손을 가볍게 치우며 「가만 있어요」 하고 명령하듯 말하고는 더욱 정성드려 그것을 닦아 주는 것이었다. 미안하기도 했고 염치없기도 했고, 아무튼 나는 뜻밖의 호사에 의식까지 절반쯤 잃은 상태였다. 이 여자가 왜 이런 짓까지 하는지 도무지 짐작할 수도 없었으며, 비누 묻은 미끄러운 손으로 그녀가 내 섹스를 열심히 닦는 동안 사정을 해버리지 않았다는 사실만이 다행스러웠을 뿐이었다.

「됐어요」 그녀가 말하자 나는 문득 정신을 차리고 「이제는 내가 해드릴 차례네요?」 하며 자리를 바꾸려고 했다. 그러자 그녀는 다시 한 번 「됐어요」라고 말하고는 내게 마른 수건 한 장을 들려 주며 밖으로 밀어냈다. 욕실 밖으로 나온 나는 몸의 물기를 닦고 침대로 갔다.

욕실에서 그녀는 다시 물소리를 요란스럽게 내고 있었다. 침대에 걸터앉아 나는, 이건 좀 불공평하지 않는가, 그녀에게 미안한 노릇 아닌가 하고 생각했다. 그러나 그녀의 제의에 몸을 맡긴 나로서는 더 이상 어쩔 수도 없었다.

잠시 후 그녀도 욕실에서 나왔다. 그녀는 침대 가에서 기다리고 있는 나를 건너다보며 놀란 듯 「누우세요」라고 말했는데, 그 목소리는 부드럽고 그윽했다. 내가 긴장해 있다는 사실을 눈치채고 그것을 풀어 주기 위한 배려가 함축된 목소리였다.

나는 그녀 말대로 침대의 시트를 조금 떠들고 그 안으로 들어 갔다. 그러나 여전히 긴장은 풀리지 않았고, 조바심에 떨며 그 녀를 기다렸다. 그녀가 침대 속으로 들어오면 어떻게 해주어야 하나, 어떻게 해주어야 욕실에서 끼친 수고에 대해 보답해 줄 수 있는가 상상하며. 그러나 확실한 해답은 떠오르지 않았다. 막연히, 그녀를 최고로 만족시켜 주어야 하는데 하고 조바심만 앓았을 뿐이었다.

그녀는 한동안 화장대의 삼면경(三面鏡) 앞에 앉아 있었다. 큰 수건으로 몸통을 가리고 내게 등을 보인 각도로 앉아 젖은 머리칼의 물기를 짜내고 있었는데 침대에서는 거울에 비친 그녀 의 얼굴이 똑바로 보였다. 물기에 젖어 타오르는 불꽃처럼 다시 맹렬하게 곱슬거리고 있는 그녀의 퍼머넌트 머리칼이 한껏 야성 미를 풍겨내고 가운데 고대 그리스의 대리석 조각처럼 차갑게 빛나는 그녀의 하얀 얼굴은 머리칼과 묘한 대조를 보이고 있었 으며, 그런 부조화는 내게 섬뜩한 두려움도 끼었어 주었다. 도 무지 알 수 없는 밤, 알 수 없는 여자, 알 수 없는 두려움 같은 것이었다. 거울 속에서라도 나는 그녀와 시선을 마주치기 위해 안간힘을 다했다. 그러나 그녀는 나를 보지 않았다. 다만 머리 칼의 물기를 없애기에만 온갖 노력을 집중하고 있을 뿐이었다.

마침내 나는 포기하고 그녀에게서 시선을 뗴었다. 내 섹스는 서서히 식어갔다. 이것으로 다시는 발기하지 말아주었으면 하고 나는 마음속으로 허무한 부탁을 하기도 했다. 그녀가 극장 앞으 로 가면서 했던 말도 나는 상기했다. 「어때요 뭐. 그런 영화를 보는 것일 뿐인데 ……」 그랬다. 우리는 그저 이 밤을 함께 있었을 뿐인 것이다. 내 그것이 끝내 발기하지 않는다면……. 함께 〈간통 영화〉를 보고 밤을 함께 지냈지만 아무 일도 없이 아침을 맞을 수 있는 것이었다.

얼마쯤 시간이 지났을까.

방안에 라일락 향기가 살짝 퍼지는가 싶더니 그녀가 향기의 덩어리로 내 옆에 왔다. 그녀는 몸통에 감았던 수건도 벗어 버린 채 나체로 왔고, 내가 비워 놓은 침대의 여백으로 살포시 들어왔다.

「무슨 냄새예요?」 나는 코를 큼큼거리며 물었다.

「이 냄새 싫어요?」 그녀가 반문했고, 나는 벌써 더듬거리면서 「시, 싫은 게 아니라 얼떨떨해서요」라고 대답했다. 그러나 그것은 너무도 정직한 대답이었다. 향기와, 그녀의 몸이 내 몸에 닿는 단순한 접촉만으로도 내 섹스는 다시 맹렬하게 부풀어 오르기 시작하고 있었으며, 그런 상황은 내 의식을 다시 혼미 속으로 내던지고 있었던 것이다.

나는 마치 그 순간을 기다리고 있기라도 한 것처럼 그녀에게 덤벼들었다. 그러나 그녀는 그런 나를 팔꿈치 하나로 간단히 제지하며 말했다. 「잠깐만요」

그녀는 윗몸을 일으켜 침대 바로 옆에 붙은 호텔방용 라디오의 스위치를 켰고, 그 옆에 붙은 스위치로 방안의 조명을 모두 껐다. 방안에 남은 조명이라고는 라디오에서 흘러나오는 푸른색의 흐릿한 불빛 뿐이었다.

FM 음악은 시끄러운 팝송이었다. 「이거 괜찮으세요?」라고 묻고, 그녀는 내 의견을 참고할 겨를도 없이 얼른 세트 버튼을 눌러 클래식으로 바꾸고 나서 바이올린 소리에 귀를 모으고는

「하이페츠 같은데요?」했다. 그러나 그녀는 음악에도 오래 매달리지는 않았다. 그녀는 곧 다시 시트 자락 속으로 들어오며 「우리 얘기 좀 해요」라고 말하고는, 이어서 「나 어제께도 영에서 기다렸던 거 모르시죠?」했다.

「어제요?」

「네. 아마 7시 넘어서까지 기다렸을 거예요. 나오면서 또 전화드렸더니 퇴근하셨다고 그러더군요」

「난 무슨 말인지 모르겠습니다. 이렇게 만났잖습니까?」내가 말했다. 「그저께요?」

그녀는 쿡 한 번 웃고나서 「맞아요, 그저께예요」한 다음, 「벌써 하루가 또 지났군요」하고 가볍게 한숨까지 내쉬었다.

나는 그녀가 그저께도 찻집 영에서 내 퇴근 시간을 지키고 있었다는 사실이 금시 초문이었으므로 조금 놀랐다. 그리고 그저께는 어떻게 퇴근했던가 기억을 더듬어 보았다. 청진동 쪽의 잡지사 몇 군데에 들렀다가 회사에는 전화만 걸어 보고 그곳에서 만난 사람들과 족발집부터 시작된 술집 순례에 끼었음을 나는 생각해 냈다.

내가 말했다. 「그저께는 회사에 들르지도 않고 그냥 퇴근했던 것 같은데요? 그런데 그렇게 늦게까지 기다렸습니까?」

「조금……」그녀는 웃었다. 「만나면 물어 보고 싶은 말이 있었어요」

「무슨 말인데요?」나는 그녀를 향해 돌아누으며 반대편 손을 그녀의 가슴에 얹었다. 그녀의 유방 하나가 내 손 안에 들어왔다. 그녀는 그런 내 손등을 자신의 손바닥으로 가만히 덮으며 「이제는 물어 볼 필요도 없는 말이 되었지만……」하고 말했다.

「무슨 말인데요?」 나는 다시 재촉했다. 그녀와 자 줄 수 있느냐는 단순한 질문은 아닐 것 같았는데, 이제는 물어 볼 필요도 없는 말이라고 그녀는 애매하게 핵심을 피하고 있었던 것이다. 내가 다시 추궁했다. 「이렇게 당신하고 자 줄 수 있느냐는 말 말입니까?」

그러자 그녀는 또 쿡 한 번 웃고나서 「아네요」 하고 강하게 부정했다. 나는 점점 더 궁금해졌다.

「그럼 뭐죠?」 하고 나는 다시 재촉했고, 그녀는 비밀스럽게 웃기만 하다가 「전 남자들에 대해 알고 싶은 게 많아요」 하고 덧붙였다.

「뭔데요?」 하고 나는 다시 물었다. 그러나 궁금증도 지쳐 이미 시들해지기 시작하고 있었으며, 그러면서도 나는 「뭐든지 물어 보십시오. 알고 있는 한 뭐든지 다 대답해 드릴 테니까」 하고 숫기 좋은 목소리로 떠들었다.

「정말이죠?」 그녀가 다짐했고, 「그럼요」 하고 나는 건성으로 대꾸하며 다시 그녀 위로 올라갔다. 더 이상 기다리고 있을 수가 없었던 것이다.

그러나 이번에도 그녀는 팔꿈치로 나를 제지했다. 역시 그런 영화를 보았을 뿐이며, 이렇게 함께 밤을 지냈을 뿐이라는 것인가. 그것으로 남편에 대한 신의를 지켰다고 안도하겠다는 생각인가. 나는 의심스러웠다. 그러나 그녀의 뜻을 거역하고 싶지는 않았으며, 그녀가 밀어내는 대로 몸을 돌려 천장을 향하고 누웠다.

그런데 그녀가 제3의 제의를 시작한 것은 바로 그 순간부터였다. 뿐더러 그녀가 왜 나를 욕실로 밀어 넣었는지, 욕실에서도 왜 내 몸을 구석구석 비누질까지 해 깨끗이 씻겨 놓았는지도 나는 곧 깨닫게 되었다. 즉 그때부터 내 몸은 이미 그녀의 실험을 위한 가설(假說)이었으며 도구였고, 그녀가 알고 싶다는 질문들을 위해 반응하는 암호 문건이었던 것이다.

그녀가 맨 처음 사용한 것은 손이었다. 나는 처음에 그것이 핸드백 속에서 찾아낸 화장용 붓이나 솔이 아닌가 싶었다. 너무도 은근하고 부드러운 감촉이 가슴으로부터 배로, 배에서 다시 음모로, 음모에서는 발기한 섹스 주위를 바람결처럼 한 바퀴 돌아 허벅지로 내려갔으며, 허벅지에서는 내 몸이 마치 배터리의 전류에 쏘여 순간적으로 떠오른 민물고기처럼 팔딱 뛰어 눈을 떠 그것이 무엇인가 확인해 보지 않고는 안 되었을 정도였다. 세상에, 그것은 손이었다. 여자의 손이 그렇듯 주술적인 마력을 가지고 육중한 남자의 육체를 한갓 전기에 쏘인 민물고기처럼 뛰어오르게 했다는 사실이 도무지 믿어지지 않았던 것이다.

내가 놀라운 반응을 보이자 어둠속에서 그녀는 쿡 하고 웃었다. 아니, 그것은 내 착각이었을지도 모르겠다. 그녀가 나를 상대로 무엇인가 실험을 벌이고 있다는 의혹이 저지른 착각. 그러나 그 웃음소리가 내 관능을 깔보고 있다고는 느껴지지 않았고, 부드럽게 흐르는 바이얼린의 선율과 더불어 곧 시작된 그녀의 또 다른 접촉과 함께 내 의식의 예각은 자지러들었다.

그녀가 다음으로 사용한 도구는 유방이었다. 물론 처음에 나는 그것도 구별하지 못했다. 다만 또 다른 촉감의 부드러움이 이번에는 무릎으로부터 위로 거슬러올라오고 있다고 막연히 느끼고 있을 뿐이었으며, 그것이 배와 가슴을 거쳐 턱까지 올라왔을 때야 비로소 그 끝에 달린 두 개 돌기를 선명하게 가늠할 수 있었다.

유방을 도구로 사용한 애무도 나로서는 처음 겪는 체험이었다. 많은 여자와 자 보았고, 그 중에는 남자에게 성적 쾌락만을 제공하는 것을 직업으로 삼은 여자도 있었지만 유방을 도구로 쾌락을 제공한 여자는 그때까지 한 명도 없었다. 때문에 나는 그것은 단지 쾌락으로 받아들일 수도 없었다. 너무도 송구스럽고 과분한 칭찬 같은 것이었다고나 할까. 아니면 수많은 청중들 앞에서의 갈채나 이유없이 받는 포상 같은 것. 아무튼 내 관능은 최고의 찬사로 부웅 떠버린 애드벌룬 같았고, 활주로에서 마악 비상을 시작한 점보기처럼 엄청난 굉음 속에 휘말려들고 있었다.

나는 그녀의 유방한테 경의를 표하기 위해 그것이 턱 위로 올라왔을 때 연시를 받쳐 들듯 두 손으로 받쳐 들었다.

어둠속에서도 나는 그녀가 미소를 짓고 있다는 사실을 느낄 수 있었다.

그러나 그녀는 그런 내 경의의 표시를 오래 허용하지는 않았고, 곧 다음 단계의 제의에 들어갔다. 그녀가 세번째로 사용한 도구는 입이었다. 입술, 혀 등으로 구성된 구강의 부드러움에 이빨의 딱딱함까지 곁들인 다양성의 감촉⋯⋯. 뿐만 아니었다. 아까 화장대의 삼면경 앞에서 열심히 물기를 닦아낸 머리칼도 입을 따라 내 피부의 비늘을 곤두세우며 스멀스멀 기어가고 있었다. 또 입안의 알맞은 습기와 그 미끄러움 역시 이제까지는 체험해 본 적이 없는 싱숭생숭한, 아니 다만 싱숭생숭할 뿐만 아니라 온몸이 부들부들 떨릴 정도의 범죄적인 쾌락을 전하며 나를 그 어딘가로, 이를테면 연옥(煉獄) 같은 데로 재빨리 끌고 가고 있었던 것이다.

조금 전에 사용했던 손이나 유방은 이를테면 이 대목을 위한 전주곡 같은 것이었다. 배터리의 전류에 쏘인 민물고기처럼 파닥거리며 온몸을 뒤채인 반응 같은 것은 도처에서 일어났다. 입술로 젖꼭지를 물었을 때, 혀가 갈비뼈의 이랑을 밭 갈듯이 일구며 지나갈 때, 고관절의 봉우리를 이빨로 잘근잘근 깨물었을 때, 무릎의 연골이 그녀의 상악(上顎)과 하악(下顎) 사이에 통째로 끼였을 때 내 척추는 마치 지진이라도 일으킨 산맥처럼 튀어오르고는 했고, 그때마다 두 손을 가져가 그녀를 제지하며 「아아, 제발······」 하고 절규일지 탄성일지 모를 외마디 소리를 내지르고는 했다. 마치 산 채로 제단 위에 받쳐진 희생양 같았다고나 할까. 아니면 날카로운 메스로 배가 갈리기를 기다리며 실험대 위에 사지를 핀으로 꽂힌 양서류 같았거나.

그러나 그녀는 내 사정쯤 아랑곳하지 않았다. 그런 내 반응을 음미하거나 즐기는 듯했을 뿐 마치 제의를 집전하는 여사제처럼 가차없이 다음 단계를 제례를 향해 나아갈 뿐이었다.

그녀가 마지막으로 집행한 제례는 남근숭배 신앙의 의식 같은 것이었다. 내가 이렇게 말하는 것은 그녀의 의식이 전에 내가 체험했던 바와 전혀 달랐기 때문은 아니었다. 군복무 시절의 애희도 있었고, 설희도 한 번은 내 섹스를 신앙처럼 들여다보다가 「험상궂게도 생겼다」 하며 뺨에 대 보거나 뽀뽀를 해보기도 했었다. 그러나 그것은 어디까지나 몸으로 내 몸을 받기 위한 전희에 불과했을 뿐 그것 자체가 목적은 아니었다. 그런데 채여사는 달랐다. 내 섹스는 최고의 경배를 받기 위해 그곳에 솟아 있는 토템이나 같았다. 우러를 수 있는 온갖 예배의 방식이 다 동원되었고, 목구멍 깊숙히 가져간 행위는 최후의 수단에 지나지 않는다. 여자의 몸에 그렇게도 많이 남자의 섹스를 수용할 수 있는 장소가 있다는 사실에 나는 우선 놀랐고, 그런 행위들이 단순한 유희가 아니라 최고의 경배에 바탕을 두고 있다는 사실에 나는 몸둘 곳을 몰라 쩔쩔매야만 했다.

마침내 나는 내 몸 전체가 하나의 분수가 되어 솟구쳐 오르는 것을 느꼈다. 그리하여 분수만 남고 내 몸은 없어지는 듯한 좌절 쾌락 아쉬움 절망 등 온갖 정서와 맞서야 했으며, 그것으로 나는 비로소 한 여자를 찾았다는 발견의 기쁨에 소리없이 외치고 있었다. 「바로 이 여자다 ⋯⋯」라고.

그러나 그것이 얼마나 공허한 외침이었던가 나는 곧 깨달아야만 했다. 제의를 마친 그녀는 내 옆에 나란히 누웠다. 그렇게 얼마쯤 지난 다음이었다. 나는 아까 욕실에서처럼 그녀에게 무엇인가 보답을 해야 한다는 느낌이었고, 그래서 그녀를 향해 돌아누우며 유방으로 얼굴을 가져갔다. 내 뺨과 턱 주변이 그녀의 유방을 짓눌렀을 때까지는 잠자코 있었다. 그러나 벌린 입술 사이로 그것을 집어넣으려고 하자 그녀는 또 팔꿈치로 나를 가로막으며 「전 싫어요」라고 말했다. 그런 그녀의 목소리가 어찌나 차분하고 완강했던지 나는 멈칫 동작을 멈추었을 정도였다. 이건 불공평한 처사 아닌가. 나는 내심 불평했지만 따질 게제는 아니었다. 그래서 나는 그녀의 가슴에 얼굴을 묻은 채 한동안 잠자코 있었는데 마침내 그녀가 입을 열었다.

「나, 참 이상한 여자죠?」

「아니 ⋯⋯. 왜요? 전혀 아닌 것 같은데 ⋯⋯」

나는 얼굴을 들어 그녀를 보았다. 그녀는 어둠속에서 쿡 하고 한 번 웃고 나서 「공연히 위로하려고 들지 말아요. 난 내가 더 잘 아니까」 하고 밑도끝도없는 핀잔부터 했다.

「어떤 점이 말입니까? 난 조금도 느낄 수 없는데 ……」

내가 다시 말했다.

그러자 그녀는 「그래요?」 하고 반문하고 나서 한참 있다가 「지난 5년 동안 누군가 줄기차게 요구하고 난 한사코 거부하고 ……. 그렇게 수많은 밤을 보내면서 누적되어 온 궁금증을 오늘 밤 한꺼번에 푼 거라구요」라고 말했다. 그래도 내가 얼개를 잡을 수 없기는 마찬가지였다. 비약이 너무 심했던 것이다. 조금 생각하다가 나는 「그 누군가가 누군데요?」라고 소리쳤다. 그러나 그녀는 누구라고 직접적으로 지목하지는 않았다. 다만 「남자들은 어딘가에서 그런 짓을 배우는 모양이죠?」라고 했다가 「그렇게 배워 집에 와서도 퍼뜨리려 하구요」라고 덧붙였다. 비로소 나는 그녀가 무슨 이야기를 하고 있는지 대강 얼개를 잡을 수 있었다. 즉 남편에게는 늘 거부했던 행위를 내게는 시행했으며 내 반응으로 남자는 모두 비슷하다는 사실을 확인받았다는 뜻이었다.

나는 조금 억울했다. 패씸스럽기도 했다. 「그 남자들 속에 나를 포함시키는 겁니까?」 내가 약간 항의조로 말하자, 그녀는 「아녜요?」 하고는 그런 비난이 전혀 장난이라는 듯 웃고 나서 다시 「아녜요」 하고 말꼬리를 낮추었다.

내가 잠자코 있자 아직도 화를 내고 있다고 느꼈는지 그녀가 다시 말했다.

「미안해요. 난 그런 뜻으로 한 말이 아니었어요. 아까 했던 말도 그냥 해본 소리였구요. 남자들에 대해 알고 싶은 것이 많다느니 했던 말……. 미스터 윤을 집에 못 들어가게 붙잡았으니까 아무 말이나 구실을 붙인 거예요」

「그래도 그냥 해본 소리만은 아니었을 것 같은데요?」내가 끼어들었다.「결혼 생활이 불행하신가 보죠?」

「어떻게……. 어떻게 아셨어요?」채여사는 깜짝 놀란 듯 목소리를 높였다. 그러나 이내 쓸쓸해지며「행복하다면 옛날 블라우스를 기억해 주는 남자쯤 감격할 리 없겠죠」라고 말했다.

결국은 그것으로 연결되었다. 물방울 무늬의 그 블라우스. 그것이 그녀로 하여금 나를 특별한 남자로 기억하도록 했고, 그제도 어제도 신문사 주변을 맴돌지 않고는 견딜 수 없게 만들었던 것이다.

나는 그녀에게 불행한 결혼 생활의 내용에 관해 추궁하지는 않았다. 물방울 무늬의 블라우스를 기억해 주는 사내와 어딘가에서 배워온 수상쩍은 짓을 그녀에게도 강요하는 남편 사이의 괴리. 그 이상으로 그녀에게 결혼 생활의 험악한 불행이 있을 것같지는 않았으며, 설사 있다고 하더라도 나로서 그런 것까지 추궁할 이유가 없었던 것이다.

내가 말했다.「쓸 데 없는 걸 기억해 감격시켜 드린 죄가 크군요」

「그래요」그녀는 웃었다.「그래서 이렇게 처벌을 받고 있는 거라구요」

그런 다음 그녀는 뜻밖의 한숨까지 내쉬며 내가 그녀 위로 올라가는 데 방해가 되지 않도록 조심스럽게 자세를 만들었다. 나 역시 조심스럽게 그녀 위로 올라갔다. 그녀가 내쉰 한숨의 의미도 생각해야만 했고, 벌써 몇 번째 내 몸을 팔꿈치로 밀어냈던 거부의 의미도 떠올려야만 했던 것이다. 그러나 그녀가 새롭게 취한 자세는 그런 망설임들을 아무 의미도 없는 것으로 만들어 버렸고, 무엇보다도 나는 그녀 말대로 그녀에게 또 한 번 가차 없는 처벌을 받고 싶어 너무도 성급해져 있었다.

입구에서 가벼운 실랑이가 없지는 않았다. 그러나 그것은 아주 가벼운 다툼이었을 뿐 내 섹스는 곧 그녀 안으로 정확히 겨냥해 들어갔다. 그리고 그 순간 그녀는 온몸을 움칠 떨었다. 그러나 그것은 단순히 마찰이 주는 섬뜩한 쾌감 때문만은 아니었다. 그 날 처음 만나서부터 그때까지 망설여왔던 것들을 마침내 포기해 버리고 마는 순간의 추락감까지 가세한 엄청난 떨림이었고, 그것을 깨달은 나는 그녀에게 깊은 연민의 정도 느꼈다. 그러나 그것도 그저 한순간의 감정이었을 뿐 나는 곧 그녀를 세차게 몰아붙이기 시작했다.

이제 내가 처벌을 받고 있는 거라는 지적은 어불성설이었다. 나를 욕실에 밀어넣은 뒤 그녀가 벌였던 제의를 조마조마한 느낌으로 감상만 했던 좀전의 나는 더 이상 아니었다. 나는 그 방면의 숙련자였고, 습득한 기교를 모두 동원해 한 판의 멋진 승부로서 그녀를 몰아붙여 갔다.

그녀가 오르가슴을 배제한 섹스만을 의도했었는지는 알 수 없었다. 그러나 나는 그녀를 맨숭맨숭한 관객으로 방치한 채 나만 어설픈 광대의 연희에 빠져들고 싶지는 않았다. 즉 그녀의 물방울 무늬 블라우스나 기억해 주고 칭찬받기를 바라는 유아가 아니라 억센 남근으로 그녀를 죽여 줄 수도 있는 당당한 사내임을 입증해 보이고 싶었던 것이다.

과연 채여사는 내 의도대로 되어갔다. 처음에는 「나 상관 말고 맘대로 하세요」라고 맨숭맨숭한 목소리로 몇 번인가 강조했던 그녀도 마침내 내 등에 예리한 손톱을 꽂으며, 「제발, 아……」라거나 「살려줘요」라고 호소하며 흐느끼기 시작한 것이었다.

밤은 뒤숭숭하게 오고 아침은 산뜻하게 밝는다는 누군가의 시구를 나는 기억하고 있다. 스탈린 시대를 빗댄 예프투셍코가 아니었던가 싶다.

아침에 깨어 보니 채여사는 사라지고 없었다. 호텔방에 남겨놓은 메시지도 없었고, 그녀가 자고 나간 자리에는 아침의 금빛 햇살만이 찬란하게 내리꽂히고 있었다. 먼저 나간 그녀가 남쪽 창의 커튼을 조금 젖혀 놓았기 때문인데, 그녀가 그런 것을 의식하고 커튼을 젖혀 놓은 것은 아닐 테지만 결과적으로 나는 뒤숭숭한 밤을 보내고 나서 산뜻한 아침을 맞고 있었던 셈이었다.

그러나 그렇다고 내가 그 날 당장 그렇게 산뜻한 아침을 느꼈던 것은 아니었다.

시간을 보니 8시가 지나 있었고, 지각을 하지 않으려고 허둥대느라고 나는 그런 것을 느낄 겨를도 없었다. 뿐더러 간밤의 기억도 너무 생생해서 아침의 찬란한 햇빛에도 불구하고 전날 밤의 뒤숭숭한 영상이 내 눈에서 좀처럼 물러가려고 하지 않았다.

아무튼 내가 그날 밤의 일을 산뜻하게 추억하게 된 것은 한참 뒤의 일이었다. 열흘이나 보름쯤 뒤. 아니, 그렇게 기간을 못박을 수도 없었다. 한달이나 두달쯤 뒤였다고도 할 수 있었고, 불과 사흘이나 나흘 뒤였다고 주장할 수도 있었다. 즉, 그 뒤 그녀가 절연(絕緣)을 선고해 온 것이 아닌 것이다. 그것으로 잊자고 또는 없었던 일로 하자고 전화를 걸어 왔다거나 편지를 보내온 것이 아니었다는 말이다. 다만 나 혼자서 임의로 그녀와의 절연을 확인하고 또 확인했을 뿐이며, 때문에 기간을 종잡아 말할 수는 없는 것이다.

첫 날 나는 그녀의 전화를 기다렸었다. 아무 말 없이 먼저 호텔방을 나가 버린 그녀로부터 마땅히 해명이 있어야 한다는 생각이었다.

다음 날은 내가 그녀의 집으로 전화를 걸었다. 마음속으로 깊이 화를 내고서였는데 이 전화로 그녀를 다시 만나게 되고 또 그것으로 그녀와 상습적으로 호텔방을 드나들게 되더라도 그것까지 각오하고 전화기의 숫자판을 돌린 것이었다. 그런데 다행히 그녀는 부재중이었고, 그때 나는 마음속으로 그녀와의 절연을 최초로 인정했었다.

그러나 그것은 마치 파도타기의 묘기처럼 거친 물결 속에 잠겼다 떴다 했다. 그렇게 열흘쯤 지나자 다시 그녀의 집으로 전화를 걸어보고 싶은 충동이 일었고, 두달쯤 지나서야 비로소 그날 밤의 일이 객관화되면서 밤은 뒤숭숭하게 오고 아침은 산뜻하게 밝는다는, 작자가 확실히 기억나지 않는 시구와 함께 그녀와의 하룻밤을 고즈넉이 회상할 수 있게 된 것이다.

밤은 뒤숭숭하게 오고 아침은 산뜻하게 밝는다……

돌이켜 보면 채여사와의 하룻밤이 꼭 그랬었다. 때문에 그렇게 산뜻한 아침을 깨닫게 해준 그녀의 침묵을 내가 더 이상 비난하거나 화를 내고 있을 이유는 없었으며, 어쩌면 그녀 쪽에서도 내 배신적인 침묵을 가까스로 견디고 있을지 모를 일이었다.

　아무튼 그런 경우 침묵은 서로가 성숙한 자들만의 몫이었다. 우리는 그렇게 침묵의 암거래로 서로의 존재를 확인하고 서로가 서로에게 감사의 수신호(手信號)를 보내고 있었던 셈인 것이다.

　자, 이제는 이야기를 또 한 번 되돌릴 차례이다. 나의 그 특별하고도 음험했던 신혼여행으로……

　결혼식을 끝낸 나는 신부와 함께 신부 쪽 친척이 내 준 승용차로 북악산길을 한 바퀴 돌았다. 이른바 스카이웨이라는 새 드라이브 코스였다. 정상의 팔각정에서는 음료도 한 잔씩 마셨다.

　그런데 그때까지도 지숙과 나 사이에 서로 합의된 신혼여행 계획은 없었다. 빠듯한 자금으로 결혼식을 치르느라고 마음의 여유가 없기도 했고, 또 신혼여행 같은 격식이 내게는 희극처럼만 느껴지는 것이었다. 지숙이 몇 번인가 「우리 신혼여행 안 가요?」라고 의사 타진을 해왔지만 그때마다 나는 「뭘 가」라거나 「두고 보자구. 축의금으로 돈벼락이라도 맞으면 하와이 같은 데로 날아가 한달쯤 쉬고 오든가……」라고 희떠운 소리로 얼버무리고는 했었다. 때문에 신혼여행을 위해 따로 교통편을 마련해 놓는다든가 호텔의 숙식을 예약해 놓는다든가 하지는 못 했던 것이다.

　팔각정에서도 지숙은 그 문제를 들고 나왔다. 「우리 아무 데도 안 가요? 그냥 이러고 마는 거예요?」

　「여기 왔잖아?」

　「이게 신혼여행예요? 친구들도 그러고 어른들도 다 그러는데 여행은 꼭 다녀오는 게 좋대요. 그래야 추억으로 남는다는 거예요」

「그걸 누가 몰라? 주머니 사정이 나쁘니까 그렇지」

「돈은 저한테 좀 있어요」

지숙이 말했고, 그때부터 나는 마음이 얼마쯤 흔들리기 시작했다. 「남들 다 가는 신혼여행 안 가는 것도 추억에 남을텐데……」라고 말했지만 나는 이미 마음속으로 몇 군데의 행선지를 더듬고 있었다. 그 중 하나가 I읍에 있는 자그마한 온천 호텔이었다. 개구리 소리가 들리는 논 가운데에 단층으로 세워진 방갈로식 호텔로 나는 전에 한 번 그곳에 가 본 적이 있었던 것이다.

I읍의 그 온천 호텔을 머릿속에 그리며 나는 지숙에게 「어디 생각해 둔 데라도 있어?」라고 물었다. 그러자 지숙은 반색을 하며 「온양도 좋고, 수안보도 좋고 어디든 좋잖아요?」 했고, 나는 「그렇게 이름난 데 가서 호텔을 잡을 수 있을까? 바야흐로 시즌인데……」 한 다음 「I읍에도 온천이 있는데 들어봤어?」 하고 물었다. 지숙은 머리를 저었다. 그러나 여전히 아무 데라도 좋다는 표정이었다. 나는 I읍으로 마음을 결정하고 「아주 조용한 곳이야. 2, 3일 쉬기로는 제격이지. 그럼 가 보자구」 하며 일어섰다.

승용차 운전기사는 우리를 I읍까지 태워다 주겠다고 했다. 고속도로가 뚫려 1시간밖에 걸리지 않는다는 것이었다. 그러나 나는 그의 호의를 받아들일 수 없었다. 아무리 신혼부부지만 뒷자리에 여자와 나란히 앉아 운전기사를 그렇게 멀리까지 혹사시킨다는 게 영 내키지 않았던 것이다. 지숙은 그런 내 태도가 불만이었다. 어짜피 하루 쓰라고 내 준 승용차인데 공연한 결벽증이라며 나를 성토했고, 그 갈등으로 지숙과 나는 고속버스 속에서 내내 한마디도 하지 않았다.

I읍 터미널에 내린 우리는 택시를 탔다. 택시는 채 5분도 걸리지 않아 우리를 호텔까지 실어다 주었고, 호텔에 도착했을 때도 여전히 대낮이었다. 12시에 결혼식을 올린 우리들이 호텔에 도착하기까지 겨우 4시간밖에 걸리지 않은 것이다.

강돌로 외벽을 치장한 호텔 본관 건물은 낯익었다. 현관의 보이가 뛰쳐나와 지숙의 가방을 받아가는 등 시골 호텔다운 영접도 있었다. 그러나 대낮에 여자와 호텔을 찾고 있는 나는 어쩐지 멋적었고, 그래서 지숙을 돌아보며 「분명히 우리가 합법적인 부부인 거, 맞지?」하고 속삭였을 정도였다. 지숙도 비슷한 긴장을 느끼고 있었던지 「맞아요」하며 웃었다. 그것으로 교통편 때문에 다투었던 감정의 앙금은 말끔히 가셨다.

그러나 방으로 들어가서는 또 달라졌다. 방을 안내해 준 보이에게 팁을 주어 내보낸 다음 나는 또 우스개 소리부터 했다. 「저 친구 우리 보고 웃겠는데……. 어지간히 급했던 모양이라구」

그러나 지숙은 금방 알아듣지 못하고 「뭐가요?」라고 반문했고, 나는 그런 지숙을 껴안고는 「뭐긴 뭐야. 합법적인 부부로서 이렇게 하는 거지」하며 침대 위에 쓰러뜨렸다. 나는 지숙의 입술을 내 입술로 덮었다. 키스는 약혼 기간에도 가졌던 행사였으므로 잠자코 받아들였다. 그러나 내가 옷을 벗기려 들자 강력히 반발하며 내 가슴을 밀어냈다. 「왜 이러세요?」

「우리 합법적인 부부 아닌거야?」나는 멋적어져 또 농담을 했고, 지숙은 그런 나를 흘겨보며 「누가 아니래요? 그렇게 무

식하게 덤비니까 그렇죠」하고는 돌아앉아 흐트러진 머리와 옷
매무새를 고치는 것이었다.

「무식하게?」 나는 어이없어 웃었다. 〈무식하게〉라는 형용사
가 꽤 씸스럽기도 했고, 또 내 돌연한 행위를 수식하기에 적나라
할 만큼 정확하기도 했기 때문이었다.

「유식하게 덤비는 것은 그럼 어떻게 하는거야? 이렇게 하면
되는거야?」한참 뒤 나는 다시 지숙을 등 뒤에서 껴안았다. 옷
위였지만 내 손바닥에는 지숙의 유방이 하나씩 들어왔고, 지숙
은 잠시 그런 포옹의 자세를 허용했다. 그러나 곧 자신의 손으
로 내 손을 떼어 놓으며 「미안해요. 하지만 좀 천천히 스위트하
게 할 수 있잖아요?」라고 볼멘 소리를 냈다.

그랬다. 이를테면 그런 것이 지숙과 나 사이에 끼어든 불화의
시작이었다.

좀 스위트하게 할 수 없었던 나……. 불과 몇 시간 전에 결
혼식을 올린 신부를 안으면서도 전에 안았던 많은 여자들, 내
관능의 욕구에 따라 아무렇게나 굴어도 좋았던 여자들과 차별화
시킬 수 없었던 나……. 그러면서도 그것이 잘못이라는 자각마
저 뚜렷하지 못했던 나.

아니, 어느 정도의 자각은 있었는지도 모르겠다. 자각이 있으
면서도 지숙이 요구하는대로 스위트하게 나갈 수 없었는지도
……. 왜냐하면 그것이 지숙에게 본모습의 나를 숨기는 더 부정
직한 방법이 된다고 믿었기 때문에.

나는 지숙의 거부에도 불구하고 덤비고 또 덤볐다. 「우리 아
직 점심도 못 먹었잖아요? 점심부터 먹어요 네?」지숙은 그런
나를 밀어내며 호소하기도 했고, 「왜 이러세요. 그럼 나 가버릴

거예요?」하고 협박하기도 했다. 그러나 나는 일단 시작한 일을 도중에서 그만둘 수가 없었다.

「무식하다고 낙인 찍힌 이상 일단 무식한 놈이 돼 보는 거지 뭐」하고 나는 지숙을 끊임없이 공략해 나갔다. 옷을 벗기는 동안 지숙은 옷이 구겨진다고 또는 찢어진다고 짜증을 부렸고, 옷의 안전을 위해 하는수없이 겉의 양장을 벗은 지숙은 「그럼 우리 목욕부터 해요, 네? 하루 종일 땀 흘렸잖아요?」하고 호소하기도 했다.

그러나 나는 지숙의 그런 지연 전술에 말려들지 않았다. 돌이켜 보면 무엇이 그렇게 급했던지 알 수 없는 노릇이었다. 그러나 나는 덤비고 또 덤볐고, 마침내는 울먹이는 가운데 지숙 안으로 깊숙히 들어가고 말았다. 그런데 그 순간이었다. 지숙은 천장을 향하고 누운 채 큰 눈을 더욱 커다랗게 뜨며 「엄마」하고 외마디 비명을 질렀는데, 그 순간만은 나도 무엇인가 커다란 범죄를 저지르고 있는 게 아닌가 싶은 착각에 잠깐 멈칫했을 정도였다. 장모님 얼굴도 떠올랐고, 그렇다면 지숙이 처음이었다는 말인가 싶기도 했다.

그 부분에 관해서는 나로서도 꾸준히 회의를 거듭해 온 사안이었다. 지숙은 무려 스물여덟이었다. 나보다 겨우 한 살 아래일 뿐이며, 결혼 전까지는 결코 몸을 허락할 수 없다고 버티었던 지숙의 태도를 나는 결코 긍정적으로만 보아온 것이 아니었다.

물론 지숙이 뜻밖에 순결을 간직하고 있을지 모른다는 기대를 전혀 하지 않았던 것은 아니었다. 그러나 기대가 컸던 만큼 실망도 커서는 안 되기에 나는 이미 기대 같은 것은 거의 버리고 있었으며, 설사 순결을 잃고 있다 하더라도 그것을 이유로 지숙을 학대한다거나 나 스스로를 괴롭히는 짓은 절대 않겠다고 결심하고 있었다. 그러므로 이를테면 나로서는 망외(望外)의 상황에 부닥뜨린 셈이라고나 할까.

그러나 그것만으로 지숙이 순결을 고이 간직하고 있다고 확신한 것은 아니었다. 솔직히, 나는 지숙이 쇼를 벌이고 있을지 모른다고 죄질이 나쁜 의심도 했었다. 무려 스물여덟 살이나 먹은 노처녀였고, 만약 지숙이 그 나이까지 정말로 순결을 고이 간직하고 있다면 겨우 고2 때 동정을 잃고 수없이 많은 여자를 거친 나로서는 여간 미안한 노릇이 아니었으며, 때문에 약간이라도 손상을 입고 있는 편이 차라리 낫다고 생각했을 지경이었다.

그러나 그런 내 기대는 여지없이 무너졌다. 행위를 끝냈을 때 나는 방금 지숙이 순결을 잃었음을 웅변으로 증거하는 요란한 흔적을 침대의 하얀 시트 위에서 발견하고만 것이었다.

그 흔적이 얼마나 요란했는가에 관해서는 생략하겠다. 또, 그 흔적만으로 지숙의 순결을 확인한 것도 아니었다. 내 섹스가 안으로 들어갈 때 보여주었던 비명과 표정 말고도 내가 지숙 위에서 격렬한 율동을 벌이는 동안 어금니를 꽉 깨물고 고통을 참아내느라고 이마에 식은땀까지 흘리고 있던 모습도 있었고, 행위를 하는 동안 내가 내 입술과 혀로 지숙의 입을 열려고 했을 때 입술은 열렸어도 그 안의 꼭 다문 이는 결코 열리지 않았던 완강한 거부가 하체의 고통을 참아내느라고 너무도 긴장해서 그랬다는 것을 나는 깨달을 수 있었다.

뿐더러 행위를 끝냈을 때 지숙은 소녀처럼 쿨적쿨적 울고 있기까지 했다. 나는 아무튼 좀 난처한 느낌이었다.

「저리 비키세요」 지숙은 울면서 그런 나를 등으로 가로막았고, 내 눈에 띄지 않도록 침대 위의 시트를 걷어 뭉쳤다. 그러나 나는 혈흔이 시트 밑의 매트리스까지 살짝 적시고 있음도 발견했다. 또 내 그곳도 온통 점액질의 혈흔 투성이임을 보았다.

「뭐가 잘못된거야?」 나는 비탄의 목소리를 냈다. 「생리중이었어?」

지숙은 그런 나를 하얗게 흘겨보고 나서 욕실 쪽으로 떠밀며 「그러게 내가 뭐랬어요? 어서 들어가 씻기나 하게요」 했다. 욕실에서 내가 간단한 샤워를 하고 나왔을 때 지숙은 실내복으로 갈아 입고 망연자실한 표정으로 침대 가에 걸터앉아 있었다.

「어떡하죠?」 하고 지숙은 나와 뭉쳐서 욕실 앞에 놓은 침대 시트 등을 번갈아 바라보았다. 나도 지숙의 시선을 따라 그것을 보았지만 뾰족한 대책은 떠오르지 않았다. 나는 막연히 룸당번에게 실토정을 해보는 수밖에 없겠다고 생각하며 「무슨 수가 있겠지」 했고, 지숙은 그것으로 다소 안도한듯 더럽혀진 것들을 들고 욕실로 들어갔다.

담배 한 대를 피우고 한동안 잠자코 앉아있던 나는 프런트로 전화를 걸었다. 신혼부부를 투숙시켜 본 경험이 많은 호텔의 종사원들에게는 결코 낯선 사고가 아닐 터였으며, 그렇다면 신부가 순결했다는 흔적이 말못할 수치는 아닐 것이라는 데까지 생각이 미쳤던 것이다.

프런트가 나오자 나는 룸당번의 방문을 부탁했다. 룸당번은 곧 왔다. 나는 그에게 시트를 버렸는데 어떻게 하면 좋겠느냐고 은밀하게 물었다.

아니나 다를까, 그는 염려말라며 곧 새 시트 한 장과 촉감이
아주 부드럽고 꽃무늬의 레이스까지 수놓은 조그마한 비닐 시트
도 한 장 가져왔다. 그러고는 버린 시트를 내달라며 문밖에 서
서 기다렸다.

「잠깐 있어 봐요. 빤다고 욕실로 가지고 들어갔는데 ……」 하
고 나는 그를 문밖에 세워둔 채 방으로 들어와 욕실문에 노크를
했다.

밖의 말소리에 방문자가 있다는 사실을 느끼고 있었던지 지숙
은 불안한 목소리로 「누구예요? 누가 왔어요?」 하고 물었고,
나는 칭찬받을 것을 기대하며 「룸서비스야. 그 시트 달래. 시트
새로 가져왔어」 하고 말했다. 그러자 지숙은 소리쳤다. 「아, 안
돼요. 말도 안 돼」

지숙의 목소리가 어찌나 날카롭고 컸던지 나는 욕실 문앞에서
멈칫 물러섰을 정도였다. 룸당번에게 돌아간 나는 미안하다, 자
기가 세탁을 할 모양이라고 말해 그를 돌려보냈다. 그는 그런
경험도 있었던지 빙긋 한 번 웃었을 뿐 그냥 돌아갔다.

나는 지숙이 욕실에서 나오기 전까지 침대 위에 새 시트를 깔
았고, 그 위에 비닐 제품의 시트도 펼쳐 놓았다. 그러나 욕실에
서 나온 지숙은 먼저 그 비닐 제품의 시트를 발견했고, 「이게
뭐예요?」라며 들여다보다가 맹렬한 가세로 그것을 걷어 팽개치
는 것이었다.

어이없어 나는 한동안 지숙을 바라보기만 했다. 이성적으로는
도무지 납득이 되지 않는 행동이었다. 버린 시트 때문에 먼저
고민했던 사람은 지숙이었다. 그런데 그 문제를 깨끗이 해결해
놓은 내게 도리어 화를 내고 있었던 것이다.

비닐 시트도 그랬다. 지숙이 시트를 또 버리지 말라는 법은 없었다. 비닐 시트 같은 안전 장치가 나도 얼마쯤 수치스럽게 느껴지지 않는 것은 아니었다. 그러나 그것이야말로 지숙이 이제까지 순결했다는 미덕을 안팎으로 입증하는 물건이 아닐 수 없었고, 도무지 화풀이의 대상이 될 수는 없었던 것이다.

「도대체 왜 그래? 내가 뭘 잘못했다는거야?」 나는 물었다. 그러나 지숙은 조금도 누그러뜨리지 않고, 「그걸 몰라서 물어요?」하고 가시돋힌 목소리를 냈다.

그러나 나는 신혼 첫날부터 지숙과 말다툼을 벌일 생각은 아니었다. 그러므로 나는 한 걸음 물러서며 「나참, 내가 뭘 잘못했는지 모르겠군. 아무튼 용서해 줘」했고, 지숙이 팽개친 비닐 시트를 주워 다시 깔려고 했다. 그러자 지숙은 그것을 내 손에서 빼앗아 찢으려고 잡아당기다가 안 되니까 꼬기꼬기 접어 다시 침대 밑에 팽개치며 「이런 건 필요없어요. 더럽게 왜 저런 건 갖다 달라고 해요?」하고 소리쳤다. 나는 좀 억울해 「내가 갖다 달란 게 아니야. 룸서비스가 그냥 가져왔을 뿐이라구」라고 변명 반 항의 반 했고, 그래도 지숙은 그런 정황을 헤아려 보려고 하기는커녕 「창피하지도 않아요? 룸서비스는 뭐하러 불러 소문을 내고 그래요?」하고 한 치도 물러서려고 하지 않는 것이었다.

「최소한 시트는 있어야잖아? 젖은 걸 그냥 깔고 잘 수는 없잖아?」 나는 지숙을 이성적으로 설득하려고도 해보았다. 그러나 지숙은 「누가 자요? 난 안 자요. 이제는 절대 같이 안 잘 거예요」하며 공연히 내 가슴을 떠밀기까지 했고, 마침내는 마음속에 두고 있던 말까지 입밖에 내었다. 「생리중이냐구요? 흐

286 퇴계로의 숲

응, 날 그렇게밖에 안 보았단 말예요? 꼴도 보기 싫어. 저만큼 가요」

그 문제는 아까 지숙이 나를 욕실로 밀어넣을 때 해소된 것으로 생각했었다. 그런데 지숙은 욕실에서 곰곰 그 말만 되씹었던 모양으로, 룸당번이 비닐 시트까지 가져온 상황과 함께 부풀려지면서 엄청난 부피로 커졌고, 그것이 지숙을 토라지게 만든 원인이었다.

「미안해, 그건 말야, 사람이 횡재를 하면 가끔 그렇게 헛소리를 하는 수도 있는 거라구」 나는 그런 말로 사과도 했다. 「생각해 봐. 난 겨우 고2 때 여자를 알았는데, 지숙이 지금 몇 살이야? 그 나이까지 고스란히 처녀로 남아 있다니 요즘 세상에 상상이나 할 수 있는 일이야? 너무 수지맞아서 내가 잠시 제 정신이 아니었던 거라구」

그런 변명으로 나는 겨우 지숙을 달랠 수 있었다. 고2 때 동정을 잃었다는 이야기는 그 경위의 불가피성과 함께 전에 지숙에게 해준 일이 있었고, 또 양해도 얻었었다. 그러나 한 번 토라졌던 지숙은 결코 본래대로 돌아오지는 않았고, 내가 다시 지숙 안으로 들어가려고 시도할 때마다 엄청난 저항에 부닥치고는 했다. 요컨대 나같이 비열한 남자에게는 두 번 다시 수지를 맞춰줄 수 없다는 식이었다.

5시 쯤 점심 겸 저녁을 시켜 먹은 뒤에도 우리는 또 한 차례 실랑이를 벌였고, 밤이 어두워진 뒤에도 비슷한 실랑이를 벌였다. 그 행위만으로는 나도 비난받아야 마땅할 집요하기만 한 공격자였다. 그러나 그런 공격의 이면에는 지숙에 대한 애모의 감정이 무럭무럭 자라고 있음도 숨길 수 없겠다.

생각해 보라. 스물여덟까지 고이 순결을 간직하고 있던 한 여자가 바야흐로 그것을 한 남자에게 내주고 있는 가슴 떨리는 순간인 것이다. 비록 거칠고 집요하게 덤비고 있었지만 그런 내 행위는 그것 자체로 이미 무럭무럭 자라나고 있는 애모의 감정을 표현하는 결정적인 수단이었고, 동물적인 충동과는 상당히 거리가 있는 것이었다.

그러나 지숙은 그 점을 잘 이해하지 못했다. 아니, 전혀 이해하지 못했다고는 할 수 없었다. 내 행위의 거칠음과 집요함에 대응하는 지숙의 저항에도 마침내는 고뇌가 섞여 있음을 짐작케 하는 징조가 여럿 있었고, 그 중에는 내 섹스가 지숙 안으로 깊이 들어가는 데까지 허용된 짧막한 순간도 있었다. 그러나 그런 고뇌가 고통까지 뛰어넘게 할 수는 없었던 모양으로, 지숙은 얼른 내 섹스를 빼버리며 「아프단 말예요」 하고 비명처럼 높은 목소리로 소리쳐 나를 좌절시키고는 하는 것이었다.

물론 내게도 잘못은 있었다. 지숙의 고통을 보아주려고 하지 않았던 무지막지함 따위 ……. 그러나 그것은 지숙이 언제든 뛰어넘어야 할 산이었고, 또 고통을 이유로 나를 밀어내기만 한다면 왜 나와 결혼을 했는가도 모를 일이었다. 뿐더러 지숙의 고통이 그렇듯 심각한 것인가에 관해서도 나는 의문이었다. 참고 받아들일 수 있는 것을, 나라는 인간에 대한 실망감으로 저렇듯 한사코 밀어내기만 하고 있는 게 아닐까 싶은 괴로운 의혹 ……. 그런 의혹과 배반감 등이 얽히고 설켜서 지숙과 나는 끝내 이전투구의 싸움을 벌였으며, 그러다 보니 지숙 말대로 스위트해야 할 신혼의 밤이 두 사람 모두를 마치 상한 짐승들처럼 감정을 덧나게 만들어 버리고 말았던 것이다.

자, 이제는 내가 그런 지숙을 배반하게 된 경위를 이야기할 차례이다.

마침내 나는 지숙에게서 몸을 떼고 벗어 놓았던 옷가지를 주섬주섬 걸쳤다.

「어디 가세요?」 침대 속에서 얼굴만 내놓은 지숙이 물었고, 나는 「그래」 하고 핀잔하듯 대답했다. 지숙은 그런 내게 미안한지 한동안 잠자코 있었다.

「나만 나쁜 놈이 되고 있잖아? 어디 딴 데 가서 자고 오든지 해야지 이러고도 우리가 신혼부부라고 할 수 있어?」

내가 다시 투덜거렸고, 지숙도 「아프니까 그렇잖아요? 그거 하나 이해 못 해요?」라고 항의했다.

「그래서 밖에 좀 나가 있으려고 하는 거잖아? 바람 쐬고 들어오면 좀 낫겠지」

「같이 나가요」 지숙은 담요로 가슴을 가리고 일어나 앉았다. 「거기 제 옷 좀 주세요」

나는 침대 밑에서 지숙의 속옷을 주워 던져 주었다. 함께 나가 바람을 쐬고 오는 것도 나쁘지 않을 것 같았던 것이다.

그런데 내가 운명의 요철(凹凸)에 심하게 덜커덩거린 것은 그 다음이었다.

지숙은 속옷을 걸치고 헝크러진 머리를 거울에 비쳐보는 등 서둘다가 「어디 갈 건데요?」라고 물었고, 내가 「가긴 어딜 가? 근처에 나가 바람이나 쐬고 온다니까……」 하자 「딴 데 가서 자고 온다는 말은 그럼 뭐예요?」라고 바짝 추궁했다. 나는 어이없어 「딴 데 어디 가서 자고 오니? 잘 데가 어딨어?」

하고 소리쳤다. 그러자 지숙은 헝크러진 머리에 빗질을 하다 말고 「난 또 어디다 딴 여자 숨겨 놓고 도망치려구 그러는 줄 알았잖아요?」 하고 웃는 것이었다.

나는 역시 어이없어 「상상력이라고 한 번……. 이 바닥에 내가 어디다 딴 여자를 숨겨 놓았겠니?」 하고 웃었고, 그것으로 지숙은 나를 따라 나간다는 생각을 거두어 들였다. 「나갔다 오세요. 난 피곤해요」 지숙은 그렇게 말하며 다시 침대 속으로 기어 들어갔는데, 그것이 그날 밤 나로 하여금 지숙을 배반하게 만든 결정적인 계기가 된 셈이었다.

나는 지숙을 방에 둔 채 어둑한 복도를 거쳐 로비로 나왔다. 프런트 뒤의 벽시계는 밤이 어두웠는데도 겨우 8시가 조금 지난 시간을 가리키고 있었다. 프런트의 레지스터가 아는 체했으므로 나는 답례 겸 「레스토랑에 맥주 있죠?」 했고, 그가 「그럼요」 하는 동안 나는 이미 내가 나온 복도의 반대편 복도 쪽에 있는 레스토랑을 향해 걸음을 옮기고 있었다.

그런데 그 순간이었다. 등뒤에서 누군가 나를 「윤선생님」 하고 부르고 있었다. 여자 목소리였고, 나는 멈칫 걸음을 멈추고 뒤돌아 보았다.

놀랍게도 채수라 여사였다. 그녀는 아직 철이 이른데도 반소매의 가벼운 상의를 걸치고 있었다. 머리에는 흰 색의 피크닉용 모자도 하나 얹고 있었는데, 현관 쪽에 배치해 놓은 소파에 앉아 있다가 나를 발견하고 엉거주춤 엉덩이를 떼고 있는 모습이었다.

나는 금세 가슴이 쿵쾅거리기 시작했다. 신혼여행지에서 그런 식으로 채여사와 만나게 되리라고는 상상도 하지 못했고, 나로서는 다만 영문을 알 수 없는 돌발 사고라도 당한 느낌이었던 것이다.

「여긴 웬일이세요?」

내가 그렇게 물었을 때는 그녀가 이미 내게로 다가와 나란히 레스토랑 쪽의 복도로 들어선 순간이었다. 그러나 그녀는 내 질문에 대답하는 대신 「아까 오시는 거 봤어요. 그 아가씨 늘씬하던데요?」했고, 그녀가 그런 말을 하고 났을 때 우리는 이미 레스토랑 안으로 들어서고 있었다.

「어디서요?」라고 물었지만 나는 그녀의 대답을 기대하고 차분하게 물은 것도 아니었다. 채여사 역시 그 질문에는 대답도 하지 않았고, 텅 빈 레스토랑의 테이블 하나에 마주보고 앉자 또 짓궂게 「왜 혼자 나왔어요? 갔어요, 그 아가씨는……」하고 물었다.

「방에 있어요. 피곤하다구……」나는 대답했다. 그러나 바로 이 대목에서 그 아가씨가 바로 내 신부이며, 오늘 낮에 결혼식을 올리고 이곳으로 신혼여행차 왔다는 사실을 알려야 한다고 생각하면서도 차마 나는 입이 떨어지지 않았다.

「알고봤더니 미스터 윤 순 바람둥이야」라고 말하며 그녀는 웃었다. 그러나 나는 그런 그녀의 시선을 피하며 씁쓸하게 미소만 지었을 뿐이었다.

레스토랑 종업원들은 우리가 테이블 하나를 차지하고 앉았는데도 코빼기 하나 내비치지 않았다. 역시 시골 호텔다운 한가로운 풍경이 아닐 수 없었다.

그러나 나는 마음이 바빴기 때문에 채여사 등 너머로 주방 쪽을 살피며 그 안에서 말소리를 내고 있는 종업원들을 향해 신경질적으로 「여보세요?」라고 소리쳐 불렀다.

「아직 저녁 안 드셨어요?」 채여사가 물었고, 나는 「맥주 좀 마시려구요」라고 대답했다. 그러자 채여사는 「맥주라면 내 방에 있는데 ……」 하고 나서, 그녀도 윗몸을 돌려 주방 쪽을 보다가 「내 방으로 가요. 캔이 몇 개 있어요」 하고는 자리에서 일어섰다.

나는 얼핏 구원이라도 받은 느낌이었다. 채여사와 레스토랑에 앉아 맥주를 마시고 있을 일이 결코 안심이 안 되었던 것이다. 더구나 지숙은 나를 따라 나오려다가 포기했었다. 그런 지숙이 언제 마음을 바꿔 방을 나올지 모를 일이었으며, 레스토랑에서 웬 낯선 여자와 맥주를 마시며 앉아 있는 모습을 들키기보다 그 어딘가의 방으로 숨어 버리는 편이 차라리 나을 것이라고 판단한 것이었다.

그러나 나는 결코 흔쾌한 걸음걸이로 그녀를 따라나선 것이 아니었다. 뭔가 켕기고 뒤통수가 따가웠다. 또, 그런 내 뒷모습을 등뒤에서 지숙이 보고 있는 게 아닌가 싶어 힐끗 뒤돌아 보았을 정도였다.

채여사 방은 호텔의 본건물 옆에 방갈로식으로 지어진 별채였다. 지면에 승용차가 들어가 주차할 수 있도록 콘크리트 기둥을 세워 그 위에 방을 만든 이국풍(異國風)의 건물로, 그 별채 하나를 채여사가 통째로 쓰고 있었다.

「여긴 별천지군요」 방으로 들어서서 나는 말했다. 채여사는 그런 내게 창문의 커튼을 조금 젖혀 보이며 「여기 좀 보세요」 했고, 그곳으로 내다보니까 호텔 본건물의 현관이 빤히 바라보였다. 비로소 나는 그녀가 나를 만나자마자 했던 말, 「아까 오

시는 거 봤어요, 그 아가씨 늘씬하던데요」라고 했던 말을 구체
적으로 이해할 수 있었다. 지숙과 내가 택시로 호텔 앞에 도착
하던 순간 그녀가 이 창문으로 내다보고 있었던 것이다.

「거봐요. 나쁜 짓 하기 어렵죠?」내가 창문 밖을 내다보고
있는 동안 채여사가 등뒤에서 또 말했는데 바로 그 대목에서도
나는, 내가 신혼여행차 이곳에 왔으며 당신이 말한 그 늘씬한
아가씨는 바로 신부라고 해명할 수 있는 절호의 기회라고 느끼
면서도 차마 입을 열어 말하지 못했다. 아니, 마악 해명을 하려
는데 그녀가 엉뚱한 말로 내 입을 막아 버린 것이었다.

「오전에 여주에 갔었어요. 신륵사에 가서 남한강도 보고, 영
릉에도 갔었죠」

그녀는 작은 냉장고에서 대여섯의 캔맥주와 스낵류를 꺼내 탁
자 위에 늘어 놓았고, 그 중 깡통 하나를 따 내게 건넸다.

「드세요」

「신륵사가 여주에 있습니까?」맥주 깡통을 받아들고 나는 탁
자 앞의 작은 팔걸이의자에 앉았다. 신륵사가 그렇게 가까운 곳
에 있다면 다음날 지숙을 데리고 다녀오면 좋겠다고 생각하면서
또 채여사 방으로 오기는 했지만 결코 그녀와 이상하게 되지는
않겠다고 마음속으로 다짐하기도 하면서.

그러나 채여사는 그런 내 마음속의 다짐 같은 것은 짐작도 못
하고 「신륵사가 어디 있는지도 지금껏 몰랐어요? 남한강 쪽에
있잖아요? 절이 강 가에 있는 게 좀 특별해요」한 다음, 「전
여기 오면 하루는 거기 가서 놀다 오곤 해요. 참 좋아요」하고
나서 자신도 맥주깡통을 따 조금 마셨다. 비로소 나는 그녀가
왜 이곳에 와 있는가 새삼 의문이 일었고, 「아참, 여긴 어떻게

오셨어요?」하고 지나가는 말처럼 또 물었다. 그러자 그녀는 「가끔 와요」하고 애매하게 대꾸했을 뿐이었다.

　나는 그녀의 남편이 근처 어딘가 교량 공사장 같은 곳에 투입되어 있는 게 아닐까 싶었다. 그러나 물어 보지는 않았고, 만약 그렇다면 그녀 방에서 오래 머뭇거리고 있을 일도 아니었다.

　나는 서둘러 맥주깡통을 비웠다. 하나의 맥주를 비우자 채여사는 또 하나의 맥주깡통을 따 권하며 「정말 목이 말랐던 모양이죠?」하고 웃었고, 나는 「네, 좀……」하며 얼굴을 붉혔다.

　그때 그녀가 느닷없이 「그 아가씨, 일루 좀 오라고 하죠」라고 말했다. 나는 깜짝 놀라 채여사를 바라보았는데, 그냥 해본 말에 지나지 않았던지 금세 딴청을 피우며 「우리가 어떻게 이런 데서 만나게 되었죠? 아까 저 창문으로 내다보다가 너무도 깜짝 놀란 거 있죠? 아침 일찍 여주에 갔다가 돌아와서 옷을 갈아입고 있는데 미스터 윤이 택시에서 내리고 있는 거예요. 너무 놀랐어요」하고 흥분을 감추지 못했고, 이어서 「그 뒤 난 내내 로비에 나가 있었어요. 몰랐죠?」하며 웃었다.

　「그랬습니까?」나도 웃었지만 수치심 때문에 그녀와 얼굴을 마주칠 수는 없었다. 그녀가 로비에 나와 있던 5시간 동안 지숙과 실랑이하느라고 나는 방밖으로 얼씬도 하지 않았던 것이다. 그러나 이 대목에서는 꼭 진실을 밝혀야 한다고 생각하며 나는 어금니를 한 번 질끈 깨물고 나서 말했다. 「신부가 있는데 혼자만 밖으로 나돌 수 없는 거 아닙니까?」그 순간 나는 얼핏 채여사의 얼굴을 훔쳐보았는데 그녀는 딱딱하게 굳어진 표정이었다.

　그러나 그녀는 곧 차분해진 목소리로 물었다. 「신부라구요?

결혼하셨어요?」

「네」나는 짐을 벗어버린 듯 홀가분한 느낌이었다. 그러나 채 여사는 믿기는 않는다는 듯 고개까지 갸웃해 보이며 「언제, 오 늘요?」하고 물었고, 나는 죄라도 고백하는 심정으로 또 「네」 라고 대답했다.

「거짓말 같애」채여사는 여전히 불안정한 목소리로 재빨리 말 했다. 「무슨 신부가 트렁크도 없고 한복도 안 입고 그랬어요? 나한테 바람둥이라는 소리 듣기 싫으니까 꾸며대고 있는 거 죠?」

「아닙니다. 정말입니다」나는 진지하게 호소했다. 그제서야 채여사도 하는 수 없다는 듯 「그래요? 그럼 축하를 해드려야겠 네?」하고 나서 「그런데 하필이면 허니문을 일루 왔어요?」하 는 것이었다.

「여기가 어때서요?」나는 말했지만 곧 말투를 바꿔 「계획에 없었는데 갑자기 오게 됐습니다. 서울에서 가깝고 조용하고, 괜 찮잖아요?」라고 설득하듯 말했다.

그러자 채여사는 「여기가 나쁘다는 뜻이 아니라 하필이면 왜 나 있는 데로 왔냐 말이죠」하며 웃었는데, 그때까지도 내 말에 전폭적으로 신뢰를 보내는 것 같지는 않았다.

두 개째의 맥주깡통을 비우자 나는 알콜 기운이 모세혈관까지 촉촉히 젖어드는 것을 느낄 수 있었다. 채여사가 세 개째의 맥 주를 따 권했지만 나는 그것을 조금 밀어놓으며 「됐습니다」라고 사양했고, 마음속에 다짐이라도 하듯 「이제 그만 가봐야죠」하 고 말했다.

채여사는 그런 내 말에 배신감이라도 느꼈는지 잠시 동안 가만히 있었다.

짧은 침묵이 이어졌다.

나는 그 침묵에 위협을 느끼면서, 그 위협으로부터 도망이라도 치듯 의자에서 엉덩이를 떼었다. 「맥주 잘 마셨습니다」

그러자 채여사는 얼른 한 팔로 내 어깨를 잡으며 「이거 마저마시고 가요. 따놓았잖아요?」 하고 맥주깡통을 내 손에 들려주었다. 그리고는 이어서 「좀 심하다고 생각하지 않으세요? 오자마자 가겠다고 서두르고 있는 거……」 하며 내 쪽으로 와 내가앉은 의자의 팔걸이에 걸터앉는 것이었다. 아니, 다만 그렇게앉은 것만이 아니었다. 그녀는 온몸으로 내게 기대왔을 뿐더러두 팔로 내 목을 감고 뜨거워진 뺨을 내 뺨에 붙여 오며 「가지말아요 응? 가지 마……」 하고 속삭이는 것이었다.

그것으로 내 마음속의 성벽은 이미 허물어져 있었다. 나는 내입술로 다가오는 그녀의 입술을 받으며 손에 들고 있던 맥주깡통을 더듬더듬 탁자 위에 놓았다. 그러나 그것은 곧 바닥으로굴러떨어졌고, 그것을 인지한 나는 그녀에게서 입술을 떼며「떠, 떨어졌어요」 하고 웅얼거렸다. 그러나 그녀는 맥주깡통쯤안중에도 없었다. 내가 자세를 낮춰 카핏 위의 그것을 집으려하자 내 가슴팍으로 온몸을 던져 막으며 「내버려 두세요」 하고는 다시 맹렬한 기세로 내 입술을 빨아들이는 것이었다.

키스만으로도 이미 나는 이성을 잃은 상태였다. 지숙의 얼굴이 문득 문득 떠오르기는 했다. 그러나 그런 영상이 잠시 흡입의 속도를 늦추기는 했지만 입맞춤 자체의 달콤함을 밀어낼 수있을 만큼 강력하지는 못했다. 또 그렇게 떠오른 지숙의 얼굴도마침내는 「아프단 말예요」 하고 한사코 나를 거부하기만 했던 짜증스런 표정으로 바뀌었다. 즉 나는 지숙에게, 네가 한사코 거부하기만 했기 때문에 이것은 불가피하게 발생한 사고일 뿐이다라고 변명을 앞세우기에 바빴다는 뜻이다.

채여사와 나는 침대까지 옮겨갈 수 있을 만큼 마음의 여유도 없었다. 우리는 마치 절도범들처럼 서둘렀고, 그러다 보니 비록 안정감이 좀 떨어지는 의자이다 싶기는 했지만 팔걸이의자와 함께 방바닥에 나뒹굴었다. 그런 우연의 사고는 우리를 더욱 조바심 속에 밀어넣었다. 그리하여 우리는 넘어진 의자 다리를 발길질로 밀어붙이며 서로가 몸안에 감추고 있는 장물(臟物)이라도 훔쳐내기 위해 서두르고 또 서두르고 있었을 뿐이었다.

행위가 끝났을 때 나는 마음속으로 내가 지금 무슨 짓을 저지른 거지 하고 탄식했다. 그러나 그런 한탄도 잠시뿐이었고, 조금 지나니까 결코 하늘이 무너진 것도 땅이 꺼진 것도 아니라는 사실을 알고 놀라고 있었다.

방안의 사물은 모두 조금 전 그대로였다. 달라진 것은 다만 채여사와 나뿐이었는데, 어느새 실오라기 하나 걸치지 않은 채 알몸이 되어 버린 우리는 지쳐 서로 부둥켜 안은 채 카펫 위에 널브러져 있었다.

나는 누운 채 방안을 둘러보았다. 넘어져 나뒹굴고 있는 의자가 눈에 들어왔고, 발에는 쏟아진 맥주깡통도 걸렸다. 나는 「잠깐만요」 하며 내 몸통을 감고 있는 채여사의 팔을 떼어내고 일어나 앉아 쏟아진 맥주의 흔적을 찾았다. 그러나 그것은 눈에 잘 들어오지 않았고, 천장을 향하고 있는 채여사의 엉덩이만이 확대경으로 보고 있는 입자가 굵은 사진처럼 커다랗게 떠올라

보였을 뿐이었다. 조금 전까지만 해도 그렇게 아름답게만 느껴졌던 채여사의 나체가 한 순간 고깃덩어리로 보이는 순간이었다고 할까. 나는 마치 못 볼 것이라도 본 것처럼 침대 위에서 담요를 끌어내려 그것을 덮었다. 그리고는 가까이에서 내 팬티를 찾아 걸치고 카펫 위를 더듬거리며 맥주의 흔적을 찾았다.

그런데 아뿔사…….

맥주의 흔적은 엎어져 있는 그녀의 가슴 밑까지 뻗어 있었다. 「아니, 척척하지도 않아요?」 하고 소리치며 나는 채여사의 몸을 담요와 함께 밀어냈다. 그러고는 욕실로 들어가 있는 대로 마른 수건을 가져왔다.

비로소 채여사는 하반신을 담요로 둘둘 만 채 침대로 올라갔다.

「놔둬요. 그냥 둬도 마를텐데 뭘 그래요?」

채여사가 불평했지만 나는 젖은 카펫을 수건으로 꼼꼼히 찍어냈다. 「맥주 한 깡통을 카펫이 다 마셨어요」 내가 우스개 소리를 했는데도 채여사는 불만인지 잠자코 듣기만 하다가 가시 걸린 소리로 「후섭씨 보기보다 깔끔떠는 성미인가 봐」 했고, 나는 자조의 목소리로 「깔끔떠는 성미인 놈이 신혼 첫날밤을 이렇게 만듭니까?」라고 툴툴거렸다.

채여사가 이번에는 쿡 웃으며 「정말인가 봐」 했고, 짐짓 안타까운 표정까지 만들어 보였다. 그러나 진심으로 그러는 것이 아니라는 사실쯤 나도 눈치챌 수 있었다.

카펫을 다 닦고 넘어진 의자를 세워 놓는 등 방을 대충 치우고 나서 나는 돌아가려고 바지부터 걸쳤다. 그러자 그녀는 침대에서 윗몸을 일으켜 앉으며 「가려구요?」 하고 물었다.

「가서 잘못했다구 빌어야죠」

나는 셔츠의 단추를 잠그며 혼잣말 비슷이 말했고, 채여사는 「설마……」 했다가, 두 팔을 크게 벌려 보이며 「나 한 번만 더 안아 주고 가요」 하고 호소하는 듯한 표정을 지었다.

짧게 갈등을 느꼈지만 나는 그녀에게 다가가지 않을 수 없었다. 나는 침대 위의 그녀를 엉거주춤 포옹했다. 그러나 그녀는 그것만으로는 미진한지 침대 위에 자리를 만들며 「잠깐 올라와요」 했다. 나는 또 갈등을 느꼈다. 그러나 「이러다가 또 한 번 당하는 거 아닌지 모르겠군」 하고 투덜대며 곧 침대 위로 올라갔다.

「당해요?」 채여사는 두 눈을 흡떴다. 그러나 진정으로 화를 낸 것은 아니었고, 곧 내 가슴팍으로 파고들며 「누가 당했는지 모르지만 아깐 나 정말 좋았어요」 하고 코맹녕이 소리를 냈다.

그녀는 내 셔츠 밑으로 손을 넣어 가슴을 만졌다. 나는 간지러워 그녀의 손을 막으며 「누가 당한지 모르다니, 그런 식으로 책임을 회피해도 되는 겁니까?」 했고, 곧이어 「아까부터 정말 피하기만 하던데, 도대체 여긴 어떻게 알고 쫓아온 거예요?」 하고 추궁했다.

「쫓아오다니……」 채여사는 턱을 치켜들고 내 얼굴을 올려다보았다. 「내가 후섭씨를 뒤쫓아 왔다구요?」

「아닙니까?」

채여사는 어이없다는 듯이 웃고 나서 「여기 난 벌써 사흘째예요. 프런트에 가서 물어 보면 알죠」 했고, 이어서 「하지만 그런 거야 후섭씨 편리한 대로 생각하세요. 난 나 편리한 대로 생각할 거니까」 하고 조금은 자존심을 다쳤다는 표정을 만들었다.

나는 그녀에게 약간 미안해져서 「그럼 사흘씩이나 여기서 뭘 하고 있었어요? 따님은 어떡하구? 하고 물었고, 그녀는 키르륵 한 번 웃고나서 「후섭씨를 기다렸지……」 했다. 나는 미궁 속으로 빠져드는 기분이었다.

「그게 채여사 편리할 대로 생각하는 방식인가요?」

내가 물었고, 채여사는 크게 고개부터 끄덕였다. 「그래요. 나로서는 염원이 이루어진 셈이니까……」

더 이상의 말은 필요없었다.

T 호텔 이후 지난 8개월 동안 채여사는 끊임없이 나를 향해 달려오고 있었고, 그런 상상 속의 염원이 기적처럼 현실로 다가왔다는 뜻이었다.

나는 레베카의 오토바이도 기억해 냈다. 만약 내가 다니엘처럼 오토바이 하나를 선물할 수 있었다면 그녀는 밤마다 오토바이를 몰아 내게 달려왔을 터이고, 그러다가 레베카처럼 산화(散華)해 버렸을지 모른다고도 생각했다.

거대한 트레일러에 짓이겨진 레베카의 시체에 나는 채여사의 얼굴을 몽타주시키기도 했다. 그러나 그녀가 레베카가 아니라는 사실에는 조금 안도했고, 관념만으로는 밤마다 수도 없이 나한테 달려오고 있었으면서도 지난 8개월 동안 현실의 육체를 그렇게 엄격히 자제할 수 있었던 그녀의 분별력에 찬탄도 보내고 있었다.

그러나 나는 그녀를 떠나지 않으면 안 되었다. 한 여자의 지아비가 되기로 약속하고 예식을 치른 첫날밤이었다. 비록 한 번의 약속 위반이 있었지만 그리고 그것은 여러 가지 정황으로 보아 불가피한 사정이었지만 똑같은 잘못을 두 번 저질러서는 안 되는 것이다.

나는 내 품에서 채여사를 조금 밀어내며 「이러다가 레이몽한
테 현장을 습격당하는 거 아닙니까?」 했고, 그녀는 깜짝 놀란
표정으로 「레이몽이 누군데요?」 하며 내 얼굴을 올려다보았다.

「레베카 남편 아닙니까? 남편 되시는 분이 이 근처 어딘가
공사장에 계신 거 아닙니까? 전에 왜 남편 계신 곳에 다녀왔다
며 며칠 집을 비운 적이 있었죠」

채여사는 비밀스런 웃음부터 내비친 다음, 「아무튼 후섭씨 기
억력은 알아주어야 한다니까」 하며 또 내 가슴에 얼굴을 묻었
다.

「무슨 기억력요? 레이몽이 레베카 남편이었다는 거요?」

「그거 말고, 그 물방울 무늬 블라우스부터 말하는 거예요,
난」

「블라우스는 왜 또요?」

「그걸 기억해 준 남자가 아니라면 염원 같은 걸 가지고 후섭
씨를 기다렸겠어요? 정말 지독한 기억력이야. 내가 그 사람이
가 있는 공사 현장에 다녀왔다는 말도 심각하게 한 것은 아니었
잖아요?」

「그렇지만 나로서는 기억할 만한 사실이었죠. 미모의 여류 시
인이 며칠씩 아파트를 비웠다……. 듣고 보니 남편은 토목기사
이고, 남편이 머물고 있는 지방 도시에 며칠 여행을 하고 돌아
왔다……」

「그래서 그 지방 도시를 여기라고 생각한 거예요?」

채여사는 웃었고, 나는 「틀렸습니까?」라고 물었다.

「틀렸어요」 채여사는 유쾌한 목소리로 떠들고 나서 「엉터리

야. 기억력은 놀라운데 그것들을 종합하는 실력은 유치원 수준이잖아요?」하고 웃었다.

「그래요?」

「레이몽이 습격할 리는 없으니까 안심하세요. 난 그냥 쉬러 왔을 뿐예요. 여기 온천이 내 피부에 맞는 것 같고, 그래서 1년에 몇 차례씩 와요. 그리고 레이몽이 이 근처에 있대도 쳐들어올 권리는 없구요」

「그건 무슨 뜻입니까?」

「몰라도 돼요. 뭘 그런 걸 시시콜콜 캐묻고 그래요?」

「이혼하셨습니까?」나는 조금 신중해져서 물었고, 채여사는 한동안 잠자코 있다가 「그때 그 사람 있는 데 다녀온 것도 그걸 촉구하러 갔을 뿐예요」했다.

나는 한동안 침묵을 지켰다. 이런 경우 무슨 말로도 그녀에게 위로가 될 것 같지 않았기 때문이었다.

그러나 잠시 후 그녀는 표정을 밝게 바꾸고, 「가 보셔야죠? 미스터 윤 주장대로라면 첫날밤 신랑인데 너무 오래 붙잡아두고 있으면 신부한테 미안한 일이잖아?」하며 내게서 몸을 떼었다. 그러나 진정으로 놓아 주기는 싫은지 몸을 떼고도 내 셔츠의 단추를 매만지고 있었다.

나는 그런 그녀를 무자비하게 물리칠 수 없었다. 나는 다시 그녀의 몸을 가슴으로 끌어당기며 그녀의 머리 위에 턱을 괴었고, 그리고는 힘없이 「미안해요」라고 중얼거렸다.

「뭐가요?」채여사는 다시 내 품에서 빠져 나가며 웃었다. 「난 이혼했는데 후섭씨는 결혼해서요?」

「그래선가?」나도 웃었고, 채여사는 서둘러 침대에서 내려서

며 「어서 가세요. 이러다가 정말 신부한테 야단맞겠어요」 하고
는 손을 잡아 나도 침대에서 끌어내렸다. 나는 그녀를 등지고
방을 나오다 돌아보았다. 「난 지금 쫓겨나고 있는 기분인데
요?」

　이튿날 나는 지숙을 서둘러 아침 일찍 호텔을 떠났다. 아침도
먹기 전이었다. 짐을 챙기며 지숙은 어리둥절해 했다. 「어디 가
는데요? 2, 3일 더 묵기로 했잖아요?」라고 항의도 했지만 뭔
가 눈치를 챈 것 같지는 않았고, 다만 나는 「답답해서 그래. 좀
돌아다녀 보자구」 하고 둘러댔다.
　간밤에도 10시가 넘어 돌아왔는데 지숙은 아무런 의심도 하지
않았다.
　「어디 갔었어요?」 하고 물었지만 가까이에서 술냄새를 풍기
자 「어유, 냄새……」 하며 나를 밀어냈을 뿐이고, 더 이상 어
디 갔었느냐는 추궁도 하지 않았다. 시내 어디에서 술을 마시고
온 것으로 나름대로 믿는 눈치였다.
　프런트에 부탁해 나는 택시를 불렀다. 호텔 현관에서 택시에
이르기까지 나는 간밤에 채여사가 알려주었던 전망창 때문에 몹
시 신경을 썼다. 그녀가 금방이라도 창문을 열어젖히며 「후섭
씨, 가는 거예요?」라고 소리라도 칠 듯한 느낌이었던 것이다.
그러나 그 창문은 택시가 그곳을 떠나기까지 굳게 닫혀 있었고,
그 안의 커튼도 두텁게 드리워져 있었다. 그래도 나는 택시가
호텔 구내를 완전히 빠져 나가기까지 억압된 호흡을 풀지 못했
다. 운전기사가 「어디로 모실깝쇼?」 해서야 겨우 숨을 돌리며
「가만 있자, 여주까지 얼맙니까?」 하고 요금 흥정에 들어갈 수

있었을 뿐이었다.

　돌이켜 보건대 그 날 아침의 내 도망은 아주 상식적인 선택이었다. 〈건전한 상식〉 어쩌구 할 때의 〈상식〉 말이다. 그러나 나는 그런 의미에서의 내 상식에 만족만 하고 있었던 것은 아니었다. 상식적인 것이야말로 괴어서 썩고 있는 늪처럼 상투적이고 무사안일이며, 그런 선택이야말로 앞으로의 내 인생을 정체와 나태 속에 함몰시킬지 모른다며 우울해 하고도 있었다.

　도무지 비겁한 도망이었다. 때문에 나는 달리는 택시 속에서 쾌재를 부르짖기는커녕 「머저리 같은 놈, 머저리 같은 놈……」 하고 되풀이 저주를 퍼붓고 있었다.

　그렇다고 그 호텔에서 2, 3일 더 묵으며 줄타기처럼 두 방 사이를 왔다갔다 할 수 있었던 것을 아쉽게 되었다고 자탄한 것은 아니었다. 얼핏 그런 정황도 상상하지 않은 것은 아니었다. 그러나 적어도 나는 그런 것만을 추구할 만큼 형편없이 망가져 있지는 않았고, 그곳에 혼자 버려두고 온 채여사 때문에 진실로 가슴 아파 하고 있었던 것이다.

　생각해 보라. 논 가운데 세워진 한적한 호텔에 그녀는 혼자 묵고 있었다. 이혼의 쓰라림을 달래고 있는지 어떤지는 상관도 없고 확인된 바도 아니다. 또 그곳에서 그렇게 사흘씩이나 나를 기다렸다는 말에도 신빙성은 전혀 없었다. 그러나 어쨌든 그녀가 외로움을 달래고 있었던 것만은 분명했다. 로비에서 나를 만났을 때 보여주었던 경악의 표정만으로도 그것을 감지하기에 충분했다. 그런데 나는 어린아이에게서 장난감을 빼앗듯 그녀에게서 그 무엇인가를 무자비하게 빼앗아 버린 것이었다. 세상에, 용렬해 빠진 놈 아닌가 말이다.

이 이야기를 시작하며 나는 〈특별했던 신혼여행〉이니, 〈해외 토픽에서 읽어 본 적도 없는 경우〉였느니, 〈기상천외의 경험담〉이니 하고 너스레부터 떨었다. 그러나 기이한 체험담만을 들려주기 위해 이 이야기를 시작한 것이 아니라는 사실쯤 쉽게 짐작이 갈 것이다.

그렇다.

길.

신혼여행을 떠나 첫날밤에 신부 이외의 여자와도 자 버린 사내에게 뚫린 흰한 길. 그 길에 관해 이야기하고 싶어서였다.

도무지 신기한 일 아닌가. 신부는 그런 사실을 까마득히 모르고 있는 것이다. 내 몸 어디 한 군데에 흔적도 없었다.

뿐이랴.

하늘도 무너지지 않았고 땅도 꺼지지 않았으며, 태양은 여전히 동쪽에서 떠서 서쪽으로 지고 있었다.

자, 그럼 니체의 〈순결론〉으로 되돌아 가자.

이 이야기의 앞머리에서 나는 그것을 소개한 바 있다. 되풀이하면…….

〈순결을 지키기 힘든 자는 그것을 포기하는 것이 낫다……〉

〈불결도 결코 악한 것은 아니다…….〉

〈어떤 사람에게는 순결이 미덕이지만 많은 사람들에게는 악덕이다…….〉

〈많은 사람들〉에 밑줄 쫙…….

〈밑줄 쫙.〉

지금 나는 CF에 나오는 학원 강사처럼 〈많은 사람들〉을 강조하고 싶다. 뿐더러 역시 그 CF에 나오는 여학생들처럼 밝고 투명한 목소리로 〈밑줄 쫙〉하고 복창시키고 싶다.

나는 〈순결이 미덕〉이라고 믿고 있는 인격자를 내 주변에서 딱 한 명 알고 있다.

니체가 짜라투스트라의 입을 빌려 말한 바로 그 〈어떤 사람〉이다. 결혼하기 전까지 동정이었고, 결혼한 뒤에도 부인 이외의 여자와는 한 번도 잠자리를 같이 해본 적이 없노라고 그는 실토하고는 했다. 물론 나는 그의 미덕을 폄훼하고 싶지 않다. 그러나 그는 니체가 말한 〈어떤 사람〉일 뿐이다. 즉 소수파일 뿐이며, 〈불결도 결코 악한 것은 아니〉라고 믿고, 순결을 포기한 〈많은 사람들〉이야말로 다수파다.

다수파에 섞여 활짝 열린 큰길을 걷든 소수파에 끼어 고군분투하든 그것은 당신의 자유다.

그러나 나는 꼬드기고 싶다. 니체의 후광(後光)을 거느리고 ……. 불결도 결코 악한 것은 아니야. 어떤 사람에게는 순결이 미덕이지만 많은 사람들에게는 차라리 악덕이다. 그렇게 지키기 힘든 순결을 뭣하러 지키니? 그럼 누가 훈장 달아주냐.

그렇게 꼬드기고 있는 메피스토를 상상해 보라.

이를테면 나는 우여곡절 끝에 메피스토의 권좌에 올랐다고도 할 수 있다. 그 길에 맹관호, 김순구 등 아기 메피스토도 만났지만 마침내 나는 그들을 제치고 마왕(魔王)의 권좌에 올랐으며, 「이놈들아, 너희들 신혼여행 가서 신부 말고 또 다른 여자하고도 자 보았어? 까불고 있어, 짜식들」하고 호통치고 있는 것이다.

작가 후기

　중2 때였는지 중3 때였는지 그랬다. 학교 도서관에서 감히 괴테의 『파우스트』에 도전했다가 불과 몇십 쪽을 독파해 내지 못하고 포기한 적이 있다. 그 뒤 학생용으로 쉽게 초역(抄譯)한 것을 찾아 읽고 깊은 감동을 받았는데 그때의 감동을 재현해 보자는 것이 이번 작품의 작의인 셈이다. 즉 『데카메론』처럼 쉽고 재미있게 읽히면서도 『파우스트』의 거오(巨奧)한 테마를 소화해 내겠다는 것이 이 작품의 포부였다는 것이다. 그런데 막상 집필에 들어가고 보니 내 필력에 좀 버겁지 않느냐는 회의가 꾸준히 두 어깨를 짓눌렀고 또 그런 회의와 싸우느라고 지난 1년여 동안의 밤을 거의 뜬눈으로 새우다시피 했다. 파우스트가 18세기 서구 사회 지식인의 한 모델이었듯이 나는 윤후섭을 오늘날 우리 사회를 살고 있는 평균적 사회인의 한 전형(典型)으로 제시하고 싶었다. 구도와 방탕의 중간쯤에 자리잡고 양쪽 모두를 기웃거리며 사는 인간이라는 존재의 본질적인 모습을 보여주려고

도 했다. 구도라는 차변에는 문학과 철학을, 방탕이라는 대변에
는 여성 편력을 놓았고 곳곳에서 그를 유혹하고 있는 메피스토
펠레스도 만나도록 했다. 때문에 이 이야기에서는 그의 여성 편
력이 중심이 되며 빈번한 성적 표현도 구사하게 되었는데, 그런
성표현에 있어서 문학의 영역을 넓혀 나가겠다는 것이 이 작품
의 또 다른 작의로 떠오르게 되었다.

자칫 오해를 불러일으키기 쉽고, 그래서 조심스럽기도 했다.
그러나 문학에 있어서 표현 영역의 확대라는 문제는 너무도 중
요해서 아무리 강조해도 모자라다. 비단 성표현만이 아니다. 독
재 권력의 압제와 맞서 그 영역을 넓혀가야 했던 싸움은 말할
것도 없고, 종교적 금기나 사회의 제반 억압과도 싸워야 한다.
뿐이랴. 언어를 통해 이미 하나의 가치 체계를 이룬 철학, 역사
등 인문과학에도 샘물처럼 새로움을 공급할 수 있어야 하며, 그
래야만 문학이 진정한 창작이 될 수 있다. 그런 의미에서 나는
일종의 소명의식까지 가지고 창작으로서의 성표현을 확대하겠다
는 데 세심한 주의를 기울였으며, 그것을 문학적으로 새롭게 구
조화시키는 데까지 나아가려 했다. 때문에 이 점에 관해서는 읽
는 분들한테도 섬세한 독법(讀法)을 부탁하고 싶다.

나처럼 내 이웃의 친구나 친지들한테 혜택을 받고 있는 작가
는 드물 것이다. 무슨 말인가 하면 함께 살아가면서 보고 듣고
느낀 그들의 삶이 곧잘 내 소설의 살〔肉〕로 채택되고 있다는 뜻
이다. 작가로서 인위적인 체험을 사서 겪거나 소재의 취재를 위
해 발로 뛰지도 않고 그러면서도 서재에 틀어박혀 각종 지적 퇴
적물들을 섭렵하는 서재작가도 아닌 나로서는 자연스럽게 터득

하고 있는 공법(工法)이랄 수 있다.

나는 내 주변에 있는 친구나 이웃의 이야기를 아주 꼼꼼히 듣는다. 내 머릿속은 마치 그것들을 위한 용량이 큰 저장고 같아서 아무리 사소한 이야기도 고스란히 저장된다. 아니, 단순히 저장만 되는 것도 아니다. 그것들은 세목별로 엄밀한 분류를 거치는데, 한 번 분류되었다고 한 항목에 그대로 머무르는 것이 아니라 새로 추가된 것들에 의해 다시 분류되고 또 다시 분류되고 하면서 수백 수천 개의 파일 속에 갈무리되어 세상에 나갈 날만 기다린다. 그리하여 그것들이 서로 교감(交感)하며 하나의 메시지가 형성되기 시작하면 새 소설에 착수하는 것이다. 이번 작품도 예외가 아니었다. 아니, 보다 더 많이 그런 공법에 의존한 경우였으며, 이 소설이 유별나게 생생한 리얼리티를 확보하고 있다면 그 때문일 것이다.

흔히 4, 50대를 가장 책을 읽지 않는 세대라고 지탄한다. 실제로 내 가까운 친구들 중에도 1년 내내 소설책 한 권 안 읽는 중견 사회인들이 수두룩하다. 이따끔씩 만나는 친구 중의 하나가 소설가인데도 그렇다. 그동안 나는 내심 그들을 한심스럽게 생각해 왔다. 우리 사회의 등뼈를 이루고 있는 그들의 삶의 방식이 너무도 삭막하게 느껴진 것이다. 그러다가 작가라는 나는 과연 그들이 읽을 만한 보다 성숙한 책을 써냈느냐 하는 반성을 하게 되었고, 그래서 착수한 것이 이번 작품이다. 즉, 동시대를 산 평균적인 사회인의 한 전형을 그려 보임으로써 가장 책을 안 읽는다고 지탄받는 4, 50대를 독서 세대로 끌어들여 공감의 폭을 넓혀 보겠다고 작정한 것이다. 이를테면 이것 또한 제3의 작의가 되었는데 얼마나 적중했는지는 두고볼 일이다.

이번 작품은 쓰면서 배운 것도 많았다. 애초의 작의나 테마가 전체를 통어하지는 못했고, 때문에 쓰면서 깨달은 것들도 놓치지 않으려고 되풀이 노심초사했다. 읽으신 분들의 질정도 앞으로의 작업에 큰 도움이 될 것이기에 다소곳이 기대를 걸고 싶다.

1994년 7월
조선작

趙善作

1971년 월간 《세대》의 신춘문예 선외소설공모에 단편 「지사총」이 당선
되어 문단에 나왔다. 단편소설 「성벽」 「고압선」 등과 장편소설 「영자의
전성시대」 「미스 양의 모험」 「완전한 사항」 「모눈종이 위의 생」 「마조
히스트 M양의 초상」 「그대는 별인가」 등이 있다.

퇴계로의 숲 · 2
1부 순결은 악덕이다 · 2

1판 1쇄 펴냄 ──── 1994년 7월 5일
1판 2쇄 펴냄 ──── 1994년 8월15일
지은이 ──── 조선작
펴낸이 ──── 朴孟浩
펴낸곳 ──── (주) 民音社
　　　　　　　서울 강남구 신사동 506번지
　　　　　　　강남출판문화센터 5층 (우) 135-120
출판등록 ──── 1991년 12월 20일 제16-490호
대표전화 ──── 515-2000
팩시밀리 ──── 515-2007

값 ──── 5,500원

ISBN 89-374-0163-0 04810
ISBN 89-374-0161-4(전 5 권)